本书为中南民族大学中央高校后期资助项目成果。

古代中国研究丛书／曹胜高　主编

南唐诗史

——孙华娟——著——

中国社会科学出版社

图书在版编目（CIP）数据

南唐诗史/孙华娟著 . —北京：中国社会科学出版社，2019.4
ISBN 978 - 7 - 5203 - 3966 - 7

I.①南⋯ Ⅱ.①孙⋯ Ⅲ.①诗歌史—中国—南唐 Ⅳ.①I207.209

中国版本图书馆 CIP 数据核字（2019）第 019580 号

出 版 人　赵剑英
责任编辑　张　林
特约编辑　张冬梅
责任校对　刘　娟
责任印制　戴　宽

出　　版　中国社会科学出版社
社　　址　北京鼓楼西大街甲 158 号
邮　　编　100720
网　　址　http://www.csspw.cn
发 行 部　010 - 84083685
门 市 部　010 - 84029450
经　　销　新华书店及其他书店

印　　刷　北京明恒达印务有限公司
装　　订　廊坊市广阳区广增装订厂
版　　次　2019 年 4 月第 1 版
印　　次　2019 年 4 月第 1 次印刷

开　　本　710×1000　1/16
印　　张　20.5
插　　页　2
字　　数　315 千字
定　　价　88.00 元

目　　录

绪　论

研究对象及研究现状

一

作为从唐音到宋调的过渡，五代十国的诗歌得到了一些研究者的关注，而五代十国诗坛中最重要和最不可忽视的组成部分则是南唐诗。有学者根据《崇文总目》《直斋书录解题》等书统计，唐末五代作家的诗文集总数为879卷，其中北方地区为234卷，南方各地总数为645卷，几占总数的四分之三，而吴和南唐诗文共计297卷，又占南方诗文总数的近一半，其中诗歌有两千多首，比整个北方地区多出八百多首，在五代十国中为第一位。① 单从数量上来看，南唐诗已经不可忽视，从诗歌水准上看，南唐诗更是五代十国诗坛的翘楚。目前的研究虽然承认南唐诗超出于五代一般水准之上，值得关注，且注意到部分南唐诗人如徐铉、李中等人无论在五代十国诗坛还是宋初都有一定的影响，但这些研究基本还只是将南唐诗作为五代诗歌的一部分来看待，没有将南唐诗作为一个完整和独立的对象进行历时性的考察。同时，由于大多数研究者倾向于认为五代十国时期诗歌本身的成就并不是很高，因此主要是将其视为从唐诗向宋诗转型的一个中间形态来看待，连带地也对南唐诗的独立价值不够重视。实际上，南唐诗乃至整个南唐文化的成就不仅有独立研究的价值和必要，而且从其在宋代的影响来看也不可忽视。

以宋代文化的地域结构而言，南方文化在其中扮演了重要角色，这

---

① 统计数字据张兴武《五代作家的人格与诗格》，人民文学出版社2000年版，第72—75页。

一特点在宋初已经显现出来。《容斋四笔》卷五"饶州风俗"条记载宋仁宗时已经有人指出："古者江南不能与中土等。宋受天命，然后七闽、二浙与江之西东，冠带读书，翕然大肆，人才之盛，遂甲于天下。"① 看到了唐宋之际南方文化崛起并占据了主导地位，尤其是南唐腹地江西，在宋代文化中占有突出地位，如果把这一变化仅仅归功于宋朝是不公正的，实际上江南文化的迅速发展和超过北方主要得益于杨吴、南唐对这一地区的统治和开发，宋代起初文化的发展其实是一定程度上的"南方化"或者称"南唐化"。

不过，南唐文化在宋初文化中的地位很特殊：既受到压抑，又被怀念和追慕。宋初文化在很大程度上得力于南唐：无论是从其三馆藏书大部分来自南唐来说，还是从南唐入宋的文士成为宋初学术保存，以及诗歌创作的中坚来说都是如此。原南唐入宋的文人也一直保留着一种文化上的优越感，如张洎出使中朝时将洛阳风景蔑称为"一堆灰"，而徐铉到北地却不肯御皮毛衣服，以致得冷疾而死。宋初的统治者往往对南唐文化表现出一种贬斥的态度：宋太祖称李煜为好一个翰林学士，太宗让李煜去参观三馆藏书，并告诉他其中多是南唐旧物等，其中表现出来的意味就值得仔细琢磨。其实这是一种文化相对后进地区靠武力征服了文化较先进地区以后表现出来的复杂心态。不过，在显现出贬斥和炫耀姿态的同时，宋朝也追慕和继承着南唐的文化。这印证了精致文化的吸引力终究是不可阻挡的，即使它不得不暂时屈服在武力之下。宋初文化中南唐影响的重要性不仅体现在金陵图籍入汴、大批原南唐文士被朝廷任用，也体现在宋人审美趣味上的逐渐走向于南唐化——注重博学，多艺能，讲求精致清雅的文人趣味等，这些也正是后来宋代文人文化的重要组成部分，并且宋代文人渐趋一致表现出的对南唐文化的倾慕，也很大程度上是出于这种趣味上与南唐的相合甚至认同。

因此，要深入理解宋代文化的形成，尤其理解宋初文学的面貌，就需要追溯到南唐文化的形成和发展，这个起点甚至应该一直上推到中唐以后，当时北方文士大量南迁并进入南方的幕府，这促进了南方尤其是

---

① （宋）洪迈：《容斋随笔》，上海古籍出版社 1978 年版，第 665—666 页。

江淮一带文化的发展，当然这也与当时南方经济地位的增长、城市的发展分不开；唐末的战乱再次使得许多文人退隐到南方相对僻静和安定的地区，此时江淮一带聚集起数个规模较大的诗人群体：宜春、九华地区和庐山都是如此，与此同时，以扬州为代表的城市中的文学却因为战乱几近消失，因此宜春、庐山等地退隐之士的文学就成为杨吴文学最初的起点。当杨吴基本稳定了江淮、江西一带，后来开创了南唐的李昪此时逐渐走上政治舞台，包括他的聚集图书、招延文士等措施，以及他本人对文艺的喜好，都对杨吴和南唐的文学产生了重要影响。此外，他对金陵城的建设和经营，使得东南地区的文学再次具有一个可以表现的舞台，金陵诗坛开始发展，新诗风的因素开始出现。

　　尽管李昪号称喜爱文艺，本人也有一些文艺才能，但他基本还是一种严正务实的政治家性格，他看重的文士也基本属于谋略型、实干型，如宋齐丘，而韩熙载、史虚白等具有纵横之气的文士并未得到其重用。李昪很可能是出于保据江淮这一立国策略的务实考虑，不赞同韩熙载等人立即北伐的主张；因此，韩熙载等人的浪漫纵横家气质最终被摒弃，而其长子李璟因耽于文艺也一直并非李昪心目中最理想的储位继承人。终李昪掌权时代，尽管其文治政策为后来南唐文化的发展奠定了基础，但文化措施主要限于招徕文士儒俊、设立学校以及保存图籍等，尚未有独创的、建设性的文化成果。南唐文化独特的精神尽管此时已经开始涵养，也要到南唐中主李璟时代才真正形成。

　　中主李璟即位后，注重文才，从前李昪时代对经义法律之士的重视不再被奉为圭臬。韩熙载在李璟即位之初就得到重用，来到国都金陵，尽管李璟并未采纳他北伐中原的政治主张，但李璟后来南征闽楚，至少表明他在对"天下一统"的浪漫想象上跟韩熙载如出一辙，其中不能说没有后者的影响。其他如史虚白、乔匡舜、徐锴等典型文士也在李璟时期或被召见或者授官，以作词著称的冯延巳更一度成为宰辅，更显示了李璟由于个性中极富文艺气质，因而更容易欣赏这些博学而多艺能的文士。李璟对人才的选择与李昪有很大差异，以文雅而不是以务实为先。虽然这一点间接导致了南唐的国基不稳，却也直接带来了南唐文艺的繁荣。

李璟在位时期，由于重用文士，后期又开科举，南唐的文治显露出相当的成效，好文风气所及，甚至刁彦能这样的武将也能作诗。相形之下，北方的武人一直相当跋扈，好文的风气不能得到很好的发展，譬如后唐秦王从荣之祸也跟从荣好与文士诗文唱和、武人觉得自己不受礼重有关。李璟时代，与北方相比，江南文化的优越已经十分明显：保大末年，后周派使者到南唐窥觇，假借的名义就是钞书；李璟本人对江南文化也十分自负，甚至认为自古江南文士就多于北方。这无不说明此时南唐对自己的文化深富自信，而这种自信是以多年文治的成效为根基的。

此时南唐的文化可以说有一种南朝化的趋势，即使李璟表现出的对功业——主要体现为斥大领土的向往，表面看来是因为以唐朝后裔自居、以中兴自任，实际却是对东晋那种名教自然合一人格模式的追慕。《钓矶立谈》记载："保大中，查文徽、冯延鲁、陈觉等争为讨闽之役，冯延巳因侍宴为嫚言曰：先帝龊龊无大略，每日戢兵自喜。边垒偶杀一二百人，则必赍咨动色，竟日不怡，此殆田舍翁所为，不足以集大事也。今陛下暴师数万，流血于野，而俳优燕乐，不辍于前，真天下英雄主也。元宗颇领其语。"① 尤其典型地体现了李璟、冯延巳等人对以谢安为代表、兼具事功和风流的人格审美模式的倾慕。在外表风度上李璟也体现出南朝遗风："元宗神彩精粹，词旨清畅，临朝之际，曲尽姿致。湖南尝遣廖法正将聘，既还，语人曰：'汝未识东朝官家，其为人粹若琢玉，南岳真君恐未如也。'"② 此外，在物质文化和精神生活中，南唐都渐渐发展出一种清雅精致的趣味，这种趣味也体现在南唐的诗歌中，如辞采温丽，很少中朝、西蜀、楚地诗歌中常见的浅俗、谐谑风气等。

中主时代南唐内部的党争和对闽楚的战争也在一些诗歌中有表现，这部分地改变了李昇时代的诗人主要限于表现一己穷通的狭小气局。同时，以金陵朝廷文士为中心的诗坛也对庐山诗人群产生了影响，使其对贾岛诗风的追慕渐渐淡化，苦寒诗风不再是主流；金陵成为南唐诗坛的

---

① （宋）史□：《钓矶立谈》，虞云国、吴爱芬整理，朱易安、傅璇琮等主编《全宋笔记》第一编（四），大象出版社 2003 年版，第 226 页。

② 《钓矶立谈》，《全宋笔记》第一编（四），第 228 页。

重心。

李璟在位期间先是由于攻伐闽楚元气大伤，后来又在与后周的战事中节节败退，终致尽失江北之地，国势日蹙，南唐都城甚至一度迁到南昌以避北地之锋。终李璟一生，他对南唐国力的衰弱都无能为力，这种颓势在后主李煜时期自然更加不可遏制。史称后主李煜"嗣位之初，属保大军兴之后，国削势弱，帑藏空竭"，不过由于其"专以爱民为急，蠲赋息役，以裕民力，尊事中原，不惮卑屈，境内赖以少安者十有五年"。① 尽管处于这样蹙迫的境地，南唐的文化却在这十五年间因为境内暂时的安定仍然继续发展。后主前期，曾力求致治，因而留心儒家文化，并曾著有《杂说》百篇，亲自阐述为政之要，但他在位的后期南唐文化潮流主要是朝着南朝化的倾向继续发展。李煜本人一方面醉心于生活的精致化、艺术化和审美化，另一方面试图从佛教寻求解脱，这在他的诗词创作中也多有体现。我们看到，李煜的这些表现显然并非个例，而是南唐士风的集中体现。

到中主末年，淮南、江西等地先后在杨吴、南唐的统治下已有半个多世纪，南唐文化已走向成熟，这种成熟又带来了对自身文化加以总结的要求，因此出现了不少鸿篇巨制。其中尤著者，如朱遵度所撰类书《群书丽藻》《鸿渐学记》竟各达一千卷之多；徐锴则编有《赋苑》二百卷，又撰有《古今国典》《方舆记》《岁时广记》等大型专书或类书，还有《说文解字韵谱》《说文解字系传》等数种小学类著作。这些文化学术成果对南唐文学尤其是南唐诗歌究竟有怎样的影响，还需要深入研究。单就狭义的诗而言，徐铉、徐锴都发表过自己对诗歌的看法，张洎也追溯了从张籍到唐末诗歌发展的线索。可以说，至此南唐诗人对自身诗学传统有了比较明确的认识和表述，这一点也值得我们注意和加以研究。

后主李煜在位末年，南唐在与宋的战争中处于明显劣势，并最终不可避免地彻底失败，这一过程中当时文士的心态和立场也发生了分化：一部分忧愤国是，甚至为此付出生命代价，如徐锴、潘佑；另一部分因

① （宋）陆游：《南唐书》卷3，《四部丛刊》本。

无能为力而选择随波逐流，一些身为高级官僚的文士最终随后主一同出降，徐铉、张佖、张洎等人便是如此。他们或许不甘屈服，却又不得不屈服，但他们的屈服并非没有成果——南唐文化便主要凭借他们而进入宋朝，在宋代一直影响不绝。

二

在相当长的时期里，南唐诗是放在五代十国诗坛的整体背景下、被作为五代十国诗最重要的部分来研究的，这始于 20 世纪二三十年代：

郑振铎在《五代文学》①、《插图本中国文学史》② 中论及五代十国诗坛，认为与词相比，诗的创作在这一阶段十分衰落，作者虽多，却没有产生伟大的诗人，但晚唐诸派竞鸣的盛况此时仍旧继续了下来。

杨荫深《五代文学》③ 则首次较为系统地探讨了五代诗歌。该书分国别胪述五代十国文学，认为五代文学衰落，十国文学则不乏灿烂，但这灿烂只是在词，诗坛虽然仍比较活跃，但诗格不高，已经不能与词争雄强。对于吴和南唐文学，主要采取列举重要诗人的方式。吴国列出的诗人主要有殷文圭、沈颜二人。对南唐文学，除了标举元宗父子及冯延巳的词作以外，指出南唐词人很少，仍以作诗的为多，较著名的诗人有韩熙载、李建勋、沈彬、孙鲂、廖凝、陈陶、陈贶、刘洞、江为、伍乔、左偃、李中、孟宾于、成彦雄、徐铉等人。对具体诗人诗作的评价多简洁概略，如认为韩熙载"其诗描写直率、无蕴藉之处"、沈彬诗"多悲愤慷慨之词"、廖凝诗"隽永耐味"。④ 该书主要延续的还是以往诗话及史料中对各个五代作家的评价，不过，作者对五代文学也有不少新见，比如在南唐词之外，也对南唐诗坛很重视。但就五代文学的研究来说，此书毕竟还处于草创阶段，对各国文学的论列都还比较粗浅，对具体作家的论述笔墨就更少，还谈不上对诗风、流派的辨析，因此，尽管南唐文学在书中所占相对比重不小，但深入的研究可以说尚未开始。

---

① 郑振铎：《五代文学》，《小说月报》第 20 卷第 5 号，1929 年 4 月。
② 郑振铎：《插图本中国文学史》，上海人民出版社 2005 年版。
③ 杨荫深：《五代文学》，商务印书馆 1935 年版。
④ 同上书，第 37、39、41 页。

在沉寂了五十多年以后，到 20 世纪 90 年代，涉及南唐文学的论文和专著则逐渐增多。首先，就五代十国诗坛总体研究而言，重要的论文如：贺中复以《五代十国的温李、贾姚诗风》《论五代十国的宗白诗风》《五代十国诗坛概说》三篇文章较完整地勾勒了五代十国诗坛的主要面貌以及前后期诗风的演变，① 其主要观点是五代分别存在着学温庭筠、李商隐，学贾岛、姚合与学白居易的三种诗风，其中，学温、李者重在学温，并走向清丽、通浅诗风；学贾、姚者由贾岛走向姚合，三种诗风中以宗白之风势力最大，学温、李与学贾、姚者最后都向其趋近。其中，《五代十国诗坛概说》一文侧重在对五代十国诗坛的整体研究，认为五代十国诗坛的特点之一是诗歌创作的群众性、普遍性，这导致了它的"俗"的特点；各种不同规模、不同组合方式的诗人群体也纷纷出现，使整个五代十国的诗坛形成多中心状态。在这个总体背景之下，该文进一步探讨了吴国和南唐诗坛，指出吴国诗坛形成较早，以杜荀鹤、郑谷为中心，其主体是迫于唐末丧乱退居乡里的吴地人，大多遵循先学姚、贾转为宗白的道路，以至于这两种诗风的融合，总体而言，复古倾向较重，另外，乐府创作较盛。南唐诗坛并非吴国诗坛的自然延续，而是由于南唐兴复儒学、重用儒士等一系列措施之后在文化界的必然产物，形成了李建勋、冯延巳和徐铉等为首的一批政界诗人群。之后，攻灭闽、楚的战争使得南唐诗坛势力范围有所扩大，孟宾于、廖凝等人加入其中。政界诗人群之外，南唐还以庐山国学为中心，形成了一个隐逸诗人群，包括陈贶、江为、夏宝松等人，李中则是隐逸诗人群与政界诗人群的中介。南唐诗坛主师古、祖风骚，虽也有学姚、贾一派，但主要是宗白并进而学习"元和体"，集中吟咏情性、表现忧患意识和吏隐情怀。具体创作中以俗为雅、缘情入妙、多理趣而少直斥，风格雅淡。

《论五代十国的宗白诗风》一文则集中探讨了五代十国普遍流行、超过学温李和效贾姚者而成为当时主导倾向的宗白诗风，其中多有对南唐

---

① 贺中复：《五代十国的温李、贾姚诗风》，《阴山学刊》（社会科学版）1996 年第 1 期；贺中复：《论五代十国的宗白诗风》，《中国社会科学》1996 年第 5 期；贺中复：《五代十国诗坛概说》，《北京社会科学》1996 年第 4 期。

诗的论述。该文以后唐灭亡、南唐开国为界，将五代十国的宗白诗风分为两期：前期承唐而后期启宋，前期宗白诗人倡导学习白居易诗的讽谏精神以反对唐末以来的浮靡诗风，并集中抒发乱离时代有志无时、怀才不遇的痛苦，进一步演绎白居易的平易作风和比兴传统。在诗体的创新上，以吴国诗人的贡献最大，尝试融合古今、改造诗体，提高古体和近体的表现力。以南唐开国为限断，后期宗白诗风发生了转型，力图纠正前期学温庭筠诗导致的轻艳以及学贾岛导致的僻涩等问题；南唐重文右儒的政治举措使得南唐形成了一个以上层重臣为核心的庞大宗白诗人群，其创作追求较之前期更多新变：（1）由主学白居易诗进而发展为师法整个"元和体"，尤其是元和古风，以求变革唐末以来风雅道衰的状况；（2）由前期宗白的学习其讽喻诗转为集中学习其闲适、感伤、杂律诗，但在闲适诗中也交织着对政事的关心；（3）由前期的宗白兼学杜甫转变为宗白而兼学李白。在这些新变的基础上，后期宗白诗风形成了几个重要特点：吟咏情性，集中揭示上层官僚的生活情趣；次韵唱酬之风流行，但仍以抒怀为主；率意而成，不刻意苦吟，近体畅达、古体也流易自然，寓说理于描绘；清淡典雅，以俗为雅、雅俗融合，思深理精。

贺中复的这三篇论文较细致地勾勒了五代十国诗坛的主要面貌以及前后期诗风的演变线索，将吴国和南唐诗坛的概况和流变也梳理得比较清楚，尤其是用政界诗人群和庐山诗人群两个诗人群体来划分南唐诗坛，显得结构明晰。在具体结论上，如认为南唐并非对吴诗坛的自然承续、南唐宗白诗风的前后变化等方面，也很有启发意义。

刘宁《唐宋之际诗歌演变研究》①一书关注的重点在于唐宋诗歌的转型过程及其成因，而以元白的"元和体"的影响为中心线索，在精神意趣以及艺术上贯串了从唐末到宋初诗歌转型过程的始终。就时段划分而言，该书将五代与唐末划为唐宋诗转型中的同一个大的阶段；按照不同地域特点，五代十国诗人被分成中朝、南唐、西蜀、楚国、闽地和吴越六个群体。具体到吴和南唐诗人群，该书首先指出就士人身份而言，与

---

① 刘宁：《唐宋之际诗歌演变研究——以元白之元和体的创作影响为中心》，北京师范大学出版社 2002 年版。

进入蜀国和闽国的多为中朝显贵相比，在唐末乱离中，进入吴国的士人则多为寒素出身，因此在诗歌风气上较多地继承了唐末寒素、隐逸及干谒诗人群的创作取向，诗人成分复杂、诗风也十分多样。南唐诗歌艺术的繁荣又与其诗人群体的构成方式有密切关系，它有一个庞大的朝士诗人群，同时还存在一个在野诗人群，庐山国学则成为二者间的纽带，并使得二者之间的诗风走向融合。南唐诗风对宋初诗风的影响主要体现在宋初诗人对南唐诗艺的汲取，尤其是取其秀丽的语言风格，使"元和体"的闲适意趣获得更有艺术魅力的表现，即使后来昆体的兴起，也是对南唐丽句的一种发展而不是否定。

另外，张兴武《五代作家的人格与诗格》① 一书则主要从时代乱离对作家人格的影响上看待五代诗歌的主题、审美情趣等方面的特点。

从较微观角度对南唐诗人群体的构成和诗风演变做出钩稽辨析的有贾晋华《唐代集会总集与诗人群体研究》② 附编四《唐末五代庐山诗人群考论》，她将唐末五代先后聚集在庐山的二十多位诗人分为前后两个诗人群：唐末至五代前期的庐山诗人群包括修睦、齐己、李咸用、处默、栖隐、张凝、孙晟、陈沆、虚中、黄损和熊皦，共十一人，他们的五律主要学习贾岛，圆整凝练，对仗工整，文字省净，立意新颖，写景多清僻冷隽的佳句；并受到郑谷的直接影响，七律风格与之接近，杂糅大历诸子与白居易、许浑等人的诗风，以清丽字眼与浅切语言交织，形成清婉明白、浅切有致的诗风。后期庐山诗人群约当南唐时，包括陈贶、江为、刘洞、夏宝松、杨徽之、孟贯、伍乔、李中、刘钧、左偃、孟归唐、相里宗、史虚白、谭峭、许坚等人，其中大多数人曾入庐山国学学习，彼此因师生关系、同学关系和诗友关系相互联系在一起。在诗歌观念上他们较多地承袭庐山前辈诗人，将诗歌作为垂名工具，但他们更讲求师承；在创作上后期庐山诗人仍以贾岛为宗，诗歌内容多写山林之景，此外也出现了一些关注时事的诗；诗风上仍然承续了前期五言学贾岛、七言学郑谷的路子。这些诗人不少生活至宋初，直接导致了宋初晚唐体的

---

① 张兴武：《五代作家的人格与诗格》，人民文学出版社2000年版。
② 贾晋华：《唐代集会总集与诗人群体研究》，北京大学出版社2001年版。

盛行。贾晋华此文在对唐末以来庐山诗人群成员的史实考辨上用功颇多，其中相当一部分属于南唐诗人，这为厘清南唐诗坛成员的情况提供了较为可靠的材料。

该文将庐山诗人群主要按时间区分为先后两个相承续的群体，也为南唐诗风演变提供了参照。不过此文还只是对南唐庐山诗人群诗歌创作中的某些现象进行了描述，譬如注意到后期庐山诗人群讲求师传、部分作品较关注时事等现象，但对其背后的原因则尚未作更多追溯，另外，由于没有结合所附丽的整个南唐文化背景、只是孤立地看待庐山诗人群这个现象，该文的个别结论也仍有值得商榷之处，例如，该文认为后期庐山诗人群与前期诗人一样，主要将诗歌作为垂名的工具、单纯的癖好而不是出于抒情言志的感动或消遣娱乐的需要，也主要不是作为入仕的资格或社交的工具，这实际上是没有注意到庐山国学在南唐选拔人才方面的特殊地位和它对士子出仕的特殊作用。

涉及南唐有关诗人生平的考察则以胡适为早，他在1927年出版的《词选》的小传中有“张泌”条，指出《花间集》结集于940年、当时南唐刚建国，因此《花间集》中作者之一的张泌并非南唐后主时的张泌。[①]

朱玉龙《南唐张原泌、张泌、张佖实为一人考》[②] 一文则找到新的材料，继续考索南唐诗人张佖的身世、籍贯问题。该文引用了《蔡襄集》卷40《光禄卿致仕张公（温之）墓志铭》，其中叙明：温之始祖讳简，广陵人。简生升，仕唐为滁州清流令，因家焉。升生约，官金吾卫。约生训，以勇谋事杨行密，为黄州刺史。训生璆、铸，铸字希颜，仍居清流；璆移居常州，生佖，右内史学士，太祖平金陵，从后主归京师，授赞善大夫，太宗朝，建言时务，评谳法令，多所施行，终给事中。佖子即墓主张温之。又引用《咸淳毗陵志》卷1“张训孙佖撰训行状”、卷18《张训传》“守常州刺史，今子孙皆家焉”，作为《墓志》的佐证。综合

---

① 胡适：《〈词选〉小传》张泌条，载《胡适文集》（5），人民文学出版社1998年版，第140页。

② 朱玉龙：《南唐张原泌、张泌、张佖实为一人考》，《安徽史学》2001年第1期，第69—70页。

这些材料，该文指出：张泌祖籍广陵，中徙清流，自父辈移家常州。淮南为其祖籍；常州则是其今贯。而吴任臣《十国春秋》卷5中《张训传》中所云"训孙原泌"则可能出于传闻异词导致的误书。另外，该文还利用《续资治通鉴长编》对张泌入宋以后的行实有较详细的钩稽。

其他涉及南唐诗人生平研究的还有夏承焘《冯正中年谱》《南唐二主年谱》①，傅璇琮、贾晋华主编《唐五代文学编年史·五代卷》②，以及张兴武《南唐诗人李中和他的〈碧云集〉》③ 等。

以上对本书研究对象及前人的研究成果进行了简要阐述。就研究方法而言，本书以历时性的观照为主，对杨吴和南唐诗进行分时段研究，其中又以南唐时期和宋初为重点；就研究对象的文学品种而言，侧重于诗，词在这一阶段的兴起并非本书的主要研究对象，但将作为背景来考虑。虽然本书以南唐诗为主要研究对象，但对南唐士风及文学艺术也作了一定整体考察，主要动机是为了厘清当时诗歌所生发的完整文化背景，因为南唐诗歌和这个背景密不可分。

---

① 夏承焘：《冯正中年谱》《南唐二主年谱》，并载《夏承焘集》第 1 册，浙江古籍出版社、浙江教育出版社 1998 年版。

② 贾晋华、傅璇琮：《唐五代文学编年史·五代卷》，辽海出版社 1998 年版。

③ 张兴武：《南唐诗人李中和他的〈碧云集〉》，《漳州师范学院学报》1998 年第 2 期，第 13—20 页。

第 一 章

李昪时代杨吴及南唐的诗歌与文化

五代十国时期，由于杨氏治下的吴国与李氏南唐政权前后人事交织，两者间诗坛的界限也难以截然划分，总的来说，杨吴的诗人在组成上主要承唐末而来，新变的因素不多，但自吴天祐九年（912）李昪任升州刺史开始，随着招揽人才、聚集图书等举措的实行，诗坛也随之开始出现一些新的气象。因此，本书将以这一年作为起点，之后称为"李昪时代的诗坛"，而不以杨吴、南唐政权的交替作为诗坛的分界点。本章考察的便是吴天祐九年（912）到南唐升元六年（942）约三十年里杨吴和南唐的诗坛情况。大体而言，这三十年间，由于李昪逐步将金陵建成政治和文化中心，文士纷纷汇聚与文献的搜集保存，为金陵的诗歌创作走向繁荣提供了条件；而庐山国学的建立则对后期庐山诗坛的形成起到了重要的推动作用。金陵与庐山的诗歌创作此后取得的成就都与李昪在这一阶段奠定的基础分不开。

第一节　李昪与金陵、庐山两个诗坛的形成

中唐以后，南方的文学取得明显进步，这一方面是和大量文士避乱南迁有关，另一方面也和文士大量进入南方方镇幕府有关。肃宗至德以后，淮南、江西、宣歙三地在各方镇幕府中网罗的文士人数名列前茅：据戴伟华《唐代使府与文学》① 中所列《唐文士进入方镇人次统计》一

① 戴伟华：《唐代使府与文学研究》，广西师范大学出版社1998年版。

表，至德以后各方镇入幕 100 人次以上的分别为：西川 214、淮南 164、河东 137、山南东道 122、荆南 120、江西 120、浙西 117、浙东 111。其中淮南高居第二、仅次于西川，江西也居第五。根据同书《文学家入幕地点简表》对 495 名文学家的抽样统计分析，文人首次入幕所选方镇前 10 名依次为西川 19、江西 19、山南东道 16、淮南 14、河东 11、河中 10、宣歙 10、浙东 10、浙西 10、湖南 9。其中江西与西川并列第一，淮南居第四，宣歙居第六。

　　杨吴及之后的南唐政权主要控制区域正为淮南、宣歙、江西三地，不少原本在这三地节度使府的唐末文士也随着杨吴政权控制这些地区进入杨吴。徐铉的父亲徐延休本为会稽人，唐乾符中进士，因在长安不得任用而南奔，依镇南节度使钟传于洪州。① 钟传虽出身商贾间，却尊爱文士，史称"广明后，州县不乡贡，惟传岁荐士，行乡饮酒礼，率官属临观，资以装赍，故士不远千里走传府"②。已中进士、在朝廷不得志者如徐延休也为钟传好士的名声所吸引。杨吴取江西以后，徐延休随之入吴，授义兴县令，官至光禄卿、江都少尹。宣州对唐末文士也有很大的吸引力，这与田頵的善遇士密不可分。田頵本为杨行密手下大将，后为宁国军节度使，镇宣州，"頵善为治，资宽厚，通利商贾，民爱之。善遇士，若杨夔、康軿、夏侯淑、殷文圭、王希羽等皆为上客。文圭有美名，全忠、缪交辟不应。頵置田宅，迎其母，以甥事之，故文圭为尽力。"③ 田頵在宣州时，杜荀鹤正退归九华，④ 颇为田頵所重，也入田頵幕为宾客。⑤ 田頵败死后，杜荀鹤留在朱温幕中；殷文圭则侍杨行密父子，为淮南节度掌书记，吴武义元年，任翰林学士；⑥ 此外湖州人沈文昌，也是先入田

---

① （清）吴任臣：《十国春秋》卷 11 徐延休传，中华书局 1983 年点校本，第 152—153 页。
② （宋）欧阳修、宋祁：《新唐书》卷 190 钟传传，中华书局 1975 年点校本，第 5486 页。
③ 《新唐书》卷 189 田頵传，第 5478 页。
④ 唐末及五代初年，以九华山为中心、周边地区曾形成一个诗人群落，他们主要往来于江淮，对后来杨吴和南唐的诗风产生过影响。详见本书附录一《唐末及五代初期九华地区诗人群体考察》一文。
⑤ 《十国春秋》卷 11 杜荀鹤传，第 149 页。
⑥ 田頵幕中多文士，与唐末宣州地区以九华山为中心形成了一个诗歌创作较为活跃的地区的便利地理条件也很有关系。

颙幕府,沈文昌为文精工敏速,后被杨行密用为节度牙推。① 唐翰林学士沈传师之孙、湖州人沈颜天复初举进士,乱离时先奔湖南马氏,不久也奔淮南田颙,后入杨吴,任过礼仪使等官职,与殷文圭同为吴翰林学士。② 江西、宣歙使府以外,还有从鄂州节度杜洪来归杨行密的游恭。③ 这些人的后代后来有不少成为南唐知名的文士,如徐延休之子徐铉、徐锴,殷文圭之子殷崇义,游恭之子游简言等。

尽管帐下陆续得到这些文士,但杨行密的精力主要还是投入到在江淮的攻城略地、平息叛乱等军事行动中,在庐州、宣州、扬州数地间来回奔波不暇,他所到之处,往往也是战争烽火所向。这一时期,除了从别的使府中接收来的文士以外,杨行密先后担任的宁国军和淮南节度使幕府中很少主动招揽著名的文士;而他的后继者杨渥、杨隆演则都被权臣徐温、李昪等先后挟制,只是名义上的傀儡君主,更谈不上去主动延揽人才。正因如此,要到江淮战事大体平息、统治者喘息稍定之际,方能致力于较长远的治平之策,杨吴境内的经济文化此时才得以有所发展,文学方面也才开始出现新的气象。不过,开拓这种局面的并非傀儡君主杨氏兄弟,而是徐知诰。

徐知诰即后来开创南唐基业的烈祖李昪(889—943),海州人,幼孤,流落濠州,为杨行密所掳。由于杨氏兄弟不能相容,被送给徐温,成为其养子,取名知诰。李昪本来的家世已经难于确考,各种史籍的记载也互相矛盾,比较可信的说法是:由于少孤而遭遇世乱,莫知其祖系,所谓唐宗室后裔的说法当是他即位以后的编造。④ 李昪天资聪颖,甚有才干,尽管也并不见容于徐氏诸子,⑤ 但很为养父徐温赏识。吴天祐七年(910),李昪由升州防遏使升任升州副使,开始在杨吴政权中崭露头角;

---

① 《十国春秋》卷11沈文昌传,第151页。

② 《十国春秋》卷11沈颜传,第151、152页。传中未明言其入田颙幕中,但据其乾宁二年《宣州重建小厅记》,则当时为田颙辟在幕中。

③ 《十国春秋》卷11游恭传,第153页。

④ 关于李昪的身世,任爽《南唐史》有较详细的辩证,本书采用其说法。任爽:《南唐史》,东北师范大学出版社1995年版,第3—12页。

⑤ 《十国春秋》卷2高祖世家载徐知训尝召李昪饮酒,李昪迟到,徐知训怒曰:"乞子不欲酒,欲剑乎!"(第49页)

升州后改称金陵，① 即今江苏南京，无论军事、政治、经济方面皆是杨吴重镇，向来为专权者首争之地。李昪在升州职务的逐步升高，正是他在由徐温主政的杨吴政权中获得实权的体现。吴天祐九年（912），李昪以军功升任升州刺史，这也是李昪为日后的南唐开创基业之始。尽管南唐正式建国后李昪实际称帝在位时间较短（937—943），但由于他的地位自杨吴政权的中后期就开始逐步上升，很多对杨吴和后继的南唐政治经济文化具有重要意义的举措实际由他开创，因此他对杨吴、南唐两国来说都是举足轻重的人物。杨吴和南唐诗歌诗坛同样受到了李昪施政的影响，其中，影响最大的莫过于其招揽文士、聚集图书、对升州城的建设和创立庐山国学等举动。

一　延士与赋诗

对人才尤其是儒士、文士的积极延揽贯穿了李昪一生。从任升州刺史开始，李昪就十分重视招揽文士："……以军功牧升州，初以文艺自好，招徕儒俊，共论政体，总督廉吏，勤恤民隐。"② 此时的"招徕儒俊"一方面出于实际政治需要的考虑，当其初任升州刺史，"时江淮初定，守令皆武夫，专事军旅"③，如果继续用治理军队的方式来管理地方，显然不适合当时杨吴政权要从战争状态过渡到和平状态的需要。此前，李昪的义父徐温在掌握了杨吴的大权以后，已经告诫手下："大事已定，吾与公辈当力行善政，使人解衣而寝耳。"④ 并于天祐六年（909）在境内开选举。⑤ 不能不说徐温的这些观点和作为影响了李昪在升州的举措。与只注重军旅之事的武夫不同，"帝（李昪）独褒廉吏，课农桑，求遗书，招延四方士大夫，倾身下之，虽以节俭自励，而轻财好施，无所爱吝"⑥。

---

① 升州在吴睿帝杨溥即位以后改名金陵，见（宋）欧阳修《新五代史》卷 61 杨溥传，中华书局 1974 年点校本，第 757 页。

② 《钓矶立谈》，《全宋笔记》第一编（四），第 216 页。

③ 陆游：《南唐书》卷 1 烈祖本纪。

④ （宋）司马光：《资治通鉴》卷 266 后梁开平二年五月，中华书局 1956 年点校本，第 8700 页。

⑤ 《资治通鉴》卷 267 后梁开平三年四月，第 8709 页。

⑥ 陆游：《南唐书》卷 1 烈祖本纪。

另一方面，李昪此举也有为自己获取可靠政治资本的目的：新招揽来的人才或是侨寓于江淮地区的北来人士，或是当地的寒素之士，都比较容易加以培植，成为自己的势力和羽翼。这比从徐温原有的部下中争取支持要更加省力，也不易引起徐家的戒备。

人才的延揽不仅使李昪获得了谋士、官吏的人选，而且这些被吸引来的文士中有不少本身就很有文学才能，如宋齐丘本有诗名，这一时期投到李昪门下、后来成为其重要谋士，而曾经从郑谷学诗的袁州人孙鲂也在此时进入李昪幕中。以此为开端，升州刺史府便成为日后金陵诗坛的初基。

天祐十四年（917）徐温将镇海军的治所移至升州，李昪则被调任润州团练副使。次年，徐温长子徐知训被杀，李昪立即从润州渡江抢先进入扬州。徐温无奈，只能让他留镇扬州，自己"还镇金陵，总吴朝大纲"，"自馀庶政，皆决于知诰"。①武义元年（919），"（李昪）拜左仆射，知政事，渐复朝廷纪纲，修典礼，举法律，以抑强暴。中外谓之政事仆射。"②李昪初步掌握了杨吴的政权。在吴乾贞元年（927），徐温卒后，李昪奉杨溥称帝，最终独揽了杨吴大权，从此在政治、经济、文化方面皆可举措自专。从918年开始，李昪在扬州辅政长达十二年，在此期间，李昪延续了在升州任上积极网罗人才的做法：

> 武义元年，拜左仆射、参知政事，国人谓之政事仆射。知诰于府署内立亭，号延宾，以待多士，命齐丘为之记，由是豪杰翕然归之。间因退休之暇，亲与宴饮，咨访缺失，问民疾苦，夜央而罢。是时中原多故，名贤耆旧皆拔身南来，知诰预使人于淮上资以厚币。既至，縻以爵禄，故北土士人闻风至者无虚日。③

如果说前一阶段李昪为升州刺史时所吸引的主要还是江淮一带的本

---

① 《资治通鉴》卷270后梁贞明三年七月，第8831页。
② （宋）马令：《南唐书》卷1先主书，《四部丛刊》本。
③ 《十国春秋》卷15烈祖本纪，第186页。

土人士，此时则吸引了众多北方慕名而来的文士：当时北方正值梁、晋两国鏖战，同时契丹也与中原有军事冲突，后唐同光三年（925），后唐灭前蜀，又有一些士人流向杨吴境内。此期北来士人著名者如高密孙晟、北海韩熙载、山东史虚白、扶风常梦锡、河北高越、高远。另外，江南当地文士也继续前来投奔，如广陵乔匡舜、冯延巳、歙州查文徽等人。此时李昪不再只是一任地方官，而是成为事实上的一方霸主，因此对各方士人的吸引力也更大。

吴大和三年（931），李昪又自请出镇金陵，次年，他在府舍内营建了一座礼贤院，继续延揽才杰，史称"先主移镇金陵，旁罗隐逸，名儒老宿，命郡县起之"①。李昪重新经营金陵，广聚人才，深固根本，已经在为之后的建政打算。李昪这一时期"延宾""礼贤"，不但需要实干豪杰，也需要文士词臣：

> 齐台之建，擢宋齐丘、徐玠为左右丞相。于其所居第旁创为延宾亭，以待四方之士，遣人司守关徽，物色北来衣冠，凡形状奇伟者必使引见，语有可采随即升用。听政稍暇，则又延见士类，谈宴赋诗，必尽欢而罢，了无上下贵贱之隔。②

此时来归金陵的文士包括著名诗人沈彬，江文蔚、高越等人大约也在这一时期来到江南。③ 沈彬不仅在广陵辅佐杨吴世子，而且往来金陵，参与李建勋、孙鲂等人的唱和、论诗，成为金陵诗坛早期的重要成员。江文蔚则与高越俱以辞赋知名，是当时著名词臣。④

李昪延揽文士颇多，也因为他本人不乏对文艺的爱好。《钓矶立谈》称李昪"以文艺自好"⑤，《资治通鉴》也记载徐知诰（李昪）"喜书善

---

① （宋）龙衮：《江南野史》卷6，张剑光整理，朱易安、傅璇琮等整理《全宋笔记》第一编（三），大象出版社2003年版，第196—197页。
② 《钓矶立谈》，《全宋笔记》第一编（四），第218—219页。
③ （宋）徐铉：《徐公文集》卷15《唐故左谏议大夫翰林学士江君墓志铭》，《四部丛刊》本。
④ 马令：《南唐书》卷13高越传。
⑤ 《全宋笔记》第一编（四），第216页。

射，识度英伟"①，可见李昪不仅号称喜爱文艺，而且的确具有一定文艺才能。李昪对诗歌和书法的爱好和才能也遗传给了他的后代，尤其典型地体现在中主李璟和后主李煜身上。不过，李昪诗现仅存《咏灯》一首：

> 一点分明值万金，开时惟怕冷风侵。主人若也勤挑拨，敢向尊前不尽心。②

《全唐诗》题下注引《诗史》称此诗为"（昪）九岁在温家作，温阅之叹赏，遂不以常儿遇之"。这首绝句托物言怀，将自己寄人篱下、感激知恩却又如临如履的心情表达得十分贴切。若幼年即能作此诗，则其能"赋诗"一说应该并非虚言粉饰。当然，作为一个九岁孩子的习作，此诗的艺术水准不可能太高；成年后作为开创一代基业的霸主，李昪也不可能在诗歌方面继续用力、展现更多创作实绩。九岁时的这首习作，体现的是李昪幼年在蒙学中对诗歌抒情性和比兴寄托就有敏锐的领悟，这颗种子即便后来未能获得最适宜的土壤，但已经足以使他对诗歌具备不错的鉴赏力，可以在延见文士时与之"谈宴赋诗"。李昪表现出的对诗歌的兴趣，鼓励和推动了其幕中乃至江淮地方诗歌风气的造成。淮南自中唐以后蔚为大镇，扬州的繁华声名盖过西川，号称"扬一益二"，韦元甫、陈少游、杜佑、李吉甫等人都曾为淮南节度使，幕下聚集过如李翰、刘禹锡、杜牧等许多著名的文士，府主、幕僚间还有过唱和。③ 但到唐末，许多大镇被武将控制，从前主要由文人担任府主时文士荟萃的盛事难以重见。当然，扬州作为东南人文渊薮地位的消失，也与其在唐末战乱争夺中处于旋涡中心被数度围城、焚毁、劫掠因而毁坏无遗有很大关系。因此，东南文坛在当时若要恢复，不仅需要战事的平息，也需要一个能维持东南地区平静的强有力的地方政权，以及一个较懂得文艺的府主或霸主。前一点在杨行密后期已经逐步实现，后一点则要等到喜好文艺的

---

① 《资治通鉴》卷260乾宁二年三月，第8467页。
② （清）彭定求等编：《全唐诗》卷8原注，中华书局排印本1960年版，第70页。
③ 《唐代使府与文学研究》，第117—118、171—175页。

李昪来担当。并且，我们会看到，杨吴和南唐诗坛能够呈现出不同于其他霸府政权下的风貌，与李昪本人的文学才能包括诗歌创作才能和鉴赏力是分不开的。

二　图籍的汇聚及其对诗坛的影响

要评价李昪对文化保存之功，需要先看宋初的一段史料：

> 太平兴国三年二月，新建三馆成，六库书籍正副本八万卷入藏。建隆初，三馆所藏书仅一万二千馀卷。及平诸国，尽收其图籍，惟蜀、江南最多，凡得蜀书一万三千卷，江南书二万馀卷。又下诏开献书之路，于是天下书复集三馆，篇帙稍备。①

关于宋从南唐所获书籍的具体数目还有六万卷、十万卷的不同说法。② 不论准确数目如何，即便取最少的说法二万卷，也已经占了宋初全部藏书八万卷的四分之一。考虑到后周显德四年（957）周世宗柴荣大败南唐残军于紫金山，城将破时，中主李璟曾下令尽焚宫中万卷藏书，以及开宝八年（975）宋军攻破金陵时后主李煜又下令焚毁图籍这两次劫难，南唐本来的藏书数量应该更大，远不止二万册，且"其书多雠校精审，编秩完具，与诸国本不类"③，是精心校勘的善本。达到这样的藏书规模和水准，南唐三代君主前后用了约六十年时间，这一聚书活动最早便始于李昪任升州刺史期间。

陆游《南唐书·烈祖本纪》载李昪任升州刺史期间的文化举措除了招揽士大夫以外，还有"求遗书"一条。聚书不仅本身就具有标榜文治、吸引文士的巨大作用，也为后来南唐文化的发达奠定了初基。刘崇远在

---

① （宋）李焘：《续资治通鉴长编》卷 19 太平兴国三年二月，中华书局 1979 年版，第 422 页。

② 十万卷之说见马令《南唐书》卷 23 朱弼传："皇朝初离五代之后，诏学官训校九经，而祭酒孔维、检讨杜镐苦于讹舛。及得金陵藏书十馀万卷，分布三馆及学士舍人院。"六万卷之说见（清）周在浚《南唐书注》卷 16 后主保仪黄氏传注引《宋小史》："太祖命吕龟祥籍煜图书赴阙，得六万馀卷，皆焚馀也。"（《嘉业堂丛书》本）

③ 马令：《南唐书》卷 23 朱弼传。

《金华子杂编》中追忆："始天祐间，江表多故，洎及宁贴，人尚苟安。稽古之谈，几乎绝侣，横经之席，蔑耳无闻。及高皇初收金陵，首兴遗教，悬金为购坟典，职吏而写史籍。闻有藏书者，虽寒贱必优词以假之。或有赞献者，虽浅近必丰厚以答之。时有以学王右军书一轴来献，因偿十余万，缯帛副焉。由是六经臻备，诸史条集，古书名画辐凑绛帷，俊杰通儒，不远千里，而家至户到，咸慕置书，经籍道开，文武并驾。"①刘崇远先后出仕于吴和南唐，《金华子杂编》约成书于中主李璟保大十年（952），上距先主李昪在位还为时不久，其记载应当是较为可靠的。按照这段记载，李昪早期搜购图籍的重点在于经史和书画，尤其是前者，体现了李昪在升州兴复儒学的意愿，并且这一举措的确产生了一定影响，不仅集聚了图籍实物，更树立起尊儒右文的形象，赢得文士的好感，也激起了民间恢复文化的热情。

吴大和三年（931），李昪出镇金陵，再次大规模集聚图书：

> 吴徐知诰作礼贤院于府舍，聚图书，延士大夫。②
> 烈祖以东海王辅吴，作礼贤院，聚图书万卷及琴奕游戏之具，以延四方贤士。③

由于李昪此次出镇金陵是为篡位做准备，有意将金陵建设为日后的都城，此时李昪所聚集图书的规模应当远超过其二十年前任升州刺史时，种类上应当也不再限于经书和史籍，并且图书之外，还有"琴奕游戏之具"等其他文娱设施，这一举措当然更成为他用以吸引士人的重要手段。值得注意的是，为了招揽士人，所聚集的图书及文娱用具是放置在礼贤院中的，虽然仍属官府所藏，但在一定程度上具有了半开放性质，便于文人阅览和使用，这对于古典诗文的写作当然具有很大助益。文献上没有详细记载这批置于礼贤院的图籍后来命运如何，但推测起来，可能作

---

① （南唐）刘崇远：《金华子杂编》卷上，《丛书集成初编》本，商务印书馆1936年版，第1页。

② 《资治通鉴》卷277后唐明宗长兴三年，第9065页。

③ 陆游：《南唐书》卷9陈觉传。

为后来南唐金陵的官府藏书继续供士人使用，也有可能进入南唐宫廷，成为宫廷藏书的一部分。不论是何种命运，它们显然对后来南唐文士博通渊雅的学风和文风的形成起到了重要作用。

相形之下，尽管单就书籍的搜求而言，五代中原政权以及十国中的其他霸府也有不少曾下令访购，但实效并不理想：后唐庄宗时曾派人到蜀地访求图书，才得九朝实录及杂书千余卷而已；后汉乾祐间礼部侍郎司徒诩请开献书之路，但令下罕有应者。① 这一方面是由于中原地区历经战火导致图籍隳灭，另一方面其购求的力度也难以和李昪的“闻有藏书者，虽寒贱必优词以假之。或有贽献者，虽浅近必丰厚以答之”相比。更为重要的是，李昪搜求所得图籍并非束之高阁作为私家财产秘不示人，而是置之礼贤院以吸引士人，使得这些大量的藏书能够为文士观阅。李昉《徐公墓志铭》称徐铉“年十六，遇李氏先主霸有南土，辟命累至，释褐连任书府，由是经史百家烂然于胸中矣”②，可见，在李昪的主持下，金陵富有图籍并得到了良好使用。南唐本土成长起来的文士如钟谟、冯延巳、殷崇义、徐铉、徐锴、张佖、张洎等人后来皆以博洽著称，直到宋初杨亿还感叹“江东士人深于学问”③，南唐文士这种普遍的博学正与图籍的丰富与观阅的容易密不可分。与之形成对照的是，当时中朝文士学识大多贫乏空疏，如冯道在后唐以辞翰笔墨受到庄宗的赏识，做过翰林学士，却被同时人讥讽为学问仅止于《兔园册》，一般的士子更是只看文场秀句以取功名，不仅为江南文士所轻，中朝文士彼此之间也互相轻视。④ 直到宋初立国以后较长时间内，北方的学术仍无改观：乾德四年（966）六月“庚寅，上亲试制科举人姜涉等于紫云楼下……涉等所试文理疏略，不应策问，并赐酒食而遣之”。开宝九年（976）正月“癸未，

① 参（元）马端临《文献通考》卷174经籍考，中华书局1986年影印本，第1507—1508页。

② （宋）李昉：《徐公墓志铭》，见《徐公文集》。

③ （宋）杨亿：《杨文公谈苑》，《宋元笔记小说大观》（一），李裕民辑校，上海古籍出版社2001年版，第492页。

④ （宋）薛居正等：《旧五代史》卷126冯道传：“有工部侍郎任赞，因班退，与同列戏道于后曰：‘若急行，必遗下《兔园策》。’道知之，召赞谓曰：‘《兔园册》皆名儒所集，道能讽之，中朝士子止看文场秀句，便为举业，皆窃取公卿，何浅狭之甚耶。’”（中华书局1976年点校本，第1657页）

命翰林学士李昉、知制诰扈蒙、李穆等，于礼部贡院同阅诸道所解孝弟力田及有文武才干者凡四百七十八人。及试，问所习之业，皆无可采。"①不能不说，这种学识的贫乏与当时中原地区图书的荒瘠是有关系的。

南唐文士博学的养成，从李昪的聚集图书开始，到中主李璟时蔚为风气，当时不仅文臣没有学术会为同列所轻视，甚至连武将也好作诗。②博学的风气并直接浸润到诗坛，使得南唐诗避免了中朝诗的浅俗，形成自己"学深而不僻"的独特面目；另外，富有图籍以及这种搜辑文献的风气，也使得后来的南唐诗人留心于唐代诗歌典籍的搜辑保存：张泊从十三岁开始搜集张籍的诗歌，后来又搜集项斯的诗歌，为之作序结集；③郑文宝则曾经搜辑整理过杜甫的诗集。④留心诗艺和诗学发达的前提必定是整个文化的发达与繁荣，诗学诗艺的传承也须以物质载体尤其是图书典籍的保存为前提，正是在这个意义上，从李昪开始的汇集、保存图籍并使之方便利用，对南唐文化和南唐诗的繁荣具有不可低估的意义。

三　庐山国学的设立及其对后期庐山诗坛的影响

李昪代吴以后，军事政治策略都以保境安民为主。马令《南唐书·先主书》记载升元六年（942）南唐群臣论议开疆拓土，李昪不允，回答说："吾少长军旅，见干戈之为民患甚矣，吾不忍复言兵革。使彼民安，则吾民亦安矣。"李昪崇文抑武，任用文臣，升元六年（942）又下诏大规模弭兵息民、举用儒者。⑤就文化措施而言，学校的设立尤其是庐山国学的设立对南唐学术及诗坛具有重要影响。

升元二年（938），李昪在淮水之滨选址，"冬十月丙子立太学，命删

---

① 分见《续资治通鉴长编》卷 7 乾德四年六月庚寅条、第 172 页，开宝九年正月癸未条、第 363 页。

② 严续因为"少贵倦学，见轻同列"（《十国春秋》卷 23，第 321 页）；武将刁彦能好读书，并曾经与李建勋诗歌唱和（《十国春秋》卷 20，第 306 页）。

③ （南唐）张泊：《张司业诗集序》，（清）董诰等编《全唐文》卷 872，中华书局 1983 年版；张泊：《项斯诗集序》，《全唐文》附清陆心源辑《唐文拾遗》卷 47。

④ （宋）蔡启：《蔡宽夫诗话》卷 4，郭绍虞辑《宋诗话辑佚》，中华书局 1980 年版，第 402 页。

⑤ （南唐）李昪：《举用儒吏诏》，《全唐文》卷 128，第 1279 页。

定礼乐"①。升元四年（940），李昇又在庐山白鹿洞建学馆，置田供给诸生，以李善道为洞主掌教，号为"庐山国学"。②太学及庐山国学"其徒各不下数百"③，盛极一时。

作为学校的经济保障，学田的设置尤显重要，因为它相当于一劳永逸地解决了学校资金来源的问题。置田供给诸生的举动在当时各个割据政权中也仅见于南唐。中朝的国子监不仅时断时续，而且据马端临在《文献通考·学校·太学》中的考证，后唐国子监生还需要自己缴纳所谓的"光学钱"。马端临认为这是"五代弊法"，"至于监生亦令其出光学钱，则贫士何所从出？既征其钱，复不蠲其役，待士之意，亦太薄矣"，容易导致贫寒士子交不起费用，而富有者却可以"未曾授业辄取解送"，出现国子监的在学者多苟贱冒滥的情况。④李昇在南唐则置田供给诸生，保证了贫寒士子的学习，终南唐之世这一举措都没有改变。因此，南唐直至宋初，庐山国学的生徒一直为数众多："知江州周述言白鹿洞学徒常数百千人，乞赐《九经》，使之肄习。诏国子监给本，仍传送之。"⑤据顾吉辰《宋初庐山白鹿洞书院生徒考》一文的考辨，此时白鹿洞书院刚被宋朝接管不久，周述所言的书院生徒数目当为五代、即南唐时期庐山国学的生徒数目。⑥置田供给诸生一举的重要性，还可以从后来白鹿洞书院即庐山国学的衰落得到反面的说明：太平兴国五年（980）"己亥，以江州白鹿洞主明起为蔡州褒信县主簿。白鹿洞在庐山之阳，常聚生徒数百人。李煜僭窃时，割善田数十顷，岁取其租廪给之，选太学之通经者，授以他官，俾领洞事，日为诸生讲诵。至是，起建议以其田入官，故爵命之。白鹿洞由是渐废矣"⑦。宋初白鹿洞书院的衰落，一个重要原因就是中止了学田制度，使书院失去了自南唐以来的经济保障。

---

① 陆游：《南唐书》卷1烈祖本纪。
② 《十国春秋》卷15烈祖本纪，第197页。
③ 马令：《南唐书》卷23归明传下。
④ 《文献通考》卷41，第394页。
⑤ 《续资治通鉴长编》卷18太宗太平兴国二年三月，第402页。
⑥ 顾吉辰：《宋初庐山白鹿洞书院生徒考》，《江西社会科学》1991年第1期，第114页。
⑦ 《续资治通鉴长编》卷21太宗太平兴国五年六月，第476页。

此外，庐山的寺院至少自唐以来就拥有比较丰富的藏书。唐人有读书山林寺庙的风尚，"士子习业大抵以名山为中心，北方以嵩山、终南山、中条山为盛……南方以庐山为最盛"，"唐中叶以后，习业庐山之风甚盛，宰相扬收、李逢吉、朱朴，名士如符载、刘轲、窦群、李渤、李端、杜牧、杜荀鹤皆出其中。大抵皆数人同处，或结茅，或居书院，且有直从寺僧肄业者。唐末五代此风尤盛"。① 文士读书多选择山林寺庙，一方面因为山林大多僻静清幽，适宜于专心攻读，另一方面由于寺庙的文化条件往往不错，有的寺庙本来就有较丰富的藏书。白居易《东林寺白氏文集序》提道："昔余为江州司马时，常与庐山长老于东林寺经藏中，披阅远大师与诸文士唱和集卷，时诸长老请予文集亦置经藏，唯然心许。"看来白居易本人就颇得益于东林寺的藏书，且由于这份前缘，白居易果然在唐文宗大和九年（835）将自己的《白氏文集》六十卷抄送一部纳于庐山东林寺经藏中。除开其他因素，这一选择恐怕仔细考虑过东林寺本来的文化条件和声望。尽管《东林寺白氏文集序》申明自己的文集"仍请本寺长老及主藏僧依远公文集例，不借外客，不出寺门"，推测起来，既然白居易可以看到前人文集，后来文士要看到白居易本人的文集及其他寺中所藏诗文集应该也并不难。况且，白居易本人"不得外借"的初衷并非要人不读其书，而是希望保存完好、传之久远，让更多人读到，他在开成元年（836）的《圣善寺白氏文集序》中提到，要将自己送纳于圣善寺的文集"纳于律疏库楼，仍请不出院门，不借官客，有好事者任就观之"，东林寺的文集情况应该与之类似，是可以由一般文士在寺中观阅的。东林寺这部《白氏文集》后来散佚了，但并非失于观览的文士之手，而是为军阀强力夺走。② 不过，吴大和六年（934）吴德化王杨沔在东林寺又重置了《白氏文集》七十卷，"品流所好，玩阅于兹"，③可见这部文集仍然是可以供喜好者在寺内阅览的。至少对庐山东林寺而

----

① 严耕望：《唐人习业山林寺院之风尚》，载氏著《严耕望史学论文选集》，台北：联经出版事业公司 1991 年版，第 308、291 页。

② 据（宋）宋敏求《春明退朝录》卷下（中华书局 1980 年版，第 43 页），庐山东林寺所藏《白氏文集》后为高骈镇淮南时取去。

③ （五代）匡白：《江州德化东林寺白氏文集记》，《全唐文》卷 919，第 9577 页。

言，寺中所藏其他世俗图书的对待，应该与《白氏文集》相似，就读于寺庙附近或特地来借观的文士，是可以有机会阅读到的。庐山就读的文士对庐山寺庙藏书的借重，与金陵文士对当初礼贤院图籍的借重是一样的。

庐山国学作为与太学平齐的官方学校，本身藏书也为数不少。在庐山国学设立之时，李昪就曾为之广求书籍："烈祖初建学校，丁乱世，典籍多阙，旁求诸郡"，庐陵人鲁崇范九经、子、史世藏于家，此时无偿献出。① 另外，隐居庐山的文士中有的随身就携有大量藏书，有的甚至到庐山后仍继续收集图书，前者如郑玄素：

> 郑玄素，京兆华原人也。少习诗礼，避乱南游，隐居于庐山青牛谷，高卧四十余年……构椽剪茅于舍后，会集古书殆至千余卷。玄素，温韬之甥也。自言韬发昭陵，从埏道下，见宫室制度闳丽，不异人间。中为正寝，东西厢列石床，床上石函中有铁匣，悉藏前世图书、钟王墨迹，纸墨如新。韬悉取之。韬死，玄素得之为多。②

尽管郑玄素得到昭陵陪葬的密籍珍本实属乱世侥幸，但庐山文士的藏书之富也许并非罕见之事：南唐有名的诗人陈贶，史称其"少孤贫好学，游庐山，刻苦进修，诗书蓄数千卷。有诗名，闻于四方"③。作为一介孤贫处士，陈贶尚且能够积聚大量的藏书，而且是偏重在诗学方面的专门藏书，客观说明庐山当时的图籍是颇为丰富的，并且个人也不难得到。公私藏书结合，更为庐山国学生徒的学习提供了良好的条件。另外，陆游《南唐书·元宗本纪》称李璟"少喜栖隐，筑馆于庐山瀑布前，盖将终焉，迫于绍袭而止"，郑文宝《江表志》卷中也说李璟"尝于庐山构书堂，有物外之意"，虽然这是李璟在李昪诸子立嗣风波中的退让之举，但也从侧面表现了庐山当时的文化条件较好、很宜于作为避世读书之所。

---

① 马令：《南唐书》卷18鲁崇范传。
② 马令：《南唐书》卷15郑玄素传。
③ 《江南野史》卷6，《全宋笔记》第一编（三），第196页。

就修习对象而言，庐山国学的士子所学不仅包括儒家九经，也包括诗歌文赋等文学内容。当时庐山国学的生徒间流传着"彭生说赋茶三斤，毛氏传经酒半升"① 的嘲谑之词，说明在传经以外，文学类的赋也在讲说传授之列。虽然史无明证诗歌创作也被列入学校的正式课程，但庐山原本一直是文士隐居读书的胜地，唐末五代以来多有诗人聚集，并形成了规模较大、持续很久的诗人群体。② 处在这样一个诗歌创作氛围浓厚的环境中，庐山国学也成为一个诗艺传授和学习、交流与传播的场所。在学校规定的九经等课程之外，诗学的考校也成为生徒们的重要学习内容，甚至有士子将其作为主要的功课，如伍乔就曾经"居庐山国学数年，力学于诗"③；江为入白鹿洞学习，而"师事处士陈贶，酷于诗句二十余年"④；刘洞同样早年就游学庐山，"师事陈贶，学诗精究其术"⑤，也将相当的精力用在学习诗歌创作上。

可以说，庐山国学的设立直接催生了后期庐山诗坛的形成，并为庐山诗坛带来新的因素：尽管还与同在庐山的隐士、僧道多有交往，但后期庐山诗人的身份不再限于僧道和隐士，而主要是在庐山国学的生徒；他们的诗歌内容也逐渐扩大，新的风格因素开始在他们的诗中出现。同时，由于新的庐山诗坛成员大部分是求取功名的士子，他们虽然身处庐山但同时也关注着金陵，并往往从庐山走向金陵，给南唐诗歌带来了新的内容，庐山因此不单是一个超脱政治和时代的隐士文学渊薮，也是南唐文化整体中的重要一环。

综上，李昪本人因对文艺的爱好，兼具诗歌创作的才能，从任升

---

① 马令：《南唐书》卷15 毛炳传。

② 贾晋华：《唐末五代庐山诗人群考论》一文（载氏著《唐代集会总集与诗人群体研究》，第528—529 页）详细钩稽了唐末五代时期曾经聚集在庐山的诗人们的情况，指出这一时期庐山前后形成了两个诗人群：唐末至五代前期的庐山诗人群包括修睦、齐己、李咸用、处默、栖隐、张凝、孙晟、陈沆、虚中、黄损和熊皦十一人；后期庐山诗人群约当南唐时，包括陈贶、江为、刘洞、夏宝松、杨徽之、孟贯、伍乔、李中、刘钧、左偃、孟归唐、相里宗、史虚白、谭峭、许坚等人，他们彼此因师生关系、同学关系和诗友关系相互联系在一起。

③ 陆游：《南唐书》卷15 伍乔传。

④ 《江南野史》卷8，《全宋笔记》第一编（三），第211 页。

⑤ 《江南野史》卷9，《全宋笔记》第一编（三），第214 页。

州刺史，到掌握杨吴大权，再到代吴自立成为南方重要的霸主，其地位和权力又足以在文化方面有所作为，他所实施的延揽文士、聚集图书、设立庐山国学等举措，对金陵和庐山两个诗坛的形成起到了重要作用。

第二节　金陵诗坛的初建及其重要诗人

金陵在历史上虽为孙吴、东晋及宋、齐、梁、陈六朝文物之所，但隋灭陈以后，为防止有人再度割据江南，对其采取压抑政策，建康城三百多年的经营规制、城邑宫殿、园囿庐舍被毁荡尽净，只留下城西小小的石头城改作蒋州的州治，辖江宁、溧水、当涂县。建康古都衰败了，进入了一个不被重视甚至强加压抑的低谷时期。唐灭隋后，继续贬低金陵的地位，一个时期甚至取消其州一级编制。[①] 隋唐两朝，东南一带以扬州最为繁华阜盛，金陵的地位较之昔日却一落千丈。但在唐末战乱中，从唐僖宗光启三年（887）至昭宗景福二年（892）之间，扬州被兵六年，先后遭到毕师铎、杨行密、孙儒等军队的数度围城和焚略，残破之甚。尽管扬州此后仍然作为杨吴的都城，但昔日淮南使府中曾经出现过的诗酒文会、酬唱频繁的盛况自然也不可能在短期内复现。虽然中国古典诗文中反复歌咏乡村，但历史上文学的兴盛却往往与都市繁荣有密切联系，杨吴与南唐诗歌的发展也亟待新的经济文化中心的形成。李昇精心营构的金陵，逐渐承担起江淮文化中心这一职能，同时也逐渐成为诗人聚集之所。不过，尽管在杨吴后期随着李昇实际掌控大权，金陵的实际政治经济文化地位超过扬州，但由于扬州仍为杨吴都城，还有一批文士在此为官，如王毂、殷文圭、沈颜、沈彬、孙晟等人[②]；南唐建立以后，扬州又被立为东都，因此本文所说的"金陵诗坛"并不限于金陵一地，而是

---

① 相关细节参宋周应合《景定建康志》卷 12（清嘉庆六年刻本）及高树森、邵建光编《金陵十朝帝王州·南京卷》（中国人民大学出版社 1991 年版）。

② 王毂，字虚中，宜春人，乾宁五年（898）及第。贯休有《送王毂及第后归江西》诗（《禅月集》卷 23）。历国子博士，后郎官致仕。《永乐大典》卷 6851 引《清源志》云其约在梁初奔淮南，吴国建，为右补阙。其余殷文圭、沈颜、沈彬、孙晟等诗人，详见下文。

以金陵为中心，还包括扬州等附近地区的诗歌创作。

一 金陵诗坛的形成与发展

1. 金陵诗坛初基的奠定

吴天祐九年（912），二十四岁的李昪以军功擢升升州刺史，经过他的精心治理，升州呈现出"城隍浚整，楼堞完固，府属中外肃肃，咸有条理"① 的面貌。他招徕儒俊，吸引了不少文士，其中就包括能诗之士宋齐丘、孙鲂等人。

宋齐丘（887—959），世为吉州人，生长于南昌，少孤。钟传割据洪州时，宋齐丘曾为其节度副使。钟传死，吴平江西，宋齐丘约于此时东下，先往庐陵、再至升州谒见李昪。②

> 烈祖时为升州刺史，延四方之士，齐邱依焉，因以《凤皇台》诗见志曰……烈祖奇其才，以国士待之。③

《凤凰台》一诗体现了宋齐丘的诗才，对其获知于李昪起了重要作用，不能不引起我们的兴趣：

> 嵯峨压洪泉，岸峉撑碧落。宜哉秦始皇，不驱亦不凿。上有布政台，八顾背城郭。山蹙龙虎健，水黑螭蜃作。白虹欲吞人，赤骥相煿烁。画栋泥金碧，石路盘硈确。倒挂哭月猿，危立思天鹤。凿池养蛟龙，栽松栖鸑鷟。梁间燕教雏，石罅虵悬壳。养花如养贤，去草如去恶。日晚严城鼓，风来萧寺铎。扫地驱尘埃，剪蒿除鸟雀。金桃带叶摘，绿李和衣嚼。贞竹无盛衰，媚柳先摇落。尘飞景阳井，草合临春阁。芙蓉如佳人，回首似调谑。当轩有直道，无人肯驻脚。夜半鼠窸窣，天阴鬼敲啄。松孤不易立，石丑难安着。自怜啄木鸟，

---

① 《钓矶立谈》，《全宋笔记》第一编（四），第216页。
② 参马令《南唐书》卷20本传、陆游《南唐书》卷3本传、《资治通鉴》卷268后梁乾化二年五月条及《江南野史》卷4、《江表志》卷下。
③ 马令：《南唐书》卷20宋齐丘传。

去蠹终不错。晓风吹梧桐，树头鸣噪噪。峨峨江令石，青苔何淡薄。不话兴亡事，举首思眇邈。吁哉未到此，褊劣同尺蠖。笼鹤羡凫毛，猛虎爱蜗角。一日贤太守，与我观橐籥。往往独自语，天帝相唯诺。风云偶不来，寰宇销一略。我欲烹长鲸，四海为鼎镬。我欲取大鹏（后三字《湘山野录》卷下作罗凤凰），天地为矰缴。安得生羽翰，雄飞上寥廓。①

宋齐丘主要以谋略纵横见长，并非专业于诗，他今存的三首诗中其他两首一为五律、一为七律，诗风皆浅熟平滑。《凤凰台》一诗是他现存最早的作品，也最鲜明地体现出他"为文有天才而寡学"、"词尚诡诞"②的特点。

凤凰台为金陵名胜，今已不存，王琦注李白《登金陵凤凰台》一诗曰："《江南通志》：凤凰台，在江宁府城内之西南隅，犹有陂陀，尚可登览。宋元嘉十六年，有三鸟翔集山间，文彩五色，状如孔雀，音声谐和，众鸟群附，时人谓之凤凰。起台于山，谓之凤凰台。山曰凤台山，里曰凤凰里。"李白有两首关于凤凰台的诗，读者往往更熟悉的《登金陵凤凰台》为律诗，另一首五古《金陵凤凰台置酒》知名度稍逊，却可能更直接地影响了宋齐丘：

置酒延落景，金陵凤凰台。长波写万古，心与云俱开。借问往昔时，凤凰为谁来。凤凰去已久，正当今日回。明君越羲轩，天老坐三台。豪士无所用，弹弦醉金罍。东风吹山花，安可不尽杯。六帝没幽草，深宫冥绿苔。置酒勿复道，歌钟但相催。

两相比较，李白此诗仍是其一贯的明快之风，宋齐丘诗则多取怪奇意象，甚至不避丑陋，整体诗风呈现出一种夸张的阴郁。这既是晚唐以来部分诗人受到李贺影响的表现，也与唐末以来存在的投赠干谒作品往

---

① 《全唐诗》卷738 题为《陪游凤凰台献诗》（第8414 页），与马令《南唐书》所载稍异。

② 马令：《南唐书》卷20 宋齐丘传。

往好奇过甚、以求动人视听的风气有关。① 宋齐丘此诗虽然题材、体式皆与李白的相同，但诗中写实的成分却较李白大为增加。从其诗中，我们至少可以知道，杨吴时代的金陵凤凰台傍水倚山，其势巍峨，与附近的寺庙相去不远，台侧开凿有池塘，周遭所植花木无算，松、竹、柳、桃、李、梧桐、芙蓉皆有。这些如此具体的物象，是我们在李白诗中看不到的，它体现了中唐以后写实之风对诗歌的巨大影响。另外，宋齐丘诗前半描绘台观景致，刻意逞才，而后半颂美时宰，表达干谒之意，尽管以凤凰来寄兴，表达自己冀求遇合的心情，取意路径与李白的相似，但与前半部分的关合显得牵强。末尾"我欲烹长鲸，四海为鼎镬"尚可称不错的比喻，而"我欲取大鹏，天地为矰缴"则明显于理不通，篇末语言的粗糙显示出诗思趋于枯竭。

此时在升州李昇幕中的还有诗人孙鲂，其生卒年不详，据龙衮《江南野史》记载，只知其世为南昌人，家贫好学，孙鲂成年时，正是唐末丧乱之际，诗人郑谷亦避乱归宜春，孙鲂曾师事之，颇得其诱掖。又曾与桑门齐己、虚中等人为唱和俦侣。吴王杨行密据有江淮时，遂归射策，授州郡从事，与沈彬尝游于李建勋为诗社。当时有集百篇。② 陆游《南唐书》也详细记载了李昇初任升州刺史时座中宾客之盛，其中就有孙鲂：

> （天祐）九年……帝（按：指李昇）独褒廉吏，课农桑，求遗书，招延四方士大夫，倾身下之，虽以节俭自励，而轻财好施，无所爱吝。以宋齐丘、王令谋、王翃主议论，曾禹、张洽、孙鲂、徐融为宾客，马仁裕、周宗、曹悰为亲吏。③

马令《南唐书》本传也称孙鲂因向郑谷学诗，故所吟诗颇有郑体。考其时间，孙鲂从郑谷学诗，当在昭宗天复二、三年间（902、903）郑谷归隐宜春时。郑谷诗不都是晚唐卑浅诗风，而是也时见风调骨力，受

---

① 唐末游于江淮一地的诗人本有一种奇崛诗风，如顾云、王毂、殷文圭皆其代表。详见本书附录一《唐末及五代初期九华地区诗人群体考察》。

② 《江南野史》卷7，《全宋笔记》第一编（三），第202页。

③ 陆游：《南唐书》卷1烈祖本纪。

其影响的孙鲂诗同样有此特点。孙鲂现存诗 36 首，大多为咏物、唱和诗，但其五言排律《题梅岭泉》长达四十韵，最能显示其诗力。此诗首先渲染梅岭地势雄峻，如"飞阁横空去，征帆落面前。南雄雉堞峻，北壮凤台连"两句，将梅岭上有高阁、前临江水、南北分望城墙与凤凰台的形胜之势以整练的对句道出，颇精警壮伟。然后备列梅岭四时美景，虽不无想象之词，而描写入实，风格秀雅；诗后半颂美当地太守勤政与风雅兼能："讴成白雪曲，吟是早梅篇。创制谁人解，根基太守贤。或时留皂盖，尽日簇华筵。雅咏忧黎庶，狂游泥管弦……孤贱今何幸，跻攀奈有缘。展眉惊豁达，徐步喜周旋。"① 由于诗中同时提到了吴江、凤台等地名，所以此梅岭并非指大庾岭，而是指升州的梅岭岗。又明言为献给当地太守之作，应当作于孙鲂在李昪升州刺史幕中时。据《江南野史》，此后孙鲂可能一直在金陵，直到李昪代吴，累迁正郎而卒。

尽管李昪在天祐十四年（917）被迫离开升州改镇润州，但徐温随即将镇海军治所移到升州，升州作为吴国政治中心城市的地位并未改变，反而因为徐温的亲自坐镇更加提升。金陵逐渐聚集起一批谋求出仕的文士，诗人李建勋也约在吴武义二年（920）前后，起家为金陵巡官，② 他与孙鲂的结识可能始于这一时期。不过，仍然要到十多年后李昪将其作为自己将来代吴立国的都城来经营时，更多的文士才聚集于此，升州也才有了更多的诗歌活动。

2. 金陵诗坛的发展

徐温卒后，其子徐知询、徐知谔又先后镇守升州。吴大和三年（931）十一月，李昪亲自出镇升州，次年即在此设立礼贤院、汇聚图书，并搜罗隐逸、宿儒、文士。

> 先主移镇金陵，旁罗隐逸，名儒老宿，命郡县起之。彬赴辟命，知其欲取杨氏，因献《观画山水图》诗，有云：须知手笔安排定，不

---

① 《全唐诗》卷 886，第 10014 页。

② 马令：《南唐书》卷 10 李建勋传。

怕山河整顿难。先主夙闻其名，览之而喜，遂授秘书郎，入赞世子。①

沈彬（864？—961？）为唐末五代初诗人，曾与韦庄、杜光庭有唱和，可惜简编散佚，没有全集存世，今仅存诗28首。陶岳《五代史补》称其"能为歌诗，格高逸"②，陆游《南唐书》本传则称其"浪迹湖湘，隐云台山，好神仙，喜赋诗，句法清美"。马令《南唐书》本传记载较详：

> 沈彬，筠阳高安人，读书能诗。属唐末乱离，南游湘湖，隐于云阳山十余年，与僧虚中、齐己为诗侣。迄不遇世，乃历名山、治方术。烈祖镇金陵，命所属郡县辟致之。彬知其欲取吴国，因献《画山水》诗云："尺素隐清辉，一毫分险阻。"授校书郎，入辅吴世子琏于东宫，未几乞罢。以尚书郎致仕。禅代之后绝不求进，高安士人多为给其粟帛。元宗南迁，彬年逾八十诣南昌求见。曰臣自处山野，世事不预，臣妻谓臣曰，汝主人郎君，今为天子，冀接清光，死且不朽。元宗优礼待之，赐粟帛遣还，署其子元为秘书省正字。彬尤工诗而未尝喜名，如《再过金陵》诗云："玉树歌终王气收，雁行高送石城秋。江山不管兴亡事，一任斜阳伴客愁。"又《都门送客》诗云："岸柳萧疏野荻秋，都门行客莫回头。一条灞水清如剑，不为离人割断愁。"皆盛称于士大夫。③

看来，沈彬属于唐末艰难于科场的寒素诗人，他们浪游各地，往往有学仙求道的经历，间或也干谒方国霸主，以求取官职或生活之资。受李昪征召时，沈彬已经年近七十，他的干谒之具并非方术，而是其诗歌。关于沈彬所献《观画山水图》诗，前引马令《南唐书》与《江南野史》的记载稍有不同，一为五言，一为七言，诗题一作《画山水》，一作《观

---

① 《江南野史》卷6，《全宋笔记》第一编（三），第196—197页。

② （宋）陶岳：《五代史补》卷4，傅璇琮等主编：《五代史书汇编》第5册，杭州出版社2003年版，第2519页。

③ 马令：《南唐书》卷15沈彬传。

画山水图》，所引诗句可能分别出自两首同题而不同体的诗作，当然也有可能出自同一首诗，只是马令和龙衮在作传时各自选取了不同的诗句。如果是后者，那么沈彬此诗较可能是一首七古或歌行。

吴大和四年、五年（932、933），李昇正在扩建升州、营造宫城，其代杨吴而有之的意图已经昭然无疑。此时沈彬赴金陵所献《画山水》一诗，即对李昇暗寓谀颂之意。不过，尽管沈彬被授予校书郎的官职，却随即去到吴都广陵，成为杨吴世子杨琏的官属。对于想要邀宠于新朝的沈彬来说，成为气数将尽的杨吴世子的属官，当然不是他的本意，他在杨琏的身边恐怕未必自在。这大概也是沈彬不久即辞去官职、自请还山的原因。① 不过，沈彬仍不时前往金陵，与李建勋、孙鲂等人结社谈诗：

> 沈彬尝游于李建勋为诗社。彬为人口辩，每好较人诗句。时鲂有《夜坐》句美于时辈，建勋因试之。先匿鲂于斋中，候彬至，乃问鲂之为诗何如。彬答曰：人言鲂非有国风雅颂之体，实得田舍翁火炉头之作，何足称哉。鲂闻之大怒，突然而出，乃让彬曰：君何诽谤之甚，而比之田舍翁言，无乃太过乎？彬答曰：子《夜坐》句云"划多灰渐冷，坐久席成痕"，此非田舍翁炉上作而何？阖座大笑，善彬能近取譬也。②

---

①　沈彬所辅佐世子究竟是当时的杨吴世子杨琏，还是李昇的长子李璟（当时尚名李景通），对此马令《南唐书》与陆游《南唐书》的记载不一，马书以为世子指杨琏，陆书则云其"表授秘书郎，与元宗游。俄恳求还山，以吏部郎中致仕"。当以马令的记载为是，一者李璟直至937年李昇受禅前才被立为世子，一者如果沈彬当时辅佐的是李昇的长子李璟，是不至于失意还山而去的。龙衮《江南野史》仅言世子，从后文看是指李璟。后人沿袭多误，包括陆书也如此，但马令虽多沿龙衮，此处却明指世子为杨琏，是纠龙书之误。马令书虽成于北宋末，但据其自序（《直斋书录解题》载），其祖元康世家金陵，多知江南旧事，未及撰述，马令因而成书，则马书的材料应当更为可靠。但马令后文又载沈彬在元宗迁都南昌时曾以八十多高龄参谒，并说"臣妻谓臣曰，汝主人郎君今为天子"，应为传闻之误，马令偶然失察。

②　《江南野史》卷7，《全宋笔记》第一编（三），第201页。马令《南唐书》卷13也载沈彬评论孙鲂《夜坐》诗，但所列为七言而言五言："孙鲂……遂与沈彬李建勋为诗社，彬好评诗。建勋尝与彬议，时鲂不在席，以鲂诗诘之。彬曰，此非有风雅制度，但得人间烟火气多尔。鲂遽出让彬曰，非有风雅固然，而谓得人间烟火气何耶？彬笑曰，子《夜坐》句云'划多灰杂苍虬迹，坐久烟消宝鸭香'，非垆上作而何？阖座大笑。"不论何者为是，两处记载都表明沈彬论诗强调"风雅"。

由于沈彬此前不久才赴李昪辟命出仕，至公元937年南唐禅代前已致
仕归江西，孙鲂大约也在李昪受禅后几年内去世，因此三人聚为诗会只
能在吴大和四年至天祚三年，即公元932年至937年。沈彬因在这批诗人
中最为年长，故李建勋特地询问他对孙鲂诗的看法。沈彬评孙鲂诗句条
表明他的评价标准是"风雅"与否，这与他本人"清美"的诗风是一致
的，以这样的标准来看，孙鲂的《夜坐》诗——至少所引其"划多"两
句，虽然不无刻画之功，却的确难脱浅俗之讥。

那么，沈彬本人的诗风如何呢？从现存作品看，沈彬诗不乏沉痛，
也不乏丽句。杨荫深《五代文学》曾评价沈彬诗："天才狂逸，下笔成
章，幼经丧乱，又举进士不第，故颇抑郁。他的诗多悲愤慷慨之词，这
也是必然的趋势。"① 他虽与李建勋为诗友，但两人风格并不相同。沈彬
诗虽有悲慨，却不粗豪，相反颇有温丽之风。其《萍乡春晚寓居》四首
作于四十岁左右，属于壮年的成熟作品，哀而能丽，在其水准最高的作
品之列，且由于正值唐末乱离，感时伤怀，情意真切，能很好体现沈彬
对诗歌风雅的要求：

> 向隅书剑坐销魂，心计艰难有泪痕。三月不寻花下路，一春常
> 闭雨中门。闲时易得开书帙，贫手难求傍酒樽。三十无成今四十，
> 翊周安汉意空存。
>
> 花替残红草绿深，江头闲事岂堪寻。云山忆后思藏迹，家国话
> 来长痛心。战地血流犹未服，侯门心热更相歆。求归闲处无闲处，
> 三纪兵戈犹至今。
>
> 黄鸟垂杨一两声，流年流去不胜情。已伤野径锁春色，空睡山
> 窗愁月明。金山真堪沽酒散，山河到了为谁争。古人尽入平芜去，
> 虚对冯唐夸后生。
>
> 叶老游蜂不更忙，春残去去好思量。倚根托蒂花犹落，损力耗
> 心谁可常。江树不能留野水，晚烟多共恨斜阳。感时伤事皆头白，

① 《五代文学》，第39页。

几个渔竿遇帝王。①

　　沈彬其他诗如"暮潮声落草光沉，贾客来帆宿岸阴。一笛月明何处酒，满城秋色几家砧。时清曾恶桓温盛，山翠长牵谢傅心。今日到来何物在，碧烟和雨锁寒林"（《金陵杂题二首》之二），又如断句"半身落日离秦树，一路平芜入楚烟"、"清占月中三峡水，丽偷云外十洲春"（并见《全唐诗》卷743），在风格上都与前引《萍乡春晚寓居》相近，寄托、感怀，而能以丽句出之。

　　由于沈彬现存诗作较少，能确指为后期的作品更少，虽然较难据以分析他个人的诗风沿革轨迹，不过整体来看，沈彬留存下来的作品以七律居多，风格整丽，又往往能有比兴寄托，的确属杨吴及南唐早期诗坛上较优秀的诗人，无怪当时得到了孙鲂和李建勋等人的推崇。另外，陈尚君据《庐山记》辑出的沈彬诗还有《简寂观》《再到东林寺》《瀑布》《望庐山》等，多写庐山景致，虽然具体作年难以确定，可见他也常常往来庐山，与庐山僧道及国学生徒可能有过直接或间接的交往。其他南唐诗人如廖匡图、李中等人的诗中也有与沈彬酬赠唱和之作。沈彬虽然在南唐建国后已致仕归乡，但他往来于金陵和江西，诗风也介于金陵诗人和庐山诗人之间，或说他既有金陵文士、官僚较为整练华丽的作品，也有如在野诗人朴拙浅俗的作品。整体而言，沈彬作为成名于唐末的诗人，其哀而不伤、整练典丽有来自晚唐丽情诗风的影响，但又融入了寒素诗人相对清新朴素、常有比兴寄托的风格，从而形成"丽而清"的特点，而这对南唐清丽诗风的形成是有明显影响的。

　　李建勋、沈彬和孙鲂三人构成了此时金陵诗坛比较固定的和核心成员，而以李建勋为中心，因其诗歌创作原本用力，当时又正任李昪的副使，容易集聚起一批诗人，制作切磋，研讨诗艺。关于李建勋的诗歌，下文还有专节探讨，这里我们关注的是这些诗人间的互动。正因有共同的诗歌活动，才有"诗社"之名，尽管规模也许不大。除了相聚升州评论诗歌，沈彬、李建勋等人平日也有诗简往来，李建勋有寄孙鲂的《惜

────────────

　　① 陈尚君辑校：《全唐诗补编·全唐诗续拾》卷44，中华书局1992年版，第1384页。

花寄孙员外》《阙下偶书寄孙员外》，还有寄沈彬的《中春写怀寄沈彬员外》《重戏和春雪寄沈彬员外》等诗，① 其中后一诗的末二句云"和来琼什虽无敌，且是侬家比兴残"，可见他们寄和春雪诗已经不是第一次了。沈彬这次唱和的春雪诗今虽不存，但李建勋显然认为沈彬的和诗并未脱出自己诗中"比兴"的窠臼而写出新意来。这两句诗不无戏谑之意，但也透出李建勋对自己诗艺的自负以及对沈彬的期许。李建勋曾自述有诗癖，"省从骑竹学讴吟，便殢光阴役此心。寓目不能闲一日，闭门长胜得千金"（《中春写怀寄沈彬员外》），在此时的唱和切磋中，为了比兴的新颖、在诗艺上超过别人，他们的确在这些酬唱之作上花费了不少心力。

另外，孙鲂今存 36 首诗中有 8 首为咏牡丹之作，且这 8 首中有 4 首标明是与"司空"酬赠唱和：《主人司空后亭牡丹》《题未开牡丹》《主人司空见和未开牡丹辄却奉和》《又题牡丹上主人司空》。② 此司空应为宋齐丘，因其在吴大和六年（934）至天祚二年（936）间为李昪都统判官、司空。从孙鲂其他 4 首牡丹诗的措辞来看，应该也是与宋齐丘的酬赠诗。看来，有一定诗才、并因《凤凰台》一诗得到李昪欣赏的宋齐丘，也时常参与孙鲂等人的诗歌唱和活动。宋齐丘关于牡丹的这些诗歌已不存，但从孙鲂诗中说司空在牡丹时节"首征章句促妖期"（《主人司空见和未开牡丹辄却奉和》）来看，这些唱和是由宋齐丘发起的。牡丹从未开、到盛开、再到花落后，他们皆有诗作唱和，也可见金陵当时的升平气氛和文官的闲适之风，此时金陵诗人的唱和正是在这一前提下才有可能产生。不过，此时的唱和之诗在艺术上总体乏善可陈。孙鲂的 8 首牡丹诗中，2 首为五言，其中一为五律，一为五排；其他 6 首皆七律。其五言尚不显浅俗，七律则难掩卑浅之气。从现存作品看，相对于沈彬以清美温丽的七律见长，孙鲂原本就以五言为优。这与五言、七言各自的体式有关：五言因为距离当时口语较远、字句又精悍，稍加留意，往往能不失古朴之感；七言的句式节奏与口语的距离较小，原本就跟民歌民谣有天然的联系，如果不精心琢磨提炼、使其与日常语言有较大的区别，

---

① 以下所引李建勋诗并见《全唐诗》卷 739。
② 孙鲂诸诗并见《全唐诗》卷 886，第 10015—10016 页。

更易落入过于滑易、浅俗的窠臼。但是，五言近体如果不加推敲、语言浅滑，似乎更与其体调相违，反不如七言即便失之浅滑，也还不致与其本来的体调太不谐调。孙鲂的牡丹诗多用七律，恐怕就与七言诗句一般较易写作（当然不等于更易写好）、比较适宜于酬赠唱和这种需要捷才的场合有关。

3. 年轻诗人在金陵的汇聚

宋齐丘、沈彬、李建勋、孙鲂等年辈较长的诗人以外，金陵也逐渐聚集起一批年轻的诗人。

大和六年（934）十一月，李昇将在扬州辅政的李璟召还金陵，① 李璟的东宫官属冯延巳等人应当也是在此时一并随其归金陵；吴睿帝天祚元年（935）十月，李昇加大元帅，进封齐王，天祚二年（936）建大元帅府，以幕职分判六部及盐铁；十一月吴睿帝又下诏齐王李昇置百官，并以金陵为西都。② 次年十月，吴唐禅代。在此前后数年中，由于李昇大规模地委任官职，许多原本仕于广陵的文士先后汇集到金陵：冯延巳、冯延鲁兄弟同事李昇元帅府，随后冯延巳又任吴王李璟元帅府掌书记；③ 殷崇义（汤悦）本为吴校书郎，后为齐国内史舍人、中书舍人；④ 江文蔚先为李昇齐国比部员外郎、南唐开国后又迁主客郎中、知制诰；⑤ 燕人高越原投奔至广陵，后来又归金陵李昇幕下，"烈祖爱其词学，时齐国立制，凡祷祠燕饯之文，越多为撰之"；⑥ 原本仕吴为校书郎的徐铉也在南唐开国后仕于金陵，任校书郎、直门下省；⑦ 奔吴十年、由于主张北伐不为李昇礼重的韩熙载，此时也被征为秘书郎，掌东宫文翰。⑧

① 《资治通鉴》卷 279 后唐清泰元年十一月，第 9126 页。

② 《资治通鉴》卷 279 清泰二年十月条、卷 280 天福元年正月条及十一月条，第 9136、9138、9153 页。

③ 陆游：《南唐书》卷 11 冯延巳传。

④ 《十国春秋》卷 21 游简言传，第 307—308 页。

⑤ 《徐公文集》卷 15《唐故左谏议大夫翰林学士江君墓志铭》、马令《南唐书》卷 13 江文蔚传。

⑥ 马令：《南唐书》卷 13 高越传。

⑦ 《徐公文集·徐公行状》。

⑧ 《徐公文集》卷 16《唐故中书侍郎光政殿学士承旨昌黎韩公墓志铭》、马令《南唐书》卷 13 韩熙载传。

　　此时金陵文士骈集，其中不乏以诗名家者，冯延巳虽以词名、今无诗留存，但史载其"工诗，虽贵且老不废"①；高越虽以辞赋知名，但也能诗，马令《南唐书》本传载其早年的《鹰》诗②。擅诗者还有成彦雄，他在升元二年（938）便将其数百篇诗结成《成氏诗集》，徐铉为之作序。成彦雄今所存诗皆为七言绝句，以清词丽句见长，成为这一时期金陵诗坛中的翘楚。

　　汇集到金陵的这些年轻诗人之间也有较为频繁的唱和，实际上他们宴集赋诗的风气在广陵已经颇为盛行。《玉壶清话》曾记载了徐铉之弟徐锴（920—974）在一次宴集中的崭露头角："弟锴词藻尤赡，年十岁，群从燕集，令赋秋声诗，顷刻而就，略云：井梧分堕砌，塞雁远横空。雨滴苔莓紫，风归薜荔红。尽见秋声之意。"③ 这次宴集赋诗很可能发生在广陵，因为徐铉父辈已经家于广陵，徐铉十五六岁时已经出仕于吴、任校书郎，也是在广陵。既然是家族间昆弟子侄宴集，徐氏兄弟很可能同时参加了这次赋诗，且二人都幼负才名，此时类似的宴集赋诗应当为数不少，不过一般早年的作品较少能够传世，只有这首秋词因体现了徐锴幼年即有敏捷的诗才得以广泛传颂而保存下来。徐锴现存诗完整的只有4首，并且都是宴集赠和、分题赋诗的产物，其中3首五律、1首七律。④ 这大体显示出徐锴较擅长五律，当时宴集赋诗较多选用的诗型也是五律。至少从其秋词仅存的四句来看，这次宴集赋诗限定的体裁应该是五律。徐锴这两联诗形象与想象互补，设色妍丽，句法灵活，在其所存全部五律中也是最富表现力的诗句。这也说明，在杨吴时代的广陵，在一些诗礼科第世家，其子弟辈中也有新的诗风正在酝酿，他们所擅长的诗型往往是五律，这很可能是由于它与唐代以来作为科举考试科目的五言六韵或八韵的试帖诗形式上最为接近，因而曾经产生过进士的家族较有可能

----

① 陆游：《南唐书》卷11 冯延巳传。
② 马令：《南唐书》卷13 高越传。
③ （宋）文莹：《玉壶清话》卷8，黄益元校点，《宋元笔记小说大观》（二），上海古籍出版社2001年版，第1511页。（宋）阮阅编：《诗话总龟》前集卷2 引蔡宽夫《诗史》载此诗为徐锴十余岁时作，名《秋词》，"风归"作"霜浓"。《全唐诗》卷757 同。
④ 见《全唐诗》卷757。

将五律的技艺作为一种家学教授和传承下来，广陵徐氏家族显然正是如此。

当吴唐禅代、政治文化中心正式移到金陵，文士也纷纷汇集到金陵以后，青年文人宴集赋诗的风气也随之扩展到金陵。由于江文蔚、萧俨、殷崇义等人诗作留存极少，当时金陵唱和的详细情况已难以钩稽，不过徐铉文集中还保留了几篇升元年间与他们的酬唱之作：

> 省署皆归沐，西垣公事稀。咏诗前砌立，听漏向申归。远思风醒酒，馀寒雨湿衣。春光已堪探，芝盖共谁飞。（《早春旬假独直寄江舍人》）
>
> 怜君庭下木芙蓉，袅袅纤枝淡淡红。晓吐芳心零宿露，晚摇娇影媚清风。似含情态愁秋雨，暗减馨香借菊丛。默饮数杯应未称，不知歌管与谁同。（《题殷舍人宅木芙蓉》）
>
> 万里春阴乍履端，广庭风起玉尘干。梅花岭上连天白，蕙草阶前特地寒。晴去便为经岁别，兴来何惜彻宵看。此时鸳侣皆闲暇，赠答诗成禁漏残。（《和殷舍人萧员外春雪》）
>
> 征西府里日西斜，独试新炉自煮茶。篱菊尽来低覆水，塞鸿飞去远连霞。寂寥小雪闲中过，斑驳轻霜鬓上加。算得流年无奈处，莫将诗句祝苍华。（《和萧郎中小雪日作》）①

从徐铉这几首诗来看，当时的赠答唱和以咏物为题的居多，与广陵期间的分题赋诗有类似之处。内容方面主要以文官生活中的细节为表现对象，互相唱和，而不再像更早一些的金陵诗人往往有干谒颂美的动机。诗型方面，七律的比重在增加。

此时，金陵汇聚起新老两辈诗人，他们之间彼此也有一些交往过从，徐铉就有与李建勋宴饮唱和之作：

---

① 《早春旬假独直寄江舍人》《题殷舍人宅木芙蓉》，见《徐公文集》卷1；《和殷舍人萧员外春雪》《和萧郎中小雪日作》，见《徐公文集》卷2。江舍人为江文蔚，萧郎中为萧俨，殷舍人为殷崇义。

雨霁秋光晚，亭虚野兴回。沙鸥掠岸去，溪水上阶来。客傲风敧帻，筵香菊在杯。东山长许醉，何事忆天台。（《中书相公溪亭闲宴依韵（原注：李建勋）》）①

李建勋此时的生活内容大体与徐铉相似，二人在诗歌上有着相通的趣味，所以尽管年辈相差较大而仍能有过从酬唱。但总体来看，金陵诗坛的这两个诗人群在时间上大致是一前一后出现，从现存的材料来看，他们彼此之间的交往较少，诗风也有区别。徐铉等人组成的新的金陵诗人群逐渐成为整个南唐诗坛的中心，其重要性甚至超过庐山国学所聚集的诗人群，并且对庐山诗坛发生影响。这些特点主要在中主李璟保大后期才显著地体现出来，此时，他们的意义才刚刚显露。

4. 新诗风的出现及金陵诗坛的意义

在这批新成长的诗人中，徐铉留存的作品最多，后来诗名也最著，他在这一时期的诗作尽管不多，却能够体现出他本人的美学趣味和后来南唐诗的重要发展趋向。

徐铉（917—992），字鼎臣，其先本为会稽人，父延休为吴江都少尹，遂家广陵。徐铉生于广陵，少孤，长于舅家。② 徐铉与弟锴皆苦节自立，徐铉十岁能属文，十六岁时，被李昇辟为吴校书郎，直宣徽北院，掌文翰。南唐开国，直门下省，试知制诰。③ 今存徐铉这一阶段的诗作不多，除前引数首唱和诗外，其他大致可以推定作于升元年间或者稍前的只有《早春左省寓直》《寒食宿陈公塘上》《将去广陵别史员外南斋》《将过江题白沙馆》《登甘露寺北望》《山路花》《京口江际弄水》《从驾东幸呈诸公》《重游木兰亭》等数首。④ 从这些诗作来看，徐铉日后最典型的清丽诗风此时已经展露，例如：

---

① 《徐公文集》卷2。

② 徐铉：《前虔州雩都县令包府君墓志》，《徐公文集》卷16。

③ （元）脱脱：《宋史》卷441徐铉传，中华书局1977年点校本，第13044页；《徐公墓志铭》《徐公行状》，并见《徐公文集》。

④ 并见《徐公文集》卷1。

垂杨界官道，茅屋倚高坡。月下春塘水，风中牧竖歌。折花闲立久，对酒远情多。今夜孤亭梦，悠扬奈尔何。（《寒食宿陈公塘上》）

京口潮来曲岸平，海门风起浪花生。人行沙上见日影，舟过江中闻橹声。芳草远迷扬子渡，宿烟深映广陵城。游人乡思应如橘，相望须含两地情。（《登甘露寺北望》）

退公求静独临川，扬子江南二月天。百尺翠屏甘露阁，数帆晴日海门船。波澄濑石寒如玉，草接汀萍绿似烟。安得乘槎更东去，十洲风外弄潺湲。（《京口江际弄水》）

缭绕长堤带碧浔，昔年游此尚青衿。兰桡破浪城阴直，玉勒穿花苑树深。宦路尘埃成久别，仙家风景有谁寻。那知年长多情后，重凭栏干一独吟。（《重游木兰亭》）

这些诗不论五言还是七言，诗风都很秀美，也已经很注重意境的塑造，首先在写景的对仗句中意象的挑选和锤炼就颇为精心，像"月下春塘水，风中牧竖歌"一联明显就继承了中唐大历以后诗人对景联的雕琢趣味。徐铉之前，"春塘"一词在唐诗中凡十六见，主要出自中唐以后的诗作中，其中三见于韦应物诗，李嘉祐、白居易诗中皆两见，其他则分别见于张籍、储光羲、刘长卿、刘禹锡、许浑、温庭筠、崔珏、郑谷和韦庄诗中。[①] 这十六句"春塘"诗中又以李嘉祐"野渡花争发，春塘水乱流"（《常州韦郎中泛舟见饯》）一联最为有名。李嘉祐诗被高仲武评价为"往往涉于齐梁，绮靡婉丽，盖吴均、何逊之敌也"[②]，此联很典型

---

① 分见韦应物《池上怀王卿》（《全唐诗》卷191）、《春游南亭》（《全唐诗》卷192）、《对春雪》（《全唐诗》卷193），李嘉祐《常州韦郎中泛舟见饯》《送王牧往吉州谒王使君叔》（二诗并见《全唐诗》卷206），白居易《洛中春游呈诸亲友》（《全唐诗》卷454）、《池上早夏》（《全唐诗》卷458），张籍《朱鹭》（《全唐诗》卷17），储光羲《闲居》（《全唐诗》卷138），刘长卿《送贾侍御克复后入京》（《全唐诗》卷149），刘禹锡《浙西李大夫述梦四十韵并浙东元相公酬和斐然继声》（《全唐诗》卷363），许浑《广陵送剡县薛明府赴任》（《全唐诗》卷531），温庭筠《照影曲》（《全唐诗》卷575），崔珏《和友人鸳鸯之什》二（《全唐诗》卷591），郑谷《鹭鸶》（《全唐诗》卷675），韦庄《题姑苏凌处士庄》（《全唐诗》卷697）。此结果根据北京大学李铎《全唐诗》电子检索系统统计。

② （唐）高仲武：《中兴间气集》卷上，见傅璇琮编《唐人选唐诗新编》，陕西人民教育出版社1996年版，第472页。

地印证了这一评价，尤其"春塘"让人联想起谢灵运的名句"池塘生春草"，而更加浓缩净静。徐铉"月下"一联婉丽秀美颇似李嘉祐，但李嘉祐诗写行船江南所见昼景，动态强烈，徐铉则写月下之夜景，纯写静态，更加宁谧，也更符合他当时独对佳景的心境。"芳草远迷扬子渡，宿烟深映广陵城""波澄濑石寒如玉，草接汀苹绿似烟"两联在写法上还是较为典型地将同类景物并列叠加；"京口潮来曲岸平，海门风起浪花生"、"百尺翠屏甘露阁，数帆晴日海门船"，两联则逐渐在上下两句之间拉开距离、造成跌宕的效果，显露出较为阔大的视域和气象；到"兰桡破浪城阴直，玉勒穿花苑树深"，已经将人的活动化入风景，"直"与"深"已不单是对景物特点的描摹，也描绘出人在风景中的感官印象和直觉体验。《重游木兰亭》应作于徐铉已为官金陵数年以后又重到广陵之时，是这几首诗中写作时间最晚、景物描写以及情景的结合也是最成功的。虽然徐铉此时的诗歌在题材内容上还比较单薄，风格尚未完全成熟，但从这些诗中已经可见他偏重婉丽秀雅风格的诗学趣味。

另外，五律《寒食宿陈公塘上》和七律《登甘露寺北望》有一个共同特点，即首联都是直接叙景之句，并且都采用对仗："垂杨界官道，茅屋倚高坡"，"京口潮来曲岸平，海门风起浪花生"。这就打破了律诗首末联以偏于逻辑的推论语句为多，且通常都不用对仗的常见格式，使诗中的意象语句增加到三联，当然也就加重了诗歌的叙景成分，使物象包括山水景象更突出，而更泯去诗歌的逻辑线索之迹。当全诗推论语言仅余末尾一联，相当于将作者的主观意志置于更不显眼的地位，也就更近于所谓的"无我之境"。同时，开篇即用叙景的对句，打破读者心理预期的定式，也带来清新的阅读感受。

由于推论语言减少，意象语言增多，[①] 这两首诗显得雅洁凝练，这与徐铉诗较少用虚词斡旋的整体倾向是相合的。从根本上说，古典诗歌中虚词尤其是关联词语的出现是基于诗人的逻辑判断，而不是基于对形象

---

① 关于在律诗中将首末联视为"推论语言"、将中二联视为"意象语言"的说法，参考〔美〕高友工、梅祖麟《唐诗的句法、用字与意象》，载氏著《唐诗三论》，李世跃译，商务印书馆 2013 年版。

的直接捕捉和描绘，它天然是散文式的，所起作用主要是语法手段，诗中过多使用关联词语等虚词，会减弱形象性和抒情性，冲淡和稀释"诗味"。唐诗中是由杜甫才开始较多使用虚词，也正是杜甫开启了中唐以后的诗歌不同于盛唐诗的审美范型，这两者之间是有关联的。但是经过中晚唐百余年演变，尤其到唐末五代初，诗中的虚词有越来越泛滥之势，这也是唐末五代诗容易给人以浅俗凡庸的原因之一。此时徐铉正是试图减少非必要虚词的直接出现，而将意义的关联多付之句法本身——在律诗通常不要求对仗的首联位置采用对仗，就是为了弥补由于少用虚词以及推论语句的减少所导致的全诗内在推进和流动之势的不足。徐铉的尝试，至少在语言艺术上使部分诗歌一定程度回归于盛唐诗的兴象浑涵。不过，这种技法，较易施之于那些自发性的写景诗歌，因其一般不需要太多明确的叙述成分；而在叙述性要求较多的诗歌譬如酬唱赠和诗中，就比较难以实行，因为赠和酬唱诗往往需要对酬赠缘由有所交代，而这通常就是由首联或末联的推论语言来完成的，推论语言的减少将不利于酬赠诗的叙述展开。

应该说，徐铉在近体诗尤其是律诗中的革新尝试是有成果的，这些诗歌雅洁秀丽，成为南唐新诗风的典范。

当新诗风在徐铉等人的诗中表现出不俗的实绩后，金陵诗坛的特点也越发彰显：

首先，江南风物开始在徐铉等人的诗中得到更多的细腻表现。当然，他们婉丽秀雅的诗风原本就有得自江山之助的成分。江南（也包括部分江北地区）风土作为诗歌素材，其特性首先来自它优美的自然景色，还有它作为历史舞台所经历的六朝风云，这成为其基本的心象构造。[①] 前文所引徐铉"月下春塘水，风中牧竖歌""芳草远迷扬子渡，宿烟深映广陵城""波澄濑石寒如玉，草接汀萍绿似烟""兰桡破浪城阴直，玉勒穿花苑树深"等诗句，都是典型的江南景色，虽然其中有的是写广陵，但位于江北的广陵，论风景却与江南并无二致。这些诗句表明，徐铉等诗人，

---

① ［日］松浦友久：《一水中分白鹭洲——作为诗歌素材的山川风土》，载氏著《唐诗语汇意象论》，陈植锷、王晓平译，中华书局1992年版。

此时向当地风土撷取的主要是自然山川这一方面，以秀丽的风光组织成诗歌的秀句，形成纯净祥和的意境，呈现出接续王维、孟浩然诗风的倾向。

其次，金陵作为曾经的六朝旧都，可供兴咏的古迹众多，集合了江南风土在历史方面的重要属性，它作为都城的盛衰兴亡本身就是怀古咏史的最好题材，这成为有关江南风土歌咏中的另一个向度。当南唐开国再次定都金陵，政治形势与东晋南朝格外相似，更易引起诗人的慨今伤古之情。尤其对于刚经历过唐末战乱的诗人来说，当他们身处金陵，生发出这种思古之幽情显得更加自然。前文中我们提到沈彬往来金陵期间写有数首怀古之作，正是一个明证，"江山不管兴亡事，一任斜阳伴客愁"（《再过金陵》）成为其格外真切、令人悚然心惊的切身体认，而不单单是一条有关历史的空洞结论。从古典诗歌的承袭性来说，这又是延续了晚唐以来怀古咏史诗的传统，也是顺理成章的选择。以金陵为主要题材的这种怀古咏史诗，在之后的南唐诗歌中得到了进一步的发展。

最后，繁华都市生活显示出对诗歌题材和风格的影响：如成彦雄的诗就典型地体现了城市文学的特点（详见后文）。较多的诗作也开始产生于宴饮集会、即席唱和的情境中，唐末以来曾长期流行的苦吟在金陵诗坛不再占据主导地位，诗风也变得偏于流易。这种都市生活作为创作背景或描写对象为诗引入了风华流丽之气，部分改变了唐末以来往往山林蔬笋气过重、诗风偏于单调枯涩的情形。对于诗风的交流来说，集聚的文人多，不同诗风在都市的碰撞机会也比其他地方要多，如沈彬对孙鲂诗的批评、李建勋对沈彬诗的批评。通过这种诗艺的较量，不同诗风彼此影响和吸纳的可能性也会增加。金陵作为南唐的政治文化中心，吸纳了越来越多的诗人，文人间互相推毂，同时诗歌的受众也大大增加，传播的机会更多、速度更快，也就更便于诗风的选择、主流诗风的形成和产生影响；反过来，传播加速对诗人创作的积极性也会产生相当的推力。

二 早期金陵诗坛的代表诗人李建勋

前文中我们提到李建勋是早期金陵诗坛的代表诗人，这里我们要对其诗风形成作较详细的分析。首先，我们还是不免要知人论世，从他的家世与个性、成长历程等方面去作了解。

1. 夹缝中的政治生涯

李建勋（873？—952），字致尧，广陵人，杨吴旧将李德诚之子。李建勋为徐温之婿，并起家为徐温金陵巡官。徐温死后不久，李昪亲自出镇金陵，李建勋任金陵副使。南唐立国，拜中书侍郎、同平章事，自开国直至升元五年一直为相。保大元年（943）四月，中主李璟即位之初，李建勋因故出为抚州节度使。后召拜司空，称疾辞，以司徒致仕，赐号钟山公。致仕后，营别墅于钟山，放意泉石，卒于中主保大十年（952）。

李建勋一生位高望重，看似平稳顺遂，实则其政治生涯一直处于夹缝中。先是早年其父李德诚就与杨吴当时的权臣徐温之间有种种矛盾和猜忌：李德诚本为杨行密麾下武将，后因平定安仁义之乱有功拜润州留后，但在润州曾因"秉烛夜出，候者以闻，而徐温疑其有变，徙镇江州。德诚犹不自安，乃遣建勋入谒温。温见之，叹曰：'有子如是，非恶人也。'即以女妻建勋"①。尽管徐温招李建勋为婿，但这更多是出于一种笼络羁縻，而不是从此真正解除了对李氏家族的疑虑。加之李德诚还曾与徐温之子徐知训不睦，② 当然更增嫌隙。虽然之后不久，徐知训为朱瑾所杀，李昪从润州迅速渡江入扬州定乱，取得扬州辅政大权，但此后数年间，李德诚、李建勋父子又被卷入徐氏家族和李昪之间激烈的权力争夺中。然而，无论是徐氏还是李昪轮番镇守金陵，李建勋一直都在金陵幕府内，独能自全于徐氏与李昪之间。这得益于他素来的处世谨慎、善于在夹缝里避嫌远祸："建勋家世将相，又娶于徐氏，为其国贵游，然杜门不预世事，所与交皆寒畯，裘马取具而已。"③

但是，善处纷争的李建勋并非真正不预世事，当李昪再次出镇金陵

---

① 马令：《南唐书》卷10。

② （宋）陈彭年：《江南别录》："知训骄暴不奉法……李德诚有女乐数十人，遣使求之，德诚报曰此等皆有所生，又且年长，不足以接贵人，俟求少妙者进之。知训对德诚使者曰：'吾杀德诚，并其妻取之亦易耳。'"［朱易安、傅璇琮等主编：《全宋笔记》第一编（四），大象出版社2003年版，第199页。］

③ 陆游：《南唐书》卷9李建勋传。

时，李建勋成为其节度副使，不但深谙李昪的禅代心迹，更屡次劝其早定传禅大计："先是，知诰（李昪）久有传禅之意……节度副使李建勋、司马徐玠等屡陈知诰功业，宜早从民望。"① 李建勋甚至还曾劝说其父李德诚为李昪充当率众劝进的角色。② 正是由于其推戴之力，南唐建国后李昪对李建勋厚加宠遇，升元年间长久委任以宰相之任。不过，李建勋因宰相权力过重为李昪猜忌，一度曾遭罢免，后来在中主李璟即位后，李建勋又受到李璟原东宫官属的排挤，出镇抚州数年。在这次召还以后不久，李建勋即主动辞官。史称其致仕时"年德未衰，时望方重"③，也即尚未达到普遍的致仕年龄。及时抽身而退，恐怕与李建勋对自身政治处境的感知密切相关，也是他一向远嫌避祸、明哲保身的体现。

李建勋的行为和个性就这样呈现出似乎矛盾的两面：一面是谨慎退避，一面是进取邀宠。显然，他对政治敏感，识见有素：当徐温家族势力甚盛之时，他便杜门不预世事，以免受到更进一步的猜忌；一旦李昪全面控制了局势、吴唐禅代的形势逐渐分明，他又能为其推波助澜。后来他还预言过南唐攻伐湖南、福建之役必败，自己死后不肯封植墓碑因而保全了身后的宁帖，都表现出了他对世情及政治敏锐的判断力。陆游对他的评价是："李建勋非不智也，知湖南之师必败，知其国且亡，皆如蓍龟，然其智独施之一己，故生则保富贵，死犹能全其骸于地下。至立于群枉间，一切无所可否，唯诺而已，视覆军亡国、君父忧辱若己无与者，方区区请出金帛以赠俘虏，真妇人之仁哉。"④ 不论善进还是善退，其实这看似矛盾的两面，在其知时因循的总人格和处世态度下是能够统一起来的。

2. 流连光景与集会赋诗

李建勋的诗今存一卷，主要收录于《全唐诗》卷739。从现存诗作来看，他很少对现实投以关切的目光，他的诗集中最多的是伤春惜花的流

---

① 《资治通鉴》卷279 清泰元年二月条，第9104页。

② 马令：《南唐书》卷9 李德诚传："烈祖建齐国，德诚率诸将劝进，乃其子建勋之谋也。"

③ （宋）郑文宝：《江表志》卷中，朱易安、傅璇琮等主编《全宋笔记》第一编（二），大象出版社2003年版，第267页。

④ 陆游：《南唐书》卷9 李建勋传。

连光景以及一些唱和之作，所反复表现的情志只是对闲居生活的企羡和及时享受这种闲适的愿望。一般来说，选取哪些生活内容作为诗歌的表现对象，诗人对此具有相当的主动选择权，如果认为与政治有关的内容不宜入诗，因而刻意避免这方面的题材也是有可能的，一个好的政治家在诗中也可能完全不涉及政治，但李建勋的情况显然并非如此。他作为杨吴和南唐的重臣，曾位居宰辅数载，却无所可否，畏懦循默，仅仅备位充员。这一方面固然由于夹缝中的处境，尤其是李昪不愿意宰相权重、政事往往由他自己包揽亲为，导致李建勋虽在相位却难以施展；另一方面，李建勋即使对政治有所预见也不肯建言力谏，主要还是他对现实政治缺乏责任感和担当精神、不愿有为的态度在起支配作用。既然他的出仕并非出于士人对现实的责任感，本身也谈不上崇高的政治理想，不追求政治上的建树和有为，那么，若不刻意作伪，作为心画心声的诗歌自然也就不大可能表现出这方面的内容。对这种随波逐流、因循顺势的人生选择和心态，李建勋是有自我意识的，他在诗中对此也有表现：

> 欲谋休退尚因循，且向东溪种白苹。谬应星辰居四辅，终期冠褐作闲人。城中隔日趋朝懒，楚外千峰入梦频。残照晚庭沉醉醒，静吟斜倚老松身。（《和致仕沈郎中》）①

这是在南唐禅代前夕、送沈彬致仕归高安时所作，也是李建勋诗中较少见的直接涉及其仕途进退心迹的作品。当时李建勋身为西都中书侍郎，又正参与李昪禅代的准备活动，处于这样一个简直称得上炙手可热的位置，却在表白自己"欲谋休退""终期冠褐作闲人"，又期待以末二联塑造出身居庙堂却心在山林，或者竟将朝堂认作无异于山林的自我形象。这一方面固然是以对山林的向往来表达对沈彬致仕归隐行为的赞叹，也透露出自身真实的两难处境和矛盾心态：禅代之际，个人政治立场的选择格外艰难，统治者往往会将某种姿态视为非此即彼的阵营分判，对错之间往往间不容发。因此，"因循"就成为李建勋清醒的，也是不得不

---

① 《全唐诗》卷739。下文所引李建勋诗若非另加注明，出处皆同此。

如此的选择。除上引《和致仕沈郎中》诗外，类似的心态和情绪也在《留题爱敬寺》《尊前》等诗中都有表现：

> 野性竟未改，何以居朝廷。空为百官首，但爱千峰青。南风新雨后，与客携筇行。斜阳惜归去，万壑啼鸟声。（《留题爱敬寺》）
>
> 官为将相复何求，世路多端早合休。渐老更知春可惜，正欢唯怕客难留。雨催草色还依旧，晴放花枝始自由。莫厌百壶相劝倒，免教无事结闲愁。（《尊前》）

李建勋诗中不乏有少数作品直接表现自己艰难的政治处境和自身因循的政治态度，但大多数诗作的表现重心在于看花饮酒、踏青赋诗、访僧出游的闲适生活，其最常写到的题材便是惜春、惜花，其中反复表达的同一种情绪，就是花开易落、美景易逝，要及时行乐。这类诗歌在写法上也较雷同，相似的句子或意境一再出现："须知一春促，莫厌百回看"（《春日小园晨看兼招同舍》）、"只恐雨淋漓，又见春萧索"（《惜花寄孙员外》）、"永日虽无雨，东风自落花"（《踏青樽前》）、"莫倦寻春去，都无百日游"（《正月晦日》）、"预愁多日谢，翻怕十分开"（《惜花》）、"惜看难过日，自落不因风"（《金谷园落花》）、"日长徒似岁，花过即非春"（《春日金谷园》）、"未经旬日唯忧落"（《醉中惜花更书与诸从事》）、"莫言风雨长相促，直是晴明得几时"（《惜花》）等。

对于诗人来说，反复表达的主题往往有两种原因，一是由于诗才有限、腹笥不广，因而语意一再重复；另一种可能则是由于它表达了诗人某种核心痛苦，就像生物机体会由同一个病灶引出种种不同症状，诗人不断地呼籥，也因其指向同一种存在的空洞，它既不能根本解决，也难获妥帖慰藉。对每个诗人而言，花落春去都象征着时光的无法挽回，宇宙亘古恒常的运行不会因为任何个体而改变其节奏，因此从根本上来说，对时光的焦虑是所有诗人共同的深刻底色和最核心的痛苦。即便在全世界诗歌中普遍存在的"爱与死"这两个母题，归根结底都源自对时间的焦虑，死亡的痛苦自然是时间的流逝所致，爱情的消逝同样是时间的自然结果，它们都是人类对时间的焦虑在诗歌中的结晶。每一朵花的凋零，都是一个看似微不足道的死亡，但每一个小小的死亡，也是人、当然也是诗人自身一部分的死亡。季节的更替更是时间以看似轮回的方式在直接显形。中国古典诗歌从屈原、从《古诗十九首》就不断表达时间流逝的强烈焦虑，因为那时诗人开始成为个体的人、不得不独自承担生命的痛苦。对李建勋来说，他是这个传统中的一环，他在惜花诗句中表达的是同样的痛苦，只是他的表达显得较为单调贫乏。另外，既然李建勋一直处在政治夹缝中，只是凭借着自身谨慎周旋、因循畏懦才得以善始善终，而作为一个周慎的人，他也不可能将这种痛苦在诗歌中表达出来，但他也不可能完全回避这种痛苦。其实，李建勋对自身处境的表现，就隐藏在他的这些惜花诗中。诗，不但可以兴观群怨，也是可以"隐"的，而隐藏也就是一种表现。因此，李建勋所有关于寻春、惜花的诗句，都是情真意切的。对花之凋零表达一再的痛惜，甚至在花谢之前就预先为之痛苦，折射的正是他对自身好景不长的深深忧虑。

流连光景之外，召集唱和、较量诗艺也是李建勋诗歌生活的重要内容，而这对金陵诗坛的形成推动颇大。前文中曾提到这一点，但主要还限于他跟沈彬、孙鲂的论诗，这里要补充的是李建勋在金陵经常召集和参与的其他集会唱和、分题赋诗。李建勋一生只在中主保大初曾出镇抚州三年，其余为官时间皆在金陵度过。他在金陵城北面的东溪附近筑有清溪草堂，诗中时常写到在此处的独自闲居，如《早春寄怀》《溪斋》，或是宴集赋诗，再如《赋得冬日清溪草堂四十字》：

> 莫道无幽致，常来到日西。地虽当北阙，天与设东溪。疏苇寒多折，惊凫去不齐。坐中皆作者，长爱觅分题。

这是李建勋在清溪草堂召集的一次雅集，并且从"坐中皆作者，长爱觅分题"可见与会者每人要分题赋诗。另外，他的《登升元阁》一诗中也有"登高始觉太虚宽，白雪须知唱和难"之句，同样是一次集体的登高赋诗，在李建勋此诗之前，至少已有其他作者的原唱。从这些诗句可以看出当时金陵的集会唱和风气，并且这种酬唱往来中诗艺较量的成分是比较突出的，所以说"白雪须知唱和难"。从前引"和来琼什虽无敌，且是侬家比兴残"（《重戏和春雪寄沈员外》），可以看到他们轮番唱和往返，并希望诗中的"比兴"能够翻出新意，显示出李建勋对自己诗艺的自负以及对沈彬的期许。到中主时期这种集会唱和、分题赋诗之风更加盛行，其中就包括保大七年（949）中主李璟亲自召集的春雪诗唱和，后文中将另加论述。

李建勋往来酬唱较多的还有僧人。他不仅在诗句中频频提到寺庙和僧人，还经常与僧人互有往访，如《夏日酬祥松二公见访》《怀赠操禅师》，甚至自居为"老僧"（《和元宗元日大雪》）。金陵本多古寺，自李昇又重新开始崇佛；李建勋既然并不留心于官事，转而向佛、以方外自居也是很自然的选择。在身份地位相似的其他在朝诗人群中这种情形也并不少见，如李建勋《赠赵学士》一诗中也称对方"吟访野僧频"。这说明当时金陵以李建勋为中心的诗人群在人生选择、心境上也多有相似，相应地，他们的诗歌在题材和风格上也有相似之处。晚唐五代诗人中白体风行，但要论杨吴南唐的诗人群中有谁最能得白居易闲适诗风之味，却是非李建勋莫属，尤其在他晚年诗作中，由于心态和处境的相似带来的流连光景与侫佛气味也与白居易十分投合。但在语言及诗艺的造诣上，李建勋又显然远逊于白居易，导致他的这类诗作不能像白居易那样时见精彩。

3. 诗风、诗艺

以体裁言，李建勋诗以五律最多，其五律的题材主要是日常生活中的清愁与闲适，伤春悲秋、闲游遣兴、山居夜坐的主题频繁出现。诗人对时间流逝带来的焦虑很敏感，希图用一种看花载酒的行乐去冲淡这种焦虑，而不免世路多端，"浮生何苦劳，触事妨行乐"（《春阴》），因此他也在诗中表达一种"达生"的希望："寄语达生人，须知酒胜药。"（《春阴》）有时也表达闲适自得的感受，如《宿山房》就描写一种独自沉浸在安静境界中的感受：

　　石窗灯欲尽，松槛月还明。就枕浑无睡，披衣却出行。岩高泉乱滴，林动鸟时惊。倏忽山钟曙，喧喧仆马声。

《宿山房》明显受到汉魏古诗以及王维同类题材诗的影响，但没有汉魏古诗的悲郁，情绪显得比较平和；较之王维的简洁明净，李建勋的这类诗又显得词繁，境界也不够鲜明。

李建勋七律最多的是咏物题材，所咏又多为雪、花、雨。其咏物较少采用比拟、联想，而多采用白描手法，即直接去描绘所咏之物的形态，比如《和元宗元日大雪登楼》中"狂洒玉墀初散絮，密黏宫树未妨花"一联，虽然也暗用柳絮和花来作比，但最主要的描写来自诗句前半对大雪"狂洒玉墀""密黏宫树"之形态的直接形容。应该说，这两句虽然能传达出急雪繁密之势，但整体不太成功，缺少韵味和美感。但是，有的作品在这种白描手法上却较为成功，体物能达到相当细腻的程度，如《春雨二首》的中间两联："寒入远林莺翅重，暖抽新麦土膏虚。细蒙台榭微兼日，潜涨涟漪欲动鱼。"对春雨似寒已暖、微细绵长特征的捕捉就十分准确。这四句都在头一字就直接捕捉住这场春雨的特征，既是寒的，又是暖的；既是细微的，也是悄然地、叫人难以觉察的。然后具体刻画出这些特征的动态与情态："入远林""抽新麦""蒙台榭""涨涟漪"，这正是获得"寒""暖""细""潜"四种直观感受所借由的事物，有远有近，有宽阔的，也有微小的。句末三字"莺翅重""土膏虚""欲动鱼"再对春雨带来的种种细腻变化和结果作出补充，化难以体察和描绘的春雨为可以体察和描绘的物态；"微兼日"则描绘了春雨伴随着微阳的情态。这些感受不见得都是一次所得，很可能是叠合了多次的印象而成，在写作此诗的当下，在眼前场景与回忆、想象的交织中，各种印象全都聚集起来，形成这四句诗对春雨入微的刻画。这四句的上四字结构相同，排列的整齐带来句式的流畅；每联下三字的结构有所变化："莺翅重""土膏虚"是主谓式，显示春雨之寒与春雨之暖各自的结果；"微兼日""欲动鱼"为动宾式，与前四字形成联动结构，写出与春雨相伴随的微弱的阳光，以及水中游鱼对雨落涟生的反应。在律诗要求严格对仗的中二联的位置上，既有结构的相似和相承，又有承袭下的改换变化，造成大体整齐又不乏参差的效果，避免了句式的板滞。另外，"虚""欲"二字也可以见出李建勋炼字的推敲功夫。

但是，白描手法的运用也有失败之作，"狂洒玉墀初散絮，密黏宫树未妨花"已经不见得好，至于如《东楼看雪》"化风吹火全无气，平望惟松少露青"一联，不仅卑陋无意境，而且无诗意可言。再如"高楼鼓绝重门闭，长为抛回恨解衣"（《醉中惜花更书与诸从事》）一联，"抛回"一词的意思当为抛掷了春景春花回到家中，但词语却未免生造难懂，也显示出诗艺的琢磨锻炼还不够。有的体物之作因为能较好地结合抒情品质，使咏物题材呈现出深婉动人的风貌，如《惜花》："莫言风雨长相促，直是晴明得几时。"以转折、让步的句式对惜花心事作最细腻的揭示，也将年命促迫的忧伤完全融入其中。

李建勋今存绝句较少，其中七绝又占绝大多数，情致深婉，风格秀丽。例如：

> 佳人一去无消息，梦觉香残愁复入。空庭悄悄月如霜，独倚阑干伴花立。（《独夜作》）
> 他皆携酒寻芳去，我独关门好静眠。唯有杨花似相觅，因风时复到床前。（《清明日》）
> 匀如春涧长流水，怨似秋枝欲断蝉。可惜人间容易听，清声不到御楼前。（《送李冠》）

综合各种诗体来看，李建勋曾经尝试过不同风格，如《感故府》二首在五古中结合了五律的写法，造成了一种平易流畅却感慨深厚的效果：

> 戚戚复戚戚，期怀安可释。百年金石心，中路生死隔。新坟应草合，旧地空苔色。白日灯荧荧，凝尘满几席。
> 悒悒复悒悒，思君安可及。永日在阶前，披衣随风立。高楼暮角断，远树寒鸦集。惆怅几行书，遗踪墨犹湿。

《小园》一诗则在五律中融入了古诗对同类题材的处理方式，古淡有味，朴实清新：

> 小园吾所好，栽植忘劳形。晚果经秋赤，寒蔬近社青。竹萝荒

引蔓，土井浅生萍，更欲从人劝，凭高置草亭。

李建勋描写了自己闲居时的栽植劳作，可以看出有对姚合《闲居遣怀十首》《武功县中作三十首》等诗的取法，但与姚合不同的是，李建勋诗中完全不涉及自己的官场生活及其心态，直似一介知足的老圃，为作物的可喜和劳作带来的愉悦自得其乐。

七言诗《细雨遥怀故人》似乎是李建勋的一种新尝试：

> 江云未散东风暖，溟蒙正在高楼见。细柳缘堤少过人，平芜隔水时飞燕。我有近诗谁与和，忆君狂醉愁难破。昨夜南窗不得眠，闲阶点滴回灯坐。

从其押仄声韵以及三处失黏一处失对来看，不属于严格的七言律诗范围；如果将其作为七言古体，它每句内部的平仄又是遵照律诗规则的，并且中二联也大体对仗。这应该是李建勋将古风的拗峭风格与律诗结合的一次有意尝试。律诗经过二百多年的发展，到了唐末五代，在思维和语言组合上程式化和模式化都相当严重、近乎成为一种自动的诗歌形式，在这种背景下，李建勋的尝试是有意义的，尽管类似作品较少，也没有产生大的影响，但这表明了李建勋对诗艺的探索仍然是比较积极和主动的。这种尝试与徐铉的探索一样，成为南唐诗风形成和发展的重要动力。

《唐才子传》评价李建勋"赋诗琢炼颇工，调既平妥，终少惊人之句也"[①]，一方面切中了李建勋诗的要害，即诗思的平妥和诗味的淡薄；另一方面也指出，李建勋也有"琢炼""颇工"的诗作，如我们前引的部分作品，但他的确有一些诗歌语言失之于浅易无味，如"须知三个月，不是负芳晨"（《春日金谷园》），有的还不免生造，如"道胜他图薄"（《闲游》）、"心破只愁莺践落"（《惜花》）。七律语言也有因缺少琢磨锻炼而缺乏诗味的，如"化风吹火全无气"（《东楼看雪》）、"欲召亲宾看一场"（《蔷薇二首》）、"特地繁于故岁看"（《春雪》）、"况是难逢值腊中"

---

①　傅璇琮主编：《唐才子传校笺》卷7李建勋条，中华书局1990年版，第386页。

（《雪有作》）等，句法都很勉强，失却了自然平易，又没有达到拗峭拔俗的效果。这种语言上的缺憾不完全是因为创作态度上的缺乏琢炼，或是诗人胸襟、精神格局上的局限等因素，很大程度上也是由于学力的贫弱。尽管史称李建勋博览经史，但他的诗中学识的体现不多，时常出现的描写形容的不力显示出学养的贫乏给诗歌语言带来的限制。尤其与适逢南唐文化全盛时期的诗人往往资学以为诗相比，李建勋的诗歌受制于学养的局限是很明显的。

4. 对东晋南朝风流的追慕及晚年诗风的转变

李建勋在金陵为官很多时候不过因循备位，唯爱流连光景、宴饮赋诗，这种生活态度颇叫人想起那些"居官无官官之事，处事无事事之心"① 的东晋名士。陆游《南唐书》李建勋本传中还记载：

> 宋齐丘当国，深忌同列，少所推逊，然独称李建勋曰：李相清谈，不待润色，自成文章。

李建勋的逍遥和清谈，很可能包含有意追慕东晋南朝名士风流的意味。不只是清谈，还有其他一些行事方式也很相似。保大初年，李建勋曾经短暂地出镇抚州，当时逸事颇有流传：

> 李建勋镇临川，方与僚属会饮郡斋，有送九江帅周宗书至者，诉以赴镇日近，器用仪注或阙，求辍于临川。李无复报简，但乘醉大批其书一绝云：偶罢阿衡来此郡，固无闲物可应官。凭君为报群胥道，莫作循州刺史看。②
>
> 李建勋罢相江南，出镇豫章。一日与宾僚游东山，各事宽履轻衫，携酒肴，引步于渔溪樵坞间，遇佳处则饮……③

---

① （唐）房玄龄：《晋书》卷75刘惔传，中华书局1999年版，第1342页。

② （宋）郑文宝：《南唐近事》卷2，朱易安、傅璇琮等主编《全宋笔记》第一编（二），大象出版社2003年版，第223页。

③ （宋）文莹：《湘山野录》卷上，《宋元笔记小说大观》（二），上海古籍出版社2001年版，第1393页。其中所云"豫章"当为临川之误，李建勋不曾出镇豫章。

前一则表现出的简傲几乎可入《世说新语》，后一则展现出来的纵情山水的形象也颇似贬官温州时的谢灵运。李建勋晚年致仕后在钟山营别墅、放意泉石，号"钟山翁"。《玉壶清话》载其"尝畜一玉磬，尺余，以沉香安节柄，叩之，声极清越。客有谈及猥俗之语者，则击玉磬数声于耳。客或问之，对曰：'聊代洗耳。'一轩，曰'四友轩'，以琴为峄阳友，以磬为泗滨友，《南华经》为心友，湘竹簟为梦友。"① 这种清雅的趣味、对庄子的爱好都有东晋南朝名士的影子，这种对东晋南朝名士的追慕也影响到他的为官态度和生活态度，并体现在其诗歌中。

李建勋晚年诗风有所转变，史称其"为诗少时犹浮靡，晚年颇清淡平易，见称于时"②。李建勋今所存诗不到百首，其中并无特别浮靡的作品，可能是少时作品不存之故。但所谓"清淡平易"之作集中仍时一见之，主要是一些涉及田园生活的五律，但这些诗的具体作年无法确定，只能根据前引史书所称其诗风早年晚年之别，按其风格大致推定为晚年所作。这些写田园生活的作品，一类是取旁观态度，将农家的日常生活描写得静谧而令人歆羡，如《田家三首》：

> 毕岁知无事，兵销复旧丁。竹门桑径狭，春日稻畦青。犬吠隈篱落，鸡飞上碓程。归田起□（按：该字原缺）思，蛙叫草冥冥。
>
> 不识城中路，熙熙乐有年。木盘擎社酒，瓦鼓送神钱。霜落牛归屋，禾收雀满田。遥陂过秋水，闲阁钓鱼船。
>
> 长爱田家事，时时欲一过。垣篱皆树槿，厅院亦堆禾。病果因风落，寒蔬向日多。遥闻数声笛，牛晚下前坡。

另一类是对耕种生活的亲自体验。前文中所引《小园》一诗就表达了亲自耕作及由此获得的充实之情，精神意趣上有着得自于陶渊明的影响，但李建勋是以其熟悉的五律来处理陶渊明古诗的题材，风格上也学

---

① 《玉壶清话》卷 10，《宋元笔记小说大观》（二），第 1524 页。

② 马令：《南唐书》卷 10 李建勋传。

陶诗的清新朴实。至少在其耕种于小园中时，李建勋摆脱了前期为官时心灵摇摆于官场与山林之间的矛盾与分裂状态、也摆脱了及时行乐的心态，相应的题材也从其诗中消失，而在这种新的、田园题材的诗中，"心"与"迹"在诗里呈现出和谐统一。这种诗风的转变不完全是由于处境的改变、可能也有诗歌阅读体验和取法对象转变的因素，毕竟当时不仅前朝的诗学典范众多，书籍的获得也较为容易，尽管他们当时的阅读体验已难完全呈现在我们面前。

三　金陵新诗风的代表成彦雄及其《柳枝辞》

成彦雄，字文干，本籍为河北上谷，不知何时迁至江南，具体生卒年里不详，南唐贡举及第。[①]《崇文总目》载："成文干《梅岭集》五卷。"[②]《郡斋读书志》著录为："成彦雄《梅顶集》一卷，右伪唐成彦雄，江南进士，有徐铉序。"[③] 徐铉文集中今存有《成氏诗集序》，从中我们可以获知稍详细的信息：

> 诗之旨远矣，诗之用大矣。先王所以通政教，察风俗，故有采诗之官，陈诗之职。物情上达，王泽下流。及斯道之不行也，犹足以吟咏性情，黼藻其身，非苟而已矣。若夫嘉言丽句，音韵天成，非徒积学所能，盖有神助者也。罗君章、谢康乐、江文通、邱希范，皆有影响发于梦寐。今上谷成君亦有之，不然者，何其朝舍鹰犬，夕味风雅，虽世儒积年之勤，曾不能及其门者耶？逮予之知，已盈

---

①　关于成彦雄的生平，参看《唐五代文学编年·五代卷》后晋高祖天福三年（938）徐铉条（第307页）、后周太祖广顺二年（952）成彦雄条（第451页）等处。但该书将成彦雄中进士系于保大十年（952）以后，恐不确。因南唐虽自保大十年方正式开设贡举，但在烈祖升元初、升元中、升元末以及元宗保大初皆有中举的记载，可见当时是有科举的，只不过没有形成常设的制度，因此成彦雄中进士不一定迟至保大末年。关于南唐贡举开科情况，参见赵荣蔚《南唐登科记》，《盐城师范学院学报》（人文社会科学版）2003年5月。

②　（宋）王尧臣等：《崇文总目附补遗》卷5，《丛书集成初编》本，上海商务印书馆1937年版，第351页。

③　（宋）晁公武：《郡斋读书志校证》卷18，孙猛校证，上海古籍出版社2005年版，第948页。其中"梅顶"当为"梅岭"之误。

数百篇矣。睹其诗如所闻，接其人知其诗。既赏其能，又贵其异。故为冠篇之作，以示好事者云。戊戌岁正月日序。①

此序作于戊戌年，即南唐升元二年（938），徐铉当时不过二十二岁。以常情推断，既然成彦雄请徐铉为自己的诗集作序，他与徐铉二人年龄至少应大致相当。另外，按照徐序文中"朝舍鹰犬，夕味风雅"的说法，成彦雄本来是豪家子，一旦舍弃呼鹰走马的生活而折节读书，居然能够很快在诗歌上有所成就。徐铉为他作序时，成彦雄已经有诗数百篇，其诗集今已亡佚，仅在《全唐诗》卷759中留存了27首，《全唐诗补编·续补遗》又据《尊前集》补入《杨柳枝》1首，② 现存诗合计不过28首。

成彦雄现存28首诗中有24首为七绝，其中10首《柳枝辞》（或称《杨柳枝》）可称其代表作。③ 在看成彦雄的这一组《柳枝辞》以前，需要回顾一下《柳枝辞》或称《杨柳枝》的创作历史，④ 因为它并非单纯的徒诗绝句，而是与音乐和词体都有密切关系。

关于《杨柳枝》的起源有一些争议。汉乐府横吹曲有《折杨柳》、梁鼓角横吹也有北地传入的《折杨柳歌辞》及《折杨柳枝歌》，相和歌辞瑟调大曲有《折杨柳行》，清商曲辞西曲歌有《月节折杨柳歌》13曲，但都与唐《杨柳枝》无涉。中唐以后才开始流行的《杨柳枝》在郭茂倩《乐府诗集》中被归入近代曲辞，足见它与旧时的鼓吹曲辞《折杨柳》并非同一源头。白居易在五排《杨柳枝二十韵》小序中也云："杨柳枝，洛下新声也。洛之小妓，有善歌之者，辞章音韵，听可动人，故赋之。"⑤《杨柳枝》所用的曲调可能起源于隋代杂曲。隋代有《柳枝》曲，一名《杨柳》。唐人诗中有提及，如岑参《裴将军宅芦管歌》："巧能陌上惊

---

① 《徐公文集》卷18。
② 《全唐诗补编·续补遗》卷11，第471页。
③ 《尊前集》所收成彦雄十首《杨柳枝》较《全唐诗》卷759所收其九首《柳枝辞》多出一首，但此首的风格与之其他九首风格相去较远，应当并非同时所作，故本书只考虑《全唐诗》所收的九首，视其为同一系列。
④ 关于《杨柳枝》诗的渊源流变，请参看本书附录二《隋唐曲〈杨柳枝〉源流再探索》一文。
⑤ 《全唐诗》卷455，第5156页。

《杨柳》。"① 它也是唐代的教坊曲。王灼《碧鸡漫志》考证:"杨柳枝,《鉴戒录》《柳枝歌》,亡隋之曲也……张祜《折杨柳枝》云:莫折宫前杨柳枝,当时曾向笛中吹。则知隋有此曲,传至开元。《乐府杂录》云:白傅作《杨柳枝》……盖后来始变新声,而所谓乐天作杨柳枝者,称其别创词也。"② 白居易新创的《杨柳枝》具有典范作用,他以七言绝句写作歌辞,从此成为《杨柳枝》不可动摇的定式,同时代如刘禹锡等人的唱和、后人的拟作都采用七绝的体制。同时,也逐渐形成了依调填辞以及一调多辞的情况,除《杨柳枝》外,还有《柳枝》《添声杨柳枝》《折杨柳》等调名,单单《杨柳枝》调下的歌辞存至今天的便有91首。③ 唐人惯听声诗的好尚、加上作者作品众多,甚至出现了有的歌妓专以演唱《杨柳枝》著名的盛况,白居易府中歌伎樊素、晚唐湖州歌伎周德华即为其中最知名者。④ 另外,往往还有舞蹈配合《杨柳枝》曲的演唱,薛能《柳枝词五首》序云:"乾符五年,许州刺史薛能于郡阁与幕中谈宾酣饮醮酊,因令部妓少女作《杨柳枝》健舞,复歌其词,无可听者,自以五绝为杨柳新声。"⑤ 歌唱的形式又影响了诗人的创作方式,不少作者都有成组的《杨柳枝》,大约就与曲子联歌的方式有很大关系。⑥ 白居易、刘禹锡、司空图皆如此,成彦雄也不例外。

到成彦雄的时代,《杨柳枝》往往成为一种与酒筵歌舞相伴随、娱乐性很强的文学形式,基本是作为歌辞存在,尤其是那些采用联章形式的作品。以后我们还会看到徐铉也有这样的两组《柳枝辞》。之所以仍然将它们视为七绝、而不仅是词,也因为它们仍然是咏物诗,"杨柳"在其中

---

① 《全唐诗》卷199,第2058页。

② (宋)王灼:《碧鸡漫志》卷5,(唐)南卓等著《羯鼓录 乐府杂录 碧鸡漫志》,上海古籍出版社1958年版,第93—94页。

③ 王昆吾:《隋唐五代燕乐歌辞研究》,中华书局1996年版,第80—81页。

④ 《全唐诗》卷461白居易《不能忘情吟》序云:"妓有樊素者,年二十余,绰绰有歌舞态,善唱杨枝,人多以曲名名之,由是名闻洛下。"(第5250页)《云溪友议》卷下:"湖州崔郎中刍言,初为越副戎,宴席中有周德华。德华者,乃刘采春女也,虽《啰唝》之歌,不及其母,而《杨柳枝》词,采春难及。崔副车宠爱之异。将至京洛。后豪门女弟子从其学者众矣。"[(唐)范摅:《云溪友议》,古典文学出版社1958年版,第66页。]

⑤ 《全唐诗》卷561,第6519页。

⑥ 《隋唐五代燕乐歌辞研究》,第82页。

并不只是作为词牌存在，更是所咏的实际对象。

　　作为所咏对象的杨柳几乎是柔美最为理想的表现物，它往往引起一种关于女性的联想：纤叶如眉样，柔条似舞腰，它与生俱来的柔软质性，也与女性的温柔类似，加之它的背后还积淀着韩翃和柳氏、白居易和樊素、李商隐和柳枝等有关爱情的传说故事。再加上折柳赠别的习俗，一切的美好，一切的婉转、缠绵、不舍和思念，似乎都能在杨柳的形象上找到对应和寄托，故而它往往成为文人赠妓词的托拟对象。此外，杨柳性喜水，最适合的生长环境是长江流域及其以南的平原地区，在文学中，它便常与画桥烟水的江南风土相连、彼此提示着对方的存在，《杨柳枝辞》中有许多内容就是直接写苏州、杭州等江南城市（也包括江北的扬州）的风土，或是有关这些地方的回忆。同时，杨柳因为姿态美丽常在城市大量栽植。依傍着御街宫墙、楼阁亭台，凭借着阳和之力，烘托出一幅都市行乐图，成为太平时节与繁华生活的暗示和象征。

　　这样的产生环境和传播方式便与其题材内容互相影响，使得《杨柳枝辞》基本是作为一种城市文学的文体而存在，尤其在歌筵舞席之间更易流行：杨柳枝辞为文士所熟悉，文体短小，能够迅捷成篇，又有现成曲调，能立即付与歌伎传唱。再者，其中也往往蕴藏了诗人们希图较量诗艺的成分。因为《杨柳枝》限定了题材和体裁，诸人同作，实际上是一种同题唱和，如白居易和刘禹锡的《杨柳枝》中便有彼此唱和之作。这是同时之作的情况，如果是异代的作者同制此题，仍然不乏与前人一较胜负的意图。薛能在《折杨柳十首》的序中称："此曲盛传，为词者甚众，文人才子，各衒其能，莫不条似舞腰，叶如眉翠，出口皆然，颇为陈熟，能专于诗律，不爱随人，搜难抉新，誓脱常态，虽欲弗伐，知音其舍诸？"① 口吻虽然骄矜自负，但也道出了某种实情，即此一题材因为作者太多而易流于陈旧。薛能知难而进，其实也是出自展露才情的目的。后人对此题仍然屡有重章叠唱，同样不无较量诗艺、逞才斗胜的心态，希望"搜难抉新，誓脱常态"，能够因难见巧，见赏于知音、传之后世。

　　在前后众多作手中，成彦雄的《柳枝辞》仍有他鲜明的特点，为了

---

① 《全唐诗》卷561，第6518页。

使他的特点更突出，不妨先看看同为金陵诗坛成员的孙鲂如何写这一题材。

孙鲂写有两组柳枝绝句，一组是《柳》十首，另一组是《杨柳枝》五首，《杨柳枝》第五首云"十首当年有旧词"，当即指《柳》十首，由此可知这两组分作于不同的时期。从"九衢春霁湿云凝"、"千树阴阴盖御沟"等用语来看，应该是作于其在金陵期间。孙鲂两组柳诗的语言都比较缺乏敷腴的色泽和旖旎风情，如"彭泽初栽五树时，只应闲看一枝枝"[①]、"春来犹自长长条"、"也知是处无花去，争奈看时未觉多"、"先朝事后应无也，惟是荒根逐碧流"[②] 等语句，显得比较笨拙，并非典型的歌辞写法。这透露出孙鲂对歌筵酒席的场景较为隔膜。尽管孙鲂曾在金陵为官，于集会宴饮、歌舞繁华的生活应该并不陌生，可以推断他的这组七绝有着应歌的初衷，但他的心态却仍然与金陵的繁华行乐有着距离。"颠狂絮落还堪恨，分外欺凌寂寞人"中流露出的感受，仍旧是落寞的、格格不入的。另一首《杨柳枝》"灵和风暖太昌春，舞线摇丝向昔人。何似晓来江雨后，一行如画隔遥津"，对宫廷和自然的对比与褒贬，正显露出他在趣味上的倾向与取舍。这也与孙鲂原本受郑谷影响较大、后来才进入金陵诗坛的经历有关。

成彦雄则属于金陵诗坛的新一批诗人之列，年轻时便游处其间，对于繁华都市的生活他比孙鲂更为熟悉，也显然更为自在；相似的生活环境使得他容易接受唐末艳情诗人的影响，这对其语言摆脱孙鲂等人诗中的生硬、笨拙是有益处的。以前两首为例：

> 轻笼小径近谁家，玉马追风翠影斜。爱把长条恼公子，惹他头上海棠花。
> 鹅黄剪出小花钿，缀上芳枝色转鲜。饮散无人收拾得，月明阶下伴秋千。[③]

---

① （南唐）孙鲂：《杨柳枝》五首，见《全唐诗》卷743，第8454页。
② （南唐）孙鲂：《柳》十首，见《全唐诗》卷886，第10018页。
③ 《全唐诗》卷759。下文所引成彦雄诗出处同此。

两首诗中都没有直接提到杨柳，但又处处用形态的刻画暗示所咏对象："轻笼小径""翠影""长条""芳枝"，让读者自然体味出所咏之物非杨柳莫属。第一首描写的依然是富贵公子走马章台的冶游生活。尽管没有明言究竟是"谁家"，但一句"轻笼小径近谁家"唤起了读者脑海中许多类似"若解多情寻小小，绿杨深处是苏家"①、"苏小门前柳万条"②的前人经典文本，虽未明确出场，倡家的身份却已不言自明。这里的巧妙在于：不仅未明言杨柳，也未明言倡家，虽然不言杨柳和倡家，但暗示产生的表达效果却比明确的表达更为强烈。然后描绘精心选取的一个场景——公子骑着骏马，正沿柳丝垂拂的小径急驰，人马过处，翠柳也随之斜飞。本是人马惹动了柳条，末两句却有意反写，说是柳条主动招惹人，但它却并非出于要捉弄人的促狭心态，而只是因为喜欢公子头上簪的那朵海棠。这样的构思取境，要比刘禹锡单单用"御沟春水柳晖映，狂杀长安年少儿"③粗线条地勾勒来得精细巧妙和婉转多姿。

第二首则选取月下饮散的场景，以倡家为着眼点，虽然也没有点破身份，而从"花钿"的比喻、"秋千"的摆设透露出了消息。这一幅春日行乐图的勾画，选取的角度甚至比第一首还要细微和不起眼：杨柳长出小小的新叶，如同女子脸上的花钿，但正是这一点新叶，带来无穷春意，于是在这杨柳的嫩叶下有一场早春的游园饮宴；深夜饮散，人也不见，只留明月、秋千和杨柳在这静谧的春夜。成彦雄先给了早春的柳叶一个特写，然后略去人的活动，只通过"饮散"二字来暗示，并选择"饮散"的场景使得杨柳自然凸显出来。此诗显示成彦雄擅用新巧的比喻，以"花钿"比柳叶道前人所未道。另外，这组《柳枝辞》的第四首"句践初迎西子年，琉璃为帚扫溪烟"，将柳条比作琉璃笤帚，也通过比喻达到新奇动人的效果。薛能批评人作《杨柳枝》诗时易犯陈旧熟套的毛病，在成彦雄这里完全看不到，相反，成彦雄追求力去陈言、自出机杼的修辞。以《柳枝辞》来看，可以说成彦雄的诗歌语言超出薛能之上，无怪

① （唐）白居易：《杨柳枝》八首之五，《全唐诗》卷454，第5148页。
② （唐）温庭筠：《杨柳》八首之三，《全唐诗》卷583，第6763页。
③ （唐）刘禹锡：《杨柳枝词》九首之三，《全唐诗》卷365，第4113页。

乎徐铉表示了惊叹和赞美。

成彦雄这组《柳枝辞》的第五、第六、第七首也都自具特点：

> 绿杨移傍小亭栽，便拥秾烟拨不开。谁把金刀为删掠，放教明
> 月入窗来。
> 远接关河高接云，雨馀洗出半天津。牡丹不用相轻薄，自有清
> 阴覆得人。
> 掩映莺花媚有馀，风流才调比应无。朝朝奉御临池上，不羡青
> 松拜大夫。

这几首跳出了柳枝辞中习见的歌筵、冶游场所，尤其"远接关河高
接云，雨馀洗出半天津"二句颇有开阔气象，改变了向来写柳诗歌过于
柔媚的风格，为其注入少见的旷远清新气息，并能将自己的胸怀托寓其
间。"谁把金刀为删掠，放教明月入窗来"二句，似乎受到杜甫诗句"斫
却月中桂，清光应更多"（《一百五日夜对月》）的影响，其构思体现了
对光明境界的向往，也是自身豁达胸次的体现，这同样是向来写柳诗歌
中所少见的。这种新风的注入，似乎与成彦雄本人身世和早年生活经历
有关。徐铉既然在序中说成彦雄"朝舍鹰犬，夕味风雅"，可见他并非从
来就是书生，早年呼鹰走马的生活显然对其诗风是有影响的，此组诗中
表现出的高远清旷之气就是这段早年经历留下的烙印之一。至于"牡丹
不用相轻薄，自有清阴覆得人"、"朝朝奉御临池上，不羡青松拜大夫"
等句，则是直接托物寓怀。这种比兴寄托的写法显示出它们不单是作为
应歌之具，同时也并未脱离文人诗的典雅传统。成彦雄的"夕味风雅"，
显然的确对诗歌用力甚勤、领会颇深，因此不难延续文人诗歌的传统手
法和风格。

综上所述，我们希望通过对《杨柳枝》创作历史的追溯来判定成彦
雄《柳枝辞》的艺术价值，并经由成彦雄《柳枝辞》具体作品内容和情
调等方面的分析，管窥当时金陵诗坛的创作背景和创作方式。柳枝辞较
集中地出现在金陵诗人群，说明柳枝辞以及词体这种应歌的文学对太平
繁荣的城市生活的依赖。它们的出现，暗示了城市文学尤其是词体即将

到来的繁荣，而成彦雄这组诗的意义在于，既不脱离这种城市文学的背景，有应歌的秾丽柔婉之风，同时也没有放弃历来文人诗自我抒情的传统，不失典雅清美，因此能不被酒筵歌席的场合完全拘限。

成彦雄的其他诗作，尤其是七绝，与其《柳枝辞》风格有类似之处。譬如一些诗作以女性生活为表现对象，但较少直接刻画相思离别，即便要表达这种情绪往往也是间接的、暗示的。如《新燕》一诗："才离海岛宿江滨，应梦笙歌作近邻。减省雕梁并头语，画堂中有未归人。"末二句方作款款叮嘱口吻、点出燕已归而人未归，虽属闺情诗系列，而能有清远闲淡之风。

与《杨柳枝》相似，成彦雄还有一些七绝是截取日常生活场景、对其加意刻画。例如：

> 台榭沉沉禁漏初，麝烟红蜡透虾须。雕笼鹦鹉将栖宿，不许鸦鬟转辘轳。（《夕》）
> 洞房脉脉寒宵永，烛影香消金凤冷。猧儿睡魇唤不醒，满窗扑落银蟾影。（《寒夜吟》）

两诗皆描绘夜晚深闺情境，又都以对宠物的呵护为中心，少有人物的直接活动，但在场景中往往营造出些许细小的情节，由此打破诗歌前半塑造的深凝静止状态，为画面般的舞台和背景带来小小的戏剧感。所谓"情节"也并非充满情感动机、有首有尾的事件，而只是画面中人稍纵即逝的微小动作。生活中往往有无数这样的瞬间，它们看似琐屑不堪，如同水面的涟漪，旋生旋灭，但并非无谓的消耗；看似不具深意，也不必深加探究，但其意蕴常常使观看者品味不尽而又难以言传。这样的诗歌依旧是抒情诗，但其抒情性不来自直接抒怀或代人抒怀，而正是来自所刻画的场景与所叙情节间的张力。这些诗歌无疑受到晚唐艳丽诗风影响，写法上与韩偓《已凉》相似："碧阑干外绣帘垂，猩血屏风画折枝。八尺龙须方锦褥，已凉天气未寒时。"同样用秾艳的辞藻渲染居室之景，不追求深刻意味，而是着意于当下琐屑细节的精确描绘。相对而言，成彦雄诗更着重于对画面中动态的敏锐捕捉，情节感更明显，意蕴也就更加隐微。其精工富丽、隐约含蓄，充满暗示，让人想起温庭筠的部分词作；动态方面又让人联想起后来南唐画家《韩熙载夜宴图》一类的人物画，尽管后者是长幅画卷，但就每一幅而言，仍有相似之处：看似无甚深意的细小情节却构成了每幅画面的中心，与前后幅共同成为流动连贯的故事。一般来说，类似《夕》诗这种单独的场景往往不太引人注意，它很可能也是某组诗中的一篇。恰好成彦雄现存诗中还有一篇《晓》："列宿回元朝北极，爽神晞露滴楼台。佳人卷箔临阶砌，笑指庭花昨夜开。"从其体裁和命名方式看，与《夕》诗应该为同一组作品。另外，这类组诗虽然不是宫词，但情调写法上却与宫词相似，除了所描绘的环境、人物与宫廷无关，可以说它们是宫词在权贵豪富阶层的文学对应物，因为其所描绘的生活除了豪奢的规模和程度，在本质上是与宫廷生活相似的。诗人在写作这类诗歌时，以自身真实的生活体验为参照，常常写得较为细腻真切，不像宫词因所写多涉宫廷隐秘生活、难以为诗人所周知而容易失之空洞和类型化。

总之，成彦雄这些设色秾艳、描绘细腻的七言绝句，是晚唐以来艳丽诗风的余波；从个人体验来看，又反映了他对琐屑情节，尤其细小动态的体察和表现偏好；其中部分题材风格相近的篇章，当时很可能是以组诗的形式存在，但早已亡佚。不过，就七绝的语言风格来说，成彦雄并非一味艳丽秾至，也时见疏野清新之风，如咏月之作："王母妆成镜未收，倚栏人在水精楼。笙歌莫占清光尽，留与溪翁一钓舟。"（《中秋月》）还有"独上郊原人不见，鹧鸪飞过落花溪"（《会友不至》）这样的句子，都不悖于当时南唐诗人对清美流转诗风的崇尚。可以说，成彦雄与徐铉等诗人，代表了李昇时代、即杨吴末至南唐早期金陵诗坛的新诗风所取得的成就。

另外，成彦雄现存 28 首诗中有 4 首为五言：《杜鹃花》《江上枫》《夜夜曲》和《村行》，它们的基本体调属于律绝，但格律又并非十分严格；除《夜夜曲》外，题材都较为野逸，与乡村、山野相关，而不是与城市、宴饮相关；风格上也同于传统五言律绝的朴实简净一流。至少从这几首五言来看，成彦雄五言诗的成就是不如其七绝的。这也体现出，无论是有意识还是无意识，诗人往往会选取他最擅长的诗歌体式或称诗型，诗人个性与诗型质素间达到最契合状态，才能创造出他们最好的作品。对南唐的金陵诗人来说，最合适的诗型应该是七言律绝。这一时期南唐较杰出的诗人，沈彬、徐铉、成彦雄皆以七律或七绝为最优，也能说明这一问题。

第 二 章

中主时期南唐诗歌及其文化背景

李璟时代（943—961 年在位）是南唐文化逐步成型，也是南唐诗最为繁荣的时期。由于李璟天性好文，他即位后南唐的用人思想也随即发生改变，由李昇时代的重视吏才转为重用文人，李璟的身边由此聚集起一个规模不小的文士圈子，这些官僚文人的诗歌创作，成为金陵诗坛的重要组成部分。李璟时期，南唐正式开始贡举取士，诗歌是考试的内容之一，这不仅鼓励了中下层文士对诗艺的刻苦学习和精心锤炼，而且也使得他们通过贡举考试向金陵汇聚，壮大了金陵诗坛。李璟时代长久处于对外战争的状态，南唐对闽楚的战争只取得名义上的胜利，实际上对国力消耗甚大，但对于诗坛而言，闽楚的战败，却也使得这两地的诗人向金陵汇集，同时，战争也成为此时南唐诗的内容之一，诗歌的表现对象得到扩大。此外，自李昇末年初露端倪的党争，在李璟时代走向尖锐和激化，这同样进入了南唐诗的表现范围。此时的南唐诗就这样与南唐整个政治形势联系在一起。从风格而言，好尚清奇的南唐诗风也在此时确立；南唐最优秀的诗人徐铉在此时达到其创作高峰，他最好的作品写成于中主时期的两次贬谪期间。以徐铉和徐锴为代表，南唐的诗学思想也在这一时期得到总结性的表述。因此，无论从诗歌创作实绩来看，还是从诗歌理论的总结来看，此时的金陵诗坛都进入了全盛期。李璟时代，庐山诗坛也很引人注目。较之于主要由文官组成的金陵诗坛，此时庐山诗坛的主要成员是僧道、处士和求学庐山的士子，他们彼此之间在诗歌表现对象、作诗态度、诗风方面都呈现出较多的一致性，而与金陵诗坛相区别。但是，庐山诗坛并非就与金陵诗坛彼此隔绝不相交通，庐山诗坛有一些成员曾试图进入金陵诗坛，李中便是一个从庐山到金陵、再踏上仕途的典型。

第一节　李璟时代南唐文化概况

中主李璟对于南唐文化特质的形成具有重要影响，他给南唐文化打上了自己的烙印，这就是他个性中文人气质的一面。也正是由于此种气质，使得作为李昪嫡长子的李璟，一直并不能令李昪满意，直到在李昪灵前即位为止，李璟的地位一直是岌岌可危的。李璟不甚得李昪欢心，其重要原因在于当时南唐霸业初建、四邻虎视，需要的是一个铁腕式的人物，而李璟显得文雅谦和，仁厚有余而果敢英武不足，且十分爱好文艺："一日，先主幸元子齐王宫，遇其亲理乐器，先主大怒，切责数日。"① 这种亲近文艺的个性正是李昪对其不满的重要原因。最后李昪仍旧立李璟为嗣，并非是李璟的个性发生了转变，而更多是遵循立嫡以长的惯例、避免引起诸子对嗣位的争夺。以后来的历史来看，李璟的即位的确是给南唐带来了特殊的命运，虽然历史有其必然，但毫无疑问，处于权力顶层的人物仍然对这种历史走向负有相当的责任。南唐的政治、军事和文化局面正与李璟的个人气质有着不可分割的联系，因此本章我们将首先分析李璟对南唐文化的直接影响，以及由于他的个人气质所采取的政治军事策略而间接对南唐诗风发生的影响。

一　李璟时代南唐的文治及其影响

1. 李璟时代南唐用人思想的改变及其影响

李璟热爱文艺，他即位后很快显示出与李昪不同的用人策略，文人开始得到重用。陆游《南唐书》徐锴传记载："升元中，议者以文人浮薄，多用经义法律取士。锴耻之，杜门不求仕进。铉与常梦锡同直门下省，出锴文示之，梦锡赏爱不已，荐于烈祖，未及用而烈祖殂。元宗嗣

---

① 马令：《南唐书》卷6种氏传。

位，起家秘书郎。齐王景达奏授记室。"① 由于升元年间李昪看重的是经学与吏才，又尤其将后者作为用人标准，对文学之才不甚重用。徐锴以文才自许，不屑于由经义法律进身，希望通过文才得到进用，但他的这一愿望要到李璟即位以后才得到实现，这直接说明李璟与李昪的用人倾向是不同的。

韩熙载在李昪、李璟两朝获得的不同待遇同样表明了此时用人策略的转变。韩熙载在后唐明宗天成年间南奔，时当杨吴初建、李昪当权，韩熙载有《江北行止》一文上李昪，词辩纵横，但并没有得到重用，反而先后出为滁、和、常三州从事。直到南唐代吴，韩熙载才被征为秘书郎，辅李璟于东宫。韩熙载不得李昪重用的原因，据马令和陆游两《南唐书》本传所载，都与韩熙载侈汰放荡、不拘名节有关，但《钓矶立谈》的有关记载透露出更多消息：

> 山东有隐君子者，素负杰人之材，与昌黎韩熙载同时南渡。初以说干宋齐丘，为五可十必然之论，大抵多指汤武伊吕事。齐丘谢曰："子之道大，吾惧不能了此。"因引以见烈祖。烈祖曰："江南之埒如覆瓯，子幸何以教我？"对曰："昔关中父老语刘德舆曰，长安千门万户，是公家百姓，五陵联络，是公家坟墓，舍此将欲何之？故小人亦以是为明使君愿，倘不能拓定中土，王有京洛，终不足言也。"烈祖颇喜其言，然以南国初基，未能用也。遂擢为校书郎，縻以郡从事。雅非其所欲也，于是放意泉石，以诗酒自娱。②

此处的隐君子是与韩熙载同时南奔的史虚白，他不得重用，是由于其北伐主张不为李昪赞同。韩熙载和史虚白一样，是力主北伐的。史载韩熙载将奔吴前，"密告其友汝阴进士李谷，谷送至正阳，痛饮而别。熙载谓谷曰：'吴若用我为相，当长驱以定中原。'谷笑曰：'中原若用吾为

---

① 陆游：《南唐书》卷5 徐锴传。
② 《全宋笔记》第一编（四），第243—244页。

相，取吴如囊中物耳。'"① 韩熙载不为李昪重用，跟他力主北伐也有很大关系。在李昪心目中，韩熙载只是一介好大言惊世、未必有实际谋略和才干的文士，因此终李昪之世，韩熙载都仅以文章际会，除了作为文学侍从外，没有得到更多的参政机会。韩熙载本人也洞悉李昪的用人观，因此并不愿意主动参与政事。李璟即位以后，韩熙载即刻得到重用，以虞部员外郎、史馆修撰兼太常博士，并权知制诰。此时韩熙载一改在李昪时代不与政事的态度，章疏相属，踊跃议政。② 这种转变正是由于韩熙载十分了解李璟与李昪的不同，因此立刻抓住这一契机积极用世。韩熙载本身的军事政治主张和生活态度并未改变，变化的是两朝的用人思想。

其他文才优赡者也多有在李璟即位后得到重用的，如冯延巳、冯延鲁兄弟。冯延巳、冯延鲁兄弟原本也是李璟的东宫旧属，在李璟即位后得到重用虽然并不意外，但背后同样关涉李昪与李璟用人思想的不同："（冯延巳）及长，有辞学，多伎艺，烈祖以为秘书郎，使与元宗游处。累迁驾部郎中、元帅府掌书记。与陈觉友善，自结于宋齐丘，以固恩宠。同府在巳上者稍以计迁出之……烈祖季年亦恶之，复为常梦锡弹劾，必欲斥去，未果而烈祖殂。元宗即位，延巳喜形于色……"③ 冯延巳不得李昪晚年好感，固然直接由于结党固宠、排除异己的行为，但与李昪一贯重视吏才、有意抑制浮薄文人的用人思想有很大关系。李璟则由于自身气质偏好的原因，始终将文才置于首位，甚至因冯延鲁一言合旨而将其骤然擢至高位，这一点南唐当时的人已经明白指出并为之忧虑："（延鲁）少负才名，烈祖时与兄延巳俱事元帅府。元宗立，自礼部员外郎为中书舍人、勤政殿学士。有江州观察使杜昌业者，闻之叹曰：封疆多难，驾御贤杰，必以爵禄。延鲁一言合指，遽置高位，后有立大功者，当以何官赏之？然元宗爱其才，不以为躐进。"④

从数位文人在两朝的不同际遇，显示出李璟在人才使用上对文才的

---

① 《资治通鉴》卷 275 后唐天成元年（926）八月丁酉，第 8992 页。

② 参马令《南唐书》卷 13、陆游《南唐书》卷 12 韩熙载传；《徐公文集》卷 16《唐故中书侍郎光政殿学士承旨昌黎韩公墓铭》。

③ 马令：《南唐书》卷 21 冯延巳传。

④ 陆游：《南唐书》卷 11 冯延鲁传。

偏好。可以说，李昪在广纳贤才的名义之下，虽然也网罗了一些文人，但这些文人如韩熙载、冯延巳等人在当时并未得到重用，李昪对他们的任用是有限度的，至多是将其作为文学侍从，李昪真正重视的还是实际的谋略和吏才。由于李昪的谨慎务实，他用人时往往能在实际的吏能与文才之间保持平衡。不过李昪在位时间较短，并没有形成一种行之有效的人才选拔制度，他的用人方略并未能固定下来。另外，由于李昪用韩熙载、冯延巳、冯延鲁等人为李璟的东宫官属，实际上给李璟个性的发展造成了相当深刻的影响，这种濡染的结果李昪当时未必意识得到。李璟嗣位以后，由于好文的天性以及身边的冯延巳等东宫旧属的影响，很容易偏向文才一端，忽略实际吏能，打破了李昪曾经苦心保持的平衡。一方面，李璟对文才的任用和倚重，当然会对南唐政局带来消极影响——文才出众虽然并不意味着实际才具一定缺乏，但也不等于文才必然具有实干，李璟往往听信文士的言辞，以为他们具有实干才能，固然轻率而缺乏考虑，却也是他个人较多文士浪漫气质使然；另一方面，李璟的身边长期集聚起一个文士圈子，他们的诗歌创作，成为金陵诗坛的重要部分，为南唐诗歌的发展带来了很大影响，其中可以保大七年的君臣春雪诗唱和为突出代表，这一点在后文中还将详细论述。

2. 贡举的开设对南唐学术和诗歌的影响

李璟对南唐政局和文化影响重大的另一举措是开设贡举取士。

南唐最初并不以科举取士。对于李昪在位期间是否一直不曾开设贡举，不同史书的记载有矛盾之处，一种说法是："时贡院未备，士有献书可采者，随即考试。"① "当时唐之文雅于诸国为盛，然未尝设科举，多因上书言事拜官。"② 但也有相反的记载，如陆游《南唐书》载："李徵古，宜春人也，升元末第进士。"③ 马令《南唐书》也称郭昭庆之父郭鹏为保大初进士。④ 陆游《南唐书·徐锴传》又云升元间"多用经义法律取士"，可知李昪在位时期长久未曾开科取士，即使升元末年有过科举考

---

① 马氏：《南唐书》卷 10 张延翰传。
② 《资治通鉴》卷 290 后周广顺二年二月，第 9475 页。
③ 陆游：《南唐书》卷 8 李徵古传。
④ 马令：《南唐书》卷 14 郭昭庆传。

试，也并未成为常设制度。① 一直到李璟保大十年（952）二月，"始命翰林学士江文蔚知贡举，进士庐陵王克贞等三人及第"②。这才是南唐科举考试制度化的起点。虽然此后贡举因中书舍人张纬等人的阻挠曾一度停罢，但从保大十一年起又重新开科取士，直到宋人兵临城下一直不辍。"自保大十年开贡举，讫于是载，凡十七榜，放进士及第者九十三人，《九经》一人。"③

如果仅计算实际登科人数，南唐开科取士的二十多年间只有不到一百人。这些人中以功业、著作得名后世的又是少数。即便如此，李璟开设贡举仍然具有巨大的文化影响力：科举考试既为士子的进身之道提供了保证，也鼓励了他们在学术和文学方面的进取。

如果将南唐与吴越相比较，就能更清楚地看出南唐设立贡举的意义。南唐与吴越归宋以后，这两地的文士在宋初文化中均占有突出的地位，但两地也有很不同的方面，这就是吴越最著名的博学能文之士如钱惟演、钱易等人往往出自吴越宗室，而在宋初著声的原南唐文士则并非如此：徐铉、张泌、张洎、杜镐、舒雅、吴淑、乐史等人，皆非南唐宗室，而是大多起自寒素。著名文士的这种身份差异，与其故国是否曾开设贡举是有关联的。范仲淹曾对吴越长期不设贡举表示遗憾："钱氏为国百年，士用补荫，不设贡举，吴越间儒风几息。"④ 由于寒素文人难以进入中上层文官系统，因此入宋以后长时间里也就较难在政坛和文坛上占据一席之地。只有吴越宗室因为长期独占优越的文化资源，以家族的方式传承文化，在入宋以后，他们也以世家大族的身份享有文化上的卓著声誉和显赫地位。

南唐的著名文士则并不限于宗室，这正是由于南唐开设了科举，并经由科举吸纳寒素文人的缘故。徐铉、张泌等人虽非经由进士出身，但如张洎、杜镐、舒雅、吴淑、乐史等年辈晚于徐铉等人，主要在中主后

---

① 郑学檬：《五代十国史研究》便持这种意见，第 87—88 页。另参周腊生《南唐贡举考略（修订稿）》，《孝感职业技术学院学报》2000 年第 3 期，第 59—64 页。
② 《资治通鉴》卷 290 后周广顺二年二月，第 9475 页。
③ 《续资治通鉴长编》卷 16 宋开宝八年二月下，第 336 页。
④ （宋）范仲淹：《兵部侍郎致仕胡公墓志铭》，《范文正公集》卷 12，《四部丛刊》本。

期以及后主时期入仕的文士，则大多由进士出身，这说明，越到后来、科举越成为南唐文士进入仕途的常规方式，更多寒素文人通过科举被吸纳到文官系统中来。一方面，使得这批入仕的文士能够获得更好的文化资源、建立南唐的文化传统；另一方面，也直接鼓励了民间的好儒好文之风。这使得南唐在为宋所灭以后，仍然以较为优越的地域文化形态在宋初具有重要的影响，而不是像吴越宗室那样仅仅以家族的方式传承和延续。并且，南唐开设贡举也使得原南唐境内的士人入宋以后更容易在科举中获胜，相反，吴越士人由于没有这方面的经验和准备，在科举上取得成效就很迟缓。邓小南已经注意到了这一点："宋初吴越士人转而业进士，至其初见成效，需要有一个过程；而投入贡举较快的，正是原已具备一定经济与文化条件、接触外界较早的南方官员子弟。"① 吴越在太平兴国三年（978）归宋，其后十年即端拱元年（988），苏州才有了第一位进士龚识，而龚识的父亲龚慎仪，原系南唐给事中，后来曾知歙州。淳化三年（992），苏州第二批登第的六位士子中有一位龚纬，则是龚识之弟。这更证明南唐开设贡举对士子的影响是积极和长远的。

以上是泛论开贡举对一定地域文化风气的影响，另外，李璟此举还激发起南唐普遍的好学与好文的热情。其实，前引范仲淹称吴越因长期不设贡举使儒风几灭之语，已经从反面说明了进身之途的通塞与作为进身之资的儒学和文学的关系。与李昪时代仅以上书言事拜官不同，由于考试内容变为诗赋策论，文学与学术，尤其是儒学在其中所占比重大大增加，这在实际上直接引导了士子的读书兴趣和方向，吸引他们去钻研有可能成为考试题目的学问。中主时期伍乔以状元及第，他的读书经历正可以说明科举考试对士人读书方向的指导作用："伍乔，庐江人也。性嗜学，以淮人无出己右者，遂渡江入庐山国学，苦节自励。一夕见人掌自牖隙入，中有'读易'二字，倏尔而却。乔默审其祥，取《易》读之，探索精微。……乔出与郡计，明年，春试《画八卦赋》《霁后望钟山》

_____

① 邓小南：《北宋苏州的士人家族交游圈——以朱长文之交游为核心的考察》，《国学研究》第 3 卷，北京大学出版社 1995 年版，第 475 页。

诗。"① 这里读《易》的指点虽然是以神秘启示的形式出现，却恰好反映了士子对科举考试的追逐和热衷，他们的读书倾向很大程度上正是被这种考试内容所塑造和引导的。伍乔精于《易》学，一方面显示出江南本来就有良好的易学传统；另一方面伍乔以学《易》登第，也会吸引当时的士子继续用功于《易》。② 这是南唐贡举与其学术之间互相激发的显例。贡举引发的士人对学术的钻研热情，一方面自然有益于学术本身的发展，另一方面，南唐士人的学术储备和素养，虽然有为科举考试所牵引的一面，但这并不妨碍它们成为南唐士人知识结构中的重要环节，并对其诗歌形成潜在的影响。

贡举促进了南唐学术的发展，也因之对南唐诗风产生了较直接的影响：贡举的常设和制度化，促进了诗艺的进步，也将一些庐山诗人吸引到金陵，伍乔、江为等求学庐山的士子纷纷到金陵参加科举考试，左偓、许坚等庐山的处士也到金陵谋求出仕的机会，诗歌则常常成为他们的干谒之具。伍乔、江为等人的诗歌得到金陵诗坛的欣赏，进而在庐山和金陵诗坛之间形成诗风的交流。

二　南唐文化特质的初步形成

1. 李璟：以文人为君主对南唐文化的影响

对于南唐文化特质的形成，中主李璟是一个重要的人物。他对南唐文化的影响，不仅在于前文谈到的任用文人与开设贡举，还有来自他本人气质与个性的因素。在以文人而为君主的评价上，尽管后世更经常地将后主李煜视为代表，但李璟却是更早也更突出的典型。李璟以文人而为君主，不仅为南唐的政局带来影响，也给南唐文化打上了他个人的深刻烙印。

与开创南唐基业的烈祖李昇不同，李璟的个性显得不那么务实，在

---

① 马令：《南唐书》卷14伍乔传。

② 南唐文士重《易》，除伍乔以熟《易》中举外，见于文献记载的还有：周惟简以讲《易》著称（《江南余载》卷下），江直木有诗云"学易宁无道，知非素有心"（《徐公文集》卷29《大宋故尚书兵部员外郎江君墓志铭》），乔匡舜"遗命以《周易》《孝经》置棺中"（《徐公文集》卷16《唐故守尚书刑部侍郎乔公墓志铭》）等。

逆境中显得儒懦、顺境中则易于贸然行事,他本质上更接近一个浪漫的文人而非冷静的政治家。在他发动闽楚战争一事上,陆游的评价是:"自以唐室苗裔,詝于斥大境土之说,及福州湖南再丧师,知攻取之难,始议弭兵务农。"[1] 李璟完全违背李昪当年所定保守疆土的国策而连连出师,正与他对现实缺乏冷静的判断有关。李璟对于战争、开疆拓土抱持的是一种文人式的浪漫想象,为想象所激动,却较少有对于现实和后果的翔实考虑。陆游称其出于以唐室苗裔自任的心态,是很有洞见的。下面这段记述最典型地体现了李璟对开疆拓土所持有的态度:

> 保大中,查文徽、冯延鲁、陈觉等争为讨闽之役,冯延巳因侍宴为嫚言曰:先帝龊龊无大略,每日戢兵自喜。边垒偶杀一二百人,则必赏咨动色,竟日不怡。此殆田舍翁所为,不足以集大事也。今陛下暴师数万,流血于野,而俳优燕乐不辍于前,真天下英雄主也。元宗颇领其语。[2]

李璟竟然接受冯延巳的谄媚,以自己在陈兵鏖战之时燕乐自如为英雄气概的表现。这种表现固然形似于东晋谢安在淝水之战的危急时刻依然与客围棋自若的举止,但谢安的镇定自若仅仅是表象,当前线捷报传来,他喜不自胜到连自己屐齿折断也不曾觉察,正显示其焦虑掩盖之深,此前的冷静不过是其矫情镇物的一贯表现。李璟的"暴师数万,流血于野,而俳优燕乐不辍于前"并不具有如此内涵和深意,他不像谢安是对战争有着充分准备却又缺乏必胜信心的矫情镇物,而是由于文人对战争缺乏实际经验、仅仅出于主观想象而将形势估计得过于乐观。这是一种典型的文人浪漫心态。他的这种心态又对南唐士风产生了影响,南唐士人较普遍地追慕东晋南朝事功与自然并重的风气,也与李璟浪漫的文人心态有密不可分的关系。

此外,李璟开设贡举,虽然不可否认首先是出于将人才选拔加以制

---

① 陆游:《南唐书》卷 2 元宗本纪。
② 《钓矶立谈》,《全宋笔记》第一编(四),第 226 页。

度化的现实需要，但同时也有李璟以唐朝后裔自居、希望接续盛唐文化的意图。这样的心态，与李璟的成长环境不无关系。李昪在位的升元年间是南唐最为安定繁荣的时期，南唐的全盛赋予了青年时期的李璟空前的信心，促成了他后来贸然用兵四邻。此外，李璟青年时代即与之游从的冯延巳，有好大喜功的躁进心态，他在升元年间就曾向烈祖首倡伐闽、吴越、楚之议，当时只有二十六岁的李璟也在场。① 虽然李昪没有采纳冯延巳等人开疆拓土的建议，但李璟嗣位以后却迅速将其付诸实施，恐怕就与平日受冯延巳等人影响有密切关系。难以否认，李璟浪漫的文人心态对其处理南唐的政事是有影响的。

就个人文艺才能来看，李璟爱读书，也喜好作诗和写词。"多才艺，好读书，善骑射"②；"音容闲雅，眉目若画。趣尚清洁，好学而能诗"③；"天性雅好古道，被服朴素，宛同儒者，时时作为歌诗，皆出入风骚，士子传以为玩，服其新丽"④。李璟也喜好音乐，并能亲奏乐器。书法方面，李璟造诣也很高。《佩文斋书画谱》载："钟陵清凉寺有元宗八分题名、李萧远草书、董羽画海水，谓之三绝。"⑤ 古今法帖之祖《升元帖》也是李璟在保大七年（949）命人摹勒。⑥ 以这样一种亲近文艺的个性，他早年一度在庐山构筑读书堂、准备隐居其间的举动，⑦ 就不完全是由于储嗣之位不稳而以退为进，其中也包含了他真实的喜好与他本来的个性倾向。李璟的身上，表现出一种全面的文艺爱好与素养，这不仅在之前历代君王中少见，在文人中也不多见，直到宋代，这种力求面面俱到的文艺修养才成为文人身上较普遍的现象。在宋人对南唐文化的缅怀与追慕中，

---

① 《钓矶立谈》，《全宋笔记》第一编（四），第226页。另参夏承焘《冯正中年谱》，《夏承焘集》第一册，浙江古籍出版社、浙江教育出版社1997年版，第45—46页。

② 陆游：《南唐书》卷2中主本纪。

③ 《江南野史》卷2，《全宋笔记》第一编（三），第169页。

④ 《钓矶立谈》，《全宋笔记》第一编（四），第228页。

⑤ （清）孙岳颁等：《佩文斋书画谱》卷31，台湾商务印书馆1986年影印文渊阁《四库全书》本。

⑥ 关于《升元帖》为中主李璟而非后主李煜命人摹勒，参看夏承焘《南唐二主年谱》保大七年条考辨，见《夏承焘集》第1册，第96—97页。

⑦ 陆游：《南唐书》卷2元宗本纪："少喜栖隐，筑馆于庐山瀑布前，盖将终焉，迫于绍袭而止。"

对这种全面文艺修养的景仰占据了重要地位。实际上，宋人是把李璟、李煜也视作南唐文士的，并认为二人是其中最杰出的典范。

性之所近，爱好文艺的李璟也颇喜欢与文雅多艺之士游处，冯延巳、冯延鲁、韩熙载都因此被他赏识，其中又以冯延巳最得其亲信。关于冯延巳其人，马令《南唐书》本传记载："有辞学，多伎艺，烈祖以为秘书郎，使与元宗游处。……元宗爱其多能而嫌其轻脱贪求，特以旧人不能离也。孙晟面数之曰：君常鄙晟，晟知之矣。晟文笔不如君也，技艺不如君也，谈谐不如君也，谀佞不如君也，然上置君于亲贤门下者，期以道艺相辅，不可误邦国大计也。闻者韪其言。"显见他是一个艺能多方之士，尽管轻脱躁进，李璟却很难斥绝其人。《钓矶立谈》也曾经提到冯延巳的个性魅力："冯延巳之为人亦有可喜处，其学问渊博，文章颖发，辨说纵横，如倾悬河，暴而听之，不觉膝席之屡前，使人忘寝与食。"[1] 在文学才能方面，冯延巳"工诗，虽贵且老不废，如'宫瓦数行晓日，龙旗百尺春风'，识者谓有元和词人气格。尤喜为乐府词"[2]。冯延巳的学问、技艺、谈谐、文辞皆可观，即便其政敌孙晟也无法否认这一点，李璟也因为欣赏其才华艺能而重用他。

单看李璟本人的诗歌创作，并不醒目，远不如其词的成就。李璟诗现存完整的只有一首七律，即《春雪诗》：

> 珠帘高卷莫轻遮，往往相逢隔岁华。春气昨宵飘律管，东风今日放梅花。素姿好把芳姿掩，落势还同舞势斜。坐有宾朋尊有酒，可怜清味属侬家。[3]

以及几联断句：

---

① 《钓矶立谈》，《全宋笔记》第一编（四），第 227 页。
② 陆游：《南唐书》卷 11 冯延巳传。
③ 《全唐诗》卷 8 题为《保大五年元日大雪同太弟景遂汪王景逿齐王景逿进士李建勋中书徐铉勤政殿学士张义方登楼赋》（第 70 页），此题疑为后人所加。另外，《全唐诗》同卷还收入《游后湖赏莲花》，也题为李璟作，但《全唐诗补编》已引《分门古今类事》证此为李煜诗、非李璟诗（第 1399 页）。

　　灵槎思浩渺，老鹤忆崆峒。(《古今诗话》：璟割江之后，迁都豫
章，每北望忽忽不乐，作诗有此句。)

　　苍苔迷古道，红叶乱朝霞。(庐山百花亭刊石)

　　栖凤枝梢犹软弱，化龙形状已依稀。(十岁咏新竹)①

　　以现存诗作来看，李璟显然称不上优秀的诗人，但他作为一个喜好
文艺的君主，将冯延巳等文雅多艺之士集聚到自己身边、经常切磋交流，
推动了南唐对文艺的普遍爱好。保大七年（947），李璟召集大规模的春
雪诗唱和，前引《春雪诗》即李璟的原唱。② 爱好文艺的风气所及，甚至
武将也学作诗，史称刁彦能"喜读书，委任文吏，郡政修理。亦好篇咏，
尝与李建勋赠答。建勋奏之。元宗笑曰：吾不知彦能乃西班学士也"③。
不仅南唐诗在李璟时代走向繁荣，南唐词更成为五代时期除西蜀词以外
的另一重镇，这与李璟对音乐和文学的喜好也是分不开的。南唐词的发
展要略晚于西蜀，据欧阳炯的序，《花间集》在940年已经结集，时当南
唐烈祖李昪升元四年，冯延巳三十六岁，李璟方二十五岁，李煜仅四岁，
南唐词最重要的这三位作者此时要么还没有登上词坛，即便当时冯延巳
已经有一些词作问世，但此时填词的风气在南唐远远谈不上普遍。只有
到了中主李璟在位时期，南唐词的相关事迹才逐渐见于载籍，其中李璟
与冯延巳关于"风乍起"的争论可视为南唐君臣醉心于词艺的最典型例
子。④ 这说明，李璟的在位，的确对南唐文学尤其是诗和词的创作起到了
重要推动作用。

　　李璟时期，南唐相对于五代十国其他地域的文化优势已经展露出来，
以至于李璟本人对江南文化也相当自负，甚至曾经断言："自古江北文士

---

　　① 《全唐诗》卷8，第71页。

　　② 徐铉：《御制春雪诗序》《后序》，《徐公文集》卷18。另参夏承焘《南唐二主年谱》考
订此次春雪唱和诗不在保大五年，而是在保大七年，可从。见《夏承焘集》第1册，第95—
96页。

　　③ 马令：《南唐书》卷11刁彦能传。

　　④ 马令：《南唐书》卷21冯延巳传。

不及江南之多。"① 这固然有过于自负之嫌，当即便遭到臣下的反驳，不过李璟的话也并非全无道理，当时江南文化的繁荣确实是其他地域所不及的，我们在后文还将涉及这一问题。

2. 韩熙载与南唐士风的新动向

李璟在位时期，南唐出现了值得注意的新士风，这就是追慕魏晋士人尤其是东晋士人名教与自然并重、兼具事功和风流的人格好尚。东晋士风的典型特点是门阀士族文化下的名教自然合一人格模式的建立，所谓名教自然合一的人格模式，即"重在由名教的精神去理解自然人格的含义，并从自然人格中去体现出他们心目中的名教精神，'自然'的涵义就是要个性自由；人格自然即指风流调达、韵情高亮等"；名教自然合一的宗旨就是"将自然玄远的作风与躬自实行的精神结合起来"。② 在东晋士族中这种结合的典范就是以谢安、王导为代表的中兴名臣，既有为政之实，又能风流调达——当时风流的表征，最显著的如清谈、雅量、弘裕等。其中，谢安通常又被认为是比王导更符合名教自然合一理想的人格模式，更能体现东晋风流。当时人认为谢安为政可比王导，而文雅则更过之；③ 后来甚至连王导的五世孙王俭也说，江左风流宰相，唯谢安一人而已。④ 到中主李璟时代，南唐出现的新士风实际上是以对东晋风流的追慕，尤其又以谢安在南唐士人心目中的崇高地位为突出特征。

南唐士风的这种新倾向在前引冯延巳对李璟用兵与燕乐两不误的称赞中，以及李璟对这一称赞的受用中已经表现得很明显。这种称赞的比照对象正是东晋名教与自然并重、事功与风流兼备的代表人物谢安。由于南唐所处偏安江左的形势与东晋很相似，所受来自北方中朝的威胁也类似于东晋当时所受来自前秦的压力，而南唐当时的文化优势也与东晋以正朔所在自居有相似之处，这种历史情势和文化地位的相似带来了南

① （宋）佚名：《江南余载》卷上，朱易安、傅璇琮主编《全宋笔记》第一编（二），大象出版社 2003 年版，第 239 页。

② 钱志熙：《魏晋诗歌艺术原论》第五章《东晋诗歌与士族文化》，北京大学出版社 2005 年版，第 252、254 页。

③ （唐）房玄龄：《晋书》卷 79 谢安传，中华书局 1999 年简体横排本，第 1380 页。

④ （梁）萧子显：《南齐书》卷 23 王俭传，中华书局 1999 年简体横排本，第 290 页。

唐对东晋南朝文化的认同和模仿。加之南唐都城金陵又正是东晋旧都建康所在，地域上的叠合，更使得南唐诗人易于以怀古的形式表现对东晋的想象和认同。对南唐文士而言，追摹的典范又落在了最能代表东晋门阀士族文化精神的谢安身上。除了冯延巳和李璟潜在地以谢安为模仿对象以外，南唐文士尤其是高级文官也常常表达对谢安的仰慕。徐铉有诗《谢文静墓下作》：

> 越徼稽天讨，周京乱虏尘。苍生何可奈，江表更无人。岂惮寻荒垄，犹思认后身，春风白杨里，独步泪沾巾。[1]

此诗约作于保大五年（947）正、二月间。[2] 契丹于上年十二月灭后晋，南唐不少人将此时当作绝好的北伐机会，徐铉也认为此时形势所需要的正是谢安那样具有挽澜扶倾之力的才杰之士，但是南唐却因为正在对福建用兵无力北顾而错失良机。徐铉此诗便借着对谢安大济苍生才能的仰慕和追怀表达了对现实的深深惋惜和忧虑。

如果说徐铉对谢安的追怀体现的是对东晋士人事功一面的注重，流露出南唐儒士对担当家国责任的自我期许，韩熙载则无疑是以一种更极端的方式从功业和风流、名教和自然两方面诠释了南唐文士对魏晋风度的追摹情结。

功业上的自我期许，南唐文士中少有人能出韩熙载之右。在南奔吴以前，韩熙载便以北伐恢复中原为己任，他曾经向朋友吐露抱负："吴若用我为相，当长驱以定中原。"[3] 但南奔之初，韩熙载并不为李昇看重，直到李璟即位以后，韩熙载才得到重用，他的政治热情被激发出来，人生进入一段短暂的奋发有为时期：他一改在烈祖时候的不与政事，章疏相属，踊跃议政。[4] 但是韩熙载的政治热情没能得到更多有利的生长土壤，南唐很快就因对闽楚的战争将国力消耗殆尽，无力北顾，他在南唐

---

① 《徐公文集》卷 2，题下原注："时闽岭用师契丹陷梁宋。"
② 此诗系年参照《唐五代文学编年·五代卷》后汉天福十二年（947）南唐徐铉条，第 395 页。
③ 《资治通鉴》卷 275 后唐天成元年八月丁酉条，第 8992 页。
④ 陆游：《南唐书》卷 12。

朝廷中也因宋齐丘、冯延巳等人的嫉恨遭到排挤，这种处境下的韩熙载愈发表现出一种放诞不羁的态度。《南唐近事》载："韩熙载放旷不羁，所得俸钱，即为诸姬分去。乃著衲衣负匡，令门生舒雅报手板，于诸姬院乞食，以为笑乐。"① 乞食歌姬院的举动成为其不守名检的标志。这种过度的任诞也一直成为他身上的瑕疵，即便在他身后，颇尊崇他的徐铉也不得不在通常为尊者讳、为逝者讳的墓志铭中委婉批评道："公少而放旷，不拘小节，及年位俱高，弥自纵逸，拥妓女，奏清商，士无贤愚，皆得接待。职务既简，称疾不朝。家人之节，颇成宽易。虽名重于世，人亦讶其太过。"② 韩熙载的放诞不羁固然是由于其先天个性及成长的家世，"年少放荡，不守名检"③，"家故富豪，颇好侈汰"④，但他后来的愈加纵诞、不加节制并不能完全由此得到解释。实际上，他的纵诞并非完全出自个性，而是具有相当大的表演成分，部分是出于逃避担当现实责任的考虑。"然性忽细谨，老而益甚，畜妓四十辈，纵其出，与客杂居，物议哄然。熙载密语所亲曰：'吾为此以自污，避入相尔，老矣，不能为千古笑端。'"⑤ 韩熙载从最初以经营北方为己任，到晚年对入相避之唯恐不及，前后的行为几乎呈现出完全的异辙和反向。他虽然追慕谢安，却与之有根本区别。谢安始终在名教和自然、功业和风流两者之间维持着近乎完美的平衡，从来没有忘记名教与事功，即便一度隐居东山，也更多类似于终南捷径、是为养望待时而动。韩熙载则渐渐走向了对功业和名教近乎彻底的背离，完全倾向于自然、风流一端，也因此加重了他晚年纵诞人格中人为和表演因素的成分。因此，尽管韩熙载在当时被认为是南唐的谢安，死后追谥为文靖、葬于谢安墓侧，为江南人臣之礼所未有，⑥ 但他的纵妓不拘、乞食歌姬院等举动毕竟与谢安的拥妓游山有着很

---

① 《南唐近事》卷2，《全宋笔记》第一编（二），第225页。

② 《徐公文集》卷16《唐故中书侍郎光政殿学士承旨昌黎韩公墓铭》。另外，关于韩熙载帷薄不修的记载各书多有，如《钓矶立谈》《南唐近事》《清异录》卷3"自在窗"条、《五代史补》卷5"韩熙载帷薄不修"条等。

③ 陆游：《南唐书》卷12韩熙载传。

④ 《钓矶立谈》，《全宋笔记》第一编（四），第244页。

⑤ 陆游：《南唐书》卷12韩熙载传。

⑥ 《钓矶立谈》，《全宋笔记》第一编（四），第245页。

不相同的意味，标志着他在名教与自然之间放弃了谢安式的平衡而倾向自然，并导致过分的任纵，也招来了身前身后的惋惜和批评之声。

从追慕事功与风流并重，到最终迫于内外形势而放弃了功业理想，韩熙载几乎可以作为南唐肇始于李璟时代的这样一种士风的代表，即既具有政治才干，兼具文才艺能，又注重物质生活的享乐，放诞任纵，而由于事功、名教这一面的难以达成，自然、风流这一面就格外凸显出来。中主李璟本来精通音乐，刚即位时，宫廷乐部人才不少，时常陪宴作乐，后来由于教坊乐人王感化的谏诤才有所疏远。① 重伎乐的风气所及，权贵间也颇受习染，李璟时代的南唐，普遍的风气是"大臣亦方以豪侈相高，利于广声色"②，以至于烈祖时代所立不得私下买卖奴婢的法令此时由于广选声色的风气而不得不废止："升元之法，禁以良人为贱，卖奴婢者通官作券，至是，冯延鲁等欲广置妓妾，因矫遗制许民私卖己子。"③ 更甚者，如"陈致雍熟于开元礼，官太常博士。国之大礼，皆折衷焉。与韩熙载最善，家无担石之储，然妾伎至数百，暇奏霓裳羽衣之声，颇以帷薄取讥于时。"④ 陈致庸、韩熙载二人皆以知礼闻名，都曾为太常博士，⑤但二人却也同时以放诞任纵著称，极端地体现了当时南唐士人对所谓自然、风流的追逐。与烈祖时代李建勋等人以明哲保身为主、偶有清谈简逸的士风相比，这无疑是此时南唐士风新的动向。

任诞以外，南唐新士风的诸种表现中，有文才、多艺能这一点占有特别重要的位置，文学艺术成为南唐士人的唯美生活及人格中超越一面的重要表现。这种好艺能的风尚与李璟这位喜爱文艺的国君的推动实在有很大关系，冯延巳就是以能诗词、多艺能而被李璟亲近。仍以韩熙载为例，他在身后得到"风流儒雅，远近式瞻"的评价，不能简单视为豪纵任诞行为邀沽来的声誉，更主要的还在于其文采风流。徐铉在功业与

---

① 马令：《南唐书》卷 25 谈谐传。

② 陆游：《南唐书》卷 15 萧俨传。

③ 马令：《南唐书》卷 22 萧俨传。

④ 《江南余载》卷上，《全宋笔记》第一编（二），第 244 页。

⑤ 见《徐公文集》卷 16《唐故中书侍郎光政殿学士承旨昌黎韩公墓铭》、马令《南唐》卷 13 韩熙载传。

才学上与韩熙载齐名，他的评价足资参考：

> 熙载学问精赡，辞气亮直。本以通识，济之奇文。①
>
> 公之为人也，美秀而文，中立不倚，率性而动，不虞悔吝。闻善若惊，不屑毁誉。提奖后进，为之声名，片言可称，躬自讽诵。再典岁举，取实去华，故其门人多至清列。屡从谴逐，殆乎委顿。俯视权幸，终不降心。见理尤速，言事无避。凡章疏焚藁之外，尚盈编轴焉。审音妙舞，能书善画，风流儒雅，远近式瞻，向使检以法度，加以慎重，则古之贤相无以过也。②

前一段评价出自韩熙载拜太常博士时徐铉撰写的敕命文书，可以视作对韩熙载的官方评价，也是韩熙载被认为是南唐忠臣、名臣的重要原因。其中"辞气亮直"属于名教与事功，而"学问""通识""奇文"则是才学艺能。后一段评价虽然出自徐铉为韩熙载所撰墓志铭，但不能完全视为谀墓之词，作为身后评价，墓志铭必须既反映时人公论，又包括徐铉个人对他的深刻了解与判断。"率性而动"已经从韩熙载任纵不拘的举止中得到印证，"美秀而文""审音妙舞，能书善画"则是时人对其风流儒雅的直观记录。我们还可以从后人的记载中得到更详细的信息：

> 后房蓄声妓，皆天下妙绝，弹丝吹竹、清歌艳舞之观，所以娱侑宾客者，皆曲臻其极。是以一时豪杰如萧俨、江文蔚、常梦锡、冯延巳、冯延鲁、徐铉、徐锴、潘佑、舒雅、张洎之徒，举集其门。熙载又长于剧谈，与相反覆论难，多深切当世之务。③
>
> 熙载畜女乐四十余人……喜提奖后进，每见一文可采者，辄自缮写，仍为播之声名。善谭论，听者忘倦。审音能舞，分书及画，名重当时，见者以为神仙中人。④

---

① 徐铉：《虞部员外郎史馆修撰韩熙载可太常博士制》，《徐公文集》卷8。
② 徐铉：《唐故中书侍郎光政殿学士承旨昌黎韩公墓铭》，《徐公文集》卷16。
③ 《钓矶立谈》，《全宋笔记》第一编（四），第244、245页。
④ 马令：《南唐书》卷13韩熙载传。

书命典雅，有元和之风。与徐铉齐名，时号韩徐。……熙载才气逸发，多艺能，善谈笑，为当时风流之冠，尤长于碑碣，他国人不远数千里莘金帛求之。①

韩熙载长于论议，这与东晋南朝士人热衷清谈相似；喜欢别人的好文章，自己的诏诰书命典雅雍容，尤其擅长写作碑碣之文；又长于八分书及画作；至于他审音妙舞，最能说明这一点的莫过于传说为顾闳中所作的名画《韩熙载夜宴图》。② 图中，韩熙载听乐、击鼓、观舞，尤其图中他亲自击羯鼓为王屋山六么舞伴奏，显示出深厚的音乐素养。

我们还从各种逸事记载中得知，韩熙载对声乐、俳戏颇有兴趣，不但与俳优艺人交往密切，还曾亲自装扮表演。据北京故宫所藏《韩熙载夜宴图》后隔水佚名所书韩熙载小传，记载图中与韩熙载会饮者之一有教坊副使李家明，小传虽未注明材料来源，但应该是有所本的。李家明好作俳戏讽刺，是中主时期著名优人，见马令《南唐书·谈谐传》：

初，景遂、景达、景逿皆以皇弟加爵，而恩未及臣下。因置酒殿中，家明俳戏，为翁媪列坐，诸妇进饮食，拜礼颇繁，翁媪怒曰，自家官、自家家，何用多拜耶？（原注：江浙谓舅为官，谓姑为家）元宗笑曰，吾为国主，恩不外罩。于是百官进秩有差。③

韩熙载与著名俳优李家明的交往，是以对音乐、俳戏的喜欢和熟悉为前提的。另外，韩熙载自家就蓄养有大量女乐，请李家明来指导自家伎乐俳优也不无可能。

其他有关韩熙载的记载中还有数条是与俳优演剧相关的：

----

① 陆游：《南唐书》卷12韩熙载传。

② 目前学术界通常认为北京故宫所藏《韩熙载夜宴图》是南宋中期人的摹本，但人物、情节、画面安排都应该与南唐顾闳中的原作相去不远。相关论述参徐邦达《古书画伪讹考辨》上册顾闳中一节（江苏古籍出版社1984年版）及巫鸿《重屏：中国绘画中的媒材和再现》（文丹译，上海世纪出版集团、上海人民出版社2009年版）。

③ 马令：《南唐书》卷25。

《钓矶立谈》曰："熙载月俸为群妓所分，日不能给，常敝衣履，作瞽者，操独弦琴，俾舒雅执板挽之，随房乞丐以给日膳。陈致雍家屡空，蓄婢数十辈，与熙载善，亦累被左迁。公以诗戏之云：'陈郎衫色如装戏，韩子官资似弄铃。'后主每伺其家宴，命待诏顾闳中辈丹青以进。"①

先看韩熙载的这两句诗，所谓"陈郎衫色如装戏"是嘲讽陈致雍累被左迁，官服总在改换，如同伶人作剧频频换装；下句中的"弄铃"就是弄丸，张衡《西京赋》描写杂技表演"跳丸剑之挥霍，走索上而相逢"，唐张铣注："跳，弄也。丸，铃也。挥霍铃剑上下貌。"② 这里韩熙载是用"弄铃"自嘲俸禄进出如同弄丸人不停抛接丸铃、手中所剩却总是只有一个。如果说"弄铃"的比喻还只是表明韩熙载对汉代以来就有的杂技、百戏熟悉有加，"装戏"一词的使用则表明他对演剧也是不陌生的。因此我们推测，马令《南唐书》所载韩熙载"畜女乐四十余人"，这里的"女乐"未必专指习音乐的声伎、乐伎，可能也包括了演剧的伶人在内。

大概正由于平日的习染，韩熙载本人甚至会亲自装扮作剧：

舒雅世为宣城人，姿容秀发，以才思自命，因随计金陵，以所学献于吏部侍郎韩熙载。一见如畴昔，馆给之。雅性巧黠，应答如流。熙载待之为忘年之交，出入卧内，曾无间然。熙载性懒，不拘礼法，常与雅易服燕戏，猱杂侍婢，入末念酸，以为笑乐。③

韩熙载和自己的门生舒雅换上戏装，角色分明，注重科白，俳谐娱乐，这已经是颇为正规的戏剧表演了。表演的内容，应该包括前引《钓

---

① （清）周在浚：《南唐书注》卷12韩熙载传注引，《嘉业堂丛书》本。今存诸本《钓矶立谈》皆不见此条。

② （梁）萧统编，（唐）李善、吕延济等注：《六臣注文选》卷2，中华书局1987年版，第59页。

③ 马令：《南唐书》卷22舒雅传。

矶立谈》入诸姬院乞食之举，即所谓"常敝衣履，作瞽者，操独弦琴，俾舒雅执板挽之，随房乞丐以给日膳"，也就是扮作衣裳破烂的盲人到各房姬妾处操琴乞讨。二者应为同一性质的戏弄。这里涉及不少戏剧史的内容，如对于"末"、"酸"是否就是指后世的角色行当，以及这些材料反映的到底是南唐当时的情形还是史料写定时代的情形，戏剧史学者也不无疑惑。我们认为，当前引各材料一起出现，足以说明南唐时大致的演剧情形了。当时戏剧虽然还不脱俳谐，随事作讽，情节显得较为单薄，但已构成权贵娱乐生活中重要的一部分，尤其在韩熙载这里。

韩熙载与俳优交往，不避猥杂，击鼓操琴，甚至易服燕戏、入末念酸，以为笑乐，不能不让我们回想起曹植，他也曾经傅粉科头，为邯郸淳表演胡舞、椎锻、跳丸、击剑、诵俳优小说数千言等技艺，然后"更着衣帻，整仪容，与淳评说混元造化之端，品物区别之意，然后论羲皇以来贤圣名臣烈士优劣之差，次颂古今文章赋咏及当官政事宜所先后，又论用武行兵倚伏之势"①。一面表现市井百戏的游艺技能，另一面表现治化经纶的见识才具，韩熙载的行为与曹植也颇有相似之处，这当然体现了南唐士人对魏晋风度的倾慕。对韩熙载来说，他由对谢安事功与自然兼得的希企追摹，走向虚无放废、颓唐任诞的行事极端，有其个别性，并非南唐士人最普遍的情形，但无论表现为哪一种情况，背后所体现的南唐士人对魏晋风流的认同和追摹，则是较为普泛的时代风气。这种风气，不一定马上和直接地反映在文学尤其是诗歌中，但它潜移默化地浸润于作为诗歌创作主体的文人的身心，间接地为这一时期的诗歌带来一种风华流丽的格调。

第二节　金陵诗坛的壮大与成熟

中主李璟在位时期不到二十年，但此时书法、绘画、文学等各门文

---

①　（魏）鱼豢：《魏略》，（宋）王钦若等编《册府元龟》卷266引，周勋初等校订，凤凰出版社2006年版，第3023页。另参《魏书·阮瑀传》裴松之注引《魏略》（中华书局1959年版，第603页），文字稍有不同。

化艺术都走向繁盛，尤其是诗歌在这一时期获得较多的成绩，我们所熟知的冯延巳词基本产生在这个时期，李璟本人的词作尽管只有四首存世，成就和影响却不容忽视。仅以狭义的诗来说，这个时期的南唐诗也在走向发展和成熟。汇聚了众多文人、作为南唐诗歌重要组成部分的金陵诗坛此时走向壮大，新的诗风也在此时走向成熟和自觉。

一　金陵诗坛的壮大

这一时期金陵诗坛力量的壮大主要从两个方面体现出来，一是南唐高层文官中能诗之士构成了金陵诗坛的主体，他们的力量经由几次规模较大的唱和得到了检阅；二是金陵诗坛又通过科举吸纳了新的士子进入其中，此外，别的地域的诗人也进入到金陵诗坛中来，但是这种吸纳又不是无条件的而是有所选择的。这种对外来诗人选择性的接受背后有着金陵诗坛对自身新诗风的自觉。

1. 从三次唱和看金陵诗坛力量的壮大和新因素的出现

首先，金陵诗坛的壮大可以从高层文官的唱和规模体现出来。金陵诗坛在李昇升元年间初步形成的时期，虽然也有唱和，但规模很小，现今留存的只有徐铉、江文蔚、萧俨、殷崇义等几人之间的寥寥几篇作品。[①] 到保大年间，金陵高层文官之间的唱和陡然增多，且规模也较升元年间大得多，见于记载的规模较大的唱和有保大七年、九年和十四年这三次：

按照徐铉《御制春雪诗序》及《后序》，保大七年（949）元日这天大雪，李璟召集太弟李景遂以下展宴赋诗。奉和者共 21 人，包括太弟景遂、齐王景达、李建勋、朱巩、常梦锡、殷崇义、游简言、景运、景逊、张义方、潘处常、魏岑、乔匡舜、徐铉、张纬、景辽、景游、景道、李弘茂、李赡，共得诗 21 首。[②] 李璟所写为七律，其他和作未必都是七律，按照徐铉在序中所言"或赓元首之歌、或和阳春之曲"，似乎还应有歌词

---

① 参本文第一章《李昇时代杨吴及南唐的诗歌与文化》第二节"金陵诗坛的初建及其代表诗人"。

② 徐铉：《御制春雪诗序》《后序》，《徐公文集》卷18。

的制作唱和，但相关作品绝大部分已亡佚，很难构想真实的情形如何。这次唱和现在留存的只有李璟、李建勋、徐铉、张义方的4首七律：

> 珠帘高卷莫轻遮，往往相逢隔岁华。春气昨宵飘律管，东风今日放梅花。素姿好把芳姿掩，落势还同舞势斜。坐有宾朋尊有酒，可怜清味属侬家。（李璟）

> 纷纷忽降当元会，着物轻明似月华。狂洒玉墀初散絮，密黏宫树未妨花。迥封双阙千寻峭，冷压南山万仞斜。宁意传来中使出，御题先赐老僧家。（李建勋）

> 一宿东林正气加，便随仙仗放春华。散飘白兽难分影，轻缀青旗始见花。落砌更依宫舞转，入楼偏向御衣斜。严徐幸待金门诏，愿布尧年贺万家。（徐铉）

> 恰当岁日纷纷落，天宝瑶花助物华。自古最先标瑞牒，有谁轻拟比杨花。密飘粉署光同冷，静压青松势欲斜。岂但小臣添兴咏，狂歌醉舞一千家。（张义方）①

留存的这几首诗中，李建勋的诗显得过于黏着题面，且中间两联的结构相似度太高，读来较为单调；徐铉与张义方的两首平稳但乏惊喜；比较而言，应以李璟的诗作水准最高，当然这与其本为原唱不无关系。其诗首联以叮咛嘱咐语开篇，平实亲切，将珍重爱赏之意呈现无遗。颔联流水对承起，上下句中时间的迅速转换和对照带来一种轻快感和喜悦感。颈联形容雪花的素白与姿态，不算十分出色，但作为咏雪诗的题中应有之意，对雪的直接刻画不可缺少。末联先从雪宕开，归结到眼前的亲朋宴会，但"清味"二字既是指审美意趣，又双关雪景，是很好的尾联结法。全诗流畅秀雅，至少可以看出李璟在诗才和七言近体的写作技

---

① 四诗并见《江表志》卷中，《全宋笔记》第一编（二），第265—266页。但李璟诗在《全唐诗》卷8题为"保大五年元日大雪同太弟景遂汪王景逷齐王景达进士李建勋中书徐铉勤政殿学士张义方登楼赋"（第70页），与徐铉序称"皇帝御历之七年"不同，李璟诗题疑为后人所添，应以保大七年为是，参夏承焘《南唐二主年谱》保大七年下考证。张义方诗末句《全唐诗》卷738作"狂歌醉舞一家家"（第8419页）。

巧上不输于李建勋、徐铉这些诗名甚著的文士。不过，我们所能见到的李璟的诗作太少，他所存留的完整且可靠的诗作仅此一首，[①] 难以从中窥见他个人的诗风全貌。但是，这次大规模的唱和已经显示出此时金陵诗坛的实绩，部分身居金陵的高层文官以彼此唱酬的形式成为金陵诗坛的主体，徐铉、张义方等人则是其中的核心人员。

春雪诗唱和以后，李璟随即命徐铉为此次盛会诗集作序，徐铉《御制春雪诗序》注中保存了这份诏命：

> 宿来健否？酒醒诗毕，可有余力？何妨一为之序，以纪岁月。呵呵。

李璟的语气随和，显得兴致勃勃，诏命颇似友朋间的书简短札，显示出他的文人性情。随后太弟李景遂又召画师将这次宴会画成图画，其经过在徐铉《后序》中有记载，其中详情则赖《江表志》得以保存：

> 保大五（当作七）年元日，天忽大雪，上诏太弟以下登楼展燕，咸命赋诗，令中使就私第赐李建勋，建勋方会中书舍人徐铉、勤政殿学士张义方于溪亭，即时和进。元宗乃召建勋、铉、义方同入，夜分方散。侍臣皆有兴咏。徐铉为前后序。太弟合为一图，集名公图绘，曲尽一时之妙。御容高冲古主之，太弟以下侍臣法部丝竹，周文矩主之，楼阁宫殿朱澄主之，雪竹寒林董元主之，池沼禽鱼徐

---

① 除几联断句以外，传闻为李璟所作的一首七律尚存疑问。阮阅《诗话总龟》前集卷33引《摭遗》："李璟游后湖赏莲花，作诗曰：蓼花蘸水火不灭，水鸟惊鱼银梭投。满目荷花千万顷，红碧相杂敷清流。孙武已斩吴宫女，琉璃池上佳人头。识者谓虽佳句，然宫中有佳人头，非吉也。"（人民文学出版社1987年版，第329页）按：《摭遗》当即宋刘斧《摭遗》，《宋史》卷206有著录，称："刘斧《翰府名谈》二十五卷，又《摭遗》二十卷，《青琐高议》十八卷。"但宋佚名所作《分门古今类事》（文渊阁《四库全书》本）卷13"后主古诗"条引《翰苑名谈》并《诗话》，以此诗为李煜所作。《翰苑名谈》《诗话》当即刘斧《翰府名谈》及《青琐诗话》。三书皆为刘斧所作，而所录此诗一归李璟，一归李煜，其中至少有一误，或者竟为两误。从李璟现存诗作及断句来看，此诗与其风格似不相合，而《分门古今类事》所引较详，更可能为李煜作。

崇嗣主之。图成，无非绝笔。①

　　这次元日宴集，不仅以春雪诗唱和成为南唐诗歌的第一次全面检阅，也是南唐绘画艺术的一次盛会。同年，李璟命参曹参军王文炳摩勒古今法帖。② 这就是被称为法帖之祖的升元帖。姜绍书《韵石斋笔谈》称"法帖之成帙而可置案头者，自升元帖始。"③ 保大七年因此成为南唐艺术的第一个高峰。这一年，李璟和徐铉都是三十四岁。

　　另一次规模较大的唱和发生在保大九年（951）十月，徐铉、萧俨、孙岘、谢仲宣、王沂等送锺蒨往东都为少尹，以风、月、松、竹、山、石为题，各自赋诗。此次唱和留存有五律 6 首：

　　　　赋石奉送德林少尹员外　　徐铉
　　　　我爱他山石，中含绝代珍。烟披寒落落，沙浅静磷磷。翠色辞文陛，清声出泗滨。扁舟载归去，知是汎槎人。
　　　　赋月　萧俨
　　　　丽事金波满，当筵玉笋倾。因思频聚散，几复换亏盈。光澈离襟冷，声符别管清。那堪还目此，两地倚楼情。
　　　　赋竹　孙岘
　　　　万物中萧洒，修篁独逸群。贞姿曾冒雪，高节欲凌云。细韵风初发，浓烟日正曛。因题偏惜别，不可暂无君。
　　　　赋松　谢仲宣
　　　　送人多折柳，唯我独吟松。若保岁寒在，何妨霜雪重。森梢逢静境，廓落见孤峰。还似君高节，亭亭劄继踪。
　　　　赋风　王沂
　　　　静追萍末兴，况复值萧条。猛势资新雁，寒声伴暮潮。过山云散乱，经树叶飘摇。今日烟江上，征帆望望遥。

────────────

　　① 《江表志》卷中，《全宋笔记》第一编第 2 册，第 265 页。按：其中"保大五年"应作"保大七年"。
　　② 《十国春秋》卷 16 元宗本纪，第 211 页。
　　③ 参夏承焘《南唐二主年谱》保大七年条下，《夏承焘集》第 1 册，第 97 页。

赋山别诸知己　锺蒨

暮景江亭上，云山日望多。只愁辞辇毂，长恨隔嵯峨。有意图功业，无心忆薜萝。亲朋将远别，且共醉笙歌。①

此外，在保大十四年（956）九月，还有一次分题赋诗送锺蒨再赴东都尹任，参加者除锺蒨本人以外，还有徐铉、徐锴、萧彧、乔匡舜、陈元裕，共留有五律6首，各人所分得题目分别为新鸿、酒、远山、菊、江、水：

得江奉送德林郎中学士　乔匡舜

掺袂向江头，朝宗势未休。何人乘桂楫，之子过扬州。飒飒翘沙雁，漂漂逐浪鸥。欲知离别恨，半是泪和流。

得酒　徐铉

酌此杯中物，茱萸满把秋。今朝将送别，他日是忘忧。世乱方多事，年加易得愁。政成频一醉，亦未减风流。

得菊　萧彧

离情折杨柳，此别异春哉。含露东篱艳，泛香南浦杯。惜持行次赠，留插醉中回。暮齿如能制，玉山甘判颓。

得远山　徐锴

瓜步妖氛灭，昆岗草树清。终朝空极望，今日送君行。报政秋云静，微吟晓月生。楼中长可见，持用减离情。

得水　陈元裕

上善湛然秋，恩波洽帝猷。漫言生险浪，恺爽见安流。泛去星槎远，澄来月练浮。滔滔对离酌，入洛称仙舟。

得新鸿别诸同志　锺蒨

随阳来万里，点点度遥空。影落长江水，声悲半夜风。残秋辞绝漠，无定似惊蓬。我有离群恨，飘飘类此鸿。②

---

① 并见《徐公文集》卷3《送钟员外诗序》所附。
② 《徐公文集》卷4《送德林郎中学士赴东府诗序》附。

就规模来看，保大年间的这三次唱和的参加人数皆比升元年间的唱和人数要多；从唱和的内容上看，升元年间还主要是局限于祝贺官职升迁、咏物等较为狭小平庸的题材，但保大年间的这几次唱和出现了一些之前南唐诗中较少见的内容，即言志成分的增加以及现实内容的加入，尤其是后两次唱和。保大七年以前，南唐刚取得了一些对闽战争的胜利，李璟还曾意欲趁契丹灭晋之机出兵中原，说明南唐此时还处在国力较为强盛的阶段，各种危机尚未出现，因此在保大七年的春雪唱和诗中，如"岂但小臣添兴咏，狂歌醉舞一千家"、"严徐幸待金门诏，愿布尧年贺万家"等，还有一种点缀升平的意味。保大九年送锺蒨往扬州为东都少尹的唱和虽然只是较为寻常的分题咏物赠别之作，但由于诗人们此时尚未觉察到即将到来的危机，锺蒨诗中甚至出现了"有意图功业，无心忆薜萝"这样昂扬奋发的句子。尽管这种建立功业之想对于此时的南唐来说显得过于乐观，因为当时虽然刚刚灭楚，但对湖南的统治并不稳固，同时北方的后周已经建立。在南唐表面的强大和胜利背后，隐伏着巨大的危机，南唐君臣却对此毫无觉察，依然沉浸在胜利的欣喜中，甚至还耀兵淮上，不无征伐后周的企图。尽管这种建功立业的志愿缺乏深谋远虑、对现实估计得过于乐观，但从另一方面看，却也体现了当时南唐的凝聚力和士气的振奋，诗歌中也因此恢复了一些较昂扬的言志主题。这对于南唐士风是一种可贵的新气象，不同于升元年间李建勋等人体现出的苟保富贵的心态。在保大九年的唱和诗中，即便那些没有直接表述建功立业志愿的作品，也有部分诗作通过比兴来托物言志，如徐铉咏石"翠色辞文陛，清声出泗滨"，孙岘咏竹"万物中萧洒，修篁独逸群。贞姿曾冒雪，高节欲凌云"，谢仲宣赋松"若保岁寒在，何妨霜雪重"。保大十四年的送别锺蒨之作，则加进了更多现实的因素，这次唱和是在南唐刚刚收复了被后周占领的扬、舒、蕲、光、和、滁数州之后不久。乔匡舜、萧俨、陈元裕三人的诗显得较为泛化，用之多数离别场合皆可，没有特定的时地人及特别的情感体验，显得较为缺少个性。徐氏兄弟、锺蒨诗则反映了当时特定情势下的离别之情和各自的心绪、个性，并非普泛的离别之作可比。

比较这三组唱和诗，可以发现诗艺的发展是较为明显的：保大七年的春雪诗唱和虽然以李璟诗和徐铉诗较优胜，但总体而言，四首诗作都主要使用白描手法，各诗体现出的个性也不甚分明。这种情况可能与当时南唐诗坛擅长七律的作者不多有关，但更直接的原因可能在于，作为限时完成的同题、同体、同韵的唱和诗，内容和形式两方面皆受到严格限制。一般而言，诗歌所受形式上的限制越多、越具体，作者个人情意的发抒就越不自由，虽然不排除才气超迈者因难见巧的可能，但大多数作者会即便本有自发的诗情、也会因此较难获得全面的表现。所以我们往往看到，在参与唱和者的诗歌水平接近的前提下，由于体裁、韵脚已经多由原唱之作限定，和作的水准大多低于原唱的水准。这也是为何春雪诗唱和中李璟的七律相对更优秀一些。

到了保大九年的送别之作，就显示出较多的作者个人志意的发抒，但有意寓托的痕迹较为明显，所体现的作者个性相对有限。另外，此次赋诗是分题、限体而不限韵，各拈一题作一首五律送别诗，唱和的形式条件放宽了，为抒情写意带来了更多的自由。这种较宽松的创作自由，应当也与徐铉徐锴等人注重自然、天然、质先于文的文学主张有关。在没有超绝才气和精苦思力的情况下，放宽形式的限制，作者可以把更多的注意力放到如何更好地表现情意上。我们看到，在保大十四年再次赋诗送别锺蒨时，他们依旧采用了这种分题、限体而不限韵的规则，显然，保大九年那次唱和较为成功的先例可能给了他们不小的鼓励。保大十四年的分题赋诗较前次有了更大的进步，至少这次的寄兴托寓不再是一般化、类型化、可用于大多数送别场合的，而是将南唐时势自然地融入自己的情绪和诗歌中，部分成功之作的艺术水准也就较前次为高。其中，徐铉诗提到"世乱方多事"，将世乱与年加的忧愁打并作一起，引入诗题中的"酒"；徐锴诗开篇"瓜步妖氛灭，昆岗草树清"则进一步申明南唐刚获得的胜利，将气氛的清明与作为所咏主题的"远山"相关合；但最成功的作品则是锺蒨本人的留别之诗《得新鸿别诸同志》。锺蒨此诗将离恨寓入对题面新鸿的描绘中，残秋孤鸿的惊惧正与自己此番只身赴新收复的扬州上任、前途未卜的忐忑切合。锺蒨前后两诗皆为赋物之作，而皆能将自己的志与情较好地融入其中。不论保大九年诗作中乐观的功业理想，还是此时表现的悲观心情，锺蒨诗显然都是较具体、个性化的抒情，同时能从中体现出时代情势的动向和氛围。锺蒨并不在南唐最有名的诗人之列，其诗也仅有这两篇存世，但从他的诗作已经可以看到南唐保大年间诗艺的发展。

2. 金陵诗坛新成员的加入

在原有的高层文官之外，此时金陵诗坛也吸纳了新的成员，这包括通过贡举吸纳的士子和由其他南方小国进入南唐的诗人。这是因为中主后期开始实行贡举，考试诗赋策论，一些年轻士子被吸引到金陵来，其中就包括诗名较显的伍乔、张洎等人。

伍乔和张洎约在保大末年登进士第，① 当年试《画八卦赋》有《霁后望钟山》诗，伍乔为状元，他的省试诗今仅存一联："积霭沉诸壑，微阳在半峰。"② 从中可见其善于以清苦的笔调刻画和摹写景物。伍乔完整的诗作今存 21 首，皆为七律，多写山乡僻居、孤旅、送别题材，史称"诗调寒苦，每有瘦童羸马之叹"③。较好的作品如：

> 去去天涯无定期，瘦童羸马共依依。暮烟江口客来绝，寒叶岭头人住稀。带雪野风吹旅思，入云山火照行衣。钓台吟阁沧洲在，应为初心未得归。（《冬日道中》）
>
> 不知何处好消忧，公退携壶即上楼。职事久参侯伯幕，梦魂长绕帝王州。黄山向晚盈轩翠，黟水含春绕槛流。遥想玉堂多暇日，花时谁伴出城游。（《寄张学士洎》)④

可以看出，伍乔诗主要承大历、晚唐以来融情入景的写法，大多刻画冷寂凄清的景物以抒写孤寂萧索的情怀，诗风偏于清淡自然。伍乔的七律比较讲求句法锤炼，多用意象语言，偶参典故，较少用虚字转折斡

---

① 马令：《南唐书》卷 14 伍乔传，及傅璇琮主编《唐才子传校笺》卷 7 伍乔条下考证，第 259—260 页。

② 《全唐诗》卷 744，第 8464 页。

③ 陆游：《南唐书》卷 15 伍乔传。

④ 《全唐诗》卷 744，第 8460、8464 页。

旋。这既未背离当时寒素诗人本色和典型的诗风，又在其中融铸了清丽之风，避免了寒素、隐逸诗人的七律中常见的浅俗之气，最后形成了他个人较独特的淡而不薄、不失秀丽雅致的诗风，使得他同时受到了庐山诗人和金陵诗人的推崇。并且，伍乔今存诗作以七律为主，很可能是他有意多写七律的结果。一般来说，寒素、隐逸诗人常常更擅长的诗型是五律，野逸的意象是其特点，不难形成古朴的诗风，但七律自定型以后其写作往往需要更多考虑结构、句法，通常也更多地使用典故，整体来说七律的典丽诗风需要较多的思力与学力，它也往往是唱和诗更经常采用的诗型。伍乔有意多作七律，是他拓展自己的诗型界域、主动靠近金陵诗坛清丽诗风的体现。尽管从诗史来说，伍乔对于唐末以来的诗风无多创新，但他对南唐诗坛仍然具有特别的意义，尤其是他得到了金陵诗坛的赏识：史称元宗赏爱其文，曾命将其程文刻于石碑，以为永式。① 史籍所说的"程文"不单指其赋，应该也包括他的诗作在内。尽管伍乔不久又离开金陵赴宣州幕职，并未成为金陵诗坛的核心成员，但他的应举将庐山诗坛较为清寒的诗风带到了金陵，可以视为在庐山诗坛和金陵诗坛之间一次诗风的交会。

另一位经由科举加入金陵诗坛的年轻士子张洎，以文采清丽著称，② 现存完整的诗仅 3 首，③《暮春月内署书阁前海棠花盛开率尔七言八韵寄长卿谏议》为七言排律，《纪赠宣义大师梦英》为七律，皆为入宋以后所作，另一首五古《题越台》：

> 我爱真人居，高台倚寥沉。洞天开两扉，邈尔与世绝。缥缈乘鸾女，华颜映绿发。举手拂烟虹，吹笙弄松月。森萝窥万象，境异趣亦别。何必服金丹，飞身向蓬阙。④

此诗不能确定作年，单从它也难以看出张洎的诗歌创作成就，但如

---

① 马令：《南唐书》卷 14 伍乔传。
② 《十国春秋》卷 30 张洎传，第 437—438 页。
③ 傅璇琮等编：《全宋诗》卷 18，北京大学出版社 1999 年版，第 1 册，第 260—261 页。
④ 《全唐诗补编·续拾》卷 44，第 1402 页。

果从张洎对前人诗歌的评价中，还是可以看出他的诗歌审美倾向与偏好的。张洎早年便开始收集张籍的诗，前后历二十年，最终辑得四百余首，编为《张司业诗集》，并为之作序：

> 司业讳籍，字文昌，苏州吴人也。贞元十五年丞相渤海公下及第，历官太祝、秘书郎、国子博士、水部员外郎、国子司业。公为古风最善，自李、杜之后，风雅道丧，继其美者，惟公一人。故白太傅读公集曰："张公何为者？业文三十春。尤工乐府词，举代少其伦。"又姚秘监尝赠公诗云："妙绝江南曲，凄凉怨女诗。古风无手故，新语是人知。"其为当时文士推服也如此。元和中，公及元丞相白乐天、孟东野歌词，天下宗匠，谓之"元和体"。又长于今体律诗，贞元已前，作者间出，大抵互相祖尚，拘于常态，迫公一变，而章句之妙冠于流品矣。自唐末多故，洊经离乱，公之遗集，十不存一。予自丙午岁迨至乙丑岁，相次缉缀，仅得四百余篇，藏诸箧笥，余则更俟博访，以广其遗阙云耳。①

张洎对张籍推崇备至，认为张籍不仅擅长古风，上接李、杜，而且长于今体律诗，能够一变常态，超出贞元以前的流辈诗人。按照《太宗皇帝实录》所载张洎卒于至道三年（997）、年六十四推算，② 他应生于吴大和六年（934），丙午岁为南唐李璟保大四年（946），张洎时年十三岁，已经开始收集张籍诗；此序成于乙丑岁，已经是宋乾德三年（965）。可以说张洎在整个少年和青年时期，都曾留心于张籍之诗。

另外，现存还有张洎为项斯诗集所作的序：

> 项斯字子迁，江东人也。会昌四年，左仆射王起下进士及第。始命润州丹徒县尉，卒於任所。吴中张水部为律格诗，尤工於匠物，字清意远，不涉旧体，天下莫能窥其奥，唯朱庆馀一人亲授其旨。

---

① （南唐）张洎：《张司业诗集序》，《全唐文》卷872，第9123页。
② （宋）钱若水等：《太宗皇帝实录》卷80，《四部丛刊》本。

沿流而下，则有任蕃、陈标、章孝标、滕倪、司空图等，咸及门焉。宝历、开成之际，君声价籍甚，时特为水部之所知赏，故其诗格颇与水部相类，词清妙而句美丽奇绝，盖得于意表，迨非常情所及。故郑少师薰云："项斯逢水部，谁道不关情。"又杨祭酒敬之云："几度见诗诗总好，及观标格过于诗。平生不解藏人善，到处逢人说项斯。"自僖、昭已还，雅道陵缺，君之遗句，绝无知者。虑年祀浸久，没而不传，故聊序所云，著于卷首。①

张泊将项斯的诗风上溯到张籍，认为其后只有朱庆馀、任蕃、陈标、章孝标、倪胜、司空图能够延续张籍的诗风，而项斯尤其与张籍接近，清丽奇绝，迥出常情。将这两篇诗序合观，可以看出，张籍仍然是张泊最推崇的唐代诗人之一，正由于将项斯作为张籍诗艺嫡传后学，张泊才极力赞扬其诗歌成就，且张泊显然认为项斯能够继承张籍的主要是律诗，言外之意在古体上项斯并不能与张籍比肩。对于张籍的律诗，张泊最欣赏的又是其"工于匠物，字清意远，不涉旧体"，也就是工于刻画再现，而又不拘泥于描写对象本身，同时语言清奇，能够别开清远意境。张泊自己的诗文也被评价为文采清丽，显然是长期推崇和追步张籍、项斯等人诗风的自然结果。史称张泊藏书甚富，又勤奋苦学，② 他手自校雠的诗集很可能并不止张籍、项斯两家，另外《宋史》本传载张泊有文集五十卷，可惜不行于世，不然我们还可以考见更多南唐当时的诗学文献。

作为同年进士的伍乔和张泊，各自的诗歌命运并不相同。尽管伍乔的诗传到今天的较张泊为多，从现存诗作来看其成就应高过张泊诗，但在史籍中，有关张泊文采过人的记载要较伍乔多，这与张泊长期为官金陵，伍乔则有很长时期都任职于地方有关。③ 它也表明，张泊较伍乔更得

① （南唐）张泊：《项斯诗集序》，《全唐文》附陆心源辑《唐文拾遗》卷47，第10906页。
② 《宋史》卷267，第9208、9212页。
③ 这与张泊在后主李煜时代很受宠幸、入宋以后在世时间较长，也位居清要很有关系。伍乔的卒年史无明载，马令《南唐书》卷14本传称其卒于考功任上，李焘《续资治通鉴长编》卷16太祖开宝八年（975）二月下："是月，江南知贡举、户部员外郎伍乔放进士张确等三十人。"（《续资治通鉴长编》，中华书局1979年版，第336页）可证伍乔至少此时尚在世。

金陵诗坛的欣赏。作为以高层文官为核心成员的金陵诗坛，伍乔"每多瘦童羸马之叹"的清寒诗风虽得一时称赏，终究未被广泛接受，而张洎所追随的张籍、项斯一路清妙、美丽、奇绝的诗风，正为金陵诗坛所好。金陵诗坛对异质诗风的吸纳较为有限，更多的还是对相似诗风的欣赏，并由此对进入金陵诗坛的新成员造成影响，将其同化到金陵诗坛的典型诗风中来。

除了通过贡举吸收新的诗坛成员，金陵诗坛力量的壮大还有另一途径，这就是接纳来自其他地域的诗人。在李璟时代，南唐灭楚使得原来楚地的诗人也进入金陵诗坛，孟宾于和廖凝即为其中的代表。

孟宾于，本为湖湘连州（今属广东）人，幼擅诗名，后唐长兴末渡江赴举，游举场十年，后晋天福九年（944）登第，因世乱还乡，不久为楚文昭王辟为永州军事判官。南唐保大九年（951）平楚，尽俘马氏之族于建康。孟宾于遇乱无依，于是携光启年县印归于金陵。李璟得之甚喜，任命他为水部员外郎，但不久孟宾于即归隐玉笥山。其后，又曾数度出仕和归隐。徐铉有《送孟宾于员外还新淦》及《孟君别后相续寄书作此酬之》诗。孟宾于诗当时已经结集的便有《金鳌集》《湘东集》《金陵集》《玉笥集》《剑池集》等数种，共五百余首，至宋初尚存、合编为一集。① 孟宾于在当时诗名甚显，李昉曾赠诗云："幼携书剑别湘潭，金榜标名第十三。昔日声尘喧洛下，近年诗价满江南。"（《全唐诗》卷738）宋初王禹偁在为孟宾于的诗集所作序中称其诗得"雅澹之体、警策之句"。现存孟宾于的诗只有9首及断句若干②，其中多有科场失意之作，如"蟾宫空手下，泽国更谁来""水国二亲应探榜，龙门三月又伤春"，"仙鸟却回空说梦，清朝未达自嫌身"等，皆为其早年不达时所作。

在孟宾于当日所结成的若干诗集中，《金陵集》为其仕于江南时所作。当时孟宾于的诗歌在金陵诗人间受到重视和欢迎，"江左士大夫若昌黎韩熙载、东海徐铉甚重之"③。由于其作品今存很少，其中作于金陵时

---

① 孟宾于生平见（宋）王禹偁《小畜集》卷20《孟水部诗集序》（《四部丛刊》本）、马令《南唐书》卷23、《唐才子传校笺》卷10。

② 见《全唐诗》卷740、《全唐诗补编·补逸》卷16、《全唐诗补编·续拾》卷43。

③ （宋）王禹偁：《孟水部诗集序》。

期的更为少见，难以从中推测孟宾于是否为金陵诗坛带来了新的因素。但是，从孟宾于现存的数首诗作来看，他的七言近体包融秀冶的风格较为明显，如其思念家乡风景的《怀连上旧居》："闲思连上景难齐，树绕仙乡路绕溪。明月夜舟渔父唱，春风平野鹧鸪啼。城边寄信归云外，花下倾杯到日西。更忆海阳垂钓侣，昔年相遇草萋萋。"① 中间二联描绘湖湘景色颇为秀婉细腻。七绝《献主司》则同时包含了科场失意之感与思乡之情："那堪雨后更闻蝉，溪隔重湖路七千。忆昔故园杨柳岸，全家送上渡头船。"② 前两句点出今日雨后闻蝉的伤感，将当初的惜别场景牵引出来，末两句抓取自己当年离乡赴举时全家人相送至渡头这一特定场景，凸显出细节饱满动人的力量。家人的殷切期盼虽未明言，却经由相送的情境无言地传达出来。将家人的这种期盼之情经由诗句转呈给主司，使得本诗虽然是干谒之作，却显得哀而不伤，同时出之以清词丽句，更增其委婉动人的力量。正因如此，这首绝句在后世广为传布，以至于王禹偁年幼时都曾被塾师教读成诵。③ 这样的风格与徐铉等人为代表的金陵文官的诗风较为接近，不难理解，为何孟宾于的诗歌在南唐获得了广泛的称誉。

　　孟宾于的诗歌观从其为李中《碧云集》所作的序言中完整体现出来。此文虽作于癸酉年即宋开宝六年（973），当时已是南唐后主李煜在位的末年，上距李璟时代孟宾于初归南唐已有二十余年，但该序的诗歌观在其诗歌创作中早已表现出来，因此，不妨在这里将这段诗论一并分析：

　　　　昔者仲尼删三百篇，梁太子选十九首。厥后沿朝垂名者不少，苦志者弥多。入室升堂，有其数矣。然六艺之旨，二南之风，后来未甚穷日（按：日，《全唐文》卷872作"目"。可从）。沉沦者怨刺伤多，取事者雅颂一贯。乱后江南郑都官、王贞白，用情创志，

---

① 《全唐诗》卷740，第8438页。
② 同上书，第8439页。
③ 《孟水部诗集序》："余总角之岁，就学于乡先生。授经之外，日讽律诗一章，其中有绝句云云……余固未知谁氏之诗矣。及长，闻此句大播人口，询于时辈，则曰江南孟水部诗也。"

不共辙，不同涂，俱不及矣。今睹淦阳宰陇西李中字有中，缘情入妙，丽则可知。①

孟宾于将诗经和汉魏古诗作为诗歌的典范，认为"六艺之旨、二南之风"的精意后世大多数诗人并未达到，不得志者（"沉沦者"）往往过多怨刺、失去温柔敦厚之旨，得志者（"取事者"）又往往只重雅颂而丢掉了风诗的缘情。"用情创志"这句话的真实含义并不清晰，从下文来看是将"情"与"志"分观，认为诗人应该像郑谷、王贞白一样既有"用情"之作，又有"创志"之作，二者分别对待，不相混杂。孟宾于称赞李中的诗"缘情入妙，丽则可知"，肯定李中诗在"用情"这一面取得了很高的成绩。"缘情"是从诗歌的情感本质而言，承续陆机《文赋》"诗缘情而绮靡"来；"丽则"是要求诗歌语言美丽典正，是扬雄《法言》"诗人之赋丽以则，辞人之赋丽以淫"的概括。不过，当孟宾于将"缘情"与"丽则"并列，不仅继承了陆机之说，更把李中的诗推崇到了"诗人之赋"的最高语言标准。这两个标准显然也是孟宾于自己对诗歌的追求。从前文所引孟宾于诗作，可以看出，孟宾于诗称得上符合"缘情"与"丽则"两个标准，而这也正是李璟时代的金陵诗坛十分推崇和正在形成的诗风。孟宾于之所以在金陵得到较高的诗名，正是由于他的诗风切合当时金陵诗坛的诗风偏好，他与金陵诗坛的彼此契合，同样属于同质诗风的互相吸纳和壮大。

另一位因楚亡而归南唐的诗人是廖凝。

廖凝，原名廖匡凝，本为虔州人，唐天祐末年其父廖爽举族迁湖南，居于衡山之麓，为湖南著名的衣冠之族。廖凝在后晋天福四年（939）左右仕于楚为从事。保大九年，南唐灭楚，廖凝迁于金陵，后曾任水部员外郎、彭泽令、连州刺史等官职。② 廖氏世代有能诗之名：宋初柳开《五峰集序》有云："廖世善诗……（廖爽）有子男十人，图善七言诗，凝善

①　（南唐）孟宾于：《碧云集序》，见（南唐）李中《碧云集》，《四部丛刊》本。
②　参见（宋）陶岳《五代史补》卷4"廖氏世胄"条（《五代史书汇编》第五册，第2518页）；《十国春秋》卷29廖凝传（第420页）；《唐才子传校笺》卷10廖图条（《唐才子传校笺》（四），第476—481页）及其《补正》（《唐才子传校笺》（五），第487—491页）。

五言诗，立语皆奇拔。"① 序中所云图即廖凝之兄廖匡图，文学博赡，曾为楚天策府十八学士之一。入宋后，廖家仍代有诗人。廖凝之子某，以阁门舍人知袁州，杨亿有《阁门廖舍人知袁州》诗，自注："舍人故连州刺史凝之子，凝与弟融皆擅诗名于江表。"② 廖凝侄廖融也能诗，隐居衡山不出，有诗名于宋初。廖氏家族诗名代著，其中又以廖凝为最。

柳开称廖凝长于五言，可见当时还能见到廖凝较为完整的诗集，但今存完整者仅 3 首，其中 2 首五律、1 首七绝。录其五言若干：

一片月生海，几家人上楼。(《待月》)③

九十日秋色，今宵已半分。孤光含列宿，四面绝纤云。众木排疏影，寒流叠细纹。遥遥望丹桂，心绪正纷纷。(《中秋月》)

一声初应候，万木已西风。便感异乡客，先于离塞鸿。日斜金谷静，雨过石城空。此处不堪听，萧条千古同。(《闻蝉》)④

应当说，尽管《郡阁雅谈》称《中秋月》与《闻蝉》为绝唱，⑤现存的这几首诗并不能充分体现柳开所称赞的"立言皆奇拔"的特点，但从"一片月生海，几家人上楼""孤光含列宿，四面绝纤云""一声初应候，万木已西风"这些诗句中，仍然能够见出其清寒孤绝诗风的一斑。

廖凝的七言诗仅存一联断句以及一首七绝：

风清竹阁留僧宿，雨湿莎庭放吏衙。(《宰彭泽作》)

五斗徒劳谩折腰，三年两鬓为谁焦。今朝官满重归去，还挈来

---

① (宋) 柳开：《五峰集序》，柳开《河东先生集》卷11，《四部丛刊》本。原文"五言"作"五湖"，误，今改。

② (宋) 杨亿：《武夷新集》卷2，清嘉庆十六年 (1811)《蒲城遗书》本。

③ 《全唐诗补编·续拾》卷49引《吟窗杂录》卷14，第1485页。

④ 《全唐诗》卷740，第8442页。

⑤ 《诗话总龟》卷10引，第115页。

时旧酒瓢。(《彭泽解印》)①

廖氏在当时和后世作为一个文学家族而著名，其中廖凝对金陵诗坛是产生过影响的，因为史料缺乏，这一点我们只能从后世一鳞半爪的记载中去作推测还原。《郡阁雅谈》记载廖凝曾与李建勋为诗友，江左学诗者多造其门。② 显然，廖凝在金陵诗坛获得了相当的荣誉。廖凝和其兄廖图二人在当时皆有诗名，但在南唐直至宋初，廖凝的诗名要超过廖图。柳开《五峰集序》云：“凝后入江南归李璟，其诗得闻于朝。图值马氏之子不嗣，兵兴国乱，多听散坠。”谈到了廖匡图诗散佚的原因，时值楚国丧乱、廖匡图在楚国末年即故去，没能像廖凝一样进入南唐得到金陵诗坛的赏识。但是，这其中也不乏诗风的区别导致的不同命运。柳开称廖匡图以七言胜，其现存的 4 首诗以及断句若干联的确皆是七言，例如：

祝融峰下逢嘉节，相对那能不怆神。烟里共寻幽砌菊，樽前俱是异乡人。遥山带日应连越，孤雁来时想别秦。自古登高尽惆怅，茱萸休笑泪盈巾。(《旧日陪董内召登高》)

冥鸿迹在烟霞上，燕雀休夸大厦巢。名利最为浮世重，古今能有几人抛。逼真但使心无着，混俗何妨手强抄。深喜卜居连岳色，水边竹下得论交。(《和人赠沈彬》)

正悲世上事无限，细看水中尘更多。(《永州江干感兴》)③

多直抒胸臆，情感深切，但较少运用具象，不太擅长刻画景物，多直接说理，又往往以浅近语出之，较乏蕴藉之气。概括而言，可以说廖

---

① 《全唐诗》卷 740，第 8442 页。

② 《五代诗话》卷 3 廖凝条引《郡阁雅谈》：“与李建勋为诗友相善……江左学诗者竞造其门。”［（清）王士禛编《五代诗话》，人民文学出版社 1989 年版，第 163 页］《诗话总龟》前集卷 10 也引用了《郡阁雅谈》此条材料，文字稍有不同。(第 115 页）另，《十国春秋》卷 29 廖凝传仅云其与张居咏辈为诗友，但据《十国春秋》卷 21 张居咏传，张在李璟即位后不久即故去，廖凝迟至保大九年方入金陵，二人不当先此即有交往。暂存疑。

③ 《全唐诗》卷 740，第 8440 页。

匡图的诗基本以气胜，言辞直白，而伤于过露和过质。

与前文中所引廖凝诗比较，可以看出，廖凝的五言诗不像廖匡图那样伤于直质和显露，而且从廖凝仅存的七言诗也可以发现，较之廖匡图，廖凝更善于抓住具体的物象，融情入景，形成一种包融秀冶的诗风。与孟宾于的命运相似，他的诗风较之廖匡图更容易为金陵诗坛接受。因此，可以认为，廖匡图的诗歌早早散佚，不仅是遭遇楚国丧乱的缘故，同时也与其跟当时金陵诗坛的诗风偏好不一致有关。否则，廖凝既入金陵，为廖匡图诗集作过序的朱遵度也入南唐为官，① 二人很可能会为廖匡图诗延誉，其诗应当不至于湮灭无闻。只有考虑到当时金陵诗坛自身的诗风正在形成，因而对外来诗人诗风的淘洗很有倾向性，才能较为完满地解释何以廖凝与廖匡图皆为当时有名诗人，而其诗作命运的显晦却不同这个事实。

前文中我们已经分别从作为金陵诗坛主体力量的高层文官、其他通过贡举或别的途径被吸纳到金陵来的诗人考察了金陵诗坛力量的壮大，但无论是金陵文官的唱和，还是对外来诗人的接受，背后都有金陵诗坛对自身新诗风形成的自觉，这种新的诗风正是南唐诗对后世影响最大的方面，值得细致探讨。

二　新诗风的成熟

李璟在位的中期，金陵诗坛已经形成推崇清奇的新诗风，这一方面要从诗歌风格上来看，另一方面也须关注当时诗歌所表现的主题。

1. 金陵诗坛清奇诗风的表现和成因

在保大七年的春雪唱和诗中，李璟诗的末二句值得特别注意："坐有宾朋尊有酒，可怜清味属侬家。"一国之君爱好的竟是"清味"，而且这种在审美上对于"清"的偏好并非偶一见之，而是已经成为当时南唐君臣较普遍的审美倾向。李建勋《雪有作》有句云"长爱清华入诗句"②；

---

① 《唐才子传校笺补正》廖图条，第490—491页。
② 《全唐诗》卷739，第8434页。

李璟次子李弘茂，"善歌诗，格调清苦"①，其诗今仅存二联，其《病中》云："半窗月在犹煎药，几夜灯闲不照书。"② 同样是清苦一路的典型趣味。这说明从君主到贵臣，当时的金陵诗坛的确好尚清奇诗风。刘崇远《金华子杂编》自序中提到自己在金陵作诗的情形："家贫窭，在阙三四年，甚窘困，稍暇犹缀吟不倦，纵情任性，一联一句，亦时有合于清奇。"刘崇远此书撰成约在保大十年或稍后，③ 当时他正在金陵任职。刘崇远称自己的诗歌"时有合于清奇"，不仅标榜能达到自我理想中的诗风，同时也从侧面反映出当时金陵诗坛的主流是清奇诗风。当时称誉别人的诗歌也往往从"清"着眼，譬如徐铉有诗《亚元舍人不替深知猥贻佳作三篇，清绝，不敢轻酬，因为长歌》④，也以"清绝"作为对乔匡舜诗歌的赞美。

　　一个时代的审美好尚，其具体表现必定不是孤立的，它也将从各个方面同时渗透和显现出来。南唐对"清"的偏好，也不仅体现在诗风上，在词的风格上同样如此。将李璟、冯延巳的词作与西蜀词作对照，南唐所好尚的"清"的风格就更加明显。《花间集》中所收西蜀词作，主题上往往为描写一段实有的恋情，其甚者不无肉欲的刻画，风格上则多描金刻翠，偏于靡丽质实；李璟、冯延巳的词作较少描写具体的恋情，更没有陷溺于情欲的直白刻画，而是表现出对具体情事的超越，转而将深挚之情作为表现对象；相应地，在词的风格上，也就表现得不同于西蜀的质实靡丽，而是呈现为一种空灵清丽。这也体现出南唐对"清"的好尚并非偶然的孤立的现象，也不仅限于诗中。此外，在审美情调上对"清"的偏好，到后主时期发展到最高峰，此处暂不赘述。正是因为这种审美好尚是整体的、连贯的，因此在诗歌中它也才特别鲜明。

　　但是，以上种种还只是"清"的表现，究竟南唐诗何以如此推崇"清"的风格？其历史与现实的根据和必然何在？这里需要作一历史的回

---

① 陆游：《南唐书》卷16李弘茂传，《十国春秋》卷19本传作"清古"。

② 《全唐诗》卷795，第8950页。

③ 参《唐五代文学编年史·五代卷》后周太祖广顺二年（952）南唐刘崇远条，第445页。

④ 《徐公文集》卷3。

溯，不仅要对晚唐以来的诗风进行一番检讨，还要上溯到更早的源头。

"清"与"浊"相对，原本用以形容元气。许慎《说文解字》土部地字训："元气初分，轻清上易为天，重浊下阴为地。"在《易说》《易纬》等书中皆有类似的表述，许慎的此条训诂便是从易理而来。① 清与轻相连，是上升的，正是这种清轻之气上升为天。这在汉代已经是一种较普遍的宇宙观，"清"是适用于这种宇宙观的一个术语。到曹丕《典论·论文》则借用了这种原本用于表述宇宙观的术语，将其运用到人的气质上来："文以气为主，气之清浊有体，不可力强而致。"② 这里的"清"是形容人的气质，曹丕认为气与文学有着密切关联，甚至决定了文学的主要面貌，尽管如此，曹丕还没有直接用"清"来指涉文学风格。只有到了钟嵘《诗品》、刘勰《文心雕龙》才把"清"直接用于称述某种文学风格。钟嵘《诗品》中以"清"指涉诗风的如：

（1）（刘琨）善为凄戾之词，自有清拔之气。

（2）（鲍照）然贵尚巧似，不避危仄，颇伤清雅之调。

（3）（沈约）不闲于经纶，而长于清怨。③

（4）希逸（谢庄）诗气候清雅不逮于范、袁。

（5）祜（江祜）诗猗猗清润。

（6）（虞羲）奇句清拔。④

刘勰《文心雕龙·明诗》中也有数条以"清"描述诗风：

（7）张衡怨篇，清典可味。

（8）嵇志清峻，阮旨遥深。

---

① 赖贵三：《许慎〈说文解字〉易理蠡探》，台湾：台湾大学，《周易》《左传》国际学术研讨会（第一届中国经学学术研讨会）发表论文，1999 年 5 月，第 1—19 页。

② 郭绍虞主编：《中国历代文论选》第一册，上海古籍出版社 1979 年版，第 158 页。

③ （梁）钟嵘撰、陈延杰注：《诗品注》卷中，人民文学出版社 1961 年版，第 37、47、53 页。序号为笔者所加，下同。

④ 《诗品注》卷下，第 64、72、74 页。

（9）四言正体，则雅润为本；五言流调，则清丽居宗。

（10）茂先凝其清。①

《文心雕龙》中其他有关"清"的表述还有：

（11）意气骏爽，则文风清焉。……使文明以健，则风清骨骏，篇体光化。②

（12）魏文之才，洋洋清绮……乐府清越……③

综合钟嵘和刘勰的相关表述，可以将当时对"清"的使用概括为三类，第一类与高峻有关，如（1）（6）之"清拔"、（8）之"清峻"；第二类常与雅正、典则相关，如（2）（4）之"清雅"、（7）之"清典"。"清"既指气的纯正和纯粹，包含有超拔、脱俗之意，反俗而合于正，又引出清典、清雅的意义。但"清"还有一类用法，这就是（9）之"清丽"、（12）之"清绮"。这两条用例皆出自刘勰，可见刘勰并不反对将"清"与文采的高华富赡结合、形成为一种既脱俗、雅正又不乏修饰之丽的风格。钟嵘却没有类似的表达，相反，《诗品》中所提到的（3）"不闲于经纶，而长于清怨"，是将"清怨"与"经纶"对立，也即对"清"的理解偏重在情感的自然抒发，而与学识才力相对。钟嵘论诗推崇自然英旨、主直寻、少补假，因此他在使用"清"这一概念时，就不会出现像刘勰"清丽""清绮"的用法。他所推崇的自然一义也成为后世所理解的"清"的重要内涵，盛唐人标榜的"清新庾开府"、"清水出芙蓉"的自然美便是承此而来。当然，盛唐诗的"清"不止于此，它也同时是绮丽的，即结合了汉魏以后诗歌在语言艺术上所取得的成就，实际上近于刘勰所说的"清丽""清绮"，而更加淳厚浑融。

到晚唐，"清奇"更成为重要的风格流派。张为《诗人主客图》标举

---

① 《文心雕龙·明诗第六》，见（梁）刘勰撰、范文澜注《文心雕龙注》卷2，人民文学出版社1958年版，第66—67页。

② 《文心雕龙·风骨第二十八》，见《文心雕龙注》卷6，第513、514页。

③ 《文心雕龙·才略第四十七》，见《文心雕龙注》卷10，第700页。

了六大诗风流派，其中就包括李益为首的"清奇雅正"派，成员包括张籍、姚合、方干、马戴、贾岛、项斯、朱庆馀等人。① 值得注意的是，《诗人主客图》还列有"清奇僻苦"这一诗风流派，代表人物为孟郊。但是，张为"清奇雅正"一派列举了二十六人，"清奇僻苦"一派却只列举了四人，其详略不同也在一定程度上体现了张为本人对"清奇雅正"一派更为熟悉和重视。尽管《诗人主客图》不是一本体系严密、深思熟虑的诗学著作，但它仍然折射出了当时重"清奇"的诗风好尚。②

　　对"清奇"的侧重，可视为晚唐文学思潮的重要体现，南唐也正接续了这种对"清奇"诗风的喜好：被张为归入"清奇雅正"的张籍、项斯、朱庆馀等人，也正是南唐张泊在《张水部诗集序》《项斯诗集序》中再三致意的诗学典范；李璟以"可怜清味属侬家"自得、刘崇远以自己的诗"时有合于清奇"为荣。这些都说明清奇雅正的诗风是南唐金陵诗坛的自觉追求。在接续晚唐以来对清奇雅正诗风的偏好的同时，南唐诗风也有自己的选择，这就是从清奇而进一步追求清丽：重视情、天然、质，不过度修辞，此为清的要素；讲求雅正，不秾丽、不俗，同时并不反对适当的"文"，以富赡的学识才华对诗歌的字面加以修饰，从而避免由于一味追求"清奇"有可能导致的枯槁僻涩。应该说，这种理想有助于纠正唐末五代长期和普遍流行的浅俗僻涩及过于靡丽的诗风，但这种不失清奇基调、同时不乏腴丽的诗风在金陵诗坛也只是理想的情况，并

---

　　① （唐）张为：《诗人主客图》，见丁福保辑《历代诗话续编》（上），中华书局1983年版，第85—95页。

　　② 另，还有署名晚唐司空图的《二十四诗品》专列有"清奇"一品，从前在刘勰那里主要是由于气的劲健骏爽造成的文风之清，在司空图这里更多地指向幽静、古淡，将"奇"与"清"并举，强化了其中脱俗的成分。若《二十四诗品》果然为晚唐司空图所作，"清奇"显现了《二十四诗品》的整体倾向，当然可以代表当时偏好冲淡、飘逸的美学思潮，但自从陈尚君最早提出《二十四诗品》的作者不是晚唐司空图而是明代怀悦，引起学界广泛争论，尽管目前尚无定论，但《二十四诗品》的写作年代目前还只能证明不晚于元代。谨慎起见，本书只以张为《诗人主客图》为例、而未将《二十四诗品·清奇》作为晚唐重"清奇"的证据。有关此问题的讨论，参见陈尚君《司空图〈二十四诗品〉辨伪》（收入其论文集《唐代文学丛考》，中国社会科学出版社1997年版）、《中国诗学》第五辑（南京大学出版社1997年版）所收部分争论文章，以及杜晓勤《20世纪中国文学研究·隋唐五代文学研究》（北京出版社2001年版）的相关述评。

非每个诗人都能达到这种标格。

2. 诗歌主题的扩大：党争与战事在诗中的反映

除美学好尚导致的清奇诗风在金陵诗坛的普遍流行以外，金陵诗坛新的气象还体现为诗歌主题的相对扩大。更准确地说，这种扩大是诗歌主题在一定程度上恢复了一些晚唐以前的疆域，因为这种扩大只是相对于当时五代十国诗歌而言。五代诗歌直接承唐诗而来，而唐诗的疆域曾经是很广阔的，诗歌表现的可能到了杜甫、白居易等人手中已经达到前所未有的丰富，但到了晚唐不少诗人较多局缩于内心世界，且是一种已经大大萎缩的内心世界。唐末五代的诗歌整体上而言向内的视角愈加突出，即使在描写外部景物的时候，也常常是自我情感较为单一的向外投射，使得诗歌呈现出一种较为单调的、类型化的面貌。

南唐诗歌之所以特出于五代十国，其中重要的原因就在于其诗歌主题一定程度上超出了当时过分狭窄的主题，而开始表现一些超出个人情感和命运之上的家国、社会的情态，尽管这种超越的程度有限，但毕竟为南唐诗带来了新的气象。这种主题的扩大来自南唐特定的政治局势，这一方面是南唐的党争，另一方面是自中主李璟即位初期就开始的频繁战事，而党争与战事又是错综交叉、彼此纠缠和影响的，这就使得它们常常共同作用于南唐诗歌，下文中我们在探讨这种影响的时候也将同时考虑这两者的作用。

南唐的党争始于烈祖李昪末年，一方以宋齐丘为中心人物，聚集了冯延巳冯延鲁兄弟、陈觉、魏岑、查文徽等人；另一方为常梦锡、萧俨、江文蔚、韩熙载等人。[①] 从烈祖晚年到中主即位，宋齐丘党人势力逐渐显著：烈祖末年，冯延巳就提出北伐的主张；李璟即位之初，冯延巳等人以东宫旧属登竞，宋齐丘、陈觉、魏岑等人专权用事，侵损时政，几乎说服李璟将中外庶政全部交与宋齐丘。随后，党争激化，萧俨因上书极论冯延巳等人隔绝中外而被贬。保大二年（944），查文徽、冯延鲁等人行险邀禄，发起对闽战争。常梦锡、张义方、江文蔚等谏臣纷纷上疏论

---

① 参马令《南唐书》卷20党与传、卷13韩熙载传、卷22萧俨传、陆游《南唐书》卷10江文蔚传、卷9高越传等。

净，先后遭贬。这一时期的诗作中也相应地反映了当时的党争和战事。

张义方在烈祖李昇时已为侍御史，以忠直敢言闻名。保大四年（946）冯延巳、李建勋拜相时，张义方献诗曰："两处沙堤同日筑，其如启沃藉良谋。民间有病谁开口，府下无人只点头。"①　江文蔚弹冯延巳章中称"张义方上疏，仅免严刑"②，显然当时张义方不只有诗相嘲，还有奏章严厉弹劾冯延巳，并为此遭斥。惜陆游《南唐书》本传已经称张义方事迹散落，不得尽载其文，但从张义方一贯凛然守正的风格，可以想见其章疏应当是措辞严厉无所规避的。仅以这首绝句论，主旨在嘲讽冯延巳、李建勋二人徒能拜相，却无视民间疾苦，措辞直切，就诗艺而言谈不上有太多可采之处，但他以诗歌直接反映现实政治，这在南唐诗坛上乃至整个五代十国诗坛上都是不多见的，这可以视为对中唐讽谕诗的一个回应，尽管这回应很微弱，但正因为有这样虽然微弱却不绝如缕的回应，才有后来宋初王禹偁等人重新大力提倡恢复白居易诗歌中的讽谕精神。

保大五年（947），南唐的诗歌中出现了有关北伐的内容，典型的如徐铉《谢文静墓下作（原注：时闽岭用师，契丹陷梁宋）》：

> 越徼稽天讨，周京乱虏尘。苍生何可奈，江表更无人。岂惮寻荒垄，犹思认后身。春风白杨里，独步泪沾巾。③

契丹在上一年的十二月灭后晋，入主大梁。不少原本就抱有北伐主张的南唐人士，希望趁着此时中原混乱之际北图霸业。保大五年二月，韩熙载上书，"以为'陛下恢复祖业，今也其时。若虏主北归，中原有主，则未易图也。'时方兵连福州，未暇北顾，唐人皆以为恨。唐主亦悔之"④。以南唐的国力，即使当时没有用兵福建，北伐也难以成功，但中原此时的境况却给了南唐人士一个幻觉，以为这是一个绝好的契机，仅

---

① 《江南余载》卷下，《全宋笔记》第一编（二），第247页。
② 陆游：《南唐书》卷10江文蔚传。
③ 《徐公文集》卷2。
④ 《资治通鉴》卷286后汉天福十二年二月，第9338页。

仅由于福建战事才导致了它的落空。不久，连这个幻象也转瞬即逝：刘知远称帝，举兵向大梁，契丹北还，果然出现了韩熙载曾经预言的结果。徐铉此诗正是这一时事的反映。此诗以怀古的形式发表了对时势的看法，在对谢安的追怀中哀惋着南唐无人，同时为南唐正对福建用兵不能抓住此一良机而痛惜。此诗写春景，又有"时闽岭用师，契丹陷梁宋"的题注，大约作于保大五年春，此年三月陈觉在福州大败，同月契丹还北，故此诗也当作于三月以前。联系到韩熙载在此年二月力陈北伐的上疏，而韩熙载在南唐又一向被目为谢安①，徐铉此诗很有可能是为韩熙载上疏不被采纳、北伐无望而作。此诗虽然是因北伐可能实现的幻象而生出的希望和失望，却因为有现实的比照和感慨而与古人产生呼应，成为一篇水准较高的怀古之作。这类怀古之作在南唐并不多见，五代十国其他诗人也很少能够写出此类诗，正是因为这种现实感慨普遍的缺乏。

无论是张义方那样的讽谕诗作，还是徐铉这种直接反映战事的诗作，在现存南唐诗中都不多见，当时更多的仍然是一些从个人体验出发、间接体现出党争或战事影响的抒情之作。如徐铉另一首与闽战有关的诗《从兄龙武将军殁于边成过旧营宅作》：

> 前年都尉没边城，帐下何人领旧兵。徼外瘴烟沉鼓角，山前秋日照铭旌。笙歌却返乌衣巷，部曲皆还细柳营。今日园林过寒食，马蹄犹拟入门行。②

从诗中"边城""瘴烟""秋日"等字句看，其从兄当殁于某年秋对闽的战争中。南唐对闽的战争从保大二年底到保大八年春陆续进行，此诗中云从兄前年殁、又云此诗作于寒食，则此诗约为保大五年春至保大九年春之间徐铉在金陵时所作。此时也正是徐铉的诗歌艺术达到顶峰的阶段，而将战事及相关的个人经验反映到诗歌中，正是徐铉诗在题材上

---

① 《钓矶立谈》载韩熙载死后"追谥曰文靖，葬于梅岭冈谢安墓侧，江南人臣恩礼，少有其比"。[《全宋笔记》第一编（四），第245页。]

② 《徐公文集》卷2。

的重要拓展，并直接影响到他此时清壮沉郁诗风的形成。

金陵诗坛这种仍以抒发个人之情为主的诗歌现象，固然显得与徐铉提倡的由诗歌而观风知政的理想①不合，但考虑到南唐诗在创作实践上一直是沿着缘情的道路发展，这种畸重缘情之作的情形是可以理解的：一方面是理论和理想与现实的差距，另一方面是前面数代诗人创作延续下来的惯性，因此即便当金陵诗坛因为引入了一些和党争、战事等有关的新主题，却由于诗人的感受方式、创作方式和动机等方面没有改变，因此这些新的主题仍然是通过与个人体验切近的角度和方式表现出来的，大量的诗作依然是狭义的缘情之作，讽谕诗和直接叙写战事的诗歌数量是很少的。

保大五年也是南唐党争激化的一年。因陈觉、冯延鲁矫诏兴兵，招致福州大败，御史中丞江文蔚当廷弹劾冯延巳、魏岑，言辞激烈。尽管江文蔚因此激怒元宗而被贬为江州司士参军，其弹文却朝野传写，影响很广。由于宋齐丘、冯延巳的庇护，陈觉、冯延鲁最后流放了事。韩熙载曾屡次进言宋齐丘党与必为乱阶，此时再与徐铉上书，请诛陈觉、冯延鲁二人。宋齐丘则反奏韩熙载嗜酒猖狂，于是韩熙载被贬为和州司士参军，宋齐丘、冯延巳二人也最终都被罢相。② 江文蔚与韩熙载、徐铉这两次对宋党的弹劾彼此呼应。前此一年，高越还曾为卢文进狱上书，指斥冯延巳过恶，被贬为蕲州司士参军。③ 这次交锋因而成为南唐党争的第一波巨浪，党争过程及其造成的部分文人贬谪经历在诗作中也有所反映。

党争的中心人物之一江文蔚富有文才，"尤善词赋，得国风之体"④，《宋史·艺文志》载其有《唐吴英秀赋》七十二卷、《桂香赋》三十卷。⑤ 江文蔚不但以赋著名，其诗也以清新自然著称。徐铉在《翰林学士江简

---

① 见本书第四章第二节二《徐铉与宋初的白体诗风》中相关论述。

② 《资治通鉴》卷286 天福十二年四月，第9356 页。

③ 《资治通鉴》卷285 开运三年正月，第9302 页。按，高越上书事系年参夏承焘《冯延巳年谱》保大四年条（《夏承焘集》第一册，第51—52 页）。

④ 徐铉：《唐故左谏议大夫翰林学士江君墓志铭》，《徐公文集》卷15。

⑤ 《宋史》卷209 艺文志八，第5394 页。

公集序》中将江文蔚比作孟浩然，称其"综南北之清规，尽古今之变体"①。江文蔚的诗作今天仅存一联断句："屈平若遇高堂在，应不怀沙独葬鱼"，正是作于被贬江州时。两句诗表达了他在贬谪之中的心态和抉择，既以屈原的直道自况，又显现了自己不同于屈原的个性、心态，口吻显得平易冷静，这大概与其"雅好玄理，有方外之期"②的喜好和个性有关。

由于江文蔚、高越、韩熙载等人纷纷遭贬出都，冯延巳、冯延鲁等人也被贬斥，党争两派的核心人物此后几年都不在金陵，南唐政局出现短暂的平静，金陵诗坛也显得较为寂寥。保大六年（948），江文蔚、韩熙载、高越与徐铉之间有寄赠唱和之作，但现在仅有徐铉的作品留存，分别是：

> 贾傅南迁久，江关道路遥。北来空见雁，西去不如潮。鼠穴依城社，鸿飞在沈寥。高低各有处，不拟更相招。（《和江州江中丞见寄》）
>
> 贾傅栖迟楚泽东，兰皋三度换秋风。纷纷世事来无尽，黯黯离魂去不通。直道未能胜社鼠，孤飞徒自叹冥鸿。知君多少思乡恨，并在山城一笛中。（《寄蕲州高郎中》）
>
> 良宵丝竹偶成欢，中有佳人俯翠鬟。白雪飘摇传乐府，阮郎憔悴在人间。清风朗月长相忆，佩蕙纫兰早晚还。深夜酒空筵欲散，向隅惆怅鬓堪斑。（《江舍人宅筵上有妓唱和州韩舍人歌辞因以寄》）③

这些寄赠唱和诗当然属于社交应酬之作，但也包含了在党争中与同道彼此关怀的真诚情谊。第一首将江文蔚比作贾谊，称赞对方是忠直的逐臣，同情其遭贬，又以飞鸿必不与社鼠为伍作比，表达了对对方气节

---

① 徐铉：《翰林学士江简公集序》，《徐公文集》卷18。

② 徐铉：《唐故左谏议大夫翰林学士江君墓志铭》，《徐公文集》卷15。

③ 三诗皆见《徐公文集》卷2。三诗系年采用《唐五代文学编年史·五代卷》的说法，见后汉高祖乾祐元年（948）南唐徐铉条下，第408页。

的坚信。同时，给对方的寄赠唱和之作也往往体现出作者自身对党争的态度、在党争中的立场，上引两诗中皆有飞鸿社鼠的比兴，第二首更直接地发为"直道未能胜社鼠，孤飞徒自叹冥鸿"之句，将与自己立场相同的江文蔚比作高洁的孤鸿，而将党争中的敌方比作社鼠，表明此时徐铉本人虽然还没有直接牵涉党争，但其向背已十分明确。这些诗作中体现出来的情感体验远较其一般的咏物酬唱之作真诚和深厚，这些诗作为一时较为寂寥的金陵诗坛平添许多亮色。

随后保大七年（949）的春雪诗唱和是对金陵诗坛实力的一次检阅，但为唱和的题目所限，尽管参与者众多，诗作大多仍然显得空洞肤阔，不能评价太高。而且当时会聚在金陵的这批诗人不久就分散各地，金陵诗坛一时再次陷入沉寂：这年三月，由于汤悦、宋齐丘的诬陷，徐铉兄弟分别被贬往泰州和乌江。① 不过，徐铉随后在泰州贬所的诗作达到个人创作的高峰：在战事、党争的交织中情感体验的复杂化，使得他的作品呈现出深沉的面貌。此次贬谪时间并不长，徐锴、徐铉分别在次年和第三年被召回金陵，但二人很快又陷入新一轮党争的旋涡。徐铉在保大十一年（953）底因罢筑白水塘之事再贬舒州，② 不久徐锴也因为弹奏冯延鲁而被贬往东都。③ 韩熙载有诗送二人："昔年凄断此江湄，风满征帆泪满衣。今日重怜鹣鸰羽，不堪波上又分飞。"④ 这首诗哀婉动人，也反映了当时金陵诗坛的凋零凄凉情形。

此时南唐国的处境也日趋紧张。尽管对闽岭和湖南的先后用兵导致南唐国力大为损耗，但真正使南唐陷入不可逆转劣势的还是后周在保大十三年（955）发动的进攻。后周世宗柴荣即位以后，先后发动了对后蜀和南唐的战争，并且战争的推进异常迅速。保大十三年十一月侵淮北，

---

① 《宋史》卷441徐铉传，第13044页。

② 《徐公文集·徐公行状》。

③ 《资治通鉴》卷291广顺三年十二月，第9498页。

④ 据《徐公行状》，此诗当为韩熙载送别徐铉流舒州、徐锴分司东都而作；《全唐诗》卷738《送徐铉流舒州》下注云"时铉弟锴亦贬乌江尉，亲友临江相送"，将徐氏兄弟前后两次贬谪杂糅到一起，误。

短短数月内先后陷扬、泰、光、舒、蕲、和等州。① 淮南为南唐腹地，后周的进攻使南唐直面存亡的关头，对南唐上下的冲击远远超过与福建和湖南的交兵带来的影响。相应地，诗歌中对这一段历史的反映和表现也要较以往为多，但也因诗人的个性及其在南唐政局中的不同地位和境遇而有差异。徐铉诗对此表现较多，下节还将作专门讨论。

本节在考察金陵诗坛高层文官的唱和诗时，曾提到保大十四年（956）徐铉、徐锴、乔匡舜等人送锺蒨往东都的《得江奉送德林郎中学士》等诗，这组诗作于保大十四年秋。这年七月，南唐"复东都、舒、蕲、光、和、滁州"②，因此才有锺蒨再赴东都尹一事。前文在讨论金陵诗坛高层文官的唱和情况时，已经指出在这六首五律中，徐铉、徐锴和锺蒨三人的诗歌最值得注意，言志与时事进入他们的视野，若再作一番细读，则可以清楚看出战事对不同个性的诗人造成的不同影响。

由于当时战争开始还不太久，尽管南唐此前连连丧师失地，但这年七月接连收复数州，使得士气尚不致低落。文士对当时时局的反映各不相同，即以参加这次唱和的六人而言，乔匡舜、萧彧、陈元裕三人的诗作中完全看不到现实的反映，只就题面及离别本身抒写，这或者是出于他们对局势的完全乐观，以至不以为意；或者是与其诗歌观念和创作追求有关，即不以为诗歌应当反映和表现当下现实；或者他们并没有思考过这个诗歌表现对象的问题，只是按照自己所熟悉的常规套路写就了这些诗。徐铉的诗则表现为他一贯的和婉风格，虽有因现实而来的忧愁，却并不沉溺其中，中间两联流水对顺势而下，强化了这种流利、清婉的印象。锺蒨的诗则与乔匡舜等三人相反，以孤鸿自比，"影落长江水，声悲半夜风。残秋辞绝漠，无定似惊蓬"，表现得极为悲观，与他在保大九年第一次往东都任职时所赋"有意图功业，无心忆薜萝"的踌躇满志相比，简直判若两人，但恰是这种悲凄之叹可能反映了他最本真的个性和当下感受，因为越是在逆境中往往

---

① 《十国春秋》卷16元宗本纪保大十四年，第223—226页。

② 同上书，第227页。

越能显露出人的深层个性。而且，此时扬州刚刚经历过战争的劫难，虽经收复，却前景难料，锺蒨将与意气相投的友朋同侪分开，只身上任，因此以孤鸿寄托自己凄惶失路的情怀再合适不过，正是这种感慨造就了这一首诗。至于徐锴的诗，既不同于徐铉的清愁，也不同于锺蒨的深悲，而是既郑重深沉，也有清壮之气。起首两句"瓜步妖氛灭，昆岗草树清"，清楚交代了这次送行的背景，这两句语气绝决，让人觉得虽经战乱，但有了这番收复失地的败中求胜，作者无论对人对己都还保留有奋发的期许，毫不优柔低沉，也予人神清气爽之感。末二句"楼中长可见，持用减离情"，想象锺蒨在扬州官府看到金陵的山能减轻离别之感，虽然是为绾合题目，却也体现出一种信心十足的坚定意味。整首诗既体现了徐锴本人的个性，也代表了战事初起时不少南唐诗人还不乏自信和希望的心态。

从这组诗我们可以看出这一次与后周的战争是怎样深刻地影响了金陵的诗人，并且这种影响并不是直接作用，而是通过诗人不同的个性与心态发生作用的。

保大年间，金陵还有一位诗人朱存，他写作了一组怀古诗，以金陵的古迹为吟咏对象：

> 朱存字□□，金陵人也。尝读吴大帝而下六朝书，具详历代兴亡成败之迹，南唐时作览古诗二百章，章四句，沿初泪末，烂然棋布，阅诗者嘉其用心之勤云。①

> 朱存，金陵人。保大时，常取吴大帝及六朝兴亡成败之迹，作览古诗二百章，章四句，地志家多引以为证。②

《景德建康志》中没有说明朱存写作金陵览古诗的具体时间，但《十国春秋》称其作于保大年间，编纂者吴任臣当别有所据，应该是可信的。

---

① 《景定建康志》卷49。另，《宋史》卷208艺文志七著录："朱存《金陵览古诗》二卷"（第5351页）、"朱存《金陵诗》一卷"（第5386页）。

② 《十国春秋》卷29朱存传，第415页。

朱存的览古诗现存仅 16 首,① 作为怀古诗可能是出于要总结历史教训的动机,抒发盛衰兴亡的感慨,或者还有供南唐当时借鉴的期望。保大后期,南唐遭到后周进攻,处境与历史上的东晋南朝十分相似,朱存这组怀古诗作于此时是很有可能的,其中的几首作品能够明显体现作者的这种意图:

> 满目江山异洛阳,昔人何必重悲伤。倘能戮力扶王室,当自新亭复故乡。(《新亭》)
> 五城楼雉各相望,山水英灵宅帝王。此地定由天造险,古来长恃作金汤。(《石头城》)②

《新亭》一诗体现了作者对悲观者的鼓励,表达了恢复中原的信心;《石头城》则强调金陵城有长江天堑这一地理位置的优势,作者似乎忽略了历史上这金汤也并不牢固,但在强调城池坚固背后,更深层的原因很可能是作者的本意在于要鼓励士气,因而在诗中只写其有利的一面。当然,从其现存诗作看,其他单纯叙写历史古迹的作品数量更多,像《新亭》《石头城》这样明确表达了自信乐观的家国情怀的作品是少数。对金陵诗坛而言,此时怀古咏史题材大量进入作品,且以组诗形式呈现出来,这也是对南唐前期李昪时代金陵诗坛以当地风土为主要题材的怀古咏史诗的发展。不过,此时朱存的诗作涉及的风土景物更为具体,抒发的也不再是从前较为普泛的慨古伤今之情,诗中纯叙景之语和直接议论较多,风格因而显得质实有余、空灵不足,较乏远意和余韵。

　　本节主要考察了中主在位时期的金陵诗坛。此时金陵诗坛的发展主要从两个方面体现出来,一是高层文官的唱和规模增大和诗艺水平的提高,二是另外一些诗人经由科举或是从别的地域进入金陵诗坛。金陵诗坛新的诗风也在此时形成,清奇诗风成为当时金陵诗坛普遍的好尚,此

---

① 见《全唐诗》卷757、《全唐诗补编·续补遗》卷11、《续拾》卷44。但《续拾》卷44陈尚君在朱存诗后已有案语说明朱存部分诗作与宋人杨修《览古百题诗》久已相混,难以分辨。此处依《景定建康志》《舆地纪胜》并作朱存诗对待。

② 《全唐诗补编·续补遗》卷11,第469页。

外，激化的党争和不断的对外战事在此时的诗歌中也有较多反映，它们造成了此时南唐诗歌主题的扩展，尽管这种扩展还比较有限。作为金陵诗坛最优秀也是存诗最多的诗人徐铉则在这一时期达到了他创作的高峰，写出了最好的作品。

第三节　徐铉在中主时期的诗歌创作及理论

中主李璟在位时期（943—961）徐铉的诗风成熟、创作达到高峰。之前的青年时代，徐铉的诗作虽然已经表现出一些自己的特点，譬如清丽诗风初现端倪，但当时毕竟还因为可表现的生活和情感都比较有限，因此整体上略显单弱。到了后主时期，尽管国势日蹙，但徐铉深得后主信任倚重，个人仕途颇为顺利，他在后主时期的诗歌多为唱和之作，且多是局限于极小的圈子内围绕狭小主题的反复唱和；更主要的原因在于这一时期徐铉也流露出个性中庸弱的一面，《钓矶立谈》批评他"从容持禄，与国俱亡"是有根据的。可以说，徐铉的诗歌水平在后主时期呈现出明显的衰颓和下滑，他的诗歌创作高峰主要出现在中主时期。因此，我们不妨将重点放在他在这一时期的创作上，考察他何以在此时达到创作高峰、又是怎样达到的。此外，徐铉的诗歌理论也值得注意，它也正是在中主时期成型的。

一　中主时期徐铉的诗歌

中主在位的近二十年时间，正是徐铉的壮年时期，也是经历了颇多坎坷的时期：卷入党争，两次遭贬，第二次被贬舒州时又遭遇后周进攻南唐，备尝避兵逃难的艰险。经历和体验的复杂加深了他诗歌的丰富意味，并且在诗艺上也能看出他此时多方面尝试的轨迹。以保大七年（949）三月贬泰州为界，徐铉在中主时期的诗歌又可以分为前后两期。

1. 徐铉在保大前期的诗歌

在徐铉前期的诗歌中，可以看到他将以往升元年间较多写作唱和诗的习惯延续下来，集中如《贺殷游二舍人入翰林江给事拜中丞》《秋日雨中与萧赞善访殷舍人于翰林座中》《翰林游舍人清明日入院中途见过余明日亦入西省上直因寄游君》等诗，① 就是此时与江文蔚、殷崇义、游简言等人的唱酬之作，内容上大多是有关升迁、过访等官居日常生活，基本以五七律表现。此外，如保大三年（945）所写《月真歌》是徐铉诗集中少有的叙事诗之一：

> 扬州胜地多丽人，其间丽者名月真。月真初年十四五，能弹琵琶善歌舞。风前弱柳一枝春，花里娇莺百般语。扬州帝京多名贤，其间贤者殷德川。德川初秉纶闱笔，职近名高常罕出。花前月下或游从，一见月真如旧识。闲庭深院资贤宅，宅门严峻无凡客。垂帘偶坐唯月真，调弄琵琶郎为拍。殷郎一旦过江去，镜中懒作孤鸾舞。朝云暮雨镇相随，石头城下还相遇。二月三月江南春，满城濛濛起香尘。隔墙试听歌一曲，乃是资贤宅里人。绿窗绣幌天将晓，残烛依依香袅袅。离肠却恨苦多情，软障薰笼空悄悄。殷郎去冬入翰林，九霄官署转深沉。人间想望不可见，唯向月真存旧心。我惭阛阓何为者，长感徐光每相假。陋巷萧条正掩扉，相携访我衡茅下。我本山人愚且贞，歌筵歌席常无情。自从一见月真后，至今赢得颠狂名。殷郎月真听我语，少壮光阴能几许。良辰美景数追随，莫教长说相思苦。②

此诗以旁观者的口吻叙写了殷崇义和广陵伎人月真之间离合悲欢的情事，但其中少有自己的感慨、情感的投入和承担，徒为酒筵歌席上用助妖娆、逞露才情之具，和他后来的长篇歌行相比，显得平铺直叙，一览无余，艺术上尚未成熟，较缺乏回味。

这一时期最好的作品应当是《柳枝辞》十二首：

> 把酒凭君唱柳枝，也从丝管递相随。逢春只合朝朝醉，记取秋风落叶时。

---

① 并见《徐公文集》卷2。
② 同上。

南园日暮起春风，吹散杨花雪满空。不惜杨花飞也得，愁君老尽脸边红。

陌上朱门柳映花，帘钩半卷绿阴斜。凭郎暂驻青骢马，此是钱塘小小家。

夹岸朱栏柳映楼，绿波平幔带花流。歌声不出长条密，忽地风回见彩舟。

老大逢春总恨春，绿杨阴里最愁人。旧游一别无因见，嫩叶如眉处处新。

濛濛堤畔柳含烟，疑是阳和二月天。醉里不知时节改，漫随儿女打秋千。

水阁春来乍减寒，晓妆初罢倚栏干。长条乱拂春波动，不许佳人照影看。

柳岸烟昏醉里归，不知深处有芳菲。重来已见花飘尽，唯有黄莺啭树飞。

此去仙源不是遥，垂杨深处有朱桥。共君同过朱桥去，索映垂杨听洞箫。

暂别扬州十度春，不知光景属何人。一帆归客千条柳，肠断东风扬子津。

仙乐春来按舞腰，清声偏似傍娇娆。应缘莺舌多情赖，长向双成说翠条。

凤笙临槛不能吹，舞袖当筵亦自疑。唯有美人多意绪，解依芳态画双眉。①

关于《柳枝辞》或名《杨柳枝》《柳枝》（下文中将以《杨柳枝》作为通称）的组诗，对其从隋唐代到宋时的曲调、体式渊源流变的追溯，详见于前一章第二节成彦雄部分，及书末附录二《隋唐曲〈杨柳枝〉源流的再探索》一文。简言之，这种以七言绝句组诗的形式咏柳的诗歌在中唐白居易等人手上基本定型，之后十分流行，且大多用以入乐演唱并

---

① 并见《徐公文集》卷2。

配以舞蹈。它是为特定曲调写作的歌词，但还保留着七言绝句的形式，可以认为它介于声诗和词之间。但到五代时期，后蜀花间词人如顾敻、张泌写作的《柳枝》形制上已经不再是七绝，① 而是在每句七言之下添加了一个三字句，且这些三字句都与七字句构成意义的连贯，并不是仅仅作为和声填实的字句出现；尽管孙光宪、牛峤、和凝等人的《柳枝》仍然为七言绝句的形制，② 但其中部分作品不再是单纯的咏柳，如在牛峤的五首《柳枝》中，杨柳已只是作为女子的陪衬物，而和凝三首《柳枝》中甚至有两首已经与杨柳完全无关，"柳枝"已只是一个词牌，不再是所咏对象。可见，在后蜀，《杨柳枝》既以咏题的七言绝句的形式存在，也以非咏题的描写女子和艳情的七言绝句的形式存在，同时还以非咏题的长短句形式存在，在后两种情形下，"杨柳枝"都是作为词牌存在的。南唐的情形则有不同：孙鲂、成彦雄、徐铉和后主李煜皆以齐言写作此题。可能是由于南唐词的发展较西蜀略晚，从齐言形制向长短句形式的过渡也出现得晚一些，即便南唐此题下的作品有的也是付诸演唱的，但它们的风格仍旧与西蜀歌筵舞席之作相去较远，而更多地接近于传统的咏物诗。

徐铉这一组七言绝句正是如此。第一首已经交代了这一组《柳枝辞》的是产生在酒筵歌舞之间——"把酒凭君唱柳枝，也从丝管递相随"，但此组诗并非为歌儿舞女而作。虽然其中有的为纯粹的咏物，却也不乏托寓之作。"老大逢春总恨春，绿杨阴里最愁人"、"一帆归客千条柳，肠断东风扬子津"等诗句表达了自己的伤春和离别之情，尽管不是其中最堪赞赏的句子，却给这组咏物诗增添了深长的意味。

这组《杨柳枝》中最值得注意的是"濛濛堤畔柳含烟"一首。此诗表面上只是描写在自己醉后随小儿女打秋千的情景，实际上深层却隐含了对南唐国运的忧患。首先可以从这一组诗的写作时间和背景来看：据第九首"暂别扬州十度春"一句，可以推定这一组诗大约作于保大四年

---

① （五代）张泌《柳枝》、顾敻《杨柳枝》词分见于《花间集》卷4、卷7。（后蜀）赵崇祚辑《花间集校》，李一氓校，人民文学出版社1958年版，第76、129页。

② （五代）孙光宪：《杨柳枝》四首，见《花间集校》卷8，第158—159页；（五代）牛峤：《柳枝》五首，《花间集校》卷3，第56页；（五代）和凝：《柳枝》三首，《花间集校》卷6，第129页。

（946）。徐铉生长扬州，在南唐代吴以前，他仕于杨吴，也一直在扬州任职，自升元元年（937）仕于金陵始离扬州。此云十年之别，则为保大四年前后他重到扬州时。南唐在保大二年底开始伐闽、次年秋灭闽，但因征闽南唐耗费巨亿，府库几为之竭；① 下一年即保大四年春，李建勋、冯延巳拜相，高越指斥冯延巳兄弟结党营私而被贬斥，常梦锡不久也被罢去，南唐党争开始激化。徐铉这一组诗正作于此时，联系到这些背景，可知其中是深有寄托的。"濛濛堤畔柳含烟，疑是阳和二月天"二句乃别有所指，隐喻南唐当时的胜利和强大只是表面现象，否定的含义经由"疑是"一词传达出来，浑融巧妙。"醉里不知时节改，漫随儿女打秋千"，则用醉酒嬉游不知时日的形象隐喻南唐当时过分的安恬乐观。通首诗以比兴为体，读者可以从字面感到潜层另有含义，但一切又都没有点破。正是这首以比兴为体、富有寓托的七绝，使得这一组《柳枝辞》成为徐铉诗的一个新起点，此后他的诗歌逐渐超越单纯个人的离合悲欢之情，也将对时事、国运的关心纳入表现的范围。这种表现范围的扩大不仅对徐铉自身的诗歌发展阶段而言是一个重要开拓，而且对南唐诗歌而言也是一个拓展。但是，这种对个人之外更广阔生活的关注，并非以对国家和社会事件加以直接叙写的形式出现，而是仍然以个体化的抒情的面目出现。实际上，由于"缘情"是晚唐五代以来诗歌尤其是南唐诗歌的长项，徐铉并没有去直接叙写国事，或者在诗中直接发议论，而是抒发在这种背景下的个人的情感，这种方式对于擅长抒情的南唐诗人来说驾轻就熟，易于写出较好的作品。

前引保大五年春所作的《谢文静墓下作》一诗述北伐之志，也是徐铉此期受国事影响较为显著的作品。徐铉采用怀古的形式，表达对当时北方混乱、南唐却陷于对闽用兵中无力抓住此一良机北伐的痛惜，前文中对此诗的具体写作背景已有过分析。如果说《柳枝辞》"濛濛堤畔柳含烟"一诗还只是出于对家国形势的敏感而生的朦胧情绪，故一切情思都还是浑融的、含而未发的，《谢文静墓下作》则是针对更为具体的国事而发，采用的是怀古的形式，其中的理路更分明，但并未脱离其一贯的抒

---

① 《资治通鉴》卷285后晋开运二年七月，第9294页。

情基调。

此后两年间，徐铉先后亲见江文蔚、高越、韩熙载等意气相投的友人相继因党争遭贬，徐铉与他们彼此也有赠答酬唱之作，如《和江州江中丞见寄》《寄蕲州高郎中》《江舍人宅筵上有妓唱和州韩舍人歌辞因以寄》等诗。① 此时的赠答酬唱之作却与其早年的唱酬之作很不相同，不再是就官居生活或升迁贺喜等平庸无奇的内容点缀敷衍，党争使得他个人的倾向和立场渐渐浮现出来，寄赠诗不再是浮泛的应酬，而是真正深厚友情的体现，表达出了徐铉对江文蔚等人的深切同情和慰勉。

以保大四年为起点，南唐战事和党争开始进入徐铉的诗歌，这成为徐铉的诗歌从前期向后期转折的过渡，从此，他的诗歌表现对象得到拓展，超出当时诗歌多局限于个人的狭小格局；情感体验也朝复杂和深厚发展。

2. 徐铉保大后期的诗歌成就：泰州舒州两次贬谪的影响

（1）贬谪泰州期间

保大七年春，春雪诗唱和之后仅仅两个月，徐铉、徐锴二人便因为批评殷崇义军中书檄援引不当而为殷崇义、宋齐丘所谮，徐铉被贬为泰州司户掾，徐锴被贬为乌江尉。就整个金陵诗坛而言，继江文蔚、韩熙载等人之后，二徐又被外贬，金陵诗坛的力量被削弱了；对于这些遭贬的诗人而言，这是其政治生涯的不幸，但对其诗歌创作来说，却未尝不是一件幸事。徐铉部分最好的诗歌就产生在他两次贬谪期间。

被贬泰州是徐铉仕宦生涯中第一次重大的挫折，这一经历为其诗歌带来了不同于以往的新的情感体验。如在《赠维扬故人》《泰州道中却寄东京故人》《寄外甥苗武仲》《寄从兄兼示二弟》等诗中表达的贬谪之悲、思乡之感、对亲情友情的渴望自然难以避免，但此时的诗中还不止抒发了恋阙之思，如《贬官泰州出城作》还表达了贬谪途中仍为四海干戈痛心的情感：

浮名浮利信悠悠，四海干戈痛主忧。三谏不从为逐客，一身无

---

① 并见《徐公文集》卷2。

累似虚舟。满朝权贵皆曾忤，绕郭林泉已遍游。惟有恋恩终不改，半程犹自望城楼。

对自己的贬谪，徐铉常常以屈原自况，如同作于往泰州贬所途中的《过江》一诗：

别路知何极，离肠有所思。登舻望城远，摇橹过江迟。断岸烟中失，长天水际垂。此心非橘柚，不为两乡移。

又如《送写真成处士入京》一诗：

传神踪迹本来高，泽畔形容愧彩毫。京邑功臣多伫望，凌烟阁上莫辞劳。①

"此心非橘柚，不为两乡移"，表白自己的信念终不因遭际而改迁；"传神踪迹本来高，泽畔形容愧彩毫"，仍旧以屈原行吟泽畔自比。这些诗句当然是一种修辞，但修辞的背后，显见是贬谪情境让徐铉对屈原及其作品有了重新认识和体味。就像禅宗说法不孤生、仗境方生；② 天台宗说境观不二、境观相资，即所观之境与能观之心相融不二，妙观借由妙境而显现，妙境借由妙观而成就。境者，心与感官所感觉或思维之对象，诗人要获得对诗歌的妙悟，同样要经由"境"的显现。对屈赋之境的重新体认正是徐铉贬谪生涯在诗歌上的最大收获，它让徐铉的诗焕发了新的活力。

泰州之贬是徐铉首度卷入党争，在之前的南唐党争中，徐铉其实并未真正置身其中。尽管他与江文蔚、高越、韩熙载等人声气相求，过从密切，在党争中倾向于他们的立场，当他们在党争中遭到挫折时也有诗

---

① 并见《徐公文集》卷3。
② 石佛忠《相生颂》云："法不孤生仗境生。"见（宋）智昭编《人天眼目》卷4，《大正藏》第四十八册。

歌寄赠酬答，对之表示同情和支持，但是直到被贬泰州以前，徐铉仍然只是处在党争的边缘位置。寄赠韩熙载等人的诗作表达的仍然是身在其外的同情、对友人的思念，这种情感体验虽然较他早年的经历为复杂，但与泰州时期相比仍然是相对单纯的。保大七年，徐铉与其弟徐锴因为指摘殷崇义书檄援引不当，为殷崇义所譛，遭到殷崇义和宋齐丘的共同构陷而被贬，此为徐铉全面卷入党争之始。亲历党争使得他此时的情感体验是多面的、复杂的，既有信念的砥砺，对亲情、友情的渴求，也有对前途的迷惘之感。党争、贬谪、战事等因素的交织错综带来情感体验的复杂化，使得徐铉泰州时期的七律创作进入了一个新的阶段，其中的佳作达到了感慨深挚、跌宕顿挫的境界。

此期七律佳作如《闻查建州陷贼寄钟郎中（原注：谟即查从事也)》：

> 闻道将军轻壮图，螺江城下委犀渠。旌旗零落沉荒服，簪履萧条返故居。皓首应全苏武节，故人谁得李陵书。自怜放逐无长策，空使卢谌泪满裾。[1]

此诗为保大八年（950）徐铉在泰州得知福州之役南唐大败后所作。福州之役始自保大四年，当时李弘义在建州之役后保据福州，名义上隶属南唐，实际上自为割据。保大四年六月，陈觉受宋齐丘举荐，往说李弘义入朝，李弘义不从，陈觉遂矫诏征发建、汀、抚、信等州兵马，以冯延鲁为将，进攻福州。魏岑争功，也发兵响应。李璟闻之震怒，但迫于形势只好派兵出战。李弘义则向吴越乞师。此后南唐军连连败退，福州为吴越所控制，留从效、留从愿兄弟又控制了泉、漳二州，南唐与吴越的关系也因福州之役恶化。保大八年，吴越布下伏兵，诱骗永安军留后查文徽入福州，南唐士卒死伤万人，查本人也堕马被擒。徐铉该诗即作于此时。

诗的前二句委婉点出查文徽的轻率贪功导致了福州之败，次联分写战败的景况以及钟谟的放还故居，两句皆想象之词而能具有现场感。颈

---

[1] 《徐公文集》卷3。

联则用苏武、李陵之典，分别比钟谟和查文徽。钟谟和查文徽，一放归一陷敌，用苏武李陵之典正十分恰切。上句说钟谟像苏武一样终不变节，而下句以李陵比查文徽，也是对查文徽的陷敌表示感喟。末联则将查文徽、钟谟比作陷于匈奴的刘琨，又痛切于自己因为放逐在外，无力襄助。题目标明此诗是寄给钟谟的，诗中既有对钟谟的宽慰，但此诗又不仅仅是为钟谟而写，也是为查文徽以及福州之败这个更大的背景而作。查文徽本属宋齐丘党，被目为"五鬼"之一，徐铉与宋党有隙，同情韩熙载、江文蔚等人，被贬泰州又是由于宋齐丘党人构陷，但从此诗看来，徐铉与查文徽显然还有故旧之谊。查文徽与福州之败有莫大干系，同时他又是徐铉的故人，徐铉并没有因为在党争中的立场不同而与之决裂，何况此时查又处于战败陷敌的命运中。徐铉诗中既对他导致的失败有指责，也有对其陷敌的同情。多种感慨的交织使得此诗包含的情感力量十分丰富饱满，有沉郁顿挫之致。此时徐铉自己也处于贬窜之中，但他仍对国运关心有加，此诗的基调便是对南唐福州之败的深深叹惋。徐铉此期常以屈原自况，此诗表现的关心国运的情怀显然与这种自况是一致的。

这首七律具有跌宕顿挫的效果，不仅来自其家国情怀，也来自其情感的深沉和复杂。徐铉此期七律的佳作几乎都表现出这个共同特点，即情感体验的相对激烈、复杂和深刻。作者自身情感体验的复杂和深刻进入诗歌，就成为诗情的浓郁深厚，即便不加过多酝酿，这种缘情之作也可以立刻表现出动人的力量。他的《陈觉放还至泰州以诗见寄作此答之》一诗也作于泰州贬所，与前引《闻查建州陷贼寄钟郎中》的写作时间前后相去不远：

> 朱云曾为汉家忧，不怕交亲作世仇。壮气未平空咄咄，狂言无验信悠悠。今朝我作伤弓鸟，却羡君为不系舟。劳寄新诗平宿憾，此生心气贯清秋。①

陈觉也是宋齐丘党，保大四年进攻福州之役即由其矫诏兴兵发动，

---

① 《徐公文集》卷3。

却以连连败退告终，保大五年，徐铉与韩熙载曾同上书弹劾宋齐丘、冯延巳、陈觉、冯延鲁。由于宋齐丘、冯延巳的力救，陈觉最后得以免死贬往蕲州，不久再次起复。此时陈觉因故放还泰州，首先寄诗徐铉，以期平复宿憾。徐铉此诗即为答赠之作。此诗起首二句回顾自己昔日与陈觉交恶的缘由，表明自己当日的弹奏对方是为国家计。这两句以气胜，自比汉代著名直臣朱云，质直不回，同时也将公理与私谊区分开，为此时释去前嫌张本。颔联略过对方的经历而仍然回顾自己的过去，追叙自己当年的主张并未见采，其实仍旧是委婉表示自己现在并未放弃当年的看法，此时与陈觉的平释宿憾并非以对从前的自我否定为前提。颈联方转入当下情境，自己身处贬谪之中，对方卸官放还，当年的敌对仿佛已不存在，自己作为直臣而遭贬，此时反而羡慕对方的无所牵绊。此联上下两句主体"……我作（伤弓）鸟""……君为（不系）舟"具备大致对仗的结构，但全联并非最精严的对仗句，这在七律中并不多见。虽然这种写法缺少了正统七律的精严整丽，但它带来了一种参差感和流动感，这未必是有意为之，却体现出徐铉一贯的下笔迅捷、不重雕琢的特点。末联表示酬答陈觉主动寄诗平憾之意，末句没有指明主语，究竟"此生心气贯清秋"是称赞对方还是自我表白，这种含混有可能是有意造成的，原因在于徐铉正要以此再次强调宿憾可平、交亲依旧，而政治立场的对立则因为自己的心气不会改易而一如过往。

　　泰州时期的诗作由于交织着党争、贬谪、战事、友情诸多纷繁的事件和复杂情感，因而呈现出了前所未有的深沉顿挫。这种深沉顿挫的风格在他的七律中体现得最为充分，此与七律这一诗型本身的体式有关，尤其七律中二联对句，具有高度自足的表现功能，易于统纳复杂跌宕的情感。徐铉此时经历和情感的复杂，以七律来加以表现，实际将七律这一诗型的潜能较充分地激发出来。诗型的选择不一定是诗人明确意识到的过程，但在潜意识层次上甚至可以说是诗人与诗型的相互选择、彼此成就。这对此时的徐铉来说尤其恰切，造成此时其七律整体上深沉跌宕的风貌。加之徐铉原本富于才学，其历来的诗歌就具有优美典雅的特点，于是造成沉郁典丽的风格。尽管徐铉此时七律中的深沉顿挫不能和杜甫相比，并且也由于徐铉在艺术上崇尚随性自然、不过多经营安排，导致其艺术成就也不能和杜甫并列，但是这种新的面貌不仅是徐铉对自身从前诗歌的超越，也对五代十国局面狭小的诗歌整体面貌有所突破。

徐铉泰州之贬的诗歌在艺术上达到了他以前未有的境界，这不仅表现为七律的长足进展，也表现在他此期的长篇歌行超越了以往的水平。作于保大八年（950）正月的《亚元舍人不替深知猥贻佳作三篇清绝不敢轻酬因为长歌聊以为报未竟复得子乔校书示问故兼寄陈君庶资一笑耳》为徐铉集中仅存的三首歌行之一，也是其艺术水平最高的歌行：

> 海陵城里春正月，海畔朝阳照残雪。城中有客独登楼，遥望天边白银阙。白银阙下何英英，雕鞍绣毂趋承明。阊门晓辟旌旗影，玉墀风细佩环声。此处追飞皆俊彦，当年何事容疲贱。怀铅昼坐紫微宫，焚香夜直明光殿。王言简静官司闲，朋好殷勤多往还。新亭风景如东洛，邙岭林泉似北山。光阴暗度杯盂里，职业未妨谈笑间。有时邀宾复携妓，造门不问都非是。酣歌叫笑惊四邻，赋笔纵横动千字。任他银箭转更筹，不怕金吾司夜吏。可怜诸贵贤且才，时情物望两无猜。伊余独禀狂狷性，褊量多言仍薄命。吞舟可漏岂无恩，负乘自贻非不幸。一朝削迹为迁客，旦暮青云千里隔。离鸿别雁各分飞，折柳攀花两无色。卢龙渡口问迷津，瓜步山前送暮春。白沙江上曾行路，青林花落何纷纷。汉皇昔幸回中道，极目牛羊卧芳草。旧宅重游尽隙荒，故人相见多衰老。禅智寺，山光桥，风瑟瑟兮雨萧萧。行杯已醒残梦断，征途未极离魂消。海陵郡中陶太守，相逢本是随行旧。乍申拜起已开眉，却问辛勤还执手。精庐水榭最清幽，一税征车聊驻留。闭门思过谢来客，知恩省分宽离忧。郡斋胜境有后池，山亭菌阁互参差。有时虚左来相召，举白飞觞任所为。多才太守能挝鼓，醉送金船间歌舞。酒酣耳热眼生花，暂似京华欢会处。归来旅馆还端居，清风朗月夜窗虚。骎骎流景岁云暮，天涯望断故人书。春来凭槛方叹息，仰头忽见南来翼。足系红笺堕我前，引颈长鸣如有言。开缄试读相思字，乃是多情乔亚元。短韵三篇皆丽绝，小梅寄意情偏切（原注：亚元诗云‘借问小梅应得信，春风新月海边来’）。金兰投分一何坚，银钩置袖终难灭。醉后狂言何足奇，感

君知己不相遗。长卿曾作美人赋，玄成今有责躬诗（原注：铉去春醉中赠妓长歌，酷为乔君所赏，来篇所引，故以谢之）。报章欲托还京信，笔拙纸穷情未尽。珍重芸香陈子乔，亦解贻书远相向。宁须买药疗羁愁，只恨无书消鄙吝。游处当时靡不同，欢娱今日两成空。天子尚应怜贾谊，时人未要嘲扬雄。曲终笔阁缄封已，翩翩驿骑行尘起。寄向中朝谢故人，为说相思意如此。①

若将此诗与前文所引写于保大三年的《月真歌》作一比较，便可以看出，《月真歌》为酒筵冶游而作，逞才情、助妖娆，作者对之并无深沉感慨。以旁观者身份叙写别人的情事并非不可，且历来不乏佳构，如白居易《长恨歌》《琵琶行》、杜牧《杜秋诗》等，但是其中必须有作者自身情感的注入，进而与诗中人物产生强烈的共鸣，才能达到深切动人的效果。《月真歌》虽然也叙写了一段友人殷崇义与歌伎月真的离合情事，但这段情事原本庸常无奇，更由于作者徐铉没有自身情感的贯注、投射或寄托，不能从庸常的情事中萃取不平庸的因素，因而只能流于为了叙写情事而叙写情事，最后也只能简单归结到良辰美景、及时行乐的平平之谈。且从艺术手法上看，《月真歌》的叙事按照时间的自然流程简单排列，从过去到现在一一写来，平铺直叙，缺乏跌宕生姿的婉转灵动。而这首作于保大八年的《亚元舍人不替……》则以自己的经历为表现对象，因为包含了作者自身的全部经历和深刻体验，这种自述式的题材显然要比一个自己并没有同感的题材容易把握。且此诗以友情贯穿始终，先从自己贬谪中的情怀写起，身在贬所回忆起在朝时与友朋往还谈笑游宴赋诗的快意，再转入去年自己遭贬、途径广陵之事，又插入一段升元间扈驾东游的回忆，两层回忆构成三重时间的对照。经由叙写时间的穿插安排，情感体验不但积蓄酝酿至于饱满浓稠，其复杂和细腻也表现得更为彻底，同时今昔之感在这种层层对照中不断加深。最后再转回当下在泰州的情景，叙写自己到达泰州贬所后陶太守的殷勤好客、自己对故人的思念以及接到故人书信的欣喜。较之《月真歌》，此诗在情感体验的深

---

① 《徐公文集》卷3。

切、结构的安排上都有超越，可以说，《月真歌》未能如《长恨歌》一般引起读者对至诚深情的普遍共鸣，《亚元舍人不替……》却部分地与《琵琶行》相似，同出于贬谪中的孤寂、期许和慰藉之情，只是在写法上，徐铉诗不是像白居易一样借叙事以言情、且所叙之事纯粹单一，而是更接近于初唐歌行叙景以抒情、且铺排杂多的笔法，主观性显得更突出和强烈。

就歌行的写作而言，徐铉在保大年间很可能做过一些有意的尝试，除了此诗以及保大三年的《月真歌》以外，根据《亚元舍人不替……》诗中"玄成今有责躬诗"一句下的原注："铉去春醉中赠妓长歌，酷为乔君所赏……"在保大七年春，徐铉也有过以歌儿舞女为主题的歌行，应当是与《月真歌》相类似的作品。可见，徐铉的歌行现存虽少，但应该多作于保大前期金陵的歌席酒筵之中，以歌伎和情爱为主题。这种题材和体式某种程度上可以视为对初唐四杰的学习，他也确曾表达过对四杰的倾慕：他在给王祐文集所作序文中称赞对方的诗文"丽而有气，富而体要，学深而不僻，调律而不浮。寻既反复，如四子复生矣"；又作序称赞廖生"文词则得四杰之体"。① 这里表现出他对四杰文词富赡的注重。尽管这两篇序文都作于宋端拱初年，当时徐铉已入晚年，不见得完全代表他在保大年间的诗学主张，但他的歌行对四杰有一定的取法则是事实。歌行盛陈繁华是从初唐四杰逐渐开始的传统，如卢照邻《长安古意》、骆宾王《帝京篇》、王勃《临高台》等，但它们往往只是以妓家为描写对象之一，而不是全部内容，他们诗篇的整体是以整个帝京世俗生活的繁华为中心主题，妓家的欢爱只是帝京繁华的表现之一，在诗中是作为一个笼统的整体存在的；他们很少会去细致刻画某位特定妓女、某段具体情爱，因为他们盛陈繁华的用意只是为了要将它的短暂与宇宙时间的永恒相对照，激发出盛衰无常的哀伤之感。但徐铉此类歌行的兴趣不在于盛陈繁华、再以空无作结，而正在于描绘某位特定的妓女和当下某段具体的情爱，这造成其主题的庸常、缺乏超越性。同时由于描写上也乏善可陈，这使得《月真歌》不能算是杰作，也说明保大前期徐铉在歌行的诗

---

① 徐铉：《故兵部侍郎王公集序》《进士廖生集序》，并见《徐公文集》卷23。

艺上没有显著成绩。

但是保大八年作于泰州贬所的《亚元舍人不替……》一诗则超越了《月真歌》等同类之作，贬谪生活使他放弃了以往对繁华都市中征歌逐舞主题的描写，而回归到表现自身此时最迫切的情绪——贬谪中对友情的分外渴望，他不再是没有情感承担的旁观者，也不再仅仅对庸常情事作平浅的叙述。情感体验的深挚和诗歌手法上的回环顿挫，使得这首长篇歌行成为徐铉集中最好的作品之一。但它也有缺点，就是铺排有余而粹炼不足，稍乏警策动人的力量。

（2）被贬舒州及避难东归时期

保大九年（951）春，徐铉从泰州贬所被召回京，复本官主客员外郎，仍知制诰；但保大十一年（953）底，徐铉因为奉诏察访楚州、常州等地屯田，将非理迁夺的民田还归本户，再次触怒宋齐丘党，《徐公行状》载徐铉在罢屯田之后，"协比众恶之徒潜以擅作威福，征还私第待罪。苍蝇贝锦，胶固组织，诘难问状，不容自理，锻炼深刻，将置大辟"，最终因"年龄方壮，文学甚优，特屈彝章，宜从流放"，改为长流舒州。

从泰州贬所征不到三年，就遭遇再次贬谪，且此番遭祸之初，险有性命之虞，这种经历使得徐铉此时的情感又较其在泰州时期不同。此时诗中表达的情感不像泰州之作那样多与党争或战事相联系，"骚客之情"——即贬谪中的悲郁以及对清洁高远之本心的表白，成为他此时诗歌表现的中心。《徐公文集》中赋作极少，而卷一的《木兰赋并序》便作于此时，他在序中写道："顷岁，铉左宦江陵（按，江陵当为海陵之误），官舍数亩，委之而去。庭木兰因移植于宗兄家。及铉征还，席不暇暖，又窜于舒庸。吾兄感春物之载华，拟古诗而见寄。吟玩感叹，谨赋以和焉。虽不足继体物之作，庶几申骚客之情尔。"[①] 正是由于骚客之情郁结于怀，托于外物，发而为赋。在舒州贬所，徐铉与韩熙载、高越、张佖等人多有赠答酬唱，七律仍然是这一时期唱和采用的主要诗型。迭遭贬谪的骚客之情以七律的形式发抒出来，使得此时的七律较贬泰州时期更

① 徐铉：《木兰赋并序》，《徐公文集》卷1。

为深沉苍凉。

《徐公文集》卷3所载《和张先辈见寄二首》之二最能代表此时徐铉的诗风和成就：

> 清时沦放在山州，邛竹纱巾处处游。野日苍茫悲鹏舍，水风阴湿弊貂裘。鸡鸣候旦宁辞晦，松节凌霜几换秋。两首新诗千里道，感君情分独知丘。

首联便塑造出自己勉力以游览排遣贬谪寂寥的士大夫形象。颔联情绪急遽转折，通过谪居环境苍茫阴冷的情调表现出自己悲郁晦暗的心境，并且因为这一情境唤起与贾谊的共鸣。上句用语典"鹏舍"引起较为抽象和一般的情怀，下句"水风阴湿弊貂裘"虽然暗用苏秦之典却很具象化，似乎成为对上句的补充描述。颔联上下两句由于在情感指向上协调一致，同时远景近景交错、阔大与细微互补，造成一种跌宕顿挫的效果。颈联上句又从颔联苍茫晦暗的情绪超拔而出，表现出坚定执着的操守；下句则一边接续上句中所表达的坚持的信念，一边也通过"几换秋"三字传达出长罹严酷的悲郁之情。此诗对贬谪心态的表现较成功，是徐铉在舒州时期抒写骚客之情的代表作之一。

在舒州贬所约三年后，徐铉于保大十四年（956）春量移饶州，尚未登途，而后周军队已向舒州进攻，于是徐铉匆忙携家乘小舟避难池阳，寻归金陵。此次亲历战火，徐铉的心态又较从前南唐对闽、楚的战事大不相同。保大前期，在对闽、楚的征伐中南唐是进攻的一方，处于强势，即便由于战事导致国力消耗，毕竟出于成就霸业的动机，多少还有战绩可言。况且由于战场距南唐本土较远，南唐人往往将其视为边地的战争，即便关心，也并不认为它与国运休戚相关。但后周自保大十三年十一月开始出兵南唐，连夺数州，深入南唐腹地淮南。徐铉当时正在舒州贬所，几乎是完整地目睹了后周军队的迅速推进，并由于兵锋所迫，不得不辗转避难，仓皇东归。这一经历远非从前在金陵对遥远的闽楚"边地"的战事高谈阔论所能比拟，它对诗人心理冲击的强烈也为从前所未有，这一切反映到诗中，成就为此时最沉痛的作品。

面临这场似乎全无征兆、突然而起的战争，徐铉在情感和心态上也有一个逐渐变化的过程。最初表现在诗中是对国家卷入战争的忧患之感，得到量移饶州的消息后所作的《移饶州别周使君》一诗，其中有"四年去国身将老，百郡征兵主尚忧"① 之句，所谓"主忧"实际上也是他自己在担忧，这种为国家的忧患还与去国贬窜的自伤结合在一起，兼身世与家国的双重哀感，但此诗最后仍旧落到自身的漂泊命运上——"更向鄱阳湖上去，青衫憔悴泪交流"。量移饶州是即将开始的又一次贬谪生涯，徐铉为此格外哀愁，词气也较从前初贬泰州时的刚直不回大不相同。此时他还没有预料到国家前途的动荡，以及随之而来的自身命运的塞涩。但是，当他还没有踏上前往饶州的路途，后周已经向舒州进攻，徐铉不得不仓促离舒，往池阳避难。从舒州避难池阳的途中写下诗句"一夜黄星照官渡，本初何面见田丰"②，《徐公行状》称"其情发于中，不顾言之太直如此"。此诗全篇已不存，仅从这两句看，徐铉以田丰自比，而将中主比作不能纳谏、最终招致官渡惨败的袁绍，虽是用典，而语气质直，怨而近于怒，为徐铉诗中所仅见。在随后避难东归的途中，所见所闻引发了他超出于个人命运的感慨，表现出对无辜平民的同情，《避难东归依韵和黄秀才见寄》一诗：

> 戚戚逢人问所之，东流相送向京畿。自甘逐客纫兰佩，不料平民着战衣。树带荒村春冷落，江澄霁色雾霏微。时危道丧无才术，空手徘徊不忍归。③

领联表达了徐铉放逐之中又遭罹战乱的复杂况味：尽管他甘心忍受自己忠直却遭贬逐的命运，但对于被卷入这场战争的无辜百姓却怀抱着更高的同情。末联则表达自己在此危难时刻却救世乏术、空手而归的内疚自责。

---

① 《徐公文集》卷3。
② 《徐公行状》引，《徐公文集》所附。
③ 《徐公文集》卷3。

战乱中更多的士人志向才能不得施展，反而因为战争不得不漂泊零落，徐铉有数首诗便是给这类友朋的赠答送行之作：

> 旧族知名士，朱衣宰楚城。所嗟吾道薄，岂是主恩轻。战鼓何时息，儒冠独自行。此心多感激，相送若为情。（《送刘山阳》）

> 封疆多难正经纶，台阁如何不用君。江上又劳为小邑，箧中徒自有雄文。书生胆气人谁信，远俗歌谣主不闻。一首新诗无限意，再三吟味向秋云。（《送黄梅江明府》）

> 世乱离情苦，家贫色养难。水云孤棹去，风雨暮春寒。幕府才方急，骚人泪未干。何时王道泰，万里看鹏抟。（《送黄秀才姑孰辟命》）

> 海内兵方起，离筵泪易垂。怜君负米去，惜此落花时。相忆看来信，相宽指后期。殷勤手中柳，此是向南枝。（《送王四十五归东都》）①

这些诗皆为赠答之作，但在寄赠之作中将自己的感慨投射于其中，别人的境遇往往就成为徐铉自身感喟的出发点，而在叙说别人的遭际时能够兼关对方和自身共同或相通的情感，让人感到他与赠答对象之间有着深切的共鸣。因此即便是赠答之作，也往往能够摆脱浮泛的应酬，同时也成为其自我抒情之作。以上写于避难东归时的数首赠答诗也体现出这种特点。这些诗中除了乱离的悲伤，还对对方的沉沦下僚寄予同情，而战乱与士不遇之悲这两种情感皆是对方与徐铉自己感慨特深之处。对于刘山阳以旧族名士出宰楚城而遭遇战乱独自宦游、国家多难之际江明府（直木）经纶之才却不得重用，徐铉表示自己"此心多感激"，在诸如"所嗟吾道薄，岂是主恩轻""战鼓何时息，儒冠独自行""封疆多难正经纶，台阁如何不用君""江上又劳为小邑，箧中徒自有雄文""书生胆气人谁信，远俗歌谣主不闻"等诗句中，都包含了徐铉自己的悲郁。正是由于这种与他人情感的深沉共鸣、将自己的感受投射于他人的命运和

---

① 四诗并见《徐公文集》卷3。

遭际中，使得徐铉的这些诗作别有寄托、意味深长。比较之下，徐铉在泰州和舒州贬所时期的诗歌情感指向主要为单向的，此时避难东归途中的诗歌情感指向体现出更多双向的特点，既将自己的情感投注于对方的遭际上，同时对方的境遇和情感也反映出自身的命运，将描写对方的每一诗句变成也是同时描写自己的诗句，而在发抒自己感慨的诗句中也让读者觉得它同时也是对方的感慨，情感表现达到回环往复、你我无间的效果，应该说，这也是赠答诗最高的境界。

徐铉此时的这类赠答诗多采用五七律，基本没有绝句和歌行，古体也很少采用。选择五七律能够将对战乱的厌薄和对士不遇的感慨加以精练表现，同时由于对照的结构使二者间形成相互加强之势。徐铉充分利用了律诗结构上的对称，往往在一联的上句和下句之间构成反向的对比，如《送刘山阳》的前三联每一联上下句之间都有这个特点：首联上句写刘的家世背景，下句写其沉沦下僚，并不置一字评论，而不遇之悲从两相对照中自然流出；颔联上句为对这种遭际的反躬自责，下句反为国君开脱责任，这里的自责而不怨怼是儒家诗教的温厚本色，但一自责一开脱之间愈加突出了不遇的感慨；颈联上句正面写战乱，下句写士人的寂寞宦途，此二句几乎可定格为战乱中士人遭际的普遍形象，同样是利用了对句的反差造成背景与前景的对照。《送黄梅江明府》一诗的对照意味更为明显，"如何""又""徒自"等虚词直接表达了前诗中对朝廷还很隐讳温厚的批评，且前两联几为同一意思的重复申说，而皆采用上下句的反向对照来达成：首联上句写时危世乱的背景，下句写对方的不为重用；颔联则是上句再次具体写对方如何不得志，下句则转而为对方的才华被忽视抱不平；颈联的上下两句之间转为同向的加强，而每一句的内部则分别自成一组对照，并且由于将"书生胆气""远俗歌谣"前置，这种对照的效果得到加强。有前两联两组上下句对照作为充分铺垫，第三联的每句内部形成对照、两句之间又同向加强和递进，全诗至此达到高潮。这种对照方式的成功运用，使得徐铉此时律诗的跌宕顿挫的风格较泰州时期为突出。

避难东归以后，徐铉在金陵度过了一个较短暂的闲居时期，按照《徐公行状》所述，他在次年即授太子左谕德，不久复知制诰，进中书舍人，颇得重用，南唐与后周、宋的往复章表，多出其手。从此徐铉的仕途稳顺，随后，南唐与后周的战事也因为江北之地尽入后周、南唐甘心称臣而得到较长时期的平静，以往徐铉的诗歌在贬谪、战乱中曾经取得的成就再没有出现过，他的创作高潮此后逐渐消退。虽然后主时代徐铉的位望更为崇隆，学识也更得并世推尊，但其诗思却逐渐近于枯槁，这体现出徐铉较多为环境左右，其诗歌对现实的表现是比较被动的，一旦个人的环境较为优越，即使国家皆步步走向没落，他的诗中对其也无更多的感慨和反映。徐铉的个人经历之于其诗歌的这种影响，说明徐铉本人在思想上仍然是较为平庸的，因此尽管他是南唐最优秀的诗人之一，却没能超出其处境和思想的局限，站到更杰出的诗人之列。

二　徐铉的诗学观及其背景

中主在位后期，徐铉的诗学思想也已经完全成熟，这一时期所作的《江简公集序》《萧庶子诗序》《文献太子诗集序》中已经有较为集中和完整的表述，尤其是约作于后周显德六年（959）的《文献太子诗集序》可以作为徐铉此时诗学思想集中的体现：

> 夫机神肇于天性，感发由于自然。被之管弦，故音韵不可不和；形于蹈厉，故章句不可不节。取譬小而其指大，故禽鱼草木无所遗；连类近而及物远，故容貌俯仰无所隐。怨刺可戒，赞美不诬，斯实仁者之爱人，智士之博物。……若乃简练调畅，则高视前古，神气淳薄，则存乎其人，亦何必以苦调为高奇，以背俗为雅正者也。……唯奋藻而摘华，则缘情而致意。……理必造于玄微，词必关于教化；或寓言而取适，终持正于攸归。①

概括而言，徐铉的诗学观十分强调自然，认为诗歌是出于自然感发，"夫机神肇于天性，感发由于自然"。这种自然感发说其实就是诗缘情的另一种表述。更完整地提到"缘情"这一诗歌发生机制的是《萧庶子诗

---

① 《徐公文集》卷18。

集序》：“人之所以灵者，情也；情之所以通者，言也。其或情之深、思之远，郁积乎中，不可以言尽者，则发为诗。”① 徐铉所说的自然首先是情感的真挚深厚、思虑的深远，只有当内心的这种自然情感蓄积到一定程度以至于不得不寻求宣泄途径时，才能产生好的诗歌。这是从诗歌的发生机制以及表现对象而言的自然，但他所谓的自然不只是认为诗歌应该出于真实情感的自然流露，而是同时指称诗歌的表现对象和表现方式两个方面。对情意这一诗歌的表现对象层面而言，自然的要求是绝对的，不存在修饰的可能；但对于表现方式这一层面而言，自然并不排斥修饰，甚至要求在一定程度上讲求形式，要求音韵和谐，言辞简练。可以说，徐铉是要求诗歌在质和文两方面都达到自然的标准。同时强调诗歌缘情而发的产生机制和表现方式两方面的自然，这表明徐铉的文质观是双向的：表现对象层面的“质”存在于先，表达层面的“文”才能达到自然；而表达层面对“文”的讲求达到自然的要求，才能让情感志意得到充分恰当的表现，即“唯奋藻而摛华，则缘情而致意”。相反，“何必以苦调为高奇，以背俗为雅正者也”则表现了徐铉对当时普遍流行的一种苦吟僻涩诗风的批评，其出发点也是认为这种刻意的苦吟和背俗不符合感发出于自然、表现方式也应当自然的原则。如果说诗缘情的表述在诗学中实在是一个古老的命题，徐铉诗论中这方面的内容并非首创，但他对于“文”关乎“质”能否得到完全和恰当传达的表述在当时则很有必要。因为五代十国的诗风普遍流于浅弱卑陋，不仅是由于诗人情感的卑弱、诗歌表现对象范围的狭小，同时也是由于诗歌形式层面的浅俗、诗人对形式缺少关注或关注不够所导致。

其实徐铉主要的诗学观点早在升元二年（938）所作的《成氏诗集序》中已经初步显现：

> 诗之旨远矣，诗之用大矣，先王所以通政教察风俗，故有采诗之官、陈诗之职，物情上达，王泽下流，及斯道之不行也，犹足以吟咏情性，黼藻其身，非苟而已矣。若夫嘉言丽句，音韵天成，非

---

① 《徐公文集》卷18。

徒积学所能，盖有神助者也。①

　　此时徐铉还没有将诗歌的情感本质和表现对象纳入考虑，也还没有提出自然的观念，但已经指出诗歌语言形式之美需要天分、不是单凭积学所能达到的，这主要是从表现形式层面强调了自然的重要性。到《萧庶子诗序》中，他说："精诚中感，靡由于外奖，英华挺发，必自于天成。"这里的"精诚"便是诗歌得以产生的情感本质，"英华"则是诗歌的外在表达形式，此时他已经将文质两方面结合起来。到了《文献太子诗集序》，徐铉才对其强调自然的诗学观加以了全面的总结。这种诗学观也体现在徐铉本人的诗文写作态度中。李昉在《徐公墓志》中提到徐铉"为文智思敏速，或求其文，不乐豫作"，还记载徐铉曾说"速则意思壮敏，缓则体势疏慢"②。这种率意而成的态度并非否弃构思和修辞，甚至也不完全如他自己所说是出于体势的考虑，很重要的原因在于他将诗文视为情感的自然流露，只要情意的酝酿足够，加之才学的储备丰富，写作的时候就有可能援笔立就。

　　徐铉强调自然的诗学观并不是孤立的现象，同样在中主后期，徐锴的文学观也已经形成。保大十四年（956），徐锴为陈致雍《曲台奏议集》作序：

　　　　三代之文既远，两汉之风不振。怀芬敷者联袂，韵音响者比肩。《子虚》文丽用寡，而末世学者，以为称首。《两京》文过其心，后之才士，企而望之。嗟夫！为文而造情，污准而粉颡。若夫有斐君子，含章可正，和顺积中，而英华发外。周旋俯仰，金石之度彰。摛简下笔，鸾凤之文奋。必有其质，乃为之文。其积习欤，何其寡也。有能一日用其本者，文远乎哉！我欲仁，斯仁至矣。③

---

①　《徐公文集》卷18。

②　（宋）李昉：《大宋故静难军节度行军司马检校工部尚书东海徐公墓志铭》，《徐公文集》附。

③　（南唐）徐锴：《曲台奏议集序》，《全唐文》卷888，第9279页。

徐锴表明自己的文学思想：要求质内文外，反对文过其质、为文造情。"和顺积中""英华发外"的表述正与徐铉所说的"精诚中感""英华发外"十分相似。尽管《曲台奏议集》并非文学之文，而是实用之文，徐锴此序所持的文学思想也不能完全等同于他的诗论，但其中"必有其质，乃为之文"的思想仍有徐锴整体文学观的背景，并可以视为保大年间南唐文学思想的总结之一。

尽管比较而言，徐铉所谓的"唯奋藻而摛华，则缘情而致意"还同时体现出儒家"言之无文，行而不远"，以及"文质彬彬然后君子"等观念的影响，徐锴的观念则稍侧重在质先于文这一点，但他与徐铉二人的文学思想在根本上是一致的，大体上都可以表述为重视自然、强调有质有文而质重于文。徐氏兄弟的这种文学主张更多的是来自道家思想。较之儒家的重文，道家更重视质，道家的核心思想之一便是去除外在的雕饰、达到返璞归真的自然境界。不但徐锴讲"必有其质，乃为之文"，徐铉甚至认为"嘉言丽句"也是出于自然天成。徐铉的个性同样具有重质、崇尚自然的特点，史载徐铉"性简淡寡欲，质直无矫饰"[1]，文如其人，在徐铉这里，个性、文学风格及其文学观正是统一的整体。

徐铉思想中所受道家影响还不止在文学观方面，他的治国为政思想也是道家式的。在保大十四年所作《送德林郎中学士赴东府诗序》中他告勉锺蒨："理大国若烹小鲜，言不可挠之也，况乱后乎。德林当本仁守信，体宽务断。大兵之后，民各思义，听其自理，任其自营，为之上者，导其蒙，遏其淫而已。示之以聪明，则民益迷；拘之以禁令，则民重困；弃仁则吏暴，失信则众惑，急则民伤，不断则民懈。慎此四者，何往而不臧。"[2] 其中心意思便是要采用清静无为的方式治理地方，为政以简，这正是典型的老子思想。当时南唐正处在与后周的战争中，尽管扬州等地失而复得，但国力严重受创，锺蒨恰于此时被派往东都任职，徐铉认为整个国家都亟须采用老子的无为而治。在战乱危难时刻，徐铉向道家寻求治国安民之策，体现了他思想深处的信仰。徐铉自己为政治民同样

---

① 《宋史》卷441徐铉传，第13046页。
② 《徐公文集》卷4。

遵循这一宗旨。保大十一年，田敬洙、冯延巳、李德明等人请修白水塘并辟土屯田，官吏因缘侵夺民田，大兴力役，李璟命徐铉按视此事，徐铉便将所夺民田又悉数归还原主。此番罢白水塘之役、力反侵扰民田民力，从为政方略看，也正是清静无为之治的体现。因为此事徐铉才受到宋齐丘党人的谮毁，最后被流放舒州。① 即便如此，徐铉仍在返回金陵不久便再次对锺蒨提出不可扰民的告诫，可见在他的心目中道家思想作为治国根本的地位并未动摇。正因为服膺道家思想，徐铉一生不曾信佛，即便后来李煜时代佞佛成为南唐举国风会，甚至是部分臣下谄媚固宠的手段，徐铉也没有改变自己的信仰。《杨文公谈苑》记载了一则逸事，徐铉酷好鬼神之说，不通佛理，后主一定要借给他一册佛经让他回家研读，结果徐铉第二天就把佛经还给了后主，说自己一页也读不下去。② 这一方面是徐铉耿直个性的表现，另一方面也体现了徐铉对道家思想的始终不渝。徐铉临终前，还曾手书"道者，天地之母"，书讫而卒。③

徐氏兄弟的思想深受道家影响，是有其历史背景的，这就是先主李昪、中主李璟皆信奉道教。唐末五代道教诸派中发展最突出的茅山宗的本山就位于南唐治内的丹阳，在地缘上为南唐信奉道教提供了便利。李昪信奉道教，很大程度是出于对炼丹长生上仙的企望，他本人就是死于饵食丹药，④ 但李昪崇道并不只是为长生考虑。茅山宗一向以与帝王阶层往来密切，并向其提供治国参谋为特点，⑤ 李昪也曾期望从茅山宗得到治理国家的指点，他曾经将茅山宗第十九代宗师王栖霞召至金陵玄真观，向其访问治道。⑥ 尽管由于李昪临终前以切身教训相告诫，李璟不再信奉丹药，但对道教仍然是尊奉的，他也礼重王栖霞，又为李昪夫妇建造紫阳观、重新禁止茅山樵采。⑦ 在这样的氛围和环境下，徐氏兄弟不仅在思

---

① 《徐公文集·徐公行状》。

② 《杨文公谈苑·徐铉信鬼神条》，《宋元笔记小说大观》（一），第552页。

③ 《宋史》卷441徐铉传，第13046页。

④ 陆游：《南唐书》卷17史守冲潘扆传。

⑤ 参见葛晓音《从"方外十友"看道教对初唐山水诗的影响》，《诗国高潮与盛唐文化》，北京大学出版社1998年版，第65—67页。

⑥ 徐铉：《唐故道门威仪玄博大师贞素先生王君之碑》，《徐公文集》卷12。

⑦ 徐铉：《茅山紫阳宫碑铭》，《徐公文集》卷12。

想上受到道家的陶冶，在行迹上也沾染了道教尤其是茅山宗的影响。徐铉曾为王栖霞作碑文，文中称自己"夙承教义"①，表明他平素与王栖霞便有过从，且承其教义讲说；徐铉文集中还有赠王栖霞的《赠王贞素先生》诗。② 徐锴也称"虽晚闻道，昔尝逮奉贞素伏申之敬"③，并有茅山题名篆书自称弟子。④ 徐铉还曾在诗歌中多次表达过对道教仙山的向往，他曾在茅山居住过一段时间，并有数首相关的诗作留存。从其《宿茅山寄舍弟》诗"当年各自勉，云洞镇长春"来看，二人早年曾相约隐居茅山修道；《白鹤庙》一诗中则剖白自己"平生心事向玄关，一入仙乡似旧山"的心意。⑤ 总之，徐氏兄弟对道家的信奉与南唐前中期茅山宗的影响较大是有关系的，并且道家的政治理想、美学观念都渗透在徐氏兄弟，尤其是徐铉的诗歌中。

概言之，中主在位的保大年间，徐铉的诗艺达到顶峰，保大前期，他的诗歌还主要是以风华流丽的绝句形式取胜，可以《柳枝辞》为代表，其中已经开始有所兴寄；保大后期，徐铉由于党争而先后经历了泰州、舒州两次贬谪，诗歌的表现内容得到拓展，律诗与歌行皆有较大发展；南唐与后周的战事频起，徐铉放逐之中又遭战乱，其赠答之作融入了伤时与不遇之感，成为他此时最优秀的作品；律诗则是他这一时期成就最高的诗体。随着徐铉重回金陵、仕途归于平稳以及南唐对后周的局势进入因妥协达成的和平时期，他的诗歌题材重新收缩，呈现出较平庸的面目，他在保大时期的诗歌创作高峰至此基本结束。在诗学思想方面，徐铉在中主后期也有较为全面的总结，这主要体现在《文献太子诗集序》等序文中，强调诗歌缘情的本质，重视自然和质胜于文，类似的主张在徐锴那里也有表述，二人的诗学思想成为中主时期南唐诗人文学观念自觉的总结。他们的这些诗学主张部分是受到道家思想的影响。

---

① 徐铉：《唐故道门威仪玄博大师贞素先生王君之碑》，《徐公文集》卷12。
② 《徐公文集》卷1。
③ （南唐）徐锴：《茅山道门威仪邓先生传》，《全唐文》卷888，第9282—9284页。
④ （宋）陈思：《宝刻丛编》卷15引《复斋碑录》，《十万卷楼丛书》本。
⑤ 徐铉：《宿茅山寄舍弟》《题白鹤庙》，并见《徐公文集》卷4。

第四节　庐山诗坛

南唐诗人最为集中的区域，金陵以外，就是庐山。贾晋华《唐末五代庐山诗人群考论》对此已有研究，她将唐末以来庐山的诗人分为前后两期：唐末至五代前期的庐山诗人群包括修睦、齐己、李咸用、处默、栖隐、张凝、孙晟、陈沆、虚中、黄损和熊皦十一人，后期庐山诗人群约当南唐时，包括陈贶、江为、刘洞、夏宝松、杨徽之、孟贯、伍乔、李中、刘钧、左偓、孟归唐、相里宗、史虚白、谭峭、许坚等人，其中大多数人曾进入庐山国学学习，他们彼此因师生关系、同学关系和诗友关系相互联系在一起。① 这种按照时间所作出的两期划分是合理的，但在具体组成成员上还需要进一步辨析。此外，本书所要讨论的庐山诗坛相当于她所说的后期庐山诗人群，但在她的研究基础上期望进一步解决以下两个问题：就庐山诗坛内部来看，其成员的身份及创作个性如何；整体来看，庐山诗坛相对于金陵诗坛具有什么样的意义。

一　庐山诗坛的构成

较之于金陵诗坛主要由南唐高层文官组成，庐山诗坛则主要由僧道、处士以及一些求学庐山的士子构成。

首先看僧道诗人。庐山蔚为佛教名山，寺院众多，其中尤以东林寺、西林寺为著，不少高僧如齐己、修睦、匡白等人先后驻锡于此，不仅弘传佛法，对于诗歌也相当留意。一些南唐诗人存有与他们往来酬唱的诗作。齐己、修睦年辈略早，主要活动在唐末及五代前期，南唐时期，庐山较著名的诗僧则是匡白等人。

僧匡白约当杨吴末年已为庐山僧正，《全唐文》收其《江州德化东林寺白氏文集记》一文，② 是为当时杨吴德化王杨浔在东林寺重置《白氏文集》而作，文末署大和六年甲午，为公元 934 年。匡白本人能诗，齐己

① 贾晋华：《唐代集会总集与诗人群体研究》，第 519—537 页。
② 《全唐文》卷 919，第 9577 页。

有《寄怀东林寺匡白监寺》一诗，称其"闲搜好句题红叶"①；左偃《寄庐山白上人》诗云："仍闻有新作，懒寄入长安"；② 李中《碧云集》有《赠东林白大师》《寄庐山白大师》，前诗云："虎溪久驻灵踪，禅外诗魔尚浓。卷宿吟销永日，移床坐对千峰"，后诗云："一秋同看月，无夜不论诗"，③ 皆可见出匡白颇耽吟咏。《崇文总目》著录《僧康白诗集》十卷，康白即匡白，后因避宋讳改，《宋秘书省续编到四库阙书目》则著录《僧匡白诗集》一卷。④ 这两种诗集皆久佚。其诗现仅存《题东林》2 首，五七律各一，风格类似隐士诗：

> 东林佳景一何长，兰蕙生多地亦香。堪叹世人来不得，便随云树老何妨。倚天苍翠晴当户，落 [石] 潺湲夜绕廊。到此只除重结社，自馀闲事莫思量。
>
> 东林继四绝，物象更清幽。社客去不返，钟峰云也秋。松枯群狝散，溪大蠹槎流。待卜归休计，重来卧石楼。⑤

庐山诗僧还有若虚："若虚，南唐僧，隐庐山石室，李主累征不就。"⑥ 现存诗 3 首，皆七律。从其《怀庐山旧隐》"一枝筇竹游江北，不见炉峰二十年"的诗句来看，他曾在庐山隐居，又北游多年，庐山其他诗人现存诗作中也没有见到与他过从的痕迹。从若虚现存的三首诗来看，风格要较匡白、李中等人浅俗，偈语痕迹较浓。

李中曾经在庐山国学学习，并与庐山僧道多有过从，匡白以外，从他的诗歌中还可以发现与以下庐山僧人的唱酬往来：令图（《送刘恭游庐山兼寄令上人》《宿山店书怀寄东林令图上人》《送图上人归庐山》）、鉴

---

① 《全唐诗》卷 844，第 9547 页。

② 《全唐诗》卷 740，第 8443 页。

③ 《碧云集》卷上。

④ 分见《崇文总目附补遗》卷 5，《丛书集成初编》本，第四册，第 364 页；《宋秘书省续编到四库阙书目》卷 1，《观古堂书目丛刊》本，清光绪二十九年（1903）刻。

⑤ 《全唐诗补编·续拾》卷 43 据宋陈舜俞《庐山记》补入，第 1365 页。"石"字，《庐山记》原缺，韩国藏《永乐大典》卷 8782 作"日"（据张忱石《〈永乐大典〉续印本印象记》引）。

⑥ 《全唐诗》卷 825 若虚小传，第 9300 页。

上人(《寄庐山鉴上人》《怀庐岳旧游寄刘钧因感鉴上人》)、智谦(《依韵和智谦上人送李相公赴昭武军》《访龙光智谦上人》《依韵酬智谦上人见寄》)。从李中《访龙光智谦上人》"相留看山雪,尽日论风骚"诗句看,智谦尤喜吟咏,但并无诗歌留存。

庐山的方外诗人以诗僧为主,道士留心于吟咏的则较少。仍以李中诗为例,虽然他有《宿庐山白云峰重道者院》《赠重安寂道者》《思简寂观旧游寄重道者》《怀王道者》《赠钟尊师游茅山》等赠道士的诗,但基本是李中一方的寄赠,从中看不出他们相互曾就诗歌有更多交流。

僧道之外,庐山诗人另一类成员是处士,主要有史虚白、左偃、许坚、陈贶等人。

史虚白,本与韩熙载一起投奔南唐烈祖,但为宋齐丘所沮:

> 世儒学,与韩熙载友善。唐晋之间,中原多事,遂因熙载渡淮。闻宋齐丘总相府事,虚白放言曰:彼可代而相矣。齐丘欲穷其伎,因宴僚属,而致虚白。酒数行,出诗百咏,俾赓焉。恣女奴玩肆,多方挠之。虚白谈笑献酬,笔不停缀,众方大惊。[1]

后来史虚白谢病南游,隐居庐山落星湾,以诗酒自娱:

> 先校书意薄簪组,心许泉石,每乘双犊板辕车,车后挂酒壶,山童三五人,例各总角,负瓢并席具以自随。遇境物胜概,则取酒径醉,或为歌诗,自号钓矶闲客。[2]

中主李璟末年迁都南昌时,史虚白曾献有《渔父》诗一联:"风雨掇却屋,全家醉不知。"[3]史虚白的诗今虽不存,但《南唐近事》称其书启表章、诗赋碑颂"虽不精绝,然词彩磊落,旨趣流畅"[4]。伍乔有《寄落

---

① 马令:《南唐书》卷14史虚白传。
② 《钓矶立谈》序,《全宋笔记》第一编(四),第215页。
③ 马令:《南唐书》卷14史虚白传。
④ 《南唐近事》卷1,《全宋笔记》第一编(二),第210页。

星史虚白处士》诗称"白云峰下古溪头，曾与提壶烂熳游"，"句妙多容隔岁酬"①。孟頫《赠史虚白》句云："诗酒独游寺，琴书多寄僧。"② 李中《赠史虚白》："明月过溪吟钓艇，落花堆席睡僧轩。"③ 可见史虚白在庐山时当地的游观唱酬多有参与，尤其与庐山诗僧交往较多。

左偃，曾隐居庐山，与匡白、李中、鉴上人等有唱和，后至金陵，曾以诗干谒韩熙载和徐铉。据说有诗千余首，颇为韩熙载所推许。④《宋史·艺文志》著录其《钟山集》一卷，⑤ 今已佚。其诗今存 10 首。徐铉称其"负磊落之气，畜清丽之才"⑥。李中诗中多有赠左偃之作，《碧云集》卷上《寄左偃》诗云："每病风骚路，荒凉人莫游。惟君还似我，成癖未能休。"《秋夜吟寄左偃》又云："与君诗兴素来狂。"称左偃与自己同负诗癖，是风骚之路的同道。左偃现存诗句断句如"路遥沧海内，人隔此生中"（《怀海上故人》）、"千家帘幕春空在，几处楼台月自明"（《落花》），⑦ 完整的诗如：

> 潦倒门前客，闲眠岁又残。连天数峰雪，终日与谁看。万丈高松古，千寻落水寒。仍闻有新作，懒寄入长安。（《寄庐山白上人》）
>
> 倚筇聊一望，何处是秦川？草色初晴路，鸿声欲暮天。（《秋晚野望》）
>
> 归鸟入平野，寒云在远村。徒令睇望久，不复见王孙。（《郊原晚望怀李秘书》）
>
> 寒云淡淡天无际，片帆落处沙鸥起。水阔风高日复斜，扁舟独宿芦花里。（《江上晚泊》）⑧

---

① 《全唐诗》卷 744，第 8461 页。

② 《诗话总龟》前集卷 46 神仙门上引《雅言杂载》，第 444 页。

③ 《碧云集》卷上。

④ 《诗话总龟》前集卷 4 称赏门引《雅言杂录》，第 42 页。

⑤ 《宋史》卷 208 艺文志七，第 5358 页。

⑥ 徐铉：《寄左偃处士书》，《徐公文集》卷 20。

⑦ 陈尚君辑：《全唐诗续拾》卷 44 据《吟窗杂录》补入，见《全唐诗补编》，第 1385 页。其中后一联《全唐诗》卷 740 误收作孟宾于诗。

⑧ 《全唐诗》卷 740，第 8443、8444 页。

皆体现出善于以清词丽句抒写羁旅与士不遇的忧愁，虽然一生为处士，而下语并不枯槁寒俭，这种婉丽秀雅的语言风格与金陵诗坛的主流诗风是接近的，所以当时颇得韩熙载和徐铉的称赏。

许坚，早年曾"以时事干江南李氏，人讶其狂戆，以为风恙，莫与之礼"①，后寓居庐山白鹿洞，常与僧道往来："不知其家世，或曰晋长史穆之裔，形陋而怪，或寓庐阜白鹿洞桑门道馆，行吟自若……后或居茅山，或入九华，适意往返，人不能测。"② 其诗今存10首。③ 与左偃相比，许坚诗风稍近于浅俗。

庐山的这些处士诗人并非隐逸不出，他们也曾有过待时而出的举动，像史虚白是先有入世之心而后彻底隐逸，左偃和许坚则是先隐逸、后至金陵求仕，左偃曾以诗干谒韩熙载和徐铉，许坚也曾以时事和诗歌先后干谒中主李璟和徐铉，都表现出他们虽然是隐逸诗人，但与完全不问世事、一味吟咏山林生活的僧道隐逸是有区别的。他们的诗歌内容也并非完全不涉世事。史虚白上李璟的"风雨掇却屋，全家醉不知"一联诗是直接对时事的讽喻，左偃、许坚现存诗中也皆有干谒之作：

> 谋身谋隐两无成，拙计深惭负耦耕。渐老可堪怀故国，多愁翻觉厌浮生。言诗幸遇明公许，守朴甘遭俗者轻。今日况闻搜草泽，独悲憔悴卧升平。(左偃《上韩侍郎》)④
>
> 几宵烟月锁楼台，欲寄侯门荐祢才。满面尘埃人不识，谩随流水出山来。(许坚《上徐舍人铉》)⑤

虽是干谒之作，但也同时表现出他们在出处之间的徘徊、进退失据

---

① 《诗话总龟》前集卷46引《雅言杂载》，第439页。
② 马令：《南唐书》卷15许坚传。
③ 见全唐诗卷757、卷861、《全唐诗补逸》卷16、《全唐诗续补遗》卷11、《全唐诗续拾》卷44。
④ 《全唐诗》卷740，第8443页。
⑤ 《全唐诗》卷861，第9734页。

的处境，这是他们并不彻底的隐逸在心态上的流露和诗歌中的表现，不仅区别于僧道隐逸，而且不同于志在出仕的庐山士子，金陵诗人笔下更是鲜见这种心态的表露。

另一位隐居庐山的处士陈贶则是彻底的隐逸诗人。《江南野史》载：

> 处士陈贶者，闽中人，少孤贫好学，游庐山，刻苦进修，诗书蓄数千卷。有诗名，闻于四方，慵于取仕，隐于山麓，岁时伏腊，庆吊人事，都不暂往。时辈多师事之。有季父为桑门，每赖其给。有诗数百首，务强骨鲠，超出常态，颇有阆仙之致，脍炙人口。其《咏景阳台怀古》有云：景阳六朝地，运极自依依。一会皆同是，到头谁论非。酒浓沉远虑，花好失前机。见此尤宜戒，正当家国肥。嗣主闻之，以币帛征之，乃幞巾绦带布裘鹿鞱引见，宴语，因授以官。贶苦辞不受。[①]

陈贶规模贾岛，诗名远播，江为、刘洞等人皆其弟子。尽管陈贶并不谋求出仕，但他所存的这首《景阳台怀古》讽喻中主不可沉湎享乐、应当吸取前朝教训，他作为一个较彻底的隐士，仍然表现出对时事的敏锐和关切。较之史虚白的质直讥刺，陈贶此诗深沉含蓄得多，可以见出他在诗艺上的确有过苦心钻研。其诗风较为朴野。在当时庐山诗坛，陈贶是年轻一辈诗人的诗学典范，中主末年陈贶去世时，他的弟子也纷纷散去，先后离开庐山，奔赴金陵寻求仕进。

陈贶之叔即陈沆，前引《江南野史》称其为桑门不一定准确，但他至少也是庐山的隐逸诗人。陈沆约当唐末已在庐山读书，后梁开平二年（908）登进士及第后返回庐山隐居，其诗曾为黄损、熊皦、虚中所师法。[②] 从时代上看，陈沆属于贾晋华《唐末五代庐山诗人群考论》所划分的庐山前期诗人群。陈贶则属于后期诗人群，但他与陈沆之间不仅是血

---

① 《江南野史》卷6陈贶条，《全宋笔记》第一编（三），第195—196页。
② 参见《唐五代文学编年史·五代卷》后梁开平二年下考证，第65—66页。

缘近亲，时地密迩，又同为庐山隐逸诗人，在诗风上可能受到了陈沇的影响。从仅存的几首诗作和断句来看，陈沇、陈贶二人诗风都有朴野的一面，但陈沇诗风似更僻涩一些。

庐山诗坛的第三类成员是求学庐山的士子，其中有的是庐山国学的生徒，有的则是跟从私人讲授学习，前者如李中、刘钧、杨徽之及其堂弟杨参、孟贯、刘式、刘元亨、伍乔、卢绛、蒯鳌、诸葛涛、何昼、殷鹄、王俨、李寅、孟归唐等十六人，后者则可以江为、刘洞、夏宝松等递相跟从陈贶学诗为典型。[①] 无论是国学生还是从私相授受者，他们在庐山的学习往往有着明确的功利目的，大多希望能够通过上书言事、贡举或别的方式踏上仕途。尤其是南唐保大十年（952）开设贡举以后，诗赋策论成为取士的依据，进入庐山国学学习往往是为了踏上贡举之途，其中诗歌又是科举进身的重要手段，庐山国学的士子们常常以推敲、苦吟的态度去创作诗歌。另外，除了这些士子彼此间的诗艺切磋以外，他们与之赠答酬唱、过从最多的便是庐山的僧道、处士，如李中、伍乔与匡白、左偃、史虚白等人寄赠唱和，江为、刘洞等人更直接跟从陈贶学诗。因此，他们的诗风也受到僧道和处士的影响，容易偏好清苦僻涩一路。就苦吟的写作态度以及诗歌的表现对象和风格而言，这些士子跟庐山的僧道、处士是相当一致的。较之于庐山僧道诗中几乎不表现现实社会、处士诗人对现实不乏关切讽喻或者还有出仕之心，庐山士子的功名心通常更强烈，对现实关注度更高，但他们对南唐政局和社会现实的看法并不都乐观，至少部分士子对南唐的认同感并不强烈，他们纷纷各谋前程：杨徽之间道投奔中朝，孟贯向周世宗献诗而得功名，江为也打算投奔吴越。

这些士子中留存的诗歌或记载稍多的包括杨徽之、孟贯、伍乔、孟归唐、江为、刘洞、夏宝松数人。

杨徽之（921—1000），本为建州人，关于他早年向江文蔚、江为学诗及求学庐山国学的经历，宋初杨亿为其所作行状中有记载：

---

① 关于庐山国学学生和从私人讲授学习的学生的考辨，参见李全德《庐山国学师生考》一文，《文献》2003 年第 2 期，第 79—90 页。

邑人江文蔚善赋、江为能诗，公皆延于客馆之中，伸以师事之礼，曾未期岁，与之齐名。浔阳庐山学舍甚盛，四方髦俊，辐辏其间。公既终二亲之丧，即与从父弟参蹑属担簦，不远千里，亦既至止，名声蔼然，先生钜儒，咸共叹伏。凡再雁寒暑，其业大成。①

从庐山国学卒业后，杨徽之潜行北上，于后周显德二年，即南唐保大十三年（955）中进士。杨徽之诗今存很少，仅就其备受赞赏的十来联断句看，他虽师从江为，但七言要较江为工整，五言则不及江为的雕琢锻炼和风雅清丽之度，最接近江为的是"新霜染枫叶，皓月借芦花"② 一联，仍然传承了江为塑造清丽意境的偏好。入宋以后，杨徽之的诗为宋太宗赏爱，其中十联被选题于屏风。李昉、徐铉等人编《文苑英华》时，杨徽之又因为精于风雅，被委任编选其中的诗歌部分。从这些事实来看，杨徽之对宋初诗歌是颇有影响的，从他的求学经历和师承考虑，这种影响也有来自南唐的间接功劳。

孟贯也是建阳人，少好学，出游庐山，与杨徽之同学友善，杨徽之集中多有赠孟贯诗。③ 孟贯诗今存 31 首，皆为五律，多送别寄怀之作，以及描写山林隐逸生活，多用类名概括式地描述，较少作细致的描摹刻画，但也偶有细腻清新的描绘，如"海云添晚景，山瘴灭（一作减）晴晖"（《送吴梦闱归闽》）、"心源澄道静，衣葛蘸泉凉"（《山中夏日》）、"蹑云双屐冷，采药一身香"（《寄山中高逸人》）、"扫叶林风后，拾薪山雨前"（《寄张山人》）等句，④ 取材于切身的经验，有较具象化的描写，超出了普泛化和类型化的模式，能造成生动的印象。但从整体而言，孟贯的诗仍以类型化的表述居多，并大多采用五律形式。

孟归唐为孟宾于之子，史称"孟宾于初归江南，生子名归唐，亦能

① 杨亿：《杨公行状》，《武夷新集》卷11。

② 所引杨徽之诗句见《杨文公谈苑》雍熙以来文士诗条，《宋元笔记小说大观》（一），第515页。

③ 《江南野史》卷8，《全宋笔记》第一编（三），第211页。

④ 并见《全唐诗》卷758，第8620—8625页。

诗。肄业庐山国学，尝得《瀑布诗》云：练色有穷处，寒声无断时。邻房生亦得此联，遂交争之。助教不能辩，讼于江州。各以全篇意格定之，而归唐为胜。"① 孟归唐约生于保大十年（952），他作为当时名诗人之后，也选择了庐山国学作为修业之所，并在庐山国学着意于诗艺的锤炼。不过孟归唐后来是因孟宾于门荫入仕，并非经由科举及第，但他在庐山国学的"讼诗"一事显然使其更为知名。

孟碬，《诗话总龟》前集卷44引《雅言杂载》："孟碬，连山人，性落魄，狂溺于歌酒赋咏，后（一作复）捷名，不欲止江左，士人颇奇之。赠史虚白云：诗酒独游寺，琴书多寄僧。圣朝奄有金陵，孟宾于先居连上，碬兴国中亦自吉水还故乡，逾年卒。书生成务崇因言庐山与碬有忘年之分，兴国中见碬，且言自连上来游。江左时有诗送成务崇曰：同呼碧嶂前，已是十余年。话别非容易，相逢不偶然。多为诗酒役，早免利名牵。幸有归真路，何妨学上玄。务崇询于连上，知交皆言碬卒已十余年矣。"从太平兴国中上推十余年，大约正当开宝中，即公元970年左右，当时孟碬与成务崇皆在庐山，应该是同在庐山国学修业，并且与孟归唐在庐山的时间相合。从同出连上、又皆姓孟、且差不多同时往庐山国学修习来看，孟碬与孟宾于、孟归唐至少是同族关系。从孟碬赠成务崇的诗及本则逸事始末来看，孟碬虽游学于庐山国学，但也致力于学道求仙，其诗风因此也更近于庐山的僧道、隐逸之流，他与史虚白的交游也说明了这一点。不论与庐山国学生徒还是当地隐逸的交往，孟碬与他们一个重要的兴趣连接点恐怕正在于诗，这也是他在两首赠诗中都提到的关键字眼。至于孟碬的忘年交成务崇，年纪应当与孟归唐接近，大约都在二十岁上下，这与庐山国学生徒通常的年岁应该是相当的。

同时或先后在庐山国学的还有伍乔，陆游《南唐书》本传称其"居庐山国学数年，力于学，诗调寒苦，每有瘦童羸马之叹"。他的《寄落星史虚白处士》诗云"句妙多容隔岁酬"②，体现出典型的苦吟作诗态度。现存伍乔的诗歌皆为七言近体，其中又以七律为多。从其《闻杜牧赴

---

① 马令：《南唐书》卷23孟宾于传附。
② 《全唐诗》卷744，第8461页。

阙》："旧隐匡庐一草堂，今闻携策谒吾皇。峡云难卷从龙势，古剑终腾出土光。开翅定期归碧落，濯缨宁肯问沧浪。他时得意交知仰，莫忘裁诗寄钓乡。"① 以及《庐山书堂送祝秀才还乡》"莫使蹉跎恋疏野，男儿酬志在当年"等诗句，② 可以获知一些当时庐山国学士子的生活与心态。他们在庐山过着类似隐士的生活，有时也回乡小住，但终究又彼此勉励不忘出仕的志向，数年苦读后出山奔赴金陵，或者进言时事，或者参加贡举，希图一展抱负。这种表现个人功名心的诗歌在南唐是不多见的，金陵诗坛身居高位的文官诗中基本没有这样的内容，庐山的方外隐逸诗人也很少表现这种志向，在以僧道隐逸的朴野诗风为主的庐山诗坛，伍乔等士子们的这类诗歌可算别开生面。

尽管庐山士子的诗歌有相当的共性，可以合观，但还是有一些特例，这主要是从江为和刘洞身上体现出来的。他们的诗能够超出一般庐山诗人多表现山林隐逸、诗调多寒苦的普遍风气，为庐山诗坛增加了一些新的亮色。

江为是杨徽之的福建同乡前辈诗人，曾入庐山，向陈贶学过诗，酷好诗句二十余年。中主时赴金陵试，因不善策论屡次落第。后还乡，与人谋奔吴越，事发被杀。

> 江为者，宋世淹之后，先祖仕于建阳，因家焉，世习儒业。少游庐山白鹿洞，师事处士陈贶，酷于诗句二十余年。有风雅清丽之度，时已诵之。时金陵初拟唐风，场屋悬进士科，以罗英造。为遂入求应，然独能于篇什词赋，策论一辞不措，屡为有司黜。为因是怏怏不能自已，乃还乡里，与同党数十家结连，欲叛入钱塘，会其同谋上告郡县，按捕得其逆状，尽诛之。将死，犹能吟诗，以贻行刃者。初，嗣主南幸落星湾，遂游白鹿国庠，见壁上题一联云："吟登萧寺旍檀阁，醉倚王家玳瑁筵。"乃顾左右曰："吟此诗者大是贵

---

① 《全唐诗》卷744，第8462页。

② 同上书，第8463页。

族矣。"于是为时辈慕重，因此傲纵，谓可俯拾青紫矣。①

　　江为在当时文名甚著，诗句得到过李璟的赏识，只是因为不善策论而落第。他在庐山居住二十多年，向陈贶学过诗，又向夏宝松等人传授过诗法。② 可以说，江为是陈贶之后庐山诗坛影响最大的诗人之一，并且为时不短。但是，曾向他学过诗的杨徽之已经在后周显德二年（955）进士及第，孟贯大约也在后周显德五年（958）献诗周世宗而得官，伍乔也于保大末年在金陵进士及第，而江为在中主南迁南昌的宋建隆二年（961）尚无功名。大概正是这一点让他铤而走险，导致最终因叛逃的罪名被杀。江为等人的叛逃显露出南唐此时因为国势走向衰颓不再对众多士子具有强烈的吸引力，江为的被杀也使得庐山诗坛受到较大打击。

　　就诗歌而言，江为的影响在南唐以及宋代初年都是很深远的。江为原本有集一卷，已佚，今所存诗中以五律居多，多描写羁旅乡关之情，擅长塑造清丽之境。五律颔联多写景，善于锻炼，如"月寒花露重，江晚水烟微"（《江行》），"春潮平岛屿，残雨隔虹霓"（《登润州城》），"晚叶红残楚，秋江碧入吴"（《岳阳楼》），"天形围泽国，秋色露人家"（《送客》）。③ 常常描写江景，不同景致之间富于大小阔细的鲜明对照：从月下花上的露珠到江面的烟雾，从树叶到秋江，又从潮水和岛屿到残雨和虹霓，从天与水到秋色中的人家，种种的对照造成诗境朦胧、细腻但又不失阔大。江为诗追求用字的妥帖，"春潮平岛屿，残雨隔虹霓"之"平"与"隔"新颖而贴切；句法上也相当讲求，如"晚叶红残楚，秋江碧入吴"一联将颜色字"红""碧"分别与"残""入"连用，再接以地理名词"楚""吴"，立刻产生一种绵延不断的动感效果，并将细微与广大连接起来，下句对无穷的暗示承接上句对生命力将要衰颓的描述，诗境也相当开阔和高远。

　　江为的五律不仅写景精彩，而且情意贯通其间，非为写景而写景，

---

① 《江南野史》卷8，《全宋笔记》第一编（三），第211页。
② 《唐才子传校笺》卷10，第502页。
③ 并见《全唐诗》卷741，第8447—8448页。

因而能够形成高度和谐统一的意境，尤其律诗的末联，如果作者的诗情不够充足饱满，很容易流为敷衍，江为却毫无这样的疵病。

　　　　越信隔年稀，孤舟几梦归。月寒花露重，江晚水烟微。峰直帆相望，沙空鸟自飞。何时洞庭上，春雨满蓑衣。(《江行》)

　　　　倚楼高望极，展转念前途。晚叶红残楚，秋江碧入吴。云中来雁急，天末去帆孤。明月谁同我，悠悠上帝都。(《岳阳楼》)①

　　《江行》末联仍以意象语言作结，却由"何时"领起，使得这一联虽然是推论语言，却主要由对景象的描绘构成，极富形象感，同时表达了自己的期待与惆怅之情，含蓄摇曳，娓娓不尽。《岳阳楼》末联仍以想象之词出之，关合目前而不限于目前，以景语作结，又非完全的景语，景语中有全诗意脉的向前推进，所以仍然满足首末联所需要的推论语言的要求。我们看到，这两首诗的结句都有相似的模式结构，皆以问句和意象语言作结，避免了五律末联常见的枯索、力竭的毛病，达到言尽意不尽的效果，也显示江为对意象语言的娴熟使用以及对五律笔法的探索。

　　江为得到李璟的赏识最初是由于"吟登萧寺旃檀阁，醉倚王家玳瑁筵"这一联诗："时金陵初复唐制，以进士取人，为有《题白鹿寺》诗云……元宗南迁驻于寺，见其诗称善久之。"② 这一联诗豪奢中透出洒脱，与庐山诗人往往脱不出山林蔬笋之气的诗风已大不相类，颇有清贵之气。看来，江为虽然师从陈贶，但就诗风而言，则二人显然并非一路，江为的诗风在其到庐山跟从陈贶学习之前已大致形成，因此与陈贶的朴野诗风很不相同。前引杨亿为杨徽之所作行状称邑人江为有诗名，也可以证明江为的诗风在入庐山之前已经比较成熟。尽管江为的诗在庐山乃至整个南唐都可称翘楚，但他以及曾从其学诗、受他影响的杨徽之，诗风都不是庐山隐逸诗人通常的清苦僻涩一路，他们风雅清丽的诗风毋宁说与

----

① 《全唐诗》卷741，第8447页。

② 马令：《南唐书》卷14江为传载此诗为《题白鹿寺》，《江南野史》卷8则称题写在白鹿国庠的墙壁上。

金陵诗坛的徐铉等人更为接近。这也是庐山的士子诗人较普遍的情形。因此，江为的诗歌享有时誉并受到李璟的叹赏并不是偶然的，也是金陵诗坛清丽诗风占主导的一种表现。虽然江为最后未能经由科举取得功名，但这并不代表他的诗歌没有得到金陵诗坛的承认。

刘洞（？—975）在庐山士子中也以诗见称，他从早年便入庐山，跟从陈贶学诗：

> 刘洞世居建阳，少游学入庐山，师事陈贶，学诗精究其术。贶卒而洞犹居二十年。长于五言。后主立，以诗百篇因左右献之。后主素闻其名，喜而览之。其首篇为《石城怀古》云：石城古岸头，一望思悠悠。几许六朝事，不禁江水流。后主掩卷为之改容遂不复读其馀者。洞羁旅二年，俟召对不报，遂南还庐陵。与同门夏宝松相善，为唱和俦侣。然洞之诗格清而意古，语新而理粹，尝自谓得阆仙之遗态，但恨不与同时言诗也。……时金陵将危。乃为七言诗大榜路傍云：千里长江皆渡马，十年养士得何人。又云：翻忆潘卿章奏内，阴阴日暮好沾巾。盖潘佑表有云：家国阴阴如日将暮也。开宝中卒吉阳山。其遗集行于世。①

实际上陈贶卒后刘洞在庐山居住不到二十年，但仍停留了数年，直到后主即位，他才到金陵献诗。刘洞今所存诗极少，最著名的除了献给后主的《石城怀古》外，还有"刘夜坐"得名的《夜坐》诗"百骸同草木，万象入心灵"一联②。从这些残存诗句以及他多年师从陈贶的经历推测，他早年的诗风应该与陈贶比较接近，内容多指向隐逸生活，尤其"百骸"一联的确将独坐冥想的经验表达得淋漓而充沛。不过到后主末年、金陵被攻破的前后，刘洞的诗风发生了较大改变，"千里长江皆渡马，十年养士得何人""翻忆潘卿章奏内，阴阴日暮好沾巾"等句，直指国事时政，题材与风格上都是对于前期诗的突破。两相比较，他早年的

---

① 《江南野史》卷9，《全宋笔记》第一编（三），第214—215页。
② 《全唐诗》卷741，第8446页。

《夜坐》和《石城怀古》仍然是典型的庐山隐逸诗风，即便《石城怀古》略有现实的影射，也主要还是较为空泛的怀古。

夏宝松曾向江为学诗：

> 夏宝松，庐陵吉阳人也，少学诗于建阳江为。为羁旅卧病，宝松躬尝药饵，夜不解带，为德之，与处数年，终就其业。与诗人刘洞俱显名于当世。百胜军节度使陈德诚以诗美之曰：建水旧传刘夜坐，螺川新有夏江城。……晚进儒生，求为师事者多赍金帛，不远数百里辐辏其门。宝松黩货，每授弟子，未尝会讲，唯赍帛稍厚者背众与议，而绐曰：诗之旨诀，我有一葫芦儿，授之将待价。由是多私赂焉。①

夏宝松诗今仅有三联断句：

> 孤猿叫落中岩月，野客吟残半夜灯。
> 雁飞南浦砧初断（一作钟初动），月满西楼酒半醒。
> 晓来赢驴依前去，目断遥山数点青。（《宿江城》）②

后二联皆出自其《宿江城》一诗，当时与刘洞《夜坐》并称警策。就其多以山林隐逸和行役为题材以及清苦风格来看，仍然与陈贶、刘洞等人相承，反而较少体现江为诗含蓄清丽的特点，这也可以从反面说明江为在庐山诗坛较为特出，并不代表一般的诗风。夏宝松的课徒论诗，教授所谓诗诀，弟子辐辏，可见当地士子学习诗歌的热情，当然这也是和诗歌作为贡举考试的内容之一有关。

庐山诗坛主要便由僧道、处士以及国学或私学的生徒三类诗人构成，他们在诗歌表现对象、作诗态度、诗风方面都呈现出较多一致性，而与金陵诗坛相区别；他们彼此之间也有密切的过从酬答，有的在诗学上还

---

① 马令：《南唐书》卷14夏宝松传。
② 《全唐诗》卷795，第8951页。

有授受传承关系，这也与金陵诗坛诗人有异。但是，庐山诗坛并不就与金陵诗坛隔绝、毫无交集，而是彼此之间也有交相影响，这表现为，金陵诗坛的诗人因故居留于庐山附近时，常常会与庐山的诗人有唱和赠答，如李建勋与李中、智谦等人的酬唱；① 有的庐山诗人也作过进入金陵诗坛的尝试，这包括左偓、许坚等处士谋求出仕时的以诗作为干谒之具，更包括庐山士子锤炼诗艺、希望借之进入仕途的努力，其中最典型地体现了庐山士子诗学及生命轨迹的则是诗人李中。

二　李中：从庐山国学到踏上仕途与遭遇战乱

李中，具体生卒年不详，字有中，九江人，升元六年（942）左右曾与刘钧共读于庐山国学。② 南唐中主时仕于下蔡，显德六年（959）以亲老归家。后主时任吉水县尉，宋乾德二年（964）罢。后历任晋陵、新喻、安福、淦阳县令。李中工诗，开宝六年癸酉岁（973）编集，孟宾于为其作序，称其"缘情入妙，丽则可知"。

李中不曾成为金陵诗坛的一员，也并非纯粹的庐山隐逸诗人；他曾经在庐山国学学习，希望通过贡举或别的方式进入仕途。《碧云集》卷下所载《送相里秀才之匡山国子监》一诗是李中给一位将往庐山国学读书人的告诫：

> 气秀情闲杳莫群，庐山游去志求文。已能探虎穷骚雅，又欲囊萤就典坟。目豁乍窥千里浪，梦寒初宿五峰云。业成早赴春闱约，要使嘉名海内闻。

李中对相里秀才去庐山的目的和最终志向都有清楚的叙述，即在庐山潜心经典，将来早赴举场。此诗难以确切系年，但从诗中表现出的对

---

① 李中：《依韵和智谦上人送李相公赴昭武军》，《碧云集》卷上。
② 李中生平事迹见孟宾于《碧云集序》《唐才子传》卷10。其《壬申岁承命之任淦阳再过庐山国学感旧寄刘钧明府》诗云："三十年前共苦心，囊萤曾寄此烟岑。"（《碧云集》卷下）壬申为宋开宝五年（972），三十年前约当南唐升元末，庐山国学始建于南唐升元四年（940），可知李中在庐山国学建立后不久即入学。其生年应该在后梁末、后唐初。

庐山国学的熟悉，可能作于李中本人已有在庐山国学学习的经历之后。

1. 在庐山与回忆庐山

　　我们仅仅知道李中于升元六年（942）左右曾就读于庐山国学，但他此后很长一段时间的经历并不见于记载，连他自己的诗歌中也没有涉及。直到保大后期，李中诗集中才出现任职海州时的诗作。那么，从升元六年到保大后期十余年的时间，李中是否一直在庐山国学？他是否如他所期望于相里秀才的那样业成赴举、名闻海内？从现存有关南唐登科的零碎史料中没有见到有李中及第的记载，这可能是史料的缺失，但也很有可能是李中本人并未参加贡举考试，而是通过别的途径入仕。一般认为南唐正式开设贡举从中主保大十年（952）才开始，[①] 但先主升元年间以及中主保大十年之前其实有过断续的开科。[②] 联系到庐山国学对于士子的巨大吸引力，很有可能在开设之初便已经有一条功名之途为士子敞开，这不仅是上书言事拜官，也应当包括不定期开设的科考。此外，徐锴在升元中耻于以经义法律入仕的记载也可从反面说明，即便在升元年间，文学也曾经一度是南唐取士的重要标准。因此，尽管没有李中曾经及第的记载，但我们有理由推测，李中是怀抱着和相里秀才一样"业成早赴春闱约，要使嘉名海内闻"的期望入庐山国学的，也是怀抱着这样的期望在庐山学习与写诗的。不过，数载苦读、一朝登第只是理想的道路，实行起来并不顺遂。尽管李中生活的中主时代是南唐中兴、国力较为强盛的时代，国学的建立、贡举的开设看似为士子们的未来铺设了坦途，但这只是未获保证的希望，而南唐当时的强盛相当短暂，党争和战乱很快如影随形。相当多的士子和李中一样，未必能够及第，及第的也并非都能高官显宦。大多数人往往颠沛辗转于卑微的官职任上，既离开了当年庐山那种半隐居式的适性遂意的生活，又并未以这样的代价换来仕途的荣显。在辗转颠沛的人生中，庐山反而成了他们一再回望的栖息地，他们的诗歌从表现内容到诗风都打上了庐山诗坛的烙印，以李中现存诗

---

　　① 《资治通鉴》卷290后周广顺二年二月条、《续资治通鉴长编》卷16宋开宝八年二月条都以保大十年（952）南唐始开贡举。

　　② 南唐约在升元末、保大初都开设过贡举，皆有文献可征。详细考证请参周腊生《南唐贡举考略（修订稿）》，见《孝感职业技术学院学报》2000年第3期，第59—64页。

歌中有关庐山的作品之多，可以格外明显地看出这一点。

李中在庐山国学的时间不见得有十余年那么久，他有可能在南唐正式开设贡举的保大十年以前已经离开庐山，不过这期间仍有数年的时间逗留在庐山。此时李中与智谦、匡白、令图、鉴上人、重道者等庐山僧道以及左偃、史虚白等处士过从甚多。这段生活在李中诗歌中的反映，大致可以有这样两类，一类是还在庐山国学时的对当下生活的描写，如《宿庐山白云峰重道者院》：

> 绝顶松堂喜暂游，一宵玄论接浮丘。云开碧落星河近，月出沧溟世界秋。尘里年光何急急，梦中强弱自悠悠。他时书剑酬恩了，愿逐鸾车看十洲。①

颔联对于庐山峰顶夜色和氛围的描写切近而不拘碍，既有写实之笔，也有高视阔步的胸襟气度。后两联里李中既声称自己在道教玄论的世界观下已然将尘世功业勘破、表示寻仙访道是自己的最终理想，同时又并不放弃尘世功名的追求，强调寻仙访道将是在"书剑酬恩"以后的选择。流连于庐山的自然景色以外，作诗活动本身也成为李中的诗歌一再表现的对象，如与智谦"相留看山雪，尽日论风骚"（《访龙光智谦上人》）。与其说他与庐山僧道的交往建立在宗教义理的交流沟通基础上，毋宁说是以诗歌唱和、诗艺切磋为基础更为恰当，因为李中诗歌中凡涉及这些僧道的，几乎无一不谈到诗，但除开他们僧道的身份，李中更像是在写一般的隐士，关乎佛道义理的内容却微乎其微：

> 虎溪久驻灵踪，禅外诗魔尚浓。卷宿吟销永日，移床坐对千峰。苍苔冷锁幽径，微风闲坐古松。自说年来老病，出门渐觉疏慵。（《赠东林白大师》）②

---

① 《碧云集》卷上。
② 同上。

后一类是对庐山生活的回忆，主要体现在寄赠送行诗中，如《送刘恭游庐山兼寄令上人》《寄庐岳鉴上人》等诗。尽管李中后来在金陵也干谒过不少达官贵人，然而当年那些庐山的僧道隐逸似乎才是李中真正的知音，他不断在诗歌中回忆当年在庐山冷寂清幽的风景中跟他们一起搜句裁诗的情形：

> 昔年庐岳闲游日，乘兴因寻物外僧。寄宿爱听松叶雨，论诗惟对竹窗灯。各拘片禄寻分别，高谢浮名竟未能。一念支公安可见，影堂何处暮云凝。（《怀庐岳旧游寄刘钧因感鉴上人》）①
>
> 长忆寻师处，东林寓泊时。一秋同看月，无夜不论诗。泉美茶香异，堂深磬韵迟。鹿驯眠藓径，猿苦叫霜枝。别后音尘隔，年来鬓发衰。趋名方汲汲，未果再游期。（《寄东林白大师》）②

真正备尝了世路奔波、人生艰辛以后，李中不再如早年在庐山时将入仕看得那样郑重和理想化，此时他坦率地将奔波于仕途称作"拘禄"和"趋名"。与当下的利禄功名相比，当年庐山闲游论诗的情形在回忆里更加充满了自足和喜悦之情。与李中自己飘蓬不定的羁旅行役生涯比起来，那些庐山僧道的隐逸生活显得更适情惬意、似乎代表一种较恒久的价值：

> 一宿山前店，旅情安可穷。猿声乡梦后，月影竹窗中。南楚征途阔，东吴旧业空。虎溪莲社客，应笑此飘蓬。（《宿山店书怀寄东林令图上人》）③

再如"俗缘未断归浮世，空望林泉意欲狂"（《思简寂观旧游寄重道者》）④ 一联，语近直白，表达的也是同样的情绪。就是在这些追怀庐山

---

① 《碧云集》卷上。
② 同上。
③ 同上。
④ 同上。

的诗作中，我们看到诗人对自己生活道路的内省与反思。

　　2. 仕途与战乱

　　离开庐山后，李中曾在金陵有过停留。从其诗歌看，他在金陵干谒过韩熙载、乔匡舜、张洎、汤悦（殷崇义）等达官。此时李中很可能寄居于侯门，其《哭故主人陈太师》云："十年孤迹寄侯门，入室升堂忝厚恩。"据此可知李中曾在金陵有过若干年奔走权幸之门、干谒请托的经历，他后来的得官也可能与此有关。离开金陵之后，李中在海州任职颇久。显德五年（958），后周陷海州，李中降于后周，任职下蔡。孟宾于《碧云集序》云："公负勤苦，值干戈，从军之后，受命以来，上表中朝，乞归故国，以同气殁世，二亲在堂，弃一宰于淮西，获安家于都邑，公之忠孝彰矣。"显德六年（959），李中以亲老为由向后周辞官，归家侍养。这段战乱中的经历在李中的诗歌里有较为独特的表现，既不同于金陵高层文官，也与他自己前此的诗歌有所不同。

　　行役思乡越来越成为李中诗歌里最重要的主题，即便当他滞留下蔡、出任后周官职时，这一重要的主题也没有改变。思乡的情感超过怀念故国的情感，甚至可以说后者在李中的诗歌里很少有表现。这可能和李中作为下级官僚的身份有关，身为普通文士，在战争中几乎无足轻重，战争造成的最直接后果可能只是使得他的归乡更为艰难、思乡之情也更浓烈。李中在下蔡时所作《下蔡春暮旅怀》一诗与他原来在南唐治下的海州任职时所作《海上春夕旅怀寄左偃》十分相似：

　　　　柳过清明絮乱飞，感时怀旧思凄凄。月生楼阁云初散，家在汀洲梦去迷。发白每惭清鉴启，酒醒长怯子规啼。北山高卧风骚客，安得同吟复杖藜。（《海上春夕旅怀寄左偃》）

　　　　柳过春霖絮乱飞，旅中怀抱独凄凄。月生淮上云初散，家在江南梦去迷。发白每惭清鉴启，心孤长怯子规啼。拜恩为养慈亲急，愿向明朝捧紫泥。（《下蔡春暮旅怀》）①

----

① 《碧云集》卷中。

　　两诗抒发的都是春日思乡之情，尽管是在不同地方和境遇下所写，表述上却极为接近，前三联字句甚至基本是一样的。这种在主题和表达上的高度相似从一方面看是诗人对以往的重复，但另一方面恰好可以说明即便是陷于南唐敌国的处境下，李中的心态也并没有发生大的改变，羁宦思乡的感情仍然占据主导，甚至越发强烈。战乱往往引发人的痛苦思考和取舍，人们此时往往不得不抉择何者为最重要的事物，李中正是如此。就在目睫之前发生的战乱，让亲情与思乡之情显得格外珍贵和紧迫，人们觉悟到，在无法由普通人掌控的战争中，只有这些才是个人所能把握之物。功名、财物、个人的生命乃至整个国家皆可因战争而刹那烟销，何况这种各地方割据政权之间的争战，义与不义的界限既难分判也并不重要。这一切在李中的诗歌中往往只简化为"多难"二字，至于是非对错成败似皆不在他关心的范围内，而亲情之爱却在这种背景下凸显出来。当他在下蔡任职时，因兄弟殁世、双亲失养，向后周请求辞职归养，终于获准返乡。前文所引的《下蔡春暮旅怀》以及下面《己未岁冬捧宣头离下蔡》《捧宣头许归侍养》等诗即记录了此事的经过。

　　　　泥书捧处圣恩新，许觐庭闱养二亲。蝼蚁至微宁足数，未知何处答穹昊。(《捧宣头许归侍养》)

　　　　诏下如春煦，巢南志不违。空将感恩泪，滴尽冒寒衣。覆载元容善，形骸果得归。无心惭季路，负米觐亲闱。(《己未岁冬捧宣头离下蔡》)①

　　下面这首七绝则是他的归家途中的心情：

　　　　烟波涉历指家林，欲到家林惧却深。得信慈亲痾瘵减，当时宽勉采兰心。(《途中作（逢旧识闻老亲所患不至加甚）》)②

---

① 《碧云集》卷中。
② 同上。

他在赶往家中的路上万分担心老亲的病情，离家愈近，心却愈忐忑，深怕回家得到的是坏消息。在路上正好遇见旧时的熟人，告诉自己母亲病情已经好转，担心才顿时消除。此诗与宋之问《渡汉江》中所写"近乡情更怯，不敢问来人"有相似之处，但李中诗的前半相当于宋之问此联的上句，下一半则恰与宋之问在"不敢问"便戛然而止不同，李中的笔势顺接直下，将自己询问的结果和得知确切消息后的心情也一并写出。就意味的深长而言，李中诗不如宋之问诗，但李中将另一种人情之常和盘托出，也能得到较广泛的共鸣。

李中在返归南唐以后，又出任过数任地方官。期间的诗歌，思乡的主题基本消失，赠答唱和、描写官居生活的寂寥和归隐之思成为其诗歌的主要表现对象。南唐国事此时正走向危急，但他的诗歌中对之并无反映。从前的战乱主要通过他的思乡诗表现出来，一旦抽离于战乱环境之外，哪怕是暂时抽离，他的诗中本来就稀薄的时事背景也就完全消失了。李中正可以代表南唐地位较低下的文士较为普遍的心态，他们的悲喜仍然没有超出个人狭小的范围，只有在大的时局直接冲击到个人的生存状态时才会在作品中有所反映，时代背景在他们的诗歌中显得颇为模糊。但是，这种对时事较为普遍的漠然态度，其实也反映了在一个正发生变化的时代中普通人的日常生活与情感。

3. 李中的诗歌艺术与诗歌观

《碧云集》的完好使得李中现存诗歌达三百余首，从体裁来看，李中所作几乎全为近体，又屡次自我表白作诗的态度是苦吟。他的诗风大体上是延续贾岛、姚合等人，清奇而加以平易。总体来看，李中在表现方式上更长于抒情而非写物。雪、月、风、花等往往是作为诗中情绪的背景而不是直接描写的对象出现，即使直接写物的诗作，重点也常常在于塑造意境，或是比兴为多，而不在于细致地刻画事物形态。绝句短小，不长于刻画事物而长于塑造情境，李中诗那些予人印象较深的表现瞬间的情绪、场景之作，常常是七言绝句。譬如《离家》一诗：

送别人归春日斜，独鞭羸马向天涯。月生江上乡心动，投宿匆忙近酒家。①

　　将孤独旅途中的常人的一点乡情以直白、不加渲染的笔墨叙写出来，不假外求而立刻达到自然动人的效果。李中的七言绝句一再体现出他善于体贴世俗人情而又笔墨平实的特点，再如《酒醒》：

　　　　睡觉花阴芳草软，不知明月出墙东。杯盘狼藉人何处，聚散空惊似梦中。②

　　描写醉酒的蒙眬与惬意、酒醒人散的惆怅与失意，也颇贴近人情之常。应当说，李中的长处正在于写出常人习见的情绪而不在于刻意塑造清丽优美的意境，他的诗作也往往以这一类捕捉瞬间感受的篇什最为出色。

　　李中诗以五七律为多，题材上较多行役和投赠之作。孟宾于《碧云集序》中所称引的李中名句有不少出自五律，较突出者如"半夜风雷过，一天星斗寒"（《江行夜泊》），写出江行半夜遇雷雨的情景。七律名句如"萤影夜攒疑烧起，茶烟朝出认云归"（《题柴司徒亭假山》）构思精巧，将细小的景物用想象放大。大体而言，五律多写景，七律时有抒情言志之作，《海上从事秋日书怀》是李中七律写意较好的作品，较开阔：

　　　　悠悠旅宦役尘埃，旧业那堪信未回。千里梦随残月断，一声蝉送早秋来。壶倾浊酒终难醉，匣锁青萍久不开。唯有搜吟遣怀抱，凉风时复上高台。③

　　除叙写的外物，李中诗对诗歌和作诗本身也有所表现，譬如他几乎总是以"雅道""风骚""骚雅""雅"等字眼指称诗，如："不是将雅

---

　　① 《碧云集》卷中。
　　② 《碧云集》卷下。
　　③ 《碧云集》卷上。

道，何处谢知音"（《春日途中作》），"每病风骚路，荒凉人莫游"（《寄左偃》），"不是凭骚雅，相思写亦难"（《寒江暮泊寄左偃》），"如今归建业，雅道喜重论"（《清溪逢张惟贞秀才》）；《叙吟二首》甚至明确宣称"成癖成魔二雅中"，"欲把风骚继古风"，这说明在他的诗歌审美理想中，"雅"是相当重要的要求。李中要求诗歌继承风雅、骚雅，同时是抒情的工具，即所谓"若无骚雅分，何计达相思"（《离亭前思有寄》），只有凭借诗歌、不悖离雅道才能够抒情达意。不过，李中所说的"骚雅"其实偏重在雅，至于失意不平的骚情，在他的诗中是少见的。他的诗中少有言及志向、抱负之作，即使偶有怨刺也比较温和，如"道在唯求己，明时岂陆沉"（《书小斋壁》）、"明代搜扬切，升沉莫问龟"（《勉同志》）。孟宾于《碧云集序》称李中诗"缘情入妙，丽则可知"，可以大体概括李中诗的特点。"缘情"是南唐乃至整个五代十国诗歌的共同特性，"丽则"是对诗歌语言风格等形式要素的要求，正是后者使得李中的诗歌不致流入浅俗，同时这也是庐山诗人和金陵诗人在风格上的共同追求。

本章考察了中主时期的南唐诗及其文化背景，庐山与金陵分别成为当时南唐的两个诗歌创作中心，但庐山诗坛又与金陵诗坛有较大的区别，这首先体现在成员组成上，较之金陵诗坛的以高层文官为主，庐山诗坛主要由僧道、隐士，以及一些求学庐山的士子构成。其次，在诗歌表现对象和诗风方面，庐山与金陵也有较大区别，庐山诗坛的诗人主要描写山林隐逸生活，讲求苦吟，甚至这种诗歌苦吟生涯本身也成为他们诗歌的表现对象之一；庐山的诗风好尚也与金陵不同，金陵重视清奇、清丽，庐山则因诗歌表现对象以及苦吟的方式而偏尚清苦诗风。但是庐山诗坛并非与金陵隔绝不通，而是也与金陵诗坛有某种关联互动，这主要表现为庐山的青年士子到金陵参加贡举，也有庐山的隐士到金陵谋求仕进，而从金陵诗人一旦贬谪到庐山附近，也往往与庐山诗人有唱和酬答，两地诗坛因此形成一定的诗风上的交流。

第 三 章

后主时代的文化与诗歌

后主李煜①在位时期（961—975），南唐在政治上走向最终败亡，但同时南唐文化也在这一阶段呈现出格外繁荣的局面。这首先与当时南唐国内的短暂和平有关：中主末年，南唐在淮南全线失败，遂与后周画江为界，向后周进贡称臣，至此，南唐国自保大初年便开始、前后持续了十多年的战事终于停顿下来，进入了一个暂时的安定时期。李璟又先后诛杀陈觉、李征古、宋齐丘、钟谟等人，大致消除了国内的党争。进入后主时代，客观上只有偃武修文，加之后主天性好文，南唐的文化在此时便发展得格外迅速。另外，江南三十多年大体上的升平氛围与文化养成，也使得这一时期在文化上结出了硕果。此时儒学和佛学都很兴盛；著述的风气大兴，出现了很多大型著作以及个人专著，这种好著述的风气逐渐导向一种重博通的传统，也影响到南唐的士风和诗风；另外，各门艺术中渐渐发展出一种精致腴丽而不奢靡俗艳的共同趣味，它体现在文学中，也体现在日常生活的情味中，并且集中以词和宫廷文化的形式为后人追忆。就南唐诗而言，这一时期却相对地乏善可陈，庐山诗坛和金陵诗坛皆渐趋沉寂，在中主时期曾经活跃过的韩熙载、徐铉、汤悦等那一批金陵诗人，此时的诗作题材上大多平庸琐屑，诗艺上也没有突破；庐山诗坛则因为一些隐逸诗人的离世，加之一批诗名较著的士子又纷纷离开，此时重归于寂寥无闻。但是，舒雅、吴淑、郑文宝等年轻的诗人在这一阶段开始踏入诗坛，虽然还没有充分展现出他们的诗才，但他们

---

① 李煜本名从嘉，于建隆二年（961）继位后始更名煜。本书一律以煜称之。

在此时所受的影响对其日后成为宋初诗坛的重要成员却具有不可低估的意义。

第一节　李煜时代南唐文化特质

后主李煜时代的偃武修文，使得南唐以往在文化方面若干年的积淀结出了果实。对李煜而言，苟安求和似乎使得他的形象带上一种颓堕无能的色彩，但是他的许多行为和举措不乏在无可为中力求有所为、消极中有积极的意味，尤其是他在位的前半期，这些举措曾对整个南唐文化产生过显著影响。

一　奉佛与习儒

李煜在史书中常常是一个溺于佛学、醉心艺术的亡国之君形象，但李煜同时也曾经是关心儒学、留意治道的。一种说法是李煜很早就热衷佛学，以至于当原本的皇太弟景遂和太子弘冀先后去世、李煜以弘冀同母弟依序当立为嗣时，曾被当时的礼部侍郎钟谟所阻挠。钟谟反对中主立李煜为嗣的理由，马令《南唐书·嗣主书》仅记载钟谟称李煜"轻肆"，陆游《南唐书·钟谟传》也仅记载钟谟称李煜"器轻志放，无人君之度"，《资治通鉴》则对钟谟的话记载得更为详细："从嘉德轻志懦，又酷信释氏，非人主才。"所谓"轻肆""德轻志懦"等空洞之辞，并不具有说服力，恐怕"酷信释氏"才是钟谟用以打击李煜的真正利器，但它若只是无根游谈，也不会具有多大杀伤力。钟谟以之攻击李煜，是因为这一说法并非空穴来风，李煜的确从早年就奉佛甚笃。不过，我们回顾一下就知道，南唐的奉佛传统并非始自后主，而是在先主时代就已经现出端倪：

> 初，烈祖辅吴，吴都广陵，而烈祖居建业，大筑其居，穷极土木之工，既成，用浮屠说，作无遮大斋七会，为工匠役夫死者荐福。俄有胡僧自身毒中印土来，以贝叶旁行及所谓舍利者为贽，烈祖召豫章龙兴寺僧智玄译其旁行之书，又命文房书《华严论》四十部，

奁帙副焉，并图写制论李长者像，班之境内，此事佛之权舆也，然烈祖未甚惑，后胡僧为奸利，逐出之，国人则寖已成俗矣。①

陆游认为先主李昪时期开始的荐福、译经、颁经等举动是南唐事佛之始固然不错，但李昪还有一桩行为对南唐的奉佛影响很大，这就是他在升元年间迎请文益禅师居金陵报恩院，赐号净慧禅师，文益后又移居清凉院。② 这位文益禅师就是禅宗五派之一的法眼宗的开创者，中主李璟受其影响颇大。

中主李璟在位时期，奉佛风气渐盛。保大九年（951），李璟将自己早年在庐山瀑布前的读书堂旧基舍为开先禅院，又向冯延巳表示，希图以佛教思想作为儒家的补充，"始乎正法，终乎象教"，"菩提之教，与政通焉"。③ 李璟又喜《楞严经》，保大十年（952）命冯延巳为之作序、僧应之书镂板。④ 后周显德五年（958），文益禅师卒，中主命公卿以下素服奉全身于江宁县丹阳乡起塔，李煜为碑颂德，韩熙载为撰塔铭。李煜的"酷信释氏"是直接受到了李璟的影响，无怪乎李璟对于钟谟的以此相攻击反应激烈：

　　（谟）言于唐主曰，从嘉德轻志懦，又酷信释氏，非人主才。从善果敢凝重，宜为嗣。唐主由是怒，寻徙从嘉为吴王、尚书令、知政事，居东官。冬十月，谟请令张峦以所部兵巡徼都城，唐主乃下诏暴谟侵官之罪，贬国子司业，流饶州。贬张峦为宣州副使。未几皆杀之。⑤

---

① 陆游：《南唐书》卷 18 浮屠传。

② （宋）赞宁：《宋高僧传》卷 13 文益禅师传，中华书局 1987 年版，第 313、314 页；（宋）道原《景德传灯录》卷 24，《四部丛刊》本。《十国春秋》卷 33 文益传以迎其居金陵者为中主，误。

③ （南唐）冯延巳：《开先禅院碑记》，《全唐文》卷 876，第 9164 页。

④ 马令：《南唐书》卷 26 僧应之传。参见《唐五代文学编年》（五代卷）此年冯延巳条下，第 449 页。

⑤ 《资治通鉴》卷 294，第 9605 页。

佞佛并未如钟谟所预料的那样成为李煜册立的阻碍，中主对钟谟早有戒心，加之自己早年东宫地位不稳的心理阴影以及景遂、弘冀先后因立嗣而死，他立嫡以长的心意已决，所以李煜依旧顺利入主东宫，钟谟反而因数罪齐发而被流放、赐死。不过，这一立嗣的风波恐怕不会对李煜毫无影响，我们看到，尽管他本来信佛，但在立为太子以后，李煜首先表现出来的就是要以儒家思想治国的热忱。

其实，钟谟的攻击并不准确，至少在此时李煜的奉佛还没有超过其父曾有的热情，他佞佛而至于妄诞迷狂的程度是从开宝初年才开始的。[①]我们从文献记载中可以看到，即位之初的李煜显示出对儒家经典极为熟悉和热爱，且这种熟悉与热爱已经其来有日，并非只为一时的政治表演需要。众多记载表明李煜的爱好学问、典籍，一方面出于天性："幼而好古，为文有汉魏风"[②]，"天性喜学问"[③]；另一方面是为避免猜忌不得不然：早在后周显德五年，弘冀被立为太子后就酖杀了曾被立为太弟的景遂；形势使得李煜不得不选择退避，《资治通鉴》这样记载：

> （三月）立弘冀为皇太子，参决庶政。弘冀为人猜忌严刻，景遂左右有未出东官者，立斥逐之。其弟安定公从嘉畏之，不敢预事，专以经籍自娱。[④]

陆游的记载与之类似：

[①] 陆游：《南唐书》卷18浮屠传："开宝初，有北僧号小长老，自言募化而至，多持珍宝怪物，赂贵要为奥助，朝夕入论天堂地狱果报之说，后主大悦，谓之一佛出世。服饰皆缕金绛罗，后主疑其非法，答曰：陛下不读《华严经》，安知佛富贵。因说后主多造塔像，以耗其帑庾，又请于牛头山造寺千余间，聚徒千人，日给盛馔，有食不能尽者，明旦再具，谓之折倒。盖故造不祥语以摇人心。及王师渡江，即其寺为营。又有北僧立石塔于采石矶，草衣藿食，后主及国人施遗之，皆拒不取。及王师下池州，系浮桥于石塔，然后知其为间也。"《十国春秋》卷17开宝二年："是岁，普度诸郡僧。"开宝三年"春，命境内崇修佛寺。改宝公院为开善道场，国主与后顶僧伽、衣袈裟，诵佛经，拜跪顿颡，至为瘤赘。"

[②] 《全宋笔记》第一编（四），第206页。

[③] 《钓矶立谈》，《全宋笔记》第一编（四），第234页。

[④] 《资治通鉴》卷294，第9580页。

从嘉广颡、丰颊、骈齿，一目重瞳子，文献太子恶其有奇表，从嘉避祸，惟覃思经籍。①

李煜为避祸退避到自己原本就喜欢的经籍中，埋首覃思。熟读经典的李煜对儒家格外推崇，徐铉曾记载李煜的相关言论：

尝从容谓近臣曰：卿辈从公之暇，莫若为学为文。为学为文莫若讨论六籍，游先王之道义，不成，不失为古儒也。今之为学所宗者小说，所尚者刀笔，故发言奋藻则在古人之下风，以是故也。②

如果说这里还是从写作文章的取法角度来推尊六经，以下徐铉对他的评价表明李煜在治国思想上也是以儒家为宗的：

精究六经，旁综百氏，常以为周孔之道不可暂离。经国化民，发号施令，造次于是，始终不渝。③

能够一遵儒家经训治理国家，这对国君来说可以称得上是美德。李煜当然也崇释教，但在他被立为太子、肩负国家责任的时候，其所受儒家熏陶就显露出巨大影响。另外，李煜继位后更深切感受到南唐在与中朝对立格局中越来越不易保持从前的地位，不但南唐对宋的贡奉更多，而且宋太祖对待南唐的态度也大不如周世宗宽和。④ 外表上李煜虽然对宋太祖不得不卑顺至极，但在内心他委实有发愤图强的愿望。所以我们看到，李煜从被立为嗣到继位之初，都是有心求治、竭力要成为一位儒家向来标榜的明君。早在后周显德六年（959），李煜尚在东宫之时，就开崇文馆以招贤士。⑤ 这不但是对当年唐太宗贞观年间设崇贤馆的模仿，也

---

① 陆游：《南唐书》卷3后主本纪。
② 徐铉：《御制杂说序》，《徐公文集》卷18。
③ 徐铉《大宋左千牛卫上将军追封吴王陇西公墓志铭》，《徐公文集》卷29。
④ 参看刘维崇《李后主评传》，台北：黎明文化事股份有限公司1978年版，第12、13页。
⑤ 陆游：《南唐书》卷13潘佑传："后主在东宫，开崇文馆以招贤士，佑预其间。"

的确网罗了一批人才，包括后来长期为后主倚重的潘佑就是这时进入崇文馆的。继位后，李煜也仍旧坚持选拔贤能、广开言路。另外，从此时科举考试的辞赋策论题目也可以看出李煜以儒学选拔人才的标准，譬如开宝中南唐某年的进士试题是《销刑鼎赋》《儒术之本论》。① 不过，李煜对现实政治的无力感也日渐显露。乾德五年（967），又命两省侍郎、谏议、给事中、中书舍人、集贤勤政殿学士，分夕更直光政殿，召对咨访，谈论学问和国事，常至夜分。② 但是李煜感到许多臣下不过备位而已、论议平庸，因此慨叹："周公、仲尼，忽去人远。吾道芜塞，其谁与明！"于是亲自著《杂说》百篇，自称："特垂此空文，庶几百世之下，有以知吾心耳！"③ 《杂说》中有论乐记、论享国延促、论古今淳薄者、论儒术等内容，共三卷，一百篇，应为数年间陆续写成，最后在宋开宝三年（970）左右编辑成书。这部以儒术为主的立言之作，是李煜在意识到南唐国运已经无力挽回以后，试图从思想上代己剖白之作。借用弗洛伊德的精神结构理论，不妨这样认为：儒家思想是李煜"超我"的化身，是文化规范的投影和他本人理想的道德人格，习儒代表了他在显意识层面的努力；李煜的佞佛并无太多义理上的创获，实则体现了他对本我的懦弱、畏惧、犹疑等心理的承认，以及因为无法从显意识层面获得解决、于是沉向潜意识的信仰，这也是他内在人格的最终胜出。对李煜来说，无论奉佛还是习儒，二者的意图皆不在于思想的创造，而在于寻求一个文化上的解决。二者共处于一身，又从李煜一人折射出当时整个南唐社会的不同思想和现实。

二　著述之风与好尚博学

　　如果说李煜在位的前中期有发愤图强的愿望与行为，是一个比较符合儒家理想的君主，显然当时人也是认同的，譬如郑文宝称后主"孜孜儒学"④；陈彭年也称其"幼而好古，为文有汉魏风""后主尤好儒以为

---

① 《十国春秋》卷31罗颖传，第450页。
② 陆游：《南唐书》卷3后主本纪。
③ 《钓矶立谈》，《全宋笔记》第一编（四），第234页。
④ 郑文宝：《江表志》卷下，《全宋笔记》第一编（二），第271页。

学""后主酷好著述，有《杂说》百篇行于代，时人以为可继典论"。①
李煜这种雅重儒学、留心治道的姿态并未为南唐命运带来太大的实际改
变，但对南唐文士却产生了很大的鼓励作用，他们纷纷上书进言，发表
政见。三朝老臣韩熙载此时也上书极陈时政，论古今得失，名曰《皇极
要览》，又献上自己所撰《格言》五卷。②《格言》已佚，但推测当是一
部介于儒家和杂家之间的著作，《宋史·艺文志》既以之入儒家类，又以
之入杂家类。③ 此书论述的中心在于治国方略，与儒家很相近。

此外庐陵人刘鹗著有《法语》二十卷，八十一篇，"撮天下之务，论
古今变"，"大抵宗尚周礼，以质百氏之惑"④。刘鹗本甲戌年（974）在
南唐中进士，次年南唐亡，刘鹗遂闭门著述，撰成《法语》，备论治国立
身之道。虽然成书已在南唐灭国以后，但其思想主要是在南唐后主时代
形成。

此类立言之作的儒学价值几何，在原书已佚的情况下很难凭空估价，
值得重视的倒是其中透露出来的著述观念。无论《杂说》《皇极要览》还
是《格言》，都不是空谈义理，而是针对现实政治问题所发。有的著作就
是出于想要救治现实的期望，如韩熙载《皇极要览》便是如此；但也有
一部分著作是对现实的失望以后而聊寄情于立言，李煜的《杂说》很典
型地属于后者。徐铉在序言中称李煜作《杂说》的缘由是："属者国步中
艰，兵锋始戢。惜民力而屈己，畏天命而侧身。静处凝神，和光戢耀。
而或深惟邃古，遐考万殊。惧时运之难并，鉴谟猷之可久。于是属思天
人之际，游心今古之间。"在国步维艰之时，李煜不能轻举妄动，徐铉也
叹惋于李煜是"有道无时""有君无臣"。李煜自己感叹道"周公、仲
尼，忽去人远。吾道芜塞，其谁与明""特垂此空文，庶几百世之下，有
以知吾心耳"，也正是自知国事难以有为，南唐迟早吉凶难卜，更不用谈
个人的功业德行了。对李煜而言，只有"空文"明道尚有可能，能在百

---

① 陈彭年：《江南别录》，《全宋笔记》第一编（四），第 206、207、209 页。
② 《徐公文集》卷 16《唐故中书侍郎光政殿学士承旨昌黎韩公墓铭》、马令《南唐书》卷
13 韩熙载传。
③ 《宋史》卷 205 艺文志四，第 5172、5209 页。
④ 徐铉：《故乡贡进士刘君（鹗）墓志铭》，《徐公文集》卷 30。

世之后向后人剖白自己的心迹。这样看来，李煜是将立言视为第一位的
要紧之事来对待的。李煜的著述本有三类，除了我们熟悉的诗词这一类
以外，关乎儒学、治道的《杂说》为一类，还有一类是徐锴为之作序的
雅颂文赋三十卷。① 这三类中，本来只有《杂说》是严格的立言之作，具
有明道的意义。与此同时，著述的风气也被立言的理想带动起来，并可
以视为立言观念的延伸。如果说立言表达的是个人侧重于国家、社会、
历史方面的价值期待，其他的诗词歌赋等文学著作则主要是个人情感和
心理的抒发与表现，以原始儒家的观点看，文是"游于艺"的一种，也
是"学有余力"以后的必然拓展。因此，李煜继位之初的留心儒学在当
时环境中渐渐走向偏重立言，立言又推动了整个著述之风的发展，从而
对南唐的文学和学术发展都造成了有益的影响。

明道、立言之作以外，后主时代南唐文士对其他类著述的热情也颇
高，如朱遵度、徐锴等人编纂或自撰的著作，其规模都相当可观。

朱遵度，本青州人，家多藏书，博学。避耶律德光之召奔楚，不为
文昭王马希范所礼，约在楚灭后迁南唐。郑文宝《江表志》卷中称其
"闲居金陵，著《鸿渐学记》一千卷，《群书丽藻》一千卷，《漆书》数
卷，皆行于世"②。这些书籍的编纂最早可能从中主后期就开始，但因规
模巨大，到后主时代才完成。此三书今并不传，《鸿渐学记》的具体内容
也不能知，《群书丽藻》则是一部大型类书，宋王应麟《玉海》引《中
兴书目》称其以六籍琼华、信史瑶英、玉海九流、集苑金銮、绛阙蕊珠、
凤首龙编六例总括古今之文，总杂文一万三千八百首，共一千卷，别撰
目录五十卷。③ 根据这六类分目之名，该书当是按照经史子集外加道释各
一类编录的类书。如此大规模的类书编纂，不仅要有个人的爱好和博学、
丰富的图书资源，也应该有现实的需要和时代风气的影响。在诗文创作
盛行之时，往往需要这种能提供参考、借以取资模仿的类书；另外，当
时南唐上下盛行著述的风气对此也有不可低估的影响。

---

① 见于徐铉《御制杂说序》，但李煜此文集及徐锴序皆佚。

② 《全宋笔记》第一编（二），第266页。

③ （宋）王应麟：《玉海》卷52，江苏古籍出版社、上海书店1987年影印清光绪九年浙江
书局本，第992页。

　　徐锴是南唐另一位著名的学者，他与其兄徐铉齐名，并称"二徐"。徐锴对南唐宫廷藏书的丰富与校对精审多有功劳：

　　　　既久处集贤，朱黄不去手，非暮不出。少精小学，故所雠书尤审谛，每指其家语人曰：吾惟寓宿于此耳。江南藏书之盛为天下冠，锴力居多。后主尝叹曰：群臣勤其官，皆如徐锴在集贤，吾何忧哉！①

　　有宫廷藏书以为便利，又勤力校雠，徐锴编著了大量书籍，史称其"著《说文通释》《方舆记》《古今国典》《赋苑》《岁时广记》及其他文章凡数百卷。锴卒逾年，江南见讨，比国破，其遗文多散逸者"②。其中，《方舆记》一百三十卷、《古今国典》一百卷、《岁时广记》一百二十卷、《赋苑》二百卷，此外还有《说文系传》《说文韵谱》等小学著作若干卷。③著述内容除文学以外，还涉及小学、舆地、刑典、岁时诸多方面，若非当时整个文化环境和氛围达到相当的繁盛，这样的著述规模和范围是难以想象的。

　　南唐的僧人也很重视以文字立说，如著名的法眼文益禅师，《宋高僧传》称其"好为文笔，特慕支、汤之体，时作偈颂真赞，别行纂录"。另一名僧应之不但妙善书法，且"多著述，尤喜音律，尝以赞礼之文寓诸乐谱，其声少下，而终归于梵音，赞念协律，自应之始"④。

　　南唐文士中这种著述之风的盛行直到宋代仍然十分突出。抚州南丰人曾致尧（947—1012），太宗太平兴国八年（983）进士。"致尧颇好纂录，所著有《仙凫羽翼》三十卷、《广中台志》八十卷、《清边前要》三十卷、《西陲要纪》十卷、《为臣要纪》一十五篇。"⑤另一位由南唐入宋的文士乐史（930—1007），其著作包括：《贡举事》二十卷，《登科记》

① 陆游：《南唐书》卷5徐锴传。
② 同上。
③ 唐圭璋：《南唐艺文志》，《中华文史论丛》1979年第三辑，第337—356页。
④ 马令：《南唐书》卷26浮屠传。
⑤ 《宋史》卷441曾致尧传，第13051页。

三十卷,《题解》二十卷,《唐登科文选》五十卷,《孝弟录》二十卷,《续卓异记》三卷,《广孝传》五十卷,《总仙记》一百四十一卷,《广孝新书》五十卷,《上清文苑》四十卷,《太平寰宇记》二百卷,《总记传》百三十卷,《坐知天下记》四十卷,《商颜杂录》《广卓异记》各二十卷,《诸仙传》二十五卷,《宋齐丘文传》十三卷,《杏园集》《李白别集》《神仙宫殿窟宅记》各十卷,《掌上华夷图》一卷,又编己所著为《仙洞集》百卷。① 以近千卷的作品总数,乐史成为北宋著述最富的作者。② 这固然也招致了"博而不精"之讥,但勤于著述、务求博雅淹通的风气已经浸入南唐文士的血脉,成为南唐士风的一部分,这一点也常为宋人所乐道和歆羡,并为他们所继承。

好尚博雅当然也会对诗风造成影响。徐铉在《故兵部侍郎王公集序》中称赞王祐的诗文"学深而不僻"③,此文虽作于入宋后,但这一主张并非突然形成,而是具有前后一贯性的,也代表了徐铉等南唐文士对于学识与诗歌关系的认识。此处所言"学深"就是指学识的淹贯博通,当然也包括对以往文学经典的熟悉,从而使其创作能够取资于过往的典范,在语辞、典故以及诗文体式等可经习得的方面积累学养,以便一朝能够在自己的作品中自然流露和使用。当然,这种淹博的学养不能以食古不化、堆垒夹生的形式反映到作品中。所谓"深而不僻"便是要求深入浅出、将博通的学识融入到自己的作品中,可以在风格上感到学识熏陶之力,却往往无迹可求,如同自出胸臆。这颇有些类似南朝沈约曾经提出过的文章贵在三易:易见事、易识字、易读诵,④ 也反映了五代时期较为普遍的平浅诗风对徐铉等人仍有影响。南唐诗风以包融秀冶见称,既不失流利平易,又不堕入浅俗,在五代举目多是贫薄荒寒的诗坛上,难得地留存了一线文雅典丽的诗风,这与南唐崇尚学识博通的风气是不可分的。

总之,李煜作为南唐国主,他的倾向与好尚当然会自上而下造成一

---

① 《宋史》卷306乐黄目传附乐史传,第10111、10112页。

② 陈乐素:《宋史艺文志考证》,广东人民出版社2002年版,第703页。

③ 《徐公文集》卷23。

④ (北齐)颜之推撰、王利器集解:《颜氏家训集解》(增补本)卷4,中华书局1993年版,第272页。

种风气的浸润，从他留意儒学到立言明道、撰《杂说》作为起点，到南唐文士普遍的好著述、尚博洽，李煜已经对南唐整个士风和诗风都有着不可忽视的影响。

三 清贵艺术趣味的形成

较之李璟，李煜更以多才艺见称，诗词书画俱佳，又通音律、工笔札。[1] 可以说，李煜时代南唐修文最显著和最直接的成就不是在儒学方面，而是更多地体现在文学艺术上。李煜将大量的精力投注在这方面，除了他个人的艺术才能各造精绝以外，同时也推动了当时整个南唐艺术的发展，南唐尚清贵的艺术趣味的塑造与他的好尚很有关系，这种趣味形成以后又影响了宋代文人。

清贵作为一种艺术趣味，简言之，可以认为包括了"贵"和"清"即富贵雍容和清雅脱俗两方面的含义。从富贵雍容一面说，清贵是与寒俭局促的山林蔬笋之气相对的；从清雅脱俗一面来说，又与骄奢淫靡的庸俗夸富截然不同。寒俭局促之态，我们在唐末五代以来的诗歌中时常见到，这与当时僧道处士的生活方式是有关系的。但是，这种隐居山林的生活方式并非必然导致枯槁的文学风格，像盛唐王维、孟浩然等人作于隐居中的诗歌就别开清新高逸的山水田园一派，只有当生活于这种环境中的创作主体的心态也同时趋向于狭隘封闭，缺乏宽阔的胸襟和关怀，才会使自我局限于狭小封闭的环境，造成寒俭枯槁的风格，唐末五代诗常见的山林蔬笋之气往往就是从创作主体自身的限制而来。南唐尚清贵的艺术趣味，首先便是反对寒俭局促之态，而欣赏和追求雍容流丽的风格。这种雍容流丽的风格与南唐宫廷文化的发展有很大关联，与后周画江而治以后，南唐取得了十余年时间的苟安局面，李煜因此才能将南唐宫廷文化推向精致的顶峰，南唐对"贵"的好尚才发展到更为突出。

从清雅脱俗一面而言，南唐好尚的"清"的文学风格在中主时代已然形成，包括金陵诗坛推崇的诗风、李璟和冯延巳的词，都体现出"清"

---

[1] 《徐公文集》卷29《大宋左千牛卫上将军追封吴王陇西公墓志铭（并序）》；马令《南唐书》卷5后主书；陆游《南唐书》卷3后主本纪。

的美学特质。到了后主时代，这种"清"的好尚更全面地体现在各种艺术门类以及生活情趣上，成为南唐君臣更自觉的追求，并和富贵雍容之风结合，成为更典型的既清且贵的审美趣味。正是这种"清"为富贵繁华的喜好增加了约束，使其不致流为骄纵淫靡、夸富斗奢，而是在物质和感观享受的同时表现出一种含蓄、冷隽和超越的态度。

　　以文学论，李煜当国时的词最明显体现了这种清贵趣味。生于深宫之中、长于妇人之手，从王储到国君，宫廷的富贵享乐是其生活的常态；词作为产生于酒筵歌席之间的文体，很难不反映这种生活环境，但要将富贵享乐表现出普遍的美并不容易，《北梦琐言》曾记载了一首前蜀王衍的《醉妆词》：

　　　　者边走。那边走。只是寻花柳。那边走。者边走。莫厌金杯酒。①

　　这里表现的是一种对于眼前富贵繁华的占有心态，因此完全沉浸于享乐中，背后固然可能有着对富贵繁华不终朝的恐惧、转而企图牢牢抓紧眼前每一刻能够作乐的时机，然而这种占有心态却使得享乐失却了美感。在这种恐惧和紧张中，眼前的一切还来不及展现它们的美好就已经被抛在一边，词中的主人公又已转身开始了下一轮的追寻和占有，从一株花柳到下一株花柳，一杯酒再一杯酒，难以餍足的占有欲最终只带来占有物数量的累积，占有者本身却因执着于这种充满焦虑的占有过程，无法体味眼前良辰美景、富贵繁华本应带来的快乐。王衍这首词也就不能不失之于庸俗，在美感的传达上可以说是失败的。

　　比照之下，李煜词能够传达美感，他的词作清贵之气显得尤为特出，他在国时的词不少表现宫廷生活，虽然描写享乐但并不耽溺于享乐，富贵却不低俗。富贵享乐而以清雅超脱之笔来写，更见得雍容与脱俗，"清"与"贵"二者近乎完美地融合在一起。

---

　　① 曾昭岷等编著：《全唐五代词》，中华书局1999年版，第491页。该书原按："万历本《花草粹编》卷一引《北梦琐言》。"今本《北梦琐言》无此条。

　　红日已高三丈透，金炉次第添香兽。红锦地衣随步皱。　佳人舞点金钗溜，酒恶时拈花蕊嗅。别殿遥闻箫鼓奏。（《浣溪沙》）

　　晚妆初了明肌雪，春殿嫔娥鱼贯列。笙箫吹断水云间，重按霓裳歌遍彻。　临春谁更飘香屑，醉拍阑干情味切。归时休照烛花红，待放马蹄清夜月。（《玉楼春》）①

　　两词皆写宫中歌舞宴饮，为前期在国时所作。《浣溪沙》描写的是一次通宵达旦的歌舞宴乐情形：开篇直接从次日早晨着笔，已经日高三丈，但宴会还没有要散的意思，炉中还在继续添加香炭，红地毯上的歌舞仍未休止，宫人舞到金钗也滑脱。一切都是香的、暖的，带着长夜宴饮后零乱与疲倦的气息。前一夜的狂欢虽略过未写，此时的情景却已将其点染而出，胜似正面着墨。末二句则描写了一个终于走出这宴乐之地的身影，可能是参加宴会的某位佳人，也可能是作者自己，她或他拈花轻嗅，强抑酒恶，却又听见别处宫殿依然箫鼓齐奏，宴饮还在继续。李煜撷取了宴会意兴阑珊之时落笔，尽管喜爱眼前繁华声色，但这走出宫殿的身影也分明表现出一种清醒的意愿，一种对现实若即若离的距离感，而这个距离正是审美的距离。只有站在这个距离，对眼前享乐的描写才不是占有心态的简单记录，而是同时具有了对眼前享乐的超越性，并在此成其为对美的普遍表达。

　　《玉楼春》同样描写宫中的歌舞宴饮，不过是从正面直接着笔。上片写嫔娥的妆扮、列队，一直到吹奏、歌舞的场景，"吹断""歌彻"同样见出宴饮的酣畅与长久。若一味这样往下写，不可谓不耽溺，但下片已经转出宫殿之外，转换为写宴会结束以后的情形了。"飘香屑"者，当是落花。过片头两句描写初出歌舞宫殿之时，作者颇有些惊讶于这春夜落花迎面来的清香，借着听歌观舞的余兴，不由得倚阑亲自拍起歌队刚反复演奏过的乐曲来。末两句是告诫语，作者叮嘱侍从，回去的路上不必燃灯照明了，自己要骑马踏月而归，欣赏这月夜清景。此词下片直接体

---

　　①　王仲闻校注：《南唐二主词校订》，人民文学出版社1957年版，第29、41页。

现了李煜对清贵趣味的偏好，借助于对自然的欣赏，冲淡了描写享乐场景容易导致的庸俗之气。

这两首词都没有采用五代词常见的代言体，而是直接描写自己的生活、自我抒怀。对一个有卓越审美能力的创作主体来说，在这种自我抒怀的方式下，清拔之气更易脱颖而出。从这两首词中不约而同暂时脱开眼前享乐的身影，我们看到了李煜本人的审美趣味。所谓"清贵"，其实最重要的是审美主体的超越精神以及与之相伴随的审美能力，我们姑且以"清"命名它，"贵"只是给它提供了一个难题、一个比较不容易体现"清"的情境，而当"清"的超越在一片组绣堆叠、歌舞宴乐的绮丽繁华中最终达成时，它的因难见巧也就获得了更高的价值。李煜亡国入宋以后的词作已不能简单地以"清贵"来形容，但离开了对外在享乐的描绘与渲染，直接抒发自己的情感似乎更为容易，对李煜来说这种情感就是亡国与失去自由的深切悔恨与痛苦，他的词作自我抒怀的性质因此显得更加直接、明显。从"问君能有几多愁"这样的句子中，我们分明能够更直接地感受到李煜的情感，而不必像阅读他早期词作中那样要撩起重重帷幔和面纱、细细品味之下才能接近他的内心。李煜后期词作的直抒其情已经属于更加个别化的抒情方式，反而是其在国时的词作更多显示出南唐文人较普遍的清贵趣味。

我们注意到，这种清贵的趣味和风格主要表现在李煜的词中，他的诗中则较少体现同样的风格，这可能与以下的原因有关：对李煜而言，诗仍然是被最广泛认同的用以言志的文学手段。诗词相较，诗因为长期以来有着儒家诗教的庄严传统，它比新兴的词带有更多的精神性与形上意味，李煜又是提倡儒术的，因此常常以诗表现自己较为合乎正统伦理的情感，包括他的丧子丧妻之悲。但是，由于难以超出传统习气的束缚，他的诗并不能开出新的局面。词在当时则纯为应歌之具，新鲜活泼，尚未被儒家思想所规范，不妨将自己形下层面的日常生活写入其中，包括那些正统儒家看来在应批判之列的富贵繁华、感官享乐一并写入，而真正高贵的情感与艺术趣味渗透于这些为儒家诗教所不屑的题材，反而别开生面，表现出一个更真实完全的自我形象。入宋以后，李煜基本只有词作留存，这一方面固然可能是由于诗有亡佚，另一方面，亡国之痛太过强烈，以致难以用传统诗教所要求的温柔敦厚的形式来表现，何况诗在当时未脱出僵化的模式，因此李煜采用了当时尚未被伦理规范所束缚的词体，亡国的哀恸正可以在其中得到无顾藉的宣泄。即便当时李煜还有同类题材的诗作，但同一题材的词与诗一存一亡的结果已经可以说明其表现的成功与否，存亡正是时间的淘洗和后人选择的结果。

清贵不只表现于词作中，而是已经成为李煜时代南唐君臣一种较普遍的审美趣味，文学以外，也体现在日常生活以及其他艺术门类中，譬如南唐士大夫常常追求一种清雅精致的生活趣味，时见于器物玩赏、居所陈设之类生活细节上，譬如韩熙载有"五宜"说："对花焚香有风味相和，其妙不可言者。木犀宜龙脑，酴醿宜沉水，兰宜四绝，含笑宜麝，薝葡宜檀。"① 徐铉有"伴月香"："徐铉或遇月夜，露坐中庭，但爇佳香一炷，其所亲私别号伴月香。"② 后主李煜的宫廷生活可以说是这种南唐士大夫生活趣味的延伸和奢侈化，譬如李煜"尝于宫中以销金罗幕其壁，以白银钉瑇瑁而押之，又以绿钿刷隔眼，糊以红罗，种梅花于其外，又以花间设彩画小木亭子，才容二座，煜与爱姬周氏对酌于其中。如是数处。每七夕延巧，必命红白罗百匹，以为月宫天河之状，一夕而罢，乃散之"③。又如"李后主每春盛时，梁栋、窗壁、柱拱、阶砌，并作隔筒，密插杂花，榜曰锦洞天"④ 之类。奢侈之讥固然难免，但以绢罗制造人工的月宫银河，在装饰华丽的宫廷外种植梅花，正可见出其在富贵中追求清雅的趣味。这些宫廷生活就是李煜在《浣溪沙》《玉楼春》中表现的内容，它们体现着同一种趣味，即既重物质层面、感官层面的享乐，同时又有对这种享乐的超越，其超越或者体现为一些疏离于现实享乐的时刻，或者表现为对自然清景的爱赏之心。

南唐其他艺术门类如书画中也流露出同样的艺术趣味。李煜善书法，

---

① （宋）陶谷：《清异录》卷上百花门"五宜"条，朱易安、傅璇琮等主编《全宋笔记》第一编（二）2003 年版，第 40 页。

② 《清异录》卷下薰燎门"伴月香"条，《全宋笔记》第一编（二），第 110 页。

③ （宋）佚名：《五国故事》卷上，朱易安、傅璇琮等主编《全宋笔记》第一编（三）2003 年版，第 241 页。

④ 《清异录》卷上百花门"锦洞天"条，《全宋笔记》第一编（二），第 38 页。

自创金错刀书，"作颤笔樛曲之状，遒劲如寒松霜竹，谓之金错刀。画亦清爽不凡，别为一格。"① 这种金错刀书体如寒松霜竹，瘦硬而有风神；书画相通，此种趣味渗透到画中，使得李煜的画也是"清爽不凡"。南唐当时最为李煜爱重的名画家之一徐熙所作花鸟尚野逸、贵轻秀，与后蜀花鸟画大家黄筌齐名，二人后皆入宋，谚语称"黄筌富贵，徐熙野逸"②，因为黄筌常常表现御苑中的珍禽瑞鸟、奇花异草，笔法尚丰满，徐熙虽然也是世代仕宦江南，却偏爱四处写生，写江湖的汀花野竹、水鸟渊鱼，笔法尚轻秀。徐熙曾为李煜宫廷作挂设的"铺殿花"，"于双缣幅素上画丛艳叠石，傍出药苗，杂以禽鸟蜂蝉之妙"③，富有生意自然之态。"野逸"为原本精细雕琢、与尚富丽的传统宫廷趣味有莫大关系的花鸟画增添了自然的生气和清新，正显现了南唐在绘画方面同样也崇尚清贵的风格。

此外，南唐的文房用具多精良考究，也可以见出一国文士的审美趣味。澄心堂纸、李廷圭墨、龙尾砚、宣州诸葛笔为南唐文用四绝，为后世所乐道，其中最著名的澄心堂纸和李廷圭墨，宋人屡屡形之吟咏。刘敞、欧阳修、梅尧臣、韩维等人有诗专咏澄心堂纸；④ 蔡襄《文房四说》论纸称"澄心堂有存者，殊绝品也"，"李主澄心堂为第一"；⑤ 邵博《邵氏闻见后录》载李廷圭父子墨至宣和年间极为贵重，有"黄金可得，李氏之墨不可得也"的说法；而宋代制墨名手潘谷一见李廷圭墨即下拜，称为天下之宝。⑥ 南唐文用之具得到宋人如此推崇，除开其文物价值及宋人本来对南唐文化的倾慕之外，更由于其制作精心："南唐于饶置墨务，歙置砚务，扬置纸务，各有官，岁贡有数。求墨工于海，求纸工于蜀。

① （宋）佚名：《宣和画谱》卷17，于安澜编《画史丛书》第二册，上海人民美术出版社1963年版，第195页。

② （宋）郭若虚：《图画见闻志》卷1"徐黄二体"条，《四部丛刊》本。

③ 《图画见闻志》卷6"铺殿花"条。

④ （宋）刘敞：《公是集》卷17《去年得澄心堂纸甚惜之辄为一轴邀永叔诸君各赋一篇仍各自书藏以为玩故先以七言题其首》、欧阳修《文忠集》卷5《和刘原父澄心纸（一作奉赋澄心堂纸）》、梅尧臣《宛陵集》卷35《依韵和永叔澄心堂纸答刘原甫》、韩维《南阳集》卷4《奉同原甫赋澄心堂纸》。澄心堂纸见于宋人吟咏者尚多有，此不备举。

⑤ （宋）蔡襄：《文房四说》，《端明集》卷34，台湾商务印书馆1986年影印文渊阁《四库全书》本。

⑥ （宋）邵博：《邵氏闻见后录》卷28，《宋元笔记小说大观》（二），第2009页。

中主好蜀纸，既得蜀工，使行境内，而六合之水与蜀同，遂于扬州置务。"① 南唐二主刻意追求文具的精良，特地从蜀地求得纸工，终于造出精良的澄心堂纸，超过蜀纸。不仅南唐国君、南唐文士之贵显者也流行崇饰书具，并对这些制作精良的文房用具珍爱有加，《清异录》"文用门"记载有这样几则逸事：

> 月团：徐铉兄弟工翰染，崇饰书具，尝出一月团墨曰：此价值三万。
>
> 麝香月：韩熙载留心翰墨，四方胶煤多不合意，延歙匠朱逢于书馆傍烧墨供用。命其所曰化松堂。墨又曰玄中子，又自名麝香月，匣而宝之。熙载死，妓妾携去，了无存者。②

"文用门"下还记载了宜春王李从谦、陈省躬、周彬、舒雅等南唐文士的逸事，他们也都对砚精笔良有着近乎苛刻的要求。无论是李璟李煜购求名手、专门置办纸务砚务等机构，还是徐铉兄弟崇饰书具、韩熙载留心翰墨，对文用的考究都不完全出于实用的动机，而是半出书画之需，半出文人的审美把玩。文具要达到如此的精良考究，当然代价不菲，但这种花费又终究是关乎艺术的、并非为纯粹的感官享乐，故虽然昂贵却不失清高脱俗，甚至成为南唐文士清贵趣味的极好注脚。

文人气质与贵族审美结合起来，形成为一种清贵的艺术趣味，并显现在南唐日常生活及各门艺术中。后来宋代文人文化高度发展，在他们所追求的种种趣味中，清贵的好尚仍然占据着重要地位，譬如屡见记载的有关何为诗词中真正"富贵语"的争论，③ 就透露出这一消息。南唐无

---

① （宋）陈师道：《后山谈丛》卷1，《丛书集成初编》本，第9页。

② 《清异录》卷下，《全宋笔记》第一编（二），第88、90页。

③ 如《归田录》卷下"晏元献公善评诗"条、《后山诗话》也有评白乐天诗非富贵语，《梦溪笔谈》卷14有"唐人作富贵诗"条、《桐江诗话》有"富贵语"条（郭绍虞《宋诗话辑佚》上册，第340页）、《漫叟诗话》有"诗咏富贵"条（《宋诗话辑佚》上册，第360页）、《仕学规范》有"晏元献论富贵诗"条（《宋诗话辑佚》下册，第614页）、周必大《文忠集》卷177"白乐天"条也论到诗歌富贵气。

疑正是这种清贵趣味的起点和发端，而后主时代又是对它培植最有力的时期。清贵趣味和著述之风、博学的好尚共同成为当时南唐文化的重要特征，并影响到南唐的文学。

第二节 "可怜清味属侬家"——南唐王室李氏家族文艺传统的回顾及评价

南唐最显赫的文学艺术世家非李氏王室莫属，从李昪到李璟再到李煜，每一代都有特出的文艺才能代表，而越是到南唐的末世，其艺术之花似乎就开得越发茂盛。俗语说贵族的养成至少需要三世，又说只有心灵的余裕才能产生艺术，显然到了李氏的第三代才最符合这些条件。下面就让我们追溯一下李氏家族成员是如何发展出先天与后天的文艺才能的。

一 南唐宗室的文艺传统

先主李昪这一代还无可多谈，尽管他重视文化，其本人也有零章断句的诗作流传至今：

> 一点分明值万金，开时惟怕冷风侵。主人若也勤挑拨，敢向尊前不尽心。(《咏灯》)①

此诗为李昪九岁时在徐温家所作，《诗话总龟》"自荐门""咏物门"两收之，据说诗的效果很好，"（徐）温叹赏，遂不以常儿遇之"②。作为从小被徐温收养的孤儿，在诗歌中借物言志是一个再好不过的表现才华与表现自身的机会。这也说明李昪自小在徐温家是受到了良好的传统教育的，加之徐温六子中至少有两子是能诗的，③ 李昪自少

---

① 《诗话总龟》前集卷5引《古今诗话》，第46页。《全唐诗》据以收录。
② 《诗话总龟》前集卷20引《诗史》，第321页。
③ 徐知证，徐温第五子，参与过庐山东林寺联句，见宋人陈舜俞《庐山记》卷4。徐知谔，徐温幼子，"所著文赋歌诗十卷，号《阁中集》"（陆游：《南唐书》卷8）。

小就与之周旋进退，能够粗通诗歌是不奇怪的。不过李昪原为豪杰，又一向为武将，自己有意发展的主要是政治与军事才干，即便有向文之心也只是一度萌芽，时世与情形也不可能容许他在文艺方面多用心力，所以我们在他身上并未看到更多文艺的成绩。只有到了李昪的后代身上，文艺才开始真正结出果实，当然这也是李昪多年重视文化和恢复教育的效果之一。

李璟弟兄五人，李景迁早卒，除李璟本人外，李景遂也有能诗之名，据说一度赋诗纤丽，为赞善张易所规谏。① 不过景遂现存诗歌只有一联："路指丹阳分虎节，心存双阙恋龙颜。"（《赴润州镇赐钱》）② 从中看不出纤丽的痕迹。

李璟群从兄弟中又有景道、景游善画：

> 李景道，伪主昪之亲属，景道其一焉。……喜丹青而无贵公子气，盖亦徐膏剩馥所沾丐而然。作会友图，颇极其思，故一时人物见于燕集之际，不减山阴兰亭之胜。今御府所藏一。《会友图》。
>
> 李景游亦伪主昪之亲属，与景道其季孟行也、一时雅尚颇与景道同好，画人物极胜，作谈道图，风度不凡，飘然有仙举之状。璟嗣昪，而诸昆弟皆王，独景游不见显封。其画世亦罕得其本。今御府所藏一。《谈道图》。③

按照徐铉《春雪诗序》，保大七年元日参与春雪诗会的除了李璟外，李氏和徐氏家族还有八人：太弟景遂、齐王景达、景运、景逊、景辽、景游、景道、弘茂，除弘茂以外，皆李璟昆弟，他们"或赓元首之歌，或和阳春之曲"，也说明这些人都有一定的诗歌才能。

作为李氏家族文艺成就更灿烂的结果，是李煜这一辈人，他们把李

---

① 陆游：《南唐书》卷16 李景遂传。
② 《全唐诗》卷795，第8950 页。
③ 《宣和画谱》卷7，第72 页。按：《宣和画谱》误将景道、景游归入李氏家族，实际二人皆应为徐温孙辈，但因李昪为徐温养子，尽管后来称帝复姓李，但与徐家的这层关系并未脱离。景游为徐知诲子，封文安郡公，后改名游，及事后主。

氏家族"可怜清味属侬家"的自诩体现得淋漓尽致。李煜弟兄十人中，长兄弘冀（也作宏冀）爱好诗文，尽管去世较早，但身后存留诗歌若干篇，编为诗集，徐铉为之作序，称其"赏物华而颂王泽，览稼事而劝农功。乐清夜而宴嘉宾，感边尘而悯行役"①，题材广泛，咏物、纪事、娱宾、抒怀皆备，风格属于自然感发、简练调畅一类。但弘冀的诗歌今皆不存，只保存了一篇《崇圣院铜钟铭》：

> 盖闻声叶洪钧，功垂浩劫。集善之利，惟兹可嘉。因发乃诚，是为良愿。上所以祝君亲富寿，将日月以齐休。下所以期官庶兴居，兴山河而共泰。由衷之念，永永何穷。②

李煜二兄弘茂"善诗，格调清古"，"不喜戎事，每与宾客朝士燕游，惟以赋诗为乐"。③ 他参与了保大七年元日春雪诗会，当时年仅十七岁，这也显示他在李璟诸子中较早地以诗歌著声。李弘茂诗今存二联："甜于泉水茶须信，狂似杨花蝶未知"（《咏雪》），"半窗月在犹煎药，几夜灯闲不照书"（《病中》）。④ 这两联残句体现了较为典型的文人趣味，尤其从后一联可以窥见其诗"清古"的格调。可惜的是弘茂未冠而卒，没有留下更多的作品。

李煜的七弟从善，"始在胶庠，已有名望。姿仪秀出，文学生知"⑤，也有诗作存世，但完整的仅有《蔷薇诗一首十八韵呈东海侍郎》：

> 绿影覆幽池，芳菲四月时。管弦朝夕兴，组绣百千枝。盛引墙看遍，高烦架屡移。露轻濡彩笔，蜂误拂吟髭。日照玲珑幔，风摇翡翠帷。早红飘藓地，狂蔓挂蛛丝。嫩刺牵衣细，新条窣草垂。晚香难暂舍，娇态自相窥。深浅分前后，荣华互盛衰。尊前留客久，

---

① 徐铉：《文献太子诗集序》，《徐公文集》卷18。
② 《全唐文》卷870，第9104页。
③ 陆游：《南唐书》卷16本传。
④ 《全唐诗》卷795，第8950页。
⑤ 徐铉：《大宋右千牛卫上将军陇西郡公李公墓志铭》，《徐公文集》卷29。

月下欲归迟。何处繁临砌，谁家密映篱。绛罗房灿烂，碧玉叶参差。
分得殷勤种，开来远近知。晶荧歌袖袂，柔弱舞腰支。膏麝谁将比，
庭萱自合嗤。匀妆低水鉴，泣泪滴烟霏。画拟凭梁广，名宜亚楚姬。
寄君十八韵，思拙愧新奇。①

　　这首诗作于开宝二年（969）至四年（971）十一月从善使宋之前，②
因与徐铉相酬和得以在《徐公文集》中保存下来。可以看出，此诗一味
直接刻画蔷薇的形态，缺乏其他层面的技法以及遗形取神的生动，加之
采用排律形式，显得繁复堆叠，结构的安排上也并不完全恰当，整体上
较为稚拙，比徐铉的和作要逊色不少。另外，从善还有《檐前垂冰诗》
七律一首，原作不存，今仅存徐铉的和作《陪郑王相公赋檐前垂冰应教
依韵》。徐铉集中《奉和七夕应令》《又和八日》也应该是酬和从善所
作。蔷薇诗与檐冰诗皆为咏物题材，七夕诗为节候题材，与咏物接近，
从善可能是在锻炼自己的观察和刻画物态的能力，并每次都让徐铉赓和
己作，似乎是在有意地学习和揣摩诗艺。这也说明，李氏家族的第三辈，
在诗歌方面做出的后天努力也是很突出的。
　　尽管从善曾经觊觎过王位，李煜仍与之相亲睦。开宝四年（971）
冬，从善奉使宋廷，宋太祖扣留了从善，不教返国，意在召李煜来降。
李煜贬损仪制，但并未入朝，从善也就一直被羁留于汴京。开宝七年
（974）夏秋间，李煜再次上表求从善归国，宋太祖不许。大约就在这年
九月，李煜写下了《却登高文》：

　　玉瓒澄醪，金盘绣糕，茱房气烈，菊芷香豪。左右进而言曰：
"维芳时之令月，可藉野以登高，矧上林之伺幸，而秋光之待褒乎？"
余告之曰："昔予之壮也，情槃乐恣，欢赏忘劳。悁心志于金石，泥
花月于诗骚。轻五陵之得侣，陋三秦之选曹。量珠聘伎，纨彩维艘。
被墙宇以耗帛，论邱山而委糟。年年不负登临节，岁岁何曾舍逸遨？

---

① （南唐）李从善：《蔷薇诗一首十八韵呈东海侍郎》，见《徐公文集》卷4。
② 参见《唐五代文学编年史》（五代卷）开宝四年（971）徐铉条考证，第603页。

小作花枝金剪菊，长裁罗被翠为袍。岂知萑苇乎性，忘长夜之靡靡；宴安其毒，累大德于滔滔。怆家艰之如毁，萦离绪之郁陶。陟彼冈兮企予足，望复关兮睎予目。原有鸰兮相从飞，嗟予季兮不来归！空苍苍兮风凄凄，心踯躅兮泪涟洏。无一欢之可作，有万绪以缠悲。于戏噫嘻！尔之告我，曾非所宜。"①

文中回顾了从前槃游欢娱的生活，彼此不但为手足，也是"悁心志于金石，泥花月于诗骚"的情志相投的挚友；随即又凄怆于对目下危急情势的无能为力，最后归结为"原有鸰兮相从飞，嗟予季兮不来归"两句，表达对三年不相见的从善的思念，家国之感此时打并为一体，极为动人。

当年冬，宋兴师伐南唐，次年南唐国灭。从善入宋后生活了十数年，雍熙四年（987）四十八岁时卒，但他自开宝四年使宋被留以后就没有作品传世了，这当然可能是文献失传，但他的作品只出现在开宝二年至四年这短短两年内，说明可能存在某种外在机缘，让一向不以能诗著称的从善开始研习诗艺。我们看到，开宝二年二月，后主李煜率群臣游北苑，群臣有北苑诗及序数篇；开宝三年八月，李煜又率群臣钱送邓王从镒出镇宣州，也是一次较大规模的诗文雅集，这两次集会从善都参与了，很可能因此开始努力钻研诗歌，并特地与朝中最著名的诗人徐铉唱和，以获得诗歌写作的经验。通过其现存诗作及诗题也可以看到，李从善选择蔷薇、檐冰、七夕等题材，更多着眼于外在事物的描绘而非内心情志的抒发，从中可以看到对诗艺有意锤炼的意图。开宝四年使宋以后，这样的外在环境和促发因素不存在了，他的写作动因也随之消失。可以认为，诗歌对于从善，更多的是一种技艺，还不是内在表达的需要。

李煜八弟邓王从镒（一作益），"警敏有文"②。尽管从镒本人没有作品留存，但开宝三年（970）南唐有一次著名的诗文集会是因他而起的，

---

① 陆游：《南唐书》卷16 从善传。《全唐文》卷128 所收此文"论邱山而委糟"以下遗"年年不负登临节，岁岁何曾舍逸遨？小作花枝金剪菊，长裁罗被翠为袍"二十八字，"岂知"以下又遗"萑苇乎性"四字。

② 马令：《南唐书》卷7 邓王从益传。

这年八月从镒出镇宣州，后主率近臣在绮霞阁饯行，君臣留下了数篇诗作及序文。李煜的序及诗如下：

> 秋山的翠，秋江澄空，扬帆迅征，不远千里。之子于迈，我劳如何？夫树德无穷，太上之宏规也；立言不朽，君子之常道也。今子藉父兄之资，享钟鼎之贵，吴姬赵璧，岂吉人之攸宝？矧子皆有之矣。哀泪甘言，实妇女之常调，又我所不取也。临歧赠别，其唯言乎，在原之心，于是而见。噫，俗无犷顺，爱之则归怀；吏无贞污，化之可彼此。刑唯政本，不可以不穷不亲；政乃民中，不可以不清不正。执至公而御下，则慆佞自除；察薰莸之禀心，则妍媸何惑？武惟时习，知五材之艰忘；学以润身，虽三馀而忍舍。无酗觞而败度，无荒乐以荡神。此言勉从，庶几寡悔。苟行之而愿益，则有先王之明谟，具在于缃帙也。呜呼，老兄盛年壮思，犹言不成文，况岁晚心衰，则词岂逮意？方今凉秋八月，鸣榔长川，爱君此行，高兴可尽。况彼敬亭溪山，畅乎遐览，正此时也。①

徐铉有《和送邓王二十六弟牧宣城诗序》：

> 夫政成调鼎，寄重于藩。盖欲圣主之恩，均于远迩。贤人之业，浃于中外。故所以命丞相邓王从镒，佩相印，被公衮，拥双旌，统千骑，扬帆江宁之浦，弭节敬亭之区。若乃割友悌之怀，辍股肱之侍，所以示天下之至公也。凤驾已严，前驺将引，既辞复召，重赐饯筵，所以极大君之恩也。敦睦之义，于斯有光。申诏侍臣，述叙赋诗云尔。②

徐锴序：

---

① （南唐）李煜：《送邓王二十六弟牧宣城序》，《全唐文》卷128，第1285页。
② 《全唐文》卷882，第9218页。

敦牂御岁，蓐收宰时，邓王受诏，镇于宣城之地。离宴既毕，推毂将行。时也宵露未晞，凉月几望，苑柳残暑，宫槐半晴。沧波起乎掖池，零雨被于秋草。皇上以敦睦之至，听政之馀，逍遥大庭，顾望川陆。理化风物，咏谢安高兴之诗；登山临水，嗟骚人送归之景。暂轫征轴，宴于西清，盖所以申棣萼之至恩，徵文章之盛会也。丝簧辍奏，惟掷地之锵然；组绣不陈，见丽天之焕若。将使宗英临务，知理俗之以文。朝宰承恩，识太平之多暇。然则明明作则，敦叙之德无疆。济济维藩，夹辅之功何已。有诏在席，进叙及诗。下臣不敏，职当奉诏。谨赋诗如左。[1]

这三篇序文主要是就从镒此去出镇宣州所肩负的政治责任立言，褒扬勉励有加。

序文以外，送行的诗作也有三首存留：

且维轻舸更迟迟，别酒重倾惜解携。浩浪侵愁光荡漾，乱山凝恨色高低。君驰桧楫情何极，我凭阑干日向西。咫尺烟江几多地，不须怀抱重凄凄。（李煜《送邓王二十弟从益牧宣城》）[2]

禁里秋光似水清，林烟池影共离情。暂移黄合只三载，却望紫垣都数程。满座清风天子送，随车甘雨郡人迎。绮霞阁上诗题在，从此还应有颂声。（徐铉《御筵送邓王》）[3]

千里陵阳同陕服，凿门胙土寄亲贤。曙烟已别黄金殿，晚照重登白玉筵。江上浮光宜雨后，郡中远岫列窗前。天心待报期年政，留与工师播管弦。（汤悦《奉和圣制送邓王牧宣城》）[4]

这是后主时期一次规模和影响都较大的诗文集会。按常情推测，从

---

① 徐锴：《奉和送邓王二十六弟牧宣城诗序》，《全唐文》卷888，第9278页。
② 李煜：《送邓王二十弟从益牧宣城》，《全唐诗》卷8，第72页。按：诗题脱一"六"字，应为"送邓王二十六弟从益牧宣城"。
③ 《徐公文集》卷5。
④ 《全唐诗》卷757，第8616页。

铱既然号称"警敏有文"，也应该是会写诗的，不过，即便从铱能诗，其诗作早已连残句也无留存。

李煜的九弟从谦（946—995），[①] 是南唐宗室中文学天分最高的诸王之一，从幼年就享有诗名：

> 吉王从谦，风采峭整，喜为律诗，动有规诲。后主（按：《江南野史》作嗣主）宴间尝与侍臣奕，从谦甫数岁，侍侧，后主命赋观棋诗，曰："竹林二君子，尽日竟沉吟。相对终无语，争先各有心。恃强斯有失，守分固无侵。若算机筹处，沧沧海未深。"[②]

这首《观棋》诗从弈棋人的机心着眼，的确是一篇有规诲的寓言之作，当时年甫数岁的从谦从这首诗中显露出不可小觑的诗歌才华。从谦还有一篇颇有幽默色彩的文章流传至今，这就是《夏清侯传》：

> 侯姓干氏，讳秀，字耸之，渭人也。曾大父仲森，碧虚郎。大父挺，凌云处士。父太清，方隐于幽闲，辄以卓立卿自名，衣绿绶，佩玉玦，奏闻之，就拜银绿大夫。秀始在胚胞，已有祖父相。生而操持，面目凌然。金曰凤雏而文，虎韠而斑斑，秀之谓也。不日间，昂霄耸壑，姿态猗猗，远胜其父。久之，材坚可用。时秦王病暑，席温为下常侍，不称旨。有言秀甚忠，能碎身为王，得之必如意。王亟召使者，驾追锋车，旁午于道。既至引对，王大悦，诏柄臣金开剖喻秀以革故鼎新之义。然后剖析其材，刮削其粗，编度令合，又教其方直缜密，于是风采德能一变。有司奏上殿，王宣旨云："恨识卿之晚。"赐姓名为平莹，封夏清侯，实食巏谷三百户。莹以赐姓名，改字少覃。自此槐殿虚敞，玉窗邃深，莹专奉起居，往往屏疏妃嫔，以身藉莹。向之喘雷汗雨，隐不复见。如超热海，登广寒宫。

---

① 马令、陆游两《南唐书》皆不载从谦生卒年，据宋胡宿《文恭集》卷36《宋故左龙武卫大将军李公墓志铭》所载从谦卒于至道元年（995）、时年五十上推，从谦当生于保大四年（946）。

② 马令：《南唐书》卷7吉王从谦传。

王病良愈，谓左右："莹每近吾，则四体生风，神志增爽。虽古清卿清郎，何以尚兹。"宠遇益隆，偃曹侍郎羽果、支头使沉水、养足功臣添凭，皆出其下。莹暇日沐浴万珠水，醺酣百穗香，辟谷安居，咏箨兮之诗以自娱。感子猷此君之称，嫌牧之大夫之谤。回视作甲者劳于魏武，为冠者小于汉高，白虎殿之虚名，童子寺之寡援，未尝不伤其类而长太息也。不懈于位，前后五年。秋归田园，夏直轩阁，功日大。无何，秦王有寒疾，不可以风。席温再幸，兼拜罗大周为斗围监，蒙厚中为边幅将军，同司卧起。莹绝不占踪迹，卷而不舒，潦倒尘埃中。每火云排空，日色如焰，则忆昔悲今，泪数行下。乃上表乞骸骨，得请以便就第，终王世不用。子嗣节袭国，有罪，除其封，人以凝秋叟呼之。既不契风云，但以时见于士庶家，亦得人之欢心。后世尚循莹业，流落遍于四方。惟西北地寒，故辙迹所不至云。①

不难看出，这是一篇谐谑文字，它的源头，可以追溯到韩愈《毛颖传》及托名韩愈的《下邳侯革华传》等同类文章。当然此文与《下邳侯革华传》立意简单，可以说是全出戏谑，不涉及更大的主题，都不像《毛颖传》看似无所用心、实则隐喻秦国对文化的前后态度，不过在情节撰构、文字技巧上，《夏清侯传》都要胜过《下邳侯革华传》。这篇文字显示，当年聪慧的少年诗人从谦仍在文学上继续发展着自己的才华。

作为李煜的同胞幼弟、王室贵胄，从谦在南唐的生活基本是遂心如意的，譬如这则逸事显示了他青年时期的豪奢生活及洋洋意气：

江南后主同气宜春王从谦，常春日与妃侍游宫中后圃。妃侍睹桃花烂开，意欲折而条高，小黄门取彩梯献。时从谦正乘骏马击球，乃引辔至花底，痛采芳菲，顾谓嫔妾曰："吾之绿耳梯何如？"②

---

① 《全唐文》卷870，第9105—9106页。
② 《清异录》卷上绿耳梯条，《全宋笔记》第一编（二），第59页。

青春、美人、骏马、嬉游，连成了这一幅南唐宫廷行乐图。如果说我们从中读出了某种并非不健康的享乐气息，那正是青年时期的这种生活带给从谦的，它使得从谦并不总是"风采峭整"，也让他的诗文有时出于娱乐和游戏，不至于"动有规诲"。

文学之外，从谦也发展出了其他艺能：

> 伪唐宜春王从谦喜书札，学晋二王楷法，用宣城诸葛笔，一枝酬以十金，劲妙甲当时，号为"翘轩宝帚"，士人往往呼为宝帚。①

联系后主李煜同样以书法著称的事实，可知南唐后期宫廷中艺术氛围的浓厚。不仅是李煜影响了从谦，从谦也影响了李煜：正因为左右围绕着不少像从谦这样的文学与艺术的爱好者和参与者，砥砺切磋，时时濡染，李煜才可能在文学、音乐、书画方面成就为一个罕有其匹的天才。

随着南唐国势的危急，从谦这样向来不知愁为何物的贵介公子也不免感受到风雨欲来的沉沉阴霾。开宝二年（969）六月，从谦奉李煜之命朝贡于宋，尽管也不免受到宋廷朝臣言语侵凌，②但宋朝此时毕竟忙于北方的战事，无暇南顾，南唐暂时还是安全的。不过到了开宝四年（971）四月从谦再次朝贡于宋时，形势已经大大改变了，宋师基本平定南汉，开始考虑经营江南，所以从谦这次朝贡之丰厚也就很不一般：

> 唐主遣其弟吉王从谦来朝贡，且买宴，珍宝器币，其数皆倍于前。③

应该就是这一次出使，从谦迟迟没有返回南唐，后主颇为焦虑。

---

① 《清异录》卷下，《全宋笔记》第一编（二），第90页。

② 《续资治通鉴长编》卷10开宝二年（969）六月："唐主遣其弟吉王从谦来贡。辛卯见于祚城县。唐水部员外郎查元方掌从谦笺奏，上命知制诰卢多逊燕从谦于馆。多逊弈棋次谓元方曰，江南竟如何？元方敛衽对曰：江南事大朝十余年，极尽君臣之礼，不知其他。多逊愧谢，曰：孰谓江南无人。元方，文徽子。"第227页。

③ 《续资治通鉴长编》卷12开宝四年（971）四月，第263页。

　　……后主友爱异于他弟。开宝中受言奉币入贡诞节，太祖皇帝嘉其占对，厚膺蕃锡，迎劳甚渥，休舍未遣。后主尝因置酒，恻然有勤望之劳。赋《青青河畔草》一篇，章末有"王孙归不归，翠色和春老"之句，当时士人莫不传讽。①

　　这里有一些含混之处，《青青河畔草》究竟是后主因思念从谦而赋，还是从谦被留汴京时自赋，缺少清晰的主语。陈尚君《全唐诗续拾》将其归入从谦名下，但此诗可能是后主李煜所作，以居人而思远人的口吻，更切合此诗情境。从谦时年不过二十六岁，虽然最后还是被放归国，但此次经历很可能让他对南唐国势的危急留下了深刻印象。此后李煜再也没有让他出使宋廷，同年十一月，当南唐再次向宋太祖朝贡并了解局势时，李煜改派了郑王从善，而这一次从善果然被留，终身没能再返江南；② 从谦则在几年后南唐国灭时随后主一起入宋。入宋后的从谦，成为一名不乏政绩的地方循吏。③ 他的后半生虽然潦倒，却相对顺遂，推测起来，个性中小心谨慎的一面在他的后半生中很可能起到了主导作用，而他早年"风采峭整"、善于规诲，正是这一面的显露。从谦的谨慎使他能够保全善终，尽管只是五十岁的中寿。但是，从谦入宋后却再没有更多作品留存下来，除了文献失传以外，可能也与他的这种谨慎不无关系。

二　后主李煜的诗文

　　后主李煜在南唐王室中无疑最富天才，又是南唐后期宫廷文艺活动无可置疑的中心。李煜不仅是词人，更是当时金陵诗坛的核心人物之一，不少唱和由他亲自发起，他本人也留存有若干诗作。尽管作为词人

---

　　① （宋）胡宿：《宋故左龙武卫大将军李公墓志铭》，胡宿《文恭集》卷36，《丛书集成初编》本，第431页。

　　② 《续资治通鉴长编》卷12开宝四年十一月、卷13开宝五年二月，第272、280—281页。

　　③ 马令《南唐书》从谦本传仅载其在南唐时事，陆游《南唐书》从谦传载其入宋后事迹也仅至淳化五年为安远行军司马，胡宿《文恭集》卷36有《宋故左龙武卫大将军李公墓志铭》，载其入宋后事迹较详。

的李煜更为著名，但他词人的声名更多地来自后人的追认和赋予，其实在当时，不论是南唐国内，还是入宋之后不短的时间里，他作为诗人的声名都更为重要。① 以成就而言，李煜的诗作当然远不及他的词作，总的来看，他的诗并未脱出唐末五代诗歌普遍的面貌：近体为主，语言较为流易直白，直接的、泛化的抒情和议论较多，而具体的、个性化的刻画描摹少。但是，诗也是李煜文学成就的重要组成，全面研究他的诗对于从整体上理解李煜的文学成就，以及当时诗与词的消长与互动这一问题是不可少的，譬如我们看到李煜在国时的诗作多表现哀伤的情感，而世俗生活欢乐的一面更多是用词来表现，他似乎认为诗是较为形上层面的体现、词则更形而下和日常化。这些区别可能是出于对诗词体性不同的观念，所以从种种方面考虑，我们都应对其一直较受忽视的诗作予以关注。

总体来看，李煜的文学创作约有几个阶段，每阶段的体裁、主题皆有差异。

第一个阶段可截至乾德二年（964）十月以前，这一时期最值得注意的是，后主因大周后善制新声、喜爱歌舞的缘故，也对音乐颇有留意，他的词有不少是制于这一时期。从艺术这方面来讲，李煜受大周后的影响不小。大周后小名娥皇，是司徒周宗之女，成长贵家，聪慧敏捷，艺术天分颇高：

> 通书史，善音律，尤工琵琶，元宗赏其艺，取所御琵琶时谓之烧槽者赐焉……唐之盛时，《霓裳羽衣》最为大曲，罹乱，瞽师旷职，其音遂绝。后主独得其谱，乐工曹生亦善琵琶，按谱粗得其声，而未尽善也。后辄变易讹谬，颇去洼淫，繁手新音，清越可听。后主尝演《念家山》旧曲，后复作《邀醉舞》《恨来迟》新破，皆行于时。②

---

① 《石林燕语》《后山诗话》等皆记载宋太祖曾问起李煜在江南时所作诗，但并不曾问起他的词作。详下文。

② 马令：《南唐书》卷6女宪传昭惠周后。

后主昭惠国后周氏，小名娥皇，司徒宗之女，十九岁来归。通书史，善歌舞，尤工琵琶。尝为寿元宗前，元宗叹其工，以烧槽琵琶赐之。至于采戏、弈棋，靡不妙绝。后主嗣位，立为后，宠嬖专房。创为高髻纤裳，及首翘鬓朵之妆，人皆效之。尝雪夜酣燕，举杯请后主起舞。后主曰：汝能创为新声则可矣。后即命笺缀谱，喉无滞音，笔无停思，俄顷谱成，所谓《邀醉舞破》也。又有《恨来迟破》，亦后所制。故唐盛时《霓裳羽衣》最为大曲，乱离之后绝不复传，后得残谱，以琵琶奏之，于是开元天宝之遗音复传于世。……后主以后好音律，因亦耽嗜，废政事，监察御史张宪切谏，赐帛三十匹，以旌敢言，然不为辍也。①

昭惠后好音律，时出新声。或得唐盛时遗曲，游辄从旁称美……②

后主既受到昭惠后爱好音律的影响，也颇沉迷于新声。因此发生了张宪的上疏切谏一事。关于此事，《续资治通鉴长编》记载得更为详细：

唐主既纳周后，颇留情乐府，监察御史张宪上疏，其略曰："大展教坊，广开第宅，下条制则教人廉隅，处宫苑则多方奇巧。道路皆言以户部侍郎孟拱辰宅与教坊使袁承进，昔高祖欲拜舞胡安叱奴为散骑侍郎，举朝皆笑。今虽不拜承进为侍郎，而赐以侍郎居宅，事亦相类矣。"唐主批谕再三，赐帛三十段，旌其敢言，然终不能改也。③

但《续资治通鉴长编》将其系于开宝元年、以为指小周后是不正确的，这应该是大周后时的事，夏承焘已有辩说。④ 值得注意的是，后主的

---

① 陆游：《南唐书》卷16后主昭惠国后周氏传。
② 陆游：《南唐书》卷8徐游传。
③ 《续资治通鉴长编》卷9开宝元年，第2册，第213页。"留情乐府"，《江南余载》作"留情声乐"。
④ 夏承焘：《南唐二主年谱》，《夏承焘全集》第1册，第112页。

留情"乐府",不单指声乐歌舞,也应当包含了歌词的制作在内。史载昭惠后不但精通音律,也能作词:

> 昭惠后善音律,能为小词。其所用笔曰点青螺,宣城诸葛氏所造。①

李煜的词作如《玉楼春》(晚妆初了明肌雪)描绘的是宫中按乐、搬演霓裳羽衣舞的情形,很可能就是作于这一时期。还有一些词作,不能确定具体的写作时间,但从所写内容及情境上来看,与这首《玉楼春》相似,如《浣溪沙》(红日已高三丈透)、《一斛珠》(晚妆初过)等,也有可能作于这一时期。

其他较有可能作于这一时期的还包括《菩萨蛮》"花明月暗笼轻雾""蓬莱院闭天台女""铜簧韵脆锵寒竹"等数首,因内容似为与小周后幽会情形,应为小周后已入宫、但大周后尚在时所作。

所以这一时期、也即后主二十八岁以前,文学创作上是以词为突出的。

第二个时期是乾德二年(964)冬到开宝元年(968)以前。乾德二年冬,因幼子仲宣及大周后相继去世,李煜十分悲伤,作有数篇悼亡之作。《悼诗》是为四岁即夭亡的幼子仲宣而作。仲宣之死令后主十分哀伤,但又担心自己流露出来会让本来就在病中的昭惠更加悲痛,于是只能默默独坐饮泣,写作此诗以披露心迹,诗成吟咏数四,左右为之泣下:

> 永念难消释,孤怀痛自嗟。雨深秋寂寞,愁引病增加。咽绝风前思,昏濛眼上花。空王应念我,穷子正迷家。(《悼诗》)②

仅一月以后昭惠后悲痛而亡,李煜连失挚爱,哀恸万分,史载昭惠

---

① (清)史梦兰:《全史宫词》卷15南唐"雪花满殿酒微酡"一首下注引《拾遗》语,清咸丰六年刻本。《拾遗》疑即毛先舒所辑《南唐拾遗记》,但今本不存此条。

② 马令:《南唐书》卷7宗室传宣城公仲宣。

下葬，后主"哀苦骨立杖而后起"①。此时形诸文字的，有长达千言的《昭惠后诔》，追忆了昭惠的美丽和才情、回顾了二人婚后的两情欢好，也淋漓尽致地抒发了自己的哀恸之情：

> ……该兹硕美，郁此芳风。事传遐禩，人难与同。式瞻虚馆，空寻所踪。追悼良时，心存目忆。景旭雕甍，风和绣额。燕燕交音，洋洋接色。蝶乱落花，雨晴寒食。接辇穷欢，是宴是息。含桃荐实，畏日流空。林雕晚筝，莲舞疏红。烟轻丽服，雪莹修容。纤眉范月，高髻凌风。辑柔尔颜，何乐靡从？蝉响吟愁，槐涧落怨。四气穷哀，萃此秋宴。我心无忧，物莫能乱。弦尔清商，艳尔醉盼。情如何其，式歌且宴。寒生蕙幄，雪舞兰堂。珠笼暮卷，金炉夕香。丽尔渥丹，婉尔清扬。厌厌夜饮，予何尔忘。年去年来，殊欢逸赏。不足光阴，先怀怅怏。如何倏然，已为畴曩。呜呼哀哉！
>
> 孰谓逝者，荏苒弥疏？我思姝子，永念犹初。爱而不见，我心毁如。寒暑斯疚，吾宁御诸？呜呼哀哉！
>
> 万物无心，风烟若故。惟日惟月，以阴以雨。事则依然，人乎何所？悄悄房栊，孰堪其处。呜呼哀哉！
>
> 佳名镇在，望月伤娥。双眸永隔，见镜无波。皇皇望绝，心如之何？暮树苍苍，哀摧无际。历历前欢，多多遗致。丝竹声悄，绮罗香杳。想涣乎忉怛，恍越乎悴憔。呜呼哀哉！
>
> 岁云暮兮，无相见期。情眷乱兮，谁将因依？维昔之时兮亦如此。维今之心兮不如斯。呜呼哀哉！
>
> 神之不仁兮，敛怨为德。既取我子兮，又毁我室。镜重轮兮何年？兰袭香兮何日？呜呼哀哉！
>
> 天漫漫兮愁云暗，空暧暧兮愁烟起。蛾眉寂寞兮闭佳城，哀寝悲氛兮竟徒尔。呜呼哀哉！
>
> 日月有时兮龟著既许，箫笳凄咽兮旐常是举。龙轴一驾兮无来辕，金屋千秋兮永无主。呜呼哀哉！

① 马令：《南唐书》卷6女宪传昭惠周后。

　　木交枸兮风索索，鸟相鸣兮飞翼翼。吊孤影兮孰我哀？私自怜
兮痛无极。呜呼哀哉！

　　夜寤皆感兮何响不哀，穷求弗获兮此心隳摧。号无声兮何续？
神永逝兮长乖。呜呼哀哉！

　　杳杳香魂，茫茫天步。抆血抚榇，邀子何所？苟云路之可穷，
冀传情于方士。呜呼哀哉。①

　　此诔作于昭惠去世后不久，情感十分浓烈。陆机《文赋》已表明诔
这种文体的特点是"缠绵而凄怆"，李善注也明言"诔以陈哀"，所以李
煜此文哀感顽艳既是情感本身的自然流露，也是文体的规定性使然。

　　此外，在这一人生痛苦低沉时期李煜还作有《挽辞》二首、《悼诗》
《感怀》《梅花》《书灵筵手巾》《书琵琶背》等诗。《书灵筵手巾》与
《昭惠后新亡》二诗皆昭惠后新殁时所作，皆为咏物，也都是感物思人，
依然是悼亡之作。

　　侁自肩如削，难胜数缕绦。天香留凤尾，余暖在檀槽。（《书琵
琶②背》）

　　浮生共憔悴，壮岁失婵娟。汗手遗香渍，痕眉染黛烟。（《书灵
筵手巾》）

　　《挽辞》二首是并仲宣与昭惠后一同哀悼：

　　珠碎眼前珍，花凋世外春。未销心里恨，又失掌中身。玉笥犹
残药，香奁已染尘。前哀将后感，无泪可沾巾。

　　艳质同芳树，浮危道略同。正悲春落实，又苦雨伤丛。秾丽今

---

① 《昭惠后诔》及下文所引《书灵筵手巾》《书琵琶背》《挽辞》二首、《悼诗》《感怀》
《梅花》，并见马令《南唐书》卷6女宪传昭惠周后。

② 此琵琶即从前中主赐给昭惠后的烧槽琵琶，昭惠卒前还赠后主。陆游《南唐书》卷16
后主昭惠国后周氏传："后卧疾已革，犹不乱，亲取元宗所赐烧槽琵琶及平时约臂玉环为后主
别……卒于瑶光殿。"

何在，飘零事已空。沉沉无问处，千载谢东风。

前引《悼诗》有"空王应念我，穷子正迷家"之句，这表明，在悲痛难抑的时刻，李煜不由向多年浸润其中的佛家寻求安慰和指点。不过，从《挽辞》"未销心里恨，又失掌中身""秾丽今何在，飘零事已空"等句来看，李煜的痛苦与迷惘并未消释，他只是从昭惠后的去世再一次体认到世事皆空的佛理，但这个空最终却是不可究诘的，"沉沉无问处，千载谢东风"，东风依然，但凋落的已永远消逝。正是从这宗教也不能全部化解的痛苦中，才产生了文学的必要，才有李煜的这若干篇诗文。

李煜的其他悼亡诗作如《感怀》：

> 又见桐花发旧枝，一楼烟雨暮凄凄。凭阑惆怅人谁会，不觉潸然泪眼低。

因为看到桐花而思念曾一同看花之人，在春雨暮色中不由惆怅潸然。又因为眼见去年昭惠手植的梅花开放而斯人却已长逝：

> 殷勤移植地，曲槛小栏边。共约重芳日，还忧不盛妍。阻风开步障，乘月溅寒泉。谁料花前后，蛾眉却不全。
>
> 失却烟花主，东君自不知。清香更何用，犹发去年枝。（《梅花》）

另外，李煜还有几首诗虽然没有表现出明显的悼亡主题，但在情调上都与前引数诗有相似之处：

> 山舍初成病乍轻，杖藜巾褐称闲情。炉开小火深回暖，沟引新流几曲声。暂约彭涓安朽质，终期宗远问无生。谁能役役尘中累，贪合鱼龙构强名。（《病起题山舍壁》）
>
> 憔悴年来甚，萧条益自伤。风威侵病骨，雨气咽愁肠。夜鼎唯煎药，朝髭半染霜。前缘竟何似，谁与问空王。（《病中感怀》）

病身坚固道情深，宴坐清香思自任。月照静居唯捣药，门扃幽院只来禽。庸医懒听词何取，小婢将行力未禁。赖问空门知气味，不然烦恼万涂侵。(《病中书事》)①

三诗的共同特点皆为病中抒怀，也都因衰病而体认佛教的空观。从"暂约彭涓安朽质，终期宗远问无生""前缘竟何似，谁与问空王""赖问空门知气味，不然烦恼万涂侵"等诗句来看，其中表现出的对佛教空无的向往与体验要较前引悼亡诗更明显，较有可能是在情感较为冷静的时期写就。再结合李煜存留的断句如："病态如衰弱，厌厌向五年"，"衰颜一病难牵复，晓殿君临颇自羞"，②我们从中获知李煜的确生过一场绵历数年的大病，且很有可能就是发生在昭惠去世后的几年内，所以我们推定这些诗作于乾德二年昭惠去世后、开宝元年再娶小周后以前。这段时间可以称为"后悼亡"时期，此时李煜较偏爱五七律等晚唐以来的文人习用的诗体形式，诗歌的内容与情调上也与之相似，以至于方回评价《病中感怀》道：

李后主号能诗词，偶承先业，据有江南，亦僭称帝，数十州之主也。集中多有病诗，先有五言律云：病态加衰飒，厌厌已五年。看此诗真所谓衰飒憔悴，岂《大风》《横汾》之比乎？宜其亡也。或谓此乃已至大兴之后，即不然矣。七言有云：衰颜一病难牵复，晓殿君临颇自羞。又云：冷笑秦皇经远略，静怜周穆苦时巡。盖君临之时也。③

又评《病中书事》一诗：

①　李煜《病起题山舍壁》《病中感怀》《病中书事》三诗，见《全唐诗》卷8，第72、73、74页。

②　《全唐诗》卷8，第74页。"病态如衰弱"，《瀛奎律髓》卷44作"病态加衰飒"。

③　(元)方回选编，李庆甲集评点校：《瀛奎律髓汇评》卷44，上海古籍出版社1986年版，第1583页。

此诗八句俱有味，然不似人主之作，只似贫士大夫诗也。

纪昀则干脆道：

意格俱卑。五代之诗类然，不止重光也。①

虽然二人酷评过苛，但也道出了李煜的诗——这里仅指狭义的诗而不包括词——无论表现内容如何，在形式上的确并未脱出五代诗作常规，个性不分明，语言流易，缺乏锤炼，意象系统也较陈旧。

李煜第三个创作较集中的时期出现在开宝二年（969）、三年（970）前后。因为开宝元年（968）冬，李煜与小周后完婚。小周后"警敏有才思，神彩端静"②，与李煜早已相爱，仅因李煜服钟太后之丧才久未成礼，直到此时才正式立为国后。二人婚后生活颇恩爱，这是李煜久违的一段欢乐时光。史书称：

后少以戚里，间入宫掖，圣尊后甚爱之，故立焉。被宠过于昭惠。时后主于群花间作亭，雕镂华丽，而极迫小，仅容二人，每与后酣饮其中。③

随后两三年间，宋太祖忙于与北汉、南汉的战事，南唐得以暂获喘息。对于南唐来说，这是一个短暂的升平时刻，所以这几年内南唐君臣的游宴酬唱一类活动显得较为集中。

宋开宝二年（969）二月，李煜率领亲王近臣在北苑游赏宴集赋诗，徐铉、汤悦皆有序，但只有徐铉一序留存：

臣闻通物情而顺时令者，帝王之能事。感惠泽而发颂声者，臣

---

① 方回、纪昀二评并见《瀛奎律髓汇评》卷44，第1591—1592页。
② 马令：《南唐书》卷6女宪传周后。
③ 陆游：《南唐书》卷16后主国后周氏传。

子之自然。况乎上国春归，华林雨霁，宸游载穆，圣藻先飞，雷动风行，君唱臣和，故可告于太史，播在薰弦。帝典皇坟，莫不由斯者已。岁躔己巳，月属仲春，主上御龙舟，游北苑。亲王旧相，至于近臣，并俨华缨，同参曲宴。时也风晴景淑，物茂人和。望蒋峤之嶔崟，祝为圣寿；泛潮沟之清浅，流作天波。丝簧与击壤齐声，盏斝共君恩并醉。乃命即席分题赋诗。睿思云飘，天词绮缛。文明所感，蹈咏皆同。既击钵以争先，亦分题而较胜。长景未暮，百篇已成。自扬大雅之风，岂在道人之职。奉诏作序，冠于首篇。授以集书，藏之金匮。谨上。①

仲春二月，李煜率亲王、近臣曲宴北苑，潮沟泛舟，钟山在望，群臣同乐，声乐齐奏，于是分题较胜，即席赋诗。这次宴集的诗篇数量，据徐铉此序所称"长景未暮，百篇已成"，即便有所夸张，其实际数目也必相当可观。这次君臣唱和与保大七年中主李璟在位时期的春雪唱和相似，只是规模更大，且这两次诗文宴集都有徐铉、汤悦（殷崇义）等老臣的参与，因此这番北苑诗宴似乎有中兴盛会、文质彬彬的味道。不过，李煜的首唱及群臣的赓和之作几乎尽数亡佚，仅有徐铉的《北苑侍宴杂咏诗》②组诗留存，徐铉的这一组诗为《竹》《松》《水》《风》《菊》五首五言绝句，我们因之推测，北苑宴集的诗很可能也都是咏物五绝，不过题目较宽泛，不同于保大七年仅以春雪为题。李煜的重要意义在于作为这些诗歌集会的倡议者和召集者，前文已论述过，很可能就是这些诗歌唱和促发了李氏家族中从善等年轻子弟对诗歌创作的研习。

开宝三年（970）秋李煜也发起过一次规模较大的诗文集会，这就是我们在前文中已经提及的为送邓王从镒出镇宣城的集会，当时李煜在绮霞阁设宴饯行，君臣皆留下了数篇诗文，李煜存留有一篇序文及一首七

---

① 徐铉：《北苑侍宴诗序》，《徐公文集》卷18。汤悦序今不存，见《续资治通鉴长编》卷10开宝二年正月原注，第216页。

② 徐铉：《北苑侍宴杂咏诗》，《徐公文集》卷5。

律，其他如徐铉、徐锴、汤悦等人或有序或有诗，已见前节，此不赘引。此时仍旧是李煜一生中难得较为轻松的时光，如徐锴序中所言"识太平之多暇"、"所以申棣萼之至恩，征文章之盛会也"。

在数次诗文集会中，我们常常能看到徐铉的身影，他此时长在朝廷，又是著名词臣、数朝元老，李煜对他很是器重。另外，由于徐铉的文集相对而言保留得较好，我们也可以从他的一些诗作中看到此时李煜的文学活动。刘维崇《李后主评传》已注意到徐铉与此时频繁唱和的关系：

> 这些曲宴赋诗，是从徐公文集中得知的。此外必然还有很多次。因为徐铉、汤悦等有许多侍宴奉和诗。例如徐铉有：奉和御制雪、奉和御制打毬、奉和御制春雨、冬至日奉和御制、奉和御制寒食十韵、奉和御制岁日二首、奉和御制夏中垂钓作、奉和御制殿前松以书事、奉和御制扇、奉和御制棋、奉和御制早春、应制赏花、侍宴赋得归雁、侍宴赋早春书事、北苑侍宴杂咏、奉和御制茱萸等诗十七首。此外汤悦有奉和圣制送邓王牧宣城诗，由此，我们可以知道后主的诗，至少也有数十首，可是今存不过十四首及悼诗挽词，徐铉所有奉和诗十九失传。[①]

这段论述指出徐铉参与了后主时期的多次宴集赋诗，这是正确的，但所举之例并不准确。因今日所见的徐铉文集，无论叫《徐公文集》还是《骑省集》，皆为三十卷，出自同一源头，陈振孙《直斋书录解题》称其前二十卷为仕南唐时作，后十卷为归宋以后所作，《四库全书总目提要》结论同此。证以集中年月事迹，这一判断是可信的。刘维崇这段论述中所引徐铉诗则既有出自前二十卷者，也有出自后十卷者，这显然是忽略了徐铉诗作本身的系年问题，误用了他入宋以后的部分诗作为证据。徐铉南唐时期的诗作都收在其文集的前五卷中，我们重新整理一下前五卷中徐铉的应制诗作，一共有如下十题：《侍宴赋得归雁》《又赋早春书

---

① 刘维崇：《李后主评传》，第296页。

事》《春雪应制》《进雪诗》《纳后夕侍宴》及《又三绝》《北苑侍宴杂咏》五首、《柳枝词十首（座中应制）》《御筵送邓王》《奉和御制茱萸》二首、《蒙恩赐酒奉旨令醉进诗以谢》。这些诗作都分布在文集的卷四后半及卷五，按其文集的编排时间来看，大部分都作于后主李煜在位时期，且写作时间大多应集中于李煜在位的前半期，由此可见后主在这一阶段发起的诗歌唱和是不少的。

徐铉的文集中还保留了一道李煜的御札：

> 新酒初熟，偶与郑王诸公开尝于清宴堂庑之间，既览秋物，复瞩霜笺，因赋茱萸一题，以遣此时之兴。卿鸿才敏思，不可独醒，宜应急征，同赋前旨。①

这与保大七年李璟命徐铉作春雪诗序的手札口吻情调相似，显示出作者似乎并非要求臣下泛作颂圣之咏的帝王，而是与对方有着相同高情雅怀的文人。这也许能部分说明徐铉在南唐时的应制诗明显与入宋后的应制诗风格的不同：后者颂圣的味道十分浓厚，却更加空洞，不如在后主时代所作应制诗的随意和时见性情，因为徐铉与李煜之间惺惺相惜的文人情怀不可能出现在宋太宗身上，太宗是纯粹的政治家，不像李煜秉有文人气质。

开宝初年这段时期，李煜在文学方面的兴趣和实践十分广泛，他本人的文集编定也是在开宝三年或四年。② 徐铉为《杂说》作序，其中谈到李煜作《杂说》的动机及其内容：

> 属者国步中艰，兵锋始戢。惜民力而屈己，畏天命而侧身。静虑凝神，和光戢耀。而或深惟邃古，遐考万殊。惧时运之难并，鉴谟猷之可久。于是属思天人之际，游心今古之间。触绪研几，因文

---

① 徐铉《奉和御制茱萸诗》引，《徐公文集》卷5。

② 参见《唐五代文学编年史》（五代卷）开宝三年徐铉、徐锴、李煜等条，第595—600页。

见意。纵横毫翰，炳耀缣缃。以为百王之季，六乐道丧，移风易俗之用，荡而无止，慆心湮耳之声，流而不反，故演《乐记》焉。尧舜既往，魏晋已还，授受非公，争夺萌起，故论享国延促焉。三正不修，法弊无救，甘心于季世之伪，绝意于还淳之理，故论古今淳薄焉。战国之后，右武戏儒，以狙诈为智能，以经艺为迂阔。此风不革，世难未已，故论儒术焉。父子恭爱之情，君臣去就之分，则褒申生，明荀或，俾死生大义，皎然明白。推是而往，□无弗臻，皆天地之深心，圣贤之密意，礼乐之极致，教化之本源，六籍之微辞，群疑之互见，莫不近如指掌，焕若发蒙。万物之动，不能逃其形，百王之变，不能异其趣，洋洋乎大人之谟训也。夫天工不能独运，元后不能独理。故有道无时，孟子所以咨嗟。有君无臣，郑公所以叹恨。庶乎斯民有幸，大道将行，举而错之域中，则三五之功何远乎尔？……又若雅颂文赋，凡三十卷，鸿笔丽藻，玉振金相，则有中书舍人、集贤殿学士徐锴所撰御集序详矣。今立言之作，未即宣行，理冠皇坟，谦称《杂说》。臣铉以密侍禁掖，首获观瞻，有诏冠篇，勒成三卷。而三卷之中，文义既广，又分上下焉。凡一百篇，要道备矣。①

　　这里谈到李煜迫于现实压力不能有所作为，既然"时运难并，谟猷可久"，李煜于是希望通过立言著述的方式将其保存下来，传之后世。简言之，李煜已经感到南唐结局难料，为表明自己不是无所建树的亡国之君，要用写作的方式证明自身。所以，《杂说》包括音乐与风俗、古今淳薄、儒术等有关礼乐教化的各方面的内容，仅从内容来看，我们会以为《杂说》的作者是一个纯粹的儒士。徐铉也很同情李煜"有道无时""有君无臣"，不得不采用这种空言明道的方式自我表白。

　　另外，我们也从徐铉此序中获知李煜另有雅颂文赋三十卷，此前已由徐锴作序。徐铉在李煜墓志中也称其"酷好文辞，多所述作，一游一豫，必以颂宣，载笑载言，不忘经义。洞晓音律，精别雅郑。穷先王制

---

① 徐铉：《御制杂说序》，《徐公文集》卷18。据《全唐文》卷881略有校正。

作之意，审风俗淳薄之原，为文论之，以续乐记，所著文集三十卷、杂说百篇"。可惜这三十卷文集早已亡佚，但在宋代尚存留有十卷，《崇文总目》有著录。[1] 由于《崇文总目》中另外著录李煜诗一卷，[2] 所以此处的文集三十卷可能并不包括诗歌在内。但总括起来，今日我们能看到的李煜诗仅有 18 首及断句若干，文章完整的不过 8 篇，其中不少即作于这一时期。

从开宝三年宋伐南汉、次年南汉即灭，形势陡然严峻，宋随即屯兵汉阳，并造战舰数千艘，攻江南的意图已明。开宝四年冬，李煜派从善朝贡，为表卑顺，请去唐号，改称江南国主，并再次请求罢去宋对南唐的诏书不呼名之礼，这一次宋太祖径直答应了；加之从善也被扣留以征李煜入朝，李煜越发惊惧不安。尽管开宝五年李煜贬损仪制、加重贡赋，也不可能改变宋伐江南的形势了。大概在同一时期，李煜从儒家彻底转向了佛教："（开宝）三年……命境内崇修佛寺，又于禁中广署僧尼精舍，多聚徒众，国主与后顶僧伽、衣袈裟、诵佛经，拜跪顿颡，至为瘤赘。由是建康城中僧徒迨至数千，给廪米缗帛以供之。"[3] 广修寺院、崇佛度僧、虔诚跪拜，这种态度里面，除了有来自家族崇佛的传统，外在因缘的促成和加剧更为重要，譬如夏承焘所言："似由叠遘国忧家难，故发逃世之思，虽迹同梁武，初心迨有殊也。"[4] 所以我们看到许多对后主崇佛的记载都集中在南唐国势逐渐危急的开宝年间，正是处境使然。在这种情况下，李煜对儒家立言明道的想望趋于完结，一度兴致勃勃的文学游宴活动似乎也告消歇。可惜的是，由于文献丛残，我们不知道后主此时的文学创作情况如何。很有可能，由于转向佛教，开宝三年以后在李煜是一个文学上的低谷，直到开宝八年降宋北迁，在被囚禁的亡国生活中后主才又重拾词笔，这一回，是痛苦的情感压倒了宗教信仰的时期，也是他的词作最为辉煌的时期。

---

① （宋）王尧臣等编，（清）钱东垣等辑释：《崇文总目附补遗》卷5，《丛书集成初编》本，第 351 页。

② 《崇文总目附补遗》卷 5，第 371 页。

③ 马令：《南唐书》卷 5 后主书。

④ 夏承焘：《南唐二主年谱》，《夏承焘文集》第 1 册，第 128 页。

第三节 后主时代的诗坛

后主时代，随着一些诗人的去世或离开，一度作为南唐诗坛中心之一的庐山诗坛基本沉寂下来，尽管刘洞、夏宝松等人仍旧享有一定诗名；金陵诗坛则仍以徐铉、徐锴兄弟为中心继续着高层文官间的彼此唱和，以李煜为中心也常有诗歌唱和活动，此外，舒雅、吴淑、郑文宝等一批后进的年轻人开始崭露头角，但他们还没有来得及充分展现诗才，南唐国就灭亡了，他们随即入宋，成为宋初诗坛的重要成员。后主在位的这十五年时间，南唐诗坛的繁荣期逐渐过去，但又成为中主时期的诗坛与入宋的诗人创作之间的联结，应该予以关注。

前一章已叙述过中主时期庐山诗坛的情况，僧道、隐逸和士子是庐山诗坛的重要成员，但是，这种兴盛并没有持续太长时间，到中主末年、后主初年，它已经逐渐冷寂下来。之前庐山较著名的诗僧如匡白、若虚等人早已示寂，随后庐山再没有出现可与之比肩的诗僧。此外，隐逸诗人和士子也渐渐离去，而他们本来是庐山诗坛最活跃的成员，因此造成庐山诗坛的渐趋消歇。譬如曾长年隐居庐山的左偓离开庐山往金陵，陈贶、史虚白大约在中主末年或后主初年去世；较年轻一辈的诗人如李中、伍乔等人则因出仕而他往，杨徽之、孟贯先后投奔了中朝，江为因屡次落第，不得志于南唐，与人谋奔吴越，事发被杀。前期有名于时的庐山诗人群此时风流云散。南唐的国势也日趋衰颓，对士子的吸引力在减弱。后主在位时期，虽然号称"尤属意于诗人"[1]，但他很可能并不欣赏庐山诗人的诗风，甚至没有读完刘洞的献诗。李煜更欣赏的年轻诗人，是潘佑、张洎等人。但在后主时代，值得关注的诗人中依然有诗僧的身影，不过他们不再是僻在庐山，而是近在金陵。

一 金陵的诗僧

泰钦是后主时期最著名的诗僧。他是法眼文益的弟子，曾住金陵龙

---

[1] 马令：《南唐书》卷14刘洞传。

光院及清凉大道场，称金陵清凉法灯禅师，开宝七年（974）卒。今传世有《古镜歌》3 首及《拟寒山》10 首。如果说《古镜歌》还是偈颂体，《拟寒山》10 首则不但形式上是道地的五律，精神上也是诗歌：

今古应无坠，分明在目前。片云生晚谷，孤鹤下遥天。岸柳含烟翠，溪花带雨鲜。谁人知此意？令我忆南泉。

幽鸟语如篁，柳垂金线长。烟收山谷静，风送杏花香。永日萧然坐，澄心万虑亡。欲言言不及，林下好商量。

谁信天真佛，兴悲几万般。蓼花开古岸，白鹭立沙滩。露滴庭莎长，云收溪月寒。头头垂示处，子细好生观。

闲步游南陌，唯便野兴多。傍花看蝶舞，近柳听莺歌。稚子捞溪菜，山翁携蕨萝。问渠何处住，回首指前坡。

每思同道者，屈指有寒山。得意千峰下，无人共往还。朝看云片片，暮听水潺潺。若问幽奇处，侬家住此间。

三春媚景时，叠嶂含烟雨。携篮采蕨归，和米铛中煮。食罢展残书，莺鸟关关语。此情孰可论，唯我能相许。

幽岩我自悟，路险无人到。寒烧带叶柴，倦即和衣倒。闲窗任月明，落叶从风扫。住兹不计年，渐觉垂垂老。

野老负薪归，催妇连宵织。看他家事忙，且道承谁力。问渠渠不知，特地生疑惑。伤嗟今古人，几个知恩德。

自住国清寺，因循经几年。不穷三藏教，匪学祖师禅。一事攻烧火，余闲任性眠。生涯何所有？今古与人传。

飒飒西风起，飘飘细雨飞。前村孤岭上，樵父拥蓑归。蹑履寻荒径，撐筇似力微。时人应笑我，笑我者还稀。[1]

这一组诗虽然是拟寒山体，但又不同于寒山。寒山的主要兴趣在于哲理本身，无论这个哲理是佛教的还是道家的；泰钦对眼前山林清景的兴趣要超过寒山，又常常抒写自己的隐逸情怀。寒山诗时以俚语出之，

---

[1]　《全唐诗续拾》卷44，《全唐诗补编》，第1390—1391页。

泰钦诗的语言则较典雅腴润。但是，泰钦这一组诗也因此显得较为单调，应该说其丰富性与开创性不如寒山诗。

泰钦的这一组诗歌在南唐僧人中仍然是颇为突出的，实际上他对文学的兴趣也有来自法眼文益的影响。文益年轻时即博学好文："属律匠希觉师盛化于明州鄮山育王寺，师往预听习，究其微旨。复傍探儒典，游文雅之场。觉师目为我门之游夏也。"① 《宋高僧传》称其："好为文笔，特慕支、汤之体，时作偈颂真赞，别形纂录。"② 文益今存韵文除去偈颂还有诗2首，其一即《全唐诗》卷825所收《睹木平和尚》诗，另一首是牡丹诗，但此诗的归属尚有分歧。《全唐诗》卷770、卷825此诗重出，字词略有不同，分题为《看牡丹》、殷益作和《赏牡丹应教》、谦光作。殷益当为文益之误，应以文益为是。追溯史籍源流，宋陶岳《五代史补》以此诗为僧谦光作：

> 拥衲对芳丛，由来事不同。鬓从今日白，花似去年红。艳冶随朝露，馨香逐晓风。何须对零落，然后始知空。③

《五代史补》约成书于宋真宗祥符五年（1012），在引证该诗的诸书中为最早，因此有学者认为应以它的记载为准，著作权应归谦光。④ 事实是否一定如此呢？《冷斋夜话》以此诗为文益作，字句略有不同，后人所本大体源于此：

> 拥毳对芳丛，由来趣不同。发从今日白，花似去年红。艳曳随朝露，馨香逐晓风。何须待零落，然后始知空。⑤

---

① 《景德传灯录》卷24。

② （宋）释赞宁：《宋高僧传》卷13，中华书局1987年版，第314页。

③ 《五代史补》卷5，《五代史书汇编》第5册，第2534页。

④ 陈葆真：《南唐三主与佛教信仰》，《李后主和他的时代——南唐艺术与历史论文集》，台北：石头出版公司2007年版，第252、253页。

⑤ （宋）惠洪：《冷斋夜话》卷1，《冷斋夜话·风月堂诗话·环溪诗话》，中华书局1988年版，第17页。日本五山版同。

但惠洪将文益赋此诗误记为后主时事，其实文益在中主末年已卒。其后《诗话总龟》《唐诗纪事》《苕溪渔隐丛话》等书皆从惠洪说，以此诗为文益作。较有决定意义的是《五灯会元》卷10将此诗归文益作，并纠正了惠洪将其系于后主时代的错误。《五灯会元》涉及法眼宗的部分主要根据是北宋初释道原所纂《景德传灯录》，但此诗不见于今本《景德传灯录》，很可能当时《五灯会元》还有别的材料来源。与《五灯会元》成书时间相当的《唐僧弘秀集》，也以文益为此诗的作者。如果我们能够肯定此诗为文益所作，那么他被希觉称为"我门游夏"不是没有道理的，他被李璟、李煜格外礼重恐怕也有文学上趣味相近的原因。

由于法眼文益好为文笔，其门下弟子中出现泰钦这样倾心寒山的诗僧是很自然的，另外，文益的弟子中还有无则，也有诗作流传。《全唐诗》存其诗3首，小传称："无则，五代时人，为法眼文益禅师弟子。"[1]陈尚君认为无则即《景德传灯录》卷25所录文益弟子玄则，南唐时住金陵报恩院。[2] 宋《秘书省续编到四库阙书目》已经著录有无则诗一卷，后世尚有人模仿其体，如元末张昱有《效唐僧无则咏物诗四首》，可见无则诗今存数量虽少，但特点分明。其现存3诗皆为咏物七绝：

> 白蘋红蓼碧江涯，日暖双双立睡时。愿揭金笼放归去，却随沙鹤斗轻丝。（《鸳鸯》）
>
> 千愁万恨过花时，似向春风怨别离。若使众禽俱解语，一生怀抱有谁知。
>
> 长截邻鸡叫五更，数般名字百般声。饶伊摇舌先知晓，也待青天明即鸣。（《百舌鸟二首》）[3]

语言上不离偈语本色，缺少回味，讽世意味浓，却并不都很清晰，尤其是前两首。从诗歌的韵味来说，无则诗成就不如文益和泰钦，但这

---

① 《全唐诗》卷825，第9301页。
② 周勋初主编：《唐诗大辞典》，江苏古籍出版社1990年版，第39页。
③ 《全唐诗》卷825，第9301页。

样的体式和风格较便于模仿，以至于成为咏物七绝的一种方便法门。

二 金陵的新老诗人

开宝四年以前，南唐与宋还处于暂时的和平中，金陵一派优游恬嬉的景象。先是显德末至乾德二年前后的四五年间，后主颇耽音律，"后主以后好音律，因亦耽嗜，废政事，监察御史张宪切谏，赐帛三十匹，以旌敢言，然不为辍也。"① 上下相习，韩熙载、陈致雍等人也热衷于伎乐歌舞、有放逸任诞之名：

> 陈致雍……家无担石之储，然妾伎至数百，暇奏霓裳羽衣之声，颇以帷薄取讥于时。②

这种放逸、好伎乐并非个别的现象，当时金陵上下风气普遍如此，如德昌宫使刘承勋，"蓄妓乐数十百人，每置一妓，价数十万，教以艺，又费数十万，而服饰珠犀金翠称之"③。伎乐的盛行一方面推动了当时金陵的词的创作，甚至著名学者徐锴此时也曾写有不少词作：

> （徐锴）与兄铉俱在近侍，号二徐。初锴久次当迁，中书舍人游简言当国，每抑之，锴乃诣简言。简言从容曰：以君才地何止一中书舍人，然伯仲并居清要，亦物忌太盛，不若少迟之。锴颇怏怏。简言徐出妓佐酒，所歌词皆锴所为。锴大喜，乃起谢曰：丞相所言乃锴意也。归以告铉，铉叹息曰：汝痴绝，乃为数阕歌换中书舍人乎？④

徐锴词今已全部亡佚，但从此条逸事可以推测当时词的创作盛行，并且一般的风气仍是以词的创作才能为荣的。另外，放逸的风气在诗歌

---

① 陆游：《南唐书》卷16 昭惠后传。
② 《江南余载》卷上，《全宋笔记》第一编（二），第244页。
③ 陆游：《南唐书》卷15 刘承勋传。
④ 陆游：《南唐书》卷5 徐锴传。

等其他艺术门类中也有表现，如韩熙载曾有诗赠陈致雍曰："陈郎不著世儒衫，也好嬉游日笑谈。幸有葛巾与藜杖，从呼宫观老都监。"① 又有诗句嘲讽陈致雍并自嘲："陈郎衫色如装戏，韩子官资似弄铃。"② 而此时君臣放逸豪侈的风气最集中和典型的表现，可以到《韩熙载夜宴图》及其相关传说和逸事中去寻找。③ 不论李煜派画工窥伺韩熙载的家宴是出于对其私生活的好奇还是出于儆戒臣下这一动机，这幅夜宴图都可以作为此时南唐上流社会的风俗画，很多诗词的产生都离不开类似的歌舞嬉游的背景。

但是，此时南唐的诗歌中描述伎乐游宴的题材并不多见，相反，倒是不乏讽喻之作。李煜纳小周后时，"韩熙载以下皆为诗以讽焉"④，但韩熙载的这篇讽刺诗今不存，但另有讽刺后主的词句流传："（后主）又作红罗亭子，四面栽红梅花，作艳曲歌之。韩熙载和云：桃李不须夸烂漫，已输了春风一半。时已割淮南与周矣。"⑤ 徐铉也有《纳后夕侍宴》《又三绝》等诗，名义上是为恭贺婚礼，但其中《又三绝》中有句云"四海未知春色至，今宵先入九重城"⑥，却别有讽喻之意。究其实，这类讽喻之作的出现和当时李煜本人还有励精图治的愿望分不开。正是由于李煜对于治道和儒学还较为留心，能接纳异见，这类讽喻之作才有可能出现。

乾德五年（967），后主曾召两省侍郎、谏议、给事中、中书舍人、

---

①　《江南余载》卷上，《全宋笔记》第一编（二），第244页。

②　《南唐书注》卷12韩熙载传注引《钓矶立谈》，今本《钓矶立谈》不存此条。

③　参看宋陶岳《五代史补》卷5韩熙载帏箔不修条、宋祖无颇《龙学文集》卷16《跋〈韩熙载夜宴图〉》《宣和画谱》卷7顾闳中条等。研究著作可参见巫鸿《重屏：中国绘画中的媒材和再现》。

④　马令：《南唐书》卷6周后传。

⑤　《五代诗话》卷1引《江邻几杂志》以此句为韩熙载作，且前有"李后主于清微歌楼上春晚水四面，学士刁衎衍起奏，陛下未觌其大者远者耳。人疑其有规讽，讯之，云，风乍起，吹皱一池春水。又作红罗亭子……"一段。但同书卷3引《词统》又以此句为潘佑所作："南唐潘佑尝应李后主令作辞云：楼上春寒山四面。桃李不须夸烂漫，已失了春风一半。盖讽其地渐侵削也。"似合两则逸事为一，并将作者误为潘佑。另，"楼上春寒山四面"一句为冯延巳《鹊踏枝·梅落繁枝千万片》中成句，不应为韩熙载或潘佑词。

⑥　《徐公文集》卷5。

集贤勤政殿学士分夕轮值光政殿，召对咨访，常至夜分，韩熙载等人纷纷上书献策，但这一番振作迹象很快过去。随着后主再娶小周后，颇耽声色豪侈，游宴不断。此时的金陵诗坛，占据最多比例的还是唱酬之作，李煜为中心组织起来的宫廷唱和，前文中我们已经谈到的就有开宝二年（969）春北苑游宴赋诗、开宝三年（970）秋绮霞阁饯送邓王出镇宣州两次大规模唱和，其中前一次诗会有上百篇诗作，后一次则有徐铉《御筵送邓王》这样的名作：

> 禁里秋光似水清，林烟池影共离情。暂移黄合只三载，却望紫垣都数程。满座清风天子送，随车甘雨郡人迎。绮霞阁上诗题在，从此还应有颂声。

除李煜亲自发起的宫廷唱和外，朝中文臣如汤悦、徐铉、徐锴等人在这一时期也热衷于酬和赠答诗的写作。汤悦和徐铉兄弟在后主时期屡有酬唱往来，其中又以关于东观庭梅的迭相唱和为最著名：

> 东观婆娑树，曾怜甲坼时。繁英共攀折，芳岁几推移。往事皆陈迹，清香亦暗衰。相看宜自喜，双鬓合垂丝。（徐铉《史馆庭梅见其毫末，历载三十，今已半枯，同僚诸公唯相公与铉在耳，睹物兴感，率成短篇，谨书献上，伏惟垂览》）
>
> 忆见萌芽日，还怜合抱时。旧欢如梦想，物态暗还移。素艳今无几，朱颜亦自衰。树将人共老，何暇更悲丝。（汤悦《鼎臣学士侍郎以东馆庭梅昔翰苑之毫末，今复半枯，向时同僚零落都尽，素发垂领，兹唯二人，感旧伤怀，发于吟咏，惠然好我，不能无言，辄次来韵攀和》）
>
> 托植经多稔，顷筐向盛时。枝条虽已故，情分不曾移。莫向阶前老，还同镜里衰。更应怜堕叶，残吹挂虫丝。（汤悦《再次前韵代梅答》）
>
> 禁省繁华地，含芳自一时。雪英开复落，红药植还移（原注：谓尝为翰林又为史馆）静想分今昔，频吟叹盛衰。多情共如此，争

免鬓成丝。(徐铉《太傅相公深感庭梅，再成绝唱，曲垂借示，倍认知怜，谨用旧韵攀和》)

静对含章树，闲思共有时。香随荀令在，根异武昌移。物性虽摇落，人心岂变衰。唱酬胜笛曲，来往韵朱丝。(徐锴《太傅相公以东观庭梅西垣旧植，昔陪盛赏，今独家兄，唱和之馀，俾令攀和，辄依本韵，伏愧斐然》)

人物同迁谢，重成念旧悲。连华得琼玖，合奏发埙篪。余枿虽无取，残芳尚获知。问君何所似，珍重杜秋诗。(汤悦《鼎臣学士侍郎、楚金舍人学士以再伤庭梅诗同垂宠和，清绝感叹，情致俱深，因成四十字陈谢》)

旧眷终无替，流光自足悲。攀条感花萼，和曲许埙篪。前会成春梦，何人更己知。缘情聊借喻，争敢道言诗。(徐铉《太傅相公以庭梅二篇许舍弟同赋，再迁藻思，曲有虚称，谨依韵奉和，庶申感谢》)

重叹梅花落，非关塞笛悲。论文叨接萼，末曲愧吹篪。枝逐清风动，香因白雪知。陶钧敷左悌，更赋邵公诗。(徐锴《太傅相公与家兄梅花酬唱，许缀末篇，再赐新诗，俯光拙句，谨奉清韵，用感钧私，伏惟采览》))①

这一组诗约作于开宝三年（970）冬或次年（971）春，汤悦时任太子太傅、监修国史，徐铉为礼部侍郎、知制诰、翰林学士，徐锴为中书舍人、集贤殿学士。三人轮番唱和，共留下以上8首歌咏东观庭梅的诗作。回溯起来，建隆二年（961）后主即位以后直到开宝年间，徐铉长在朝中，与汤悦的酬和格外密切，他的文集中《奉和右省仆射西亭高卧作》《右省仆射后湖亭闲宴铉以宿直先归赋诗留献》《和门下殷侍郎新茶二十韵》等诗先后作于这一时期，而以这一组东馆庭梅的唱和往复最多、存诗也最完整。由三人的诗题，可知此番酬唱是因为史馆庭中梅树而起。

---

① 以上徐铉、汤悦、徐锴八诗并见《徐公文集》卷5。

徐铉与汤悦之间的酬唱约始于升元末、保大初，① 到开宝三年已三十来年，不但当年屡有唱和的李建勋、江文蔚、萧俨等人早已去世，而且多年同僚、曾同修国史的韩熙载也刚于开宝三年七月去世，徐铉不由向汤悦感慨当年同僚诸公"唯相公与铉在耳"，而史馆庭梅也经历了三十年前"始见毫末"到眼下"今已半枯"，幸存者也已由青年变为迟暮，很容易产生今昔盛衰之感。尽管这一组诗中不乏"前会成春梦，何人更已知""重叹梅花落，非关塞笛悲"这样淡雅有味的诗句，但整体较为空泛和平面化，并无特别可观之处。徐铉的长篇排律《奉和宫傅相公怀旧见寄四十韵》与这一组咏梅诗大致作于同一时期，也难免同样的缺点。

此时徐铉集中与他人的酬唱之作还有《奉和子龙大监与舍弟赠答之什》《和钟大监泛舟同游见示》《又和游光睦院》《和张少监舟中望蒋山》等；此外，徐铉平素还与李煜及郑王从善多有唱酬，《徐公文集》中存有《依韵和令公大王蔷薇诗》《陪郑王相公赋檐前垂冰应教依韵》《奉和七夕应令》《又和八日》《奉和御制茱萸诗》等，加上他此时为应制而作如《北苑侍宴杂咏诗》《柳枝词十首》等组诗，可以看出此时徐铉诗大多立意较寻常、不求精警，语言、意象都有散漫颓易的倾向，也较少见性情，早年诗作中雅丽与抒怀并举的优点正在消退。汤悦虽然号称能诗善文，但他的诗歌今日存留很少，又基本是应制或唱和诗，从现存作品看，他的诗风更接近五代流行的白体诗风，并对一度远离这种诗风的徐铉也产生了影响，但徐铉仍然是当时诗坛的主盟。这些存留的作品显现出当时金陵诗坛老诗人正在凋零的征象。总之，后主时期的金陵诗坛趋于沉闷，老一辈诗人基本以应制、唱和为主，显得单调而平庸。此时，江南正面临着宋朝步步进逼，老一辈文士如韩熙载、徐铉等人，或者放诞任纵，或者庸碌无为，金陵诗坛再也没有出现过中主时期忧伤国事、寄托深切的诗作。当时可以称得上南唐诗坛最大成就的只有开宝六年（973）孟宾于在南昌为李中编成的《碧云集》，② 这部诗集同

① 参见《唐五代文学编年·五代卷》中主保大元年（943）汤悦条、徐铉条，第362页。徐铉有《题殷舍人宅木芙蓉》（《徐公文集》卷1）、《和殷舍从萧员外春雪》（《徐公文集》卷2）等诗，殷崇义即汤悦。

② 见孟宾于《碧云集序》。

时也是南唐诗学观的一次总结。正是在此书的序言中，孟宾于表示对于"缘情入妙，丽则可知"的诗风的推崇，而这也几乎可以作为整个南唐优秀诗风的概括。

老一辈诗人以外，此时并非没有新的诗人出现，譬如舒雅、吴淑、郑文宝等年轻诗人已踏入文坛：舒雅此时游于韩熙载之门，[①] 吴淑于徐铉门下及第，[②] 张洎也得到李煜的赏识。[③] 主张学张籍一派诗歌的张洎，约在乾德三年（965）编成《张司业诗集》并为之作序。他们年龄皆与后主李煜相仿，是金陵所聚集起来的又一批年轻诗人。但此时他们大多在创作上并未成熟，此时也极少有作品留存。不过，后主时代曾经有一位年轻诗人短暂地展示过文学才华，他就是潘佑。

潘佑（938—973），祖上本幽州人，他的父亲潘处常烈祖时来奔，为散骑常侍，中主时为谏议大夫、勤政殿学士，徐铉《御制春雪诗序》记载他曾参与中主保大七年元日赋雪集会。潘佑少而好学，文思敏速，后周显德六年（959），二十三岁的李煜嗣立为太子，随即开崇文馆以招贤，潘佑预与其间，时年二十二，其文章甚得后主欣赏，却孤高狷介，难以立足于朝廷：

> 气宇孤峻，闭门读书，不营赀产，文章赡逸，尤敏于论议，时誉蔼然。[④]

佑生而狷介高洁，闭门苦学，不交人事，文章议论见推流辈。陈乔、韩熙载共荐于元宗。起家秘书省正字。后主在东宫，开崇文馆，以招贤士，佑预其间。后主嗣位，迁虞部员外郎、史馆修撰。议纳后礼，援据精博合指，迁知制诰。召草南汉主书，文不加点，后主咨赏，迁中书舍人，每以潘卿称之而不名。佑酷喜老庄之言，尝作文一篇名曰《赠别》，其辞曰……开宝五年更官名，改内史舍人。初与张洎亲厚，及俱在西省，所趋既异，情好顿衰，每叹曰：

① 马令：《南唐书》卷22舒雅传。
② 《徐公文集·徐公行状》。
③ 《宋史》卷267张洎传，第9208页。
④ 马令：《南唐书》卷19潘佑传。

堂堂乎张也，难与并为仁矣。时南唐日衰削，用事者充位，无所为，佑愤切上疏，极论时政，历诋大臣将相，词甚激讦，后主虽数赐手札嘉叹，终无所施用。佑七疏不止，且请归田庐。乃命佑专修国史，悉罢他职。而佑复上疏曰：三军可夺帅也，匹夫不可夺志也。臣乃者继上表章，凡数万言，词穷理尽，忠邪洞分，陛下力蔽奸邪，曲容谄伪，遂使家国惛惛，如日将暮……词既过切，张洎从而挤之。后主遂发怒，以潘佑素与李平善，意佑之狂多平激之，而平又以建白造民籍为众所排，乃先收平，属吏并使收佑。佑闻命自到。年三十六。①

尽管潘佑只活了三十六岁，却是后主在位时期值得期待的年轻诗人之一，他的诗作存世不多，但常有可观：

> 幽禽唤杜宇，宿蝶梦庄周。席地一尊酒，思与元化浮。但莫孤明月，何必秉烛游。(《感怀》)②
> 谁家旧宅春无主，深院帘垂杏花雨。香飞绿琐人未归，巢燕承尘默无语。(《失题》)③

前一首描写独与宇宙精神相往来的心理体验，与他的另一联断句"凝神入混茫，万象成空虚"④ 相似，可以作为潘佑"酷喜老庄之言"的注脚。后一首中"深院帘垂杏花雨"很得宋人欣赏，其实通篇皆不弱，在为数众多的闺怨诗中也称得上别致，但末句给人未完结感，可能现存四句本非完璧；潘佑另存断句"劝君此醉直须欢，明朝又是花狼藉"⑤，也属惜春主题，王楙认为这就是黄庭坚"趁此花开须一醉，明朝化作玉

---

① 陆游：《南唐书》卷 13 潘佑传。
② 童养年辑录：《全唐诗续拾遗》卷 11，《全唐诗补编》，第 466 页。
③ 《全唐诗》卷 738，第 8418 页。《全唐诗》当从王楙《野客丛书》辑出，所存非全篇。
④ 《全唐诗续拾遗》卷 11，《全唐诗补编》，第 466 页。
⑤ 《全唐诗》卷 738，第 8418 页。

尘飞"所本。① 同写春天，"杏花雨"一首含蓄蕴藉，"劝君此醉"两句则意气豪宕，显示出潘佑多样的诗风。

开宝三年（970）八月，宋太祖欲讨南汉而未决，诏李煜晓谕南汉后主刘鋹，李煜命知制诰潘佑作书，这就是后世所称《为李后主与南汉后主第二书》：

> 煜与足下叨累世之睦，继祖考之盟，情若弟兄，义同交契。忧戚之患，曷常不同？每思会面抵掌，交议其所短，各陈其所长，使中心释然，利害不惑，而相去万里，斯愿莫申。凡于事机，不得款会，屡达诚素，冀明此心，而足下谓书檄一时之仪，近国梗概之事，外貌而待之，汎滥而观之，使忠告确论，如水投石。若此则又何必事虚词而劳往复哉？殊非凤心之所望也。今则复遣人使，馨申鄙怀，又虑行人失辞，不尽深素，是以再寄翰墨，重布腹心，以代会面之谈与抵掌之议也。足下诚听其言，如交友谏争之言，视其心，如亲戚急难之心，然后三复其言，三思其心，则忠乎不忠，斯可见矣。从乎不从，斯可决矣。
>
> 昨以大朝南伐，图复楚疆，交兵已来，遂成衅隙。详观事势，深切忧怀，冀息大朝之兵，求契亲仁之愿，引领南望，于今累年。昨命使臣入贡大朝，大朝皇帝累以此事宣示曰：彼若以事大之礼而事我，则何苦而伐之。若欲兴戎而争我，则以必取为度矣。见今点阅大众，仍以上秋为期，令敝邑以书复叙前意，是用奔走人使，遽贡直言。深料大朝之心，非有唯利之贪，盖怒人之不宾而已。足下非有得已之事，与不可易之谋，殆一时之忿而已。观夫古之用武者，不顾大小强弱之殊，而必战者有四：父母宗庙之雠，此必战也。彼此乌合，民无定心，存亡之几，以战为命，此必战也。敌人有进必不舍，我求和不得，退守无路，战亦亡，不战亦亡，奋不顾命，此必战也。彼有天亡之兆，我怀进取之机，此必战也。今足下与大朝，

①　（宋）王楙：《野客丛书》卷20，上海古籍出版社1991年版，第299页。黄庭坚此诗今佚。

非有父母宗庙之雠也，非同乌合存亡之际也，既殊进退不舍奋不顾命也，又异乘机进取之时也，无故而坐受天下之兵，将决一旦之命，既大朝许以通好，又拒而不从，有国家利社稷者，当若是乎？夫称帝称皇，角立杰出，今古之常事也。割地以通好，玉帛以事人，亦古今之常事也。盈虚消息，取与翕张，屈伸万端，在我而已，何必胶柱而用壮，轻祸而争雄哉？且足下以英明之资，抚百越之众。北距五岭，南负重滇，藉累世之基，有及民之泽，众数十万，表里山川，此足下所以慨然而自负也。然违天不祥，好战危事。天方相楚，尚未可争。若以大朝师武臣力，实谓天赞也。登太行而伐上党，士无难色；绝剑阁而举庸蜀，役不淹时。是知大朝之力难测也，万里之境难保也。十战而九胜，亦一败可忧；六奇而五中，则一失何补。况人自以我国险，家自以我兵强，盖揣于此而不揣于彼，经其成而未经其败也。何则？国莫险于剑阁，而庸蜀已亡矣；兵莫强于上党，而太行不守矣。人之情，端坐则思之，意沧海可涉也。及风涛骤兴，奔舟失驭，与夫坐思之时，盖有殊矣。是以智者虑于未萌，机者重其先见，图难于其易，居存不忘亡。故曰计祸不及，虑福过之，良以福者人之所乐，心乐之，故其望也过；祸者人之所恶，心恶之，故其思也忽。是以福或修于慊望，祸多出于不期。

　　又或虑有矜功好名之臣，献尊主强国之议者，必曰慎无和也，五岭之险，山高水深，轻重不并行，士卒不成列，高垒清野而绝其运粮，依山阻水而射以强弩，使进无所得，退无所归。此其一也。又或曰彼所长者，利在平地，今舍其所长，就其所短，虽有百万之众，无若我何。此其二也。其次或曰战而胜，则霸业可成，战而不胜，则汎巨舟而浮沧海，终不为人下。此大约皆说士孟浪之谈，谋臣掉阖之策，坐而论之也则易，行之如意也则难。何则？今荆湘以南，庸蜀之地，皆是便山水习险阻之民，不动中国之兵，精卒已逾于十万矣。况足下与大朝，封疆接畛，水陆同途，殆鸡犬之相闻，岂马牛之不及，一旦缘边悉举，诸道进攻，岂可俱绝其运粮，尽保其城壁？若诸险悉固，诚善莫加焉。苟尺水横流，则长堤虚设矣。其次曰：或大朝用吴越之众，自泉州泛海以趋国都，则不数日至城下矣。当其人心疑惑，兵势动摇，岸上舟中，皆为敌国，忠臣义士，能复几人？怀进退者，步步生心，顾妻子者，滔滔皆是。变故难测，须臾万端。非惟暂乖始图，实恐有误壮志，又非巨舟之可及，沧海之可游也。

　　然此等皆战伐之常，兵家之预谋，虽胜负未知，成败相半，苟不得已而为也。固断在不疑，若无大故而思之，又深可痛惜。且小之事大，理固然也，远古之例，不能备谈。本朝当杨氏之建吴也，亦入贡庄宗。恭自烈祖开基，中原多故，事大之礼，因循未遑，以至兵交，几成危殆。非不欲凭大江之险，恃众多之力，寻悟知难则退，遂修出境之盟。一介之使才行，万里之兵顿息。惠民和众，于今赖之。自足下祖德之开基，亦通好中国，以阐霸图，愿修祖宗之谋，以寻中国之好。荡无益之忿，弃不急之争，知存知亡，能强能弱，屈己以济亿兆，谈笑而定国家，至德大业无亏也，宗庙社稷无损也。玉帛朝聘之礼才出于境，而天下之兵已息矣。岂不易如反掌，固如太山哉？何必扼腕盱衡，履肠蹀血，然后为勇也？故曰德辀如毛，鲜克举之，我仪图之，又曰知止不殆，可以长久，又曰沉潜刚克，高明柔克。此圣贤之事业，何耻而不为哉？况大朝皇帝以命世之英，光宅中夏，承五运而乃当正统，度四方则咸偃下风。猃狁太原，固不劳于薄伐，南辕返斾，更属在于何人。又方且遏天下之兵锋，俟贵国之嘉问，则大国之义，斯亦以喜矣。足下之忿，亦可以息矣。若介然不移，有利于宗庙社稷可也，有利于黎元可也，有利于天下可也，有利于身可也。凡是四者，无一利焉，何用弃德修怨，自生雠敌，使赫赫南国，将成祸机？炎炎奈何，其可向迩。幸而小胜也，莫保其后焉，不幸而违心，则大事去矣。

　　复念顷者淮泗交兵，疆陲多垒。吴越以累世之好，遂首为厉阶。惟有贵国情分愈亲，欢盟愈笃。在先朝感义，情实慨然。下走承基，理难负德。不能自已，又驰此缄。近负大朝谕旨，以为足下无通好之心，必举上秋之役，即命敝邑，速绝连盟。虽善邻之怀，期于永保，而事大之节，焉敢固违，恐煜之不得事足下也。是以恻恻之意，所不能云。区区之诚，于是乎在。又念臣子之情，尚不逾于三谏，煜之极言，于此三矣。是为臣者可以逃，为子者可以泣，为交友者亦惆怅而遂绝矣。①

这封晓谕书与后世名为《为李后主与南汉后主书》的另一封信在结构、内容、措辞上都十分相似，只是一繁一简，更像是流传的两个不同版本，而非两封不同的书信。这封繁本的书信将南汉、南唐的处境刻画得入木三分，已经将后来李煜一直小心侍奉宋朝、不到最后绝望不起兵反抗的心理预示得十分清楚。潘佑因为草写这封劝谕书而受到后主咨赏，由知制诰再迁中书舍人，后主每以潘卿称之而不名。但是，潘佑尽管在文章中将南唐的处境和卑顺求和的心态阐述得如此深刻，开宝六年（973）却还是忍不住连上七疏，极论时政，指斥群臣，他最后的这封上疏也连带指斥了后主李煜：

> 三军可夺帅也，匹夫不可夺志也。臣乃者继上表章，凡数万言，词穷理尽，忠邪洞分。陛下力蔽奸邪，曲容谄伪，遂使家国惽惽，如日将暮。古有桀纣孙皓者，破国亡家，自己而作，尚为千古所笑，今陛下取则奸回，败乱国家，不及桀纣孙皓远矣。臣终不能与奸臣杂处，事亡国之主。陛下必以臣为罪，则请赐诛戮，以谢中外。②

大概就是过于激切的姿态和措辞最终惹怒了李煜，加上原本与之不睦的张洎从旁毁短，潘佑被收系狱。李煜未必真有杀潘佑之心，潘佑却觉得不能苟活于这个如日将暮的国度，最终自刭而死。

这一年，宋已派人来求江南图经，南唐不得不答应；宋据图经得以尽知江南虚实，用兵之意已定，李煜上表表示愿受爵命，宋太祖没有答应；次年，即开宝七年（974）秋，宋朝先后两次派人向李煜下最后通牒，李煜仍旧没有入朝汴京，十月，宋朝发兵，十二月，金陵被围；开宝八年（975）十一月，金陵城陷，李煜出降。

---

① 《全唐文》卷876，第9167—9169页。
② 同上书，第9166页。

后主时代尽管整个南唐文化在当时走向最繁盛和精致化的阶段，但此时的诗歌成就却比较有限。此时南唐诗坛，无论庐山还是金陵，都呈现出沉寂消歇的倾向，新一代诗人还来不及充分展示他们的才华就已经失去他们曾附丽的国家。但此时南唐的一批著名文士，包括汤悦、徐铉、张洎、吴淑、舒雅、郑文宝等前后两辈诗人，在南唐国灭后入宋，他们在宋初的诗坛和文化中曾经长久地扮演了相当重要的角色。

第 四 章

宋初南唐文化与诗歌的余波

　　宋代在中国历史上以彬彬文治著称，"宋型文化"更被作为与"唐型文化"相对举的文化类型，[①] 但宋代继五代十国而起，对五代文化多有承袭，尤其是宋初太祖、太宗、真宗三朝，其文化在诸多方面皆与前朝密切相关。有鉴于此，部分学者甚至将宋初的这一段时期归入唐文化的尾声。[②] 我们认为，在宋型文化完全形成、自立以前，宋初的文化母体就是五代十国文化，其中南唐文化所扮演的角色又尤为重要。不过，尽管南唐文化在当时占有重要位置，宋廷对待南唐文化却是既仰慕又嘲讽、既歆羡又打压的态度，当时社会南北文化之争也是较为普遍的现象。在这样一种矛盾的处境下，南唐文化仍然显示出它的吸引力，并成为宋初文化继承的重要对象。同时，宋人也不断通过各种著作包括史书、笔记等形式记载和追溯着南唐的一切，这构成了宋人对前朝文化想象的一部分。南唐的诗歌也在同样的背景下成为宋初诗坛的重要部分。本章中我们主要探讨的就是南唐文化在宋初的余波，以及南唐末年入宋的那批诗人在宋初诗坛上的影响。这里我们所说的"宋初"，往往特指南唐入宋之后的三十来年时间，约从宋太宗太平兴国元年（976）李煜入汴到宋真宗景德四年（1007）为止。以景德四年为下限，是因为一代文宗欧阳修诞生于这一年，而次年，也即大中祥符元年，杨亿编成《西昆酬唱集》，宋诗渐

---

　　① 参见傅乐成《唐型文化与宋型文化》，《国立编译馆馆刊》1 卷 1972 年第 4 期；又收入氏著《汉唐史论集》，台北：联经出版事业公司 1977 年版。

　　② Kang-I Sun Chang and Stephen Owen, The Cambridge History of Chinese Literature, Volume 1, New York: Cambridge University Press, 2010, pp. 366 – 373.

渐找到自己独特的声音。

第一节　宋初文化格局中的南唐形象

南唐诗歌对宋初诗坛的影响并不是孤立的现象，其背景是宋平诸国以后南北文化的碰撞与融合。当时较普遍地存在着南北文化之争，宋廷对待南唐文化起初是矛盾的，而宋代文士则对南唐风流追怀不已。最终，南唐的学术和文学给予了宋代可贵的文化遗产。

一　五代宋初北方的文化状况及宋初人对南唐文化的矛盾态度

五代作为先后在北方建立统治的政权，予人的印象却主要是若干势力消长的军事集团。这是因为北方军阀藩镇集团彼此之间长期进行着混战，又不时受到契丹的攻击，加上各集团内部由于觊觎统治权而经常发生的叛乱，都为北方地区带来极大的动荡，各集团的统治很不稳定，大多只能维持一两代，就迅速为其他更有力的军事首领所取代。以军事力量维持统治已经十分艰难，文化上的建树当然不遑进行。况且在当时各集团靠武力起家，又基本以武力强弱决定胜负的情况下，统治者不但难以稍稍重视文化，甚至完全不相信文士有任何的作用，后汉高祖刘知远甚至有"朝廷大事莫共措大商量"① 这样的言论。统治集团的成员若留心文艺，甚至会招致危险：唐明宗之子秦王从荣好为诗歌，与从事高辇等人更相唱和，有诗千余首，但他亲近词客的行为不仅被儒生认为是浮华——刘赞就曾谏止秦王好令宾客僚佐赋诗的行为，称"殿下宜以孝敬为职，浮华非所尚也"②，并且引起武人的猜疑和不满，"时干戈之后，武夫用事，睹从荣所为，皆不悦"③，这是更加危险的事情。武人因此设计图谋，不久从荣、高辇等人遭祸身亡。④ 这些极端的例子表明，在军事斗争频繁的情况下，北方政权本质上是一种军事政府，所倚重的也只能是

---

① 《旧五代史》卷 107 史弘肇传，第 1407 页。
② 《旧五代史》卷 68 刘赞注传引《言行龟鉴》，第 908 页。
③ 《五代史补》卷 2 秦王掇祸条，《五代史书汇编》第 5 册，第 2488 页。
④ 《旧五代史》卷 51 秦王从荣传，第 694 页。

军事实力和武人，文化和文士基本没有地位可言。

在这样的背景下，整个五代的文化状况呈现出历史上空前的低潮：五代的帝王多起身草莽，没有多少文化，如后梁太祖朱温，"比不知书，章檄喜浅近语"①；后唐明宗不知书，四方书奏，多令枢密使安重诲读之，不晓文义，因此设端明殿学士，由冯道等人充任。② 这样的统治者身边不仅不需要，甚至难以容忍高才博识之士，早在唐末天祐年间，朱温将当时清流投之黄河的"白马驿之祸"已经典型地说明了这一点。既然帝王所需要的最多不过是能以浅近文字处理章檄书奏之士，因缘进用的文士文学水准也因此大多只停留在这个层次上。《旧五代史》载后唐天成初年，"时张文宝知贡举，中书奏落进士数人，仍请诏翰林学士院作一诗一赋，下礼部，为举人格样。学士窦梦征、张砺辈撰格诗格赋各一，送中书，宰相未以为允。梦征等请怿为之，怿笑而答曰：'李怿识字有数，顷岁因人偶得及第，敢与后生髦俊为之标格！假令今却称进士，就春官求试，落第必矣。格诗格赋，不敢应诏。'"③ 曹国珍后唐时为尚书郎，但"经艺诗学，非其所长，好自矜炫，多上章疏，文字差误，数数有之"④。卢损"屡上书言事，词理浅陋，不为名流所知"⑤。卢程为河东节度推官，"庄宗尝召程草文书，程辞不能"，卢程与豆卢革同样无学术，二人后来仅因门第而拜平章事，庄宗也只能感叹其为"似是而非者也"。⑥ 崔协为相，然不识文字，虚有仪表，被人称为"没字碑"⑦ ……有关当时进士、学士、宰相无文的类似记载在五代史书中比比皆是。五代整个社会风气同样尚武鄙文，譬如《旧五代史》载太原一地"人多尚武，耻于学业"⑧。可以说当时朝野上下的文化水平一律降至最低点，直到宋代初年，这种"不文"的状况尚无根本改变：乾德四年（966）五月"庚寅，上

① 《旧五代史》卷 18 敬翔传，第 247 页。

② （宋）王溥《五代会要》卷 13 "端明殿学士"条，中华书局 1998 年版，第 173 页。

③ 《旧五代史》卷 92 李怿传，第 1224 页。

④ 《旧五代史》卷 93，第 1234 页。

⑤ 《旧五代史》卷 128，第 1689 页。

⑥ 《新五代史》卷 28 卢程传，第 304 页。

⑦ 《新五代史》卷 28 任环传，第 307 页。

⑧ 《旧五代史》卷 69 张宪传，第 911 页。

亲试制科举人姜涉等于紫云楼下……涉等所试文理疏略，不应策问"①；开宝九年（976）正月"癸未，命翰林学士李昉、知制诰扈蒙、李穆等，于礼部贡院同阅诸道所解孝弟力田及有文武才干者凡四百七十八人。及试，问所习之业，皆无可采"②。

同一时代，南唐则右文崇儒，一派文化繁荣的景象，让人印象深刻：

> 五代之乱也，礼乐崩坏，文献俱亡，而儒衣书服盛于南唐，岂斯文之未丧而天将有所寓欤？不然，则圣王之大典扫地尽矣。南唐累世好儒，而儒者之盛见于载籍，灿然可观。如韩熙载之不羁，江文蔚之高才，徐锴之典赡，高越之华藻，潘佑之清逸，皆能擅价于一时，而徐铉汤悦张洎之徒又足以争名于天下，其馀落落不可胜数。故曰：江左三十年间，文物有元和之风，岂虚言乎？③

在这种南北文化并不对等的格局之下，当宋朝最终以军事力量吞并南唐，凭武力强大所获胜利让宋朝君臣具有征服者的优越感，但他们同时也难以否认南唐的文质彬彬，因此宋人对南唐便表现出一种混合着优越与自卑、嘲讽又仰慕的矛盾态度，这在宋太祖、太宗身上体现得尤其明显，太祖称呼李煜为"好个翰林学士"的逸事便是这种矛盾态度的反映：

> 江南李煜既降，太祖尝因曲燕，问闻卿在国中好作诗，因使举其得意者一联。煜沉吟久之，诵其《咏扇》云：揖让月在手，动摇风满怀。上曰：满怀之风却有多少？他日复燕煜，顾近臣曰：好一个翰林学士。④

太祖以一种胜利者的姿态隐隐显示出武略胜过文才、文才终将臣服于武略的意思，因此一方面并不单纯以诗艺的标准来衡量诗，而是将诗

---

① 《续资治通鉴长编》卷7，第172页。
② 《续资治通鉴长编》卷17，第363页。
③ 马令：《南唐书》卷13儒者传。
④ （宋）叶梦得：《石林燕语》卷4，《宋元笔记小说大观》（三），上海古籍出版社2001年版，第2509页。

歌的内容作为胸襟气度的体现，并以为李煜的最后失败已经在这种有限的气度中预示出来；另一方面，太祖也无法否认李煜在文艺方面的天赋与才能，便以"翰林学士"称之，而这个看似褒义的称呼实则包含着对方不过为一介文臣的潜台词。

《后山诗话》也记载了另一则类似的逸事：

> 王师围金陵，唐使徐铉来朝。铉伐其能，欲以口舌解围，谓太祖不文，盛称其主博学多艺，有圣人之能。使诵其诗。曰《秋月》之篇，天下传诵之，其句云云。太祖大笑曰：寒士语尔，我不道也。铉内不服，谓大言无实，可穷也。遂以请。殿上惊惧相目。太祖曰：吾微时自秦中归，道华山下，醉卧田间，觉而月出，有句曰：未离海底千山黑，才到中天万国明。铉大惊，殿上称寿。①

在这则故事里，宋太祖希望用自己的所谓气度折服的不仅是李煜，还有南唐最著名的文士徐铉。实际上，宋太祖绝非可以和李煜相提并论的诗人，按照陈郁的说法，他的"未离海底千山黑，才到中天万国明"这两句诗并非原貌，而是经过了史臣的修改润饰，原作应该是如下这首：

> 欲出未出光辣达，千山万山如火发。须臾走向天上来，逐却残星赶却月。②

并且它原非咏月，而是咏日。为了与李煜的《秋月》诗一争短长，史臣不但润饰了词句，连吟咏对象也给更改了。宋太祖本来的这首绝句更像是民歌不加修饰的风味，显然它更符合宋太祖的文学水准和个人气质。据此我们至多能称宋太祖为"自发的诗人"，尽管我们不能否认他彼时的诗情诗兴以及此诗的感染力，但他还远远不是一个像李煜那样的自

---

① （宋）陈师道：《后山诗话》，（清）何文焕辑《历代诗话》（上），中华书局1980年版，第302页。

② （宋）陈郁：《藏一话腴》卷1，《适园丛书》本。

觉的诗人。宋太祖对李煜诗的轻视是很不公正的，但这个故事却跟前一则逸事一样，都折射出宋太祖对南唐文化既以武力相骄又不乏暗里歆羡的复杂心态。

同样地，宋太宗对于李煜的态度也有着复杂的意味："太宗尝幸崇文院观书，召煜及刘鋹，令纵观，谓煜曰：闻卿在江南好读书，此简策多卿之旧物，归朝来颇读书否？"① 其实崇文馆的图籍多得自于南唐，太宗却俨然以占有者自居，并透露出自得和嘲讽。太宗此举体现的不仅仅是以武力取胜的骄傲，同时还包含了宋朝也将成为文化上的胜利者、接收者这一意思。

宋太祖、宋太宗的行为并非个例，实际反映了当时整个北方人中较为普遍的心态，宋初时常可见的南北之争便是这种普遍心态的体现，其中心是关于南北文化孰者更发达、更优秀。② 《杨文公谈苑》曾记载了一则"刘吉论食鱼"的故事：

> 刘吉护治京东河决，时张去华任转运使，巡视河上，方会食，坐客数十人，鲙鲤为馔。去华顾谓四坐曰："南人住水乡，多以鱼为食，殊不厌其腥也。"意若轻鄙南士。吉奋然对曰："运使举进士状元，曾不读书，何自彰其寡学？（案：以下为刘吉征引古书中关于食鱼之典，文繁不录）……"去华色沮，不能酬其言。③

这则逸事不仅展现了江东士人令杨亿赞叹的博学，也表现出张去华身为北人狭隘的优越感。《杨文公谈苑》中别处也曾提到刘吉：

> 刘吉，江右人，有膂力，尚气，事后主为传诏承旨，忠于所奉，

---

① 《宋史》卷478南唐李氏世家，第13862页。

② 我们这里所说的南北文化之争，并非指两种文化间的根本冲突，而只是在说同一个文化，由于其在不同地域发展的不均衡——南唐文化发展较快，五代中原文化则因迭遭破坏而发展迟滞，并且这种迟滞一直影响到了宋初——以及不同地域的文化特点各异，这使得当时的南北文化之争实质上是同一文化内部先进地区与后进地区间的差异和矛盾。

③ 《杨文公谈苑》，《宋元笔记小说大观》（一），第545—546页。

归补供奉官，以习知河渠利害，委以八作之务……其父本燕翼人，
自受李氏恩，常分禄以济其子孙，朔望必诣其第，求拜后主，自李
氏子姓，虽童幼必拜之，执臣仆之礼。后迁崇仪，使其刺字，谒吴
中故旧，题僧壁驿亭，但称江南人刘吉，示不忘本也。有诗三百首，
目为《钓鳌集》，徐铉为之叙，其首篇《赠隐者》有"一箭不中鹄，
五湖归钓鱼"之句，人多诵之。以其塞决河有方，路人目为刘跋江，
名震河上。①

其实这位虽入宋朝为官而不忘江南故国的刘吉，除了有诗集《钓鳌
集》以外，至少还有《江南续又玄集》十卷②，此书虽已亡佚，但从书
名可知是继姚合《极玄集》、韦庄《又玄集》的一部诗歌选集，名为
"江南"，可能是表明所选对象为南唐诗，当然也有可能只是表明编选者
刘吉本人的籍贯。不论如何，无可置疑刘吉是南唐年轻一辈诗人中的杰
出代表，且淹通博学。将这类逸事与前引宋太祖、太宗嘲讽李煜、徐铉
的传说合观，可以清楚地看到宋初南北文化间的争胜，并且在这种竞争
中代表南方文化的主要就是南唐文士。在未经官方史书美化的民间故事
里，他们往往是这种竞争中占据上风的一方。

由南唐入宋的文士在南北之争的问题上也常常以南唐的文化为优，
并表现出对北方文化的不以为然：徐铉贬官北方，认为北方人服皮毛是
野蛮的胡人习俗，因而始终不肯穿，最后致得冷疾而死；③ 张洎还曾经讥
讽洛阳景物为"一堆灰"，④ 这样的逸事不一而足。尽管南北之争由来已
久，但只有到了宋初才显示出南北文化力量对比的改变。北方在从前往
往占据文化优势，一旦面对当时文化已较自己发达的南方，长期的优越
感带来的心理惯性使得他们很容易表现出不服气和戒备的心态，尤其是
当北方以武力取胜以后，这种不服气和戒备心态又与他们的优越感交织

① 《杨文公谈苑》，《宋元笔记小说大观》（一），第543页。
② 《江南续又玄集》，《宋史·艺文志八》著录为二卷，不著撰人。《崇文总目》卷11同。
《通志·艺文略八》著录为刘吉撰。
③ 《宋史》卷441徐铉传，第13045页。
④ 《五代诗话》卷3引《金坡遗事》，第161页。

在一起，呈现出一种不无矛盾的面目。

在南北还未融合成一个文化和心理的整体、北方还在以胜利者和征服者的姿态自居之时，面对这种文化上的南北不均衡，将自己划归"北人"的一方也曾经希望采取一些保证北人优越地位的措施，许多人相信宋太祖曾立下南人不得为相的遗命，① 尽管事实是否如此还有争论，但真宗时期宰相王旦也曾经说过："臣见祖宗朝未曾有南人当国者，虽古称立贤无方，然须贤士乃可。臣为宰相，不敢沮抑人，此亦公议也。"② 这无疑反映了当时北人对南人持有戒备，因此希望将政权控制在自己手中的心理真实。在逐步走向文治的宋代政府中，科举是入仕最重要的途径之一，当时出自北方的朝臣在科举一事上也表现出北方本位的心态，如寇准靳惜状元不与南人的逸事，③ 正体现出北人希望通过在科举考试中占据优越地位来保证政权归属北人的意图。尽管随着宋代南北文化的融合，这些举动的消失是迟早的事情，后来南人做状元、做宰相的层出不穷，但在宋初，北人的戒备心理却恰从反面证明当时南方文化尤其南唐文化所占的优胜地位。

正是由于南唐文化的繁荣，因此宋初统治集团的成员尽管对南唐的文化成就表现出贬抑的姿态，但在实际的文化继承中却不得不依赖其文化遗产，因为这几乎是当时的文化成果中最发达的部分，宋人对既有文化的继承很难撇开南唐的遗产。这种情形跟初唐时候对江左文化传统的态度很是相似。④ 下面这个例子也说明宋初对江南文化成果的倚重：《杨文公谈苑》"江南书籍"条载雍熙中学官以南朝《左传》重新刊校版本九经，孔维上书认为南朝书不可案据，杜镐则引贞观四年敕"以经籍讹舛，盖由五胡之乱天下，学士率多南迁，中国经书浸微之致也。今后并以六朝旧本为正"相诘，维不能对；就连杨亿本人也称赞平南唐所得书

---

① （宋）赵彦卫：《云麓漫钞》卷10："艺祖御笔：'用南人为相、杀谏官，非吾子孙。'石刻在东京内中。"（中华书局1986年版，第178页）

② 《宋史》卷282王旦传，第9548页。

③ 《续资治通鉴长编》卷84大中祥符八年三月，第1920页。

④ 关于初唐对江左文化传统的继承参看葛晓音《江左文学传统在初盛唐的沿革》，《诗国高潮与盛唐文化》，第252—273页。

籍"多雠校精当，编帙全具，与诸国书不类"。① 杜镐的诘难带有为江南学术争正统地位之意，因为杜镐正是江南人，并且是南唐名士徐铉的学生。通过争辩，我们看到，由于相关图籍的校雠精善、保存较好，江南的学术，至少经学这方面，在宋初得到了较好的继承。后文中我们还会看到，文学上同样存在这个对南唐传统的继承问题。

二　宋人笔下的南唐形象

1. 宋人史书中的南唐形象

宋人留下了不少关于南唐的记载，其中不少是私修的专史。虽然宋初很早就有官修的南唐史书，譬如太平兴国三年（978）徐铉、汤悦奉宋太宗之命编写的《江南录》②。《江南录》久已亡佚，但此书在当时就评价不高，尤其熟知南唐故事的江南文士对它颇多微词，如郑文宝《江表志》自序称《江南录》十卷"事多遗落，无年可编，笔削之余，不无高下，当时好事者往往少之"③。郑文宝始终对徐铉恭执弟子礼，以他的身份尚且对徐铉此书批评不讳，则《江南录》一书的缺陷应当是比较多的；《钓矶立谈》的作者也表示，由于担心徐铉与潘佑的不睦会导致他的记载不公正，因此记录下了自己关于南唐的见闻；④ 陈彭年《江南别录》也有类似的意图："汤悦、徐铉等奉诏撰《江南录》，彭年是编，盖私相纂述，以补所未备，故以别录为名。"⑤ 约在仁宗朝龙衮所撰《江南野史》、神宗朝熙宁年间佚名所撰《江南余载》等其他数种有关南唐历史的著述，也都有补官修史书不足的意图。此外，亡佚的有关南唐的史书还有不少，《江南余载》"序言徐铉始奉诏为《江南录》，其后王举、路振、陈彭年、杨亿皆有书"⑥。路振所作《九国志》中南唐部分仅存周本一传，王举、杨亿所作则已完全不存。粗略计算，到神宗年间，关于南唐的各种史书

---

① 《杨文公谈苑》，《宋元笔记小说大观》（一），第 514 页。
② 《续资治通鉴长编》卷 19，第 421 页。
③ 《江表志·叙》，《全宋笔记》第一编（二），第 259 页。
④ 《钓矶立谈》，《全宋笔记》第一编（四），第 234—235 页。
⑤ （清）永瑢等：《四库全书总目》卷 66，中华书局 1965 年版，第 585 页。
⑥ （宋）陈振孙：《直斋书录解题》，上海古籍出版社 1987 年版，第 136 页。

有十余种，其中除了徐铉的《江南录》为官修外，其余皆为私修。

这些私修史书的作者，不少是原南唐入宋，或是生长江南、与南唐有某种历史渊源的文士：郑文宝、史某、陈彭年、龙衮等人，他们多有故国之思，痛心于南唐国的覆灭。《钓矶立谈》自序称，宋灭南唐以后"叟独何者，而私自怫郁，如有怀旧之思，追惟江表自建国以来，烈祖元宗其所以抚奄斯人，盖有不可忘者"，并认为后周世宗出兵淮南是因为觊觎领土，所谓的"吊民伐罪"纯为借口，南唐并无失德。① 这相当于间接指责宋朝攻伐江南同样是师出无名。这些作者还常常会直接为南唐总结历史教训，目的并不是要为当时宋代统治者作借鉴，而是出于对南唐的种种失误导致其最终失败的深切惋惜，这种出于痛惜故国而总结历史教训的情绪尤以《钓矶立谈》为代表。由于此书皆为记载"叟"的知闻与评论，而"叟"本为处士，与入宋朝后多为显宦的徐铉、陈彭年、郑文宝等人相比，在言论上要少许多顾忌，因此书中的故国之思表现得更为强烈和显豁。

宋人为南唐修史的热情一直持续了下去，并且这些后来的史书呈现出与前述宋初的南唐史不同的特点。马令《南唐书》和陆游《南唐书》是传至今日影响最大的两部专门南唐史。马令《南唐书》大约撰成于宋徽宗崇宁四年（1150）前后，据其自序，马令的祖父元康一直收集有关南唐的资料，但来不及撰述便去世，因此马令承先人之志纂成之。尽管马令强调正统在周，李氏为僭窃，但同时指出五代正统不存，南唐却较好地保存了礼乐制度，因此虽为僭窃而委实无罪。② 马氏祖孙为南唐撰写专史的重要动机正是这种对南唐礼乐文化的赞叹，而不是所谓尊天子、贬僭窃的表面理由。此书修成的时间已经是北宋末年，宋代文化早已达到高峰，对前代文化已经有包容的气度，并有对前代文化总结的需要，此时马令再回顾南唐历史，对其报以极高评价，并且不是出于宋初江南文士的故国之思，是很自然的。这也可以视为宋人第一次对南唐的政治、

---

① 《钓矶立谈》，《全宋笔记》第一编（四），第 222 页。

② 马令：《南唐书》自序，见《五代史书汇编》第九册，第 5248 页。此篇自序在今本马令《南唐书》中已不存，此为从陈振孙《直斋书录解题》中辑出。

文化作全面总结，南唐尤其以乱世中彬彬文治、礼乐文献之邦的形象被肯定。

陆游所生活的南宋，偏安局势则与南唐当年有某种相似性，因此他在书中融铸了当下的感受，譬如在评价元宗李璟对闽楚的战争时，并不赞同一般人对李璟的指责：

> 唐有江淮，比同时割据诸国地大力强，人材众多，且据长江之险，隐然大邦也，若用得其人，乘闽楚昏乱，一举而平之，然后东取吴越，南下五岭，成南北之势，中原虽欲睥睨，岂易动哉！不幸诸将失律，贪功轻举，大事弗成，国势遂弱，非始谋之失，所以行之者非也。①

陆游赞成李璟采取以攻为守的战略，即乘闽楚内乱之机先向南扩张势力，再攻下吴越和五岭之地，领土和国力强大以后，便足以与中原一争天下。在陆游心中，南唐俨然是五代正朔所在，这不仅不同于北宋初年以北方为本位的意识形态，也与马令尽管以南唐为斯文所在的礼乐之邦，却仍以僭窃称之的态度完全不同。陆游的态度代表了南宋人在相似的历史情势下产生的与南唐的呼应，因此，对南唐文化的褒誉不再是重心所在，书中的南唐更多呈现为一个错失良机的偏霸政权的形象。

2. 从陶谷到杨亿：对南唐文采风流及学术文学的追慕

南唐的故事除了以专史的形式出现，还在宋人的笔记中以各种逸闻琐记的形式出现。与前文中提到的有关专史的作者多为江南文士不同，这些较多记录了南唐轶闻琐事的作者大多并非江南人，而往往是由其他政权或地域入宋的文士，因此超然于南唐种种内外困境和利害之上，对南唐的文采风流和学术表现出更浓厚的兴趣。

宋初笔记《清异录》体现了当时文人对南唐风流的歆羡。此书原本署名陶谷，但陈振孙《直斋书录解题》、胡应麟《少室山房笔丛》对此有过争论；《四库全书总目》仍然肯定为陶谷所作的可能性较大。王国维

---

① 陆游：《南唐书》卷2元宗本纪。

《庚辛之间读书记》指出《学士年表》《宋史·陶谷传》皆云陶谷卒于开宝三年（970），而书中却记载了开宝八年（975）南唐国灭以后的事情若干，认为此书为假托。[①]王国维的证据虽然有力，但并不能完全否定陶谷为此书原作者、后人又有增补、故而阑入了陶谷死后之事的可能。无论《清异录》作者为谁，其出自宋初人之手则基本可以肯定。

《清异录》大量记载了唐五代各种掌故和新颖语汇，其中涉及南唐的内容尤多，诸如赏花、焚香、饮食、文房用具等生活片段和文人雅事方面，记载了不少南唐李氏三主、韩熙载、徐铉兄弟等人的逸事，譬如"百花门"诸条：

> 花经九品九命：张翊者世本长安，因乱南来，先主擢置上列。特拜西平昌令，卒。翊好学，多思致，尝戏造《花经》，以九品九命升降次第之，时服其允当。
>
> 五宜：对花焚香有风味相和、其妙不可言者，木犀宜龙脑，酴醿宜沉水，兰宜四绝，含笑宜麝，薝蔔宜檀。韩熙载有五宜说。[②]

又如"器具门"：

> 玉太古：李煜伪长秋周氏居柔仪殿，有主香宫女，其焚香之器曰：把子莲、三云凤、折腰狮子、小三神、卍字金凤口罂、玉太古、容华鼎，凡数十种，金玉为之。[③]

尤其"文用类"有数条关涉南唐：

> 月团：徐铉兄弟工翰染，崇饰书具，尝出一月团墨，曰此价值

---

① 王国维：《静安文集》，辽宁教育出版社1997年版，第7页。
② 《清异录》卷上，《全宋笔记》第一编（二），第39、40页。
③ 《清异录》卷下，《全宋笔记》第一编（二），第82页。

三万。

发光地菩萨：舒雅才韵不在人下，以戏狎得韩熙载之心。一日得海螺甚奇，宜用滑纸以简献于熙载云："海中有无心斑道人往诣门下。若书材糙涩逆意，可使道人训之，即证发光地菩萨。"熙载喜受之。发光地，十地之一也，出华严书。

麝香月：韩熙载留心翰墨，四方胶煤多不合意，延歙匠朱逢于书馆傍烧墨供用，命其所曰化松堂。墨又曰玄中子，又自名麝香月，匣而宝之。熙载死，妓妾携去，了无存者。①

再如"茗荈门"、"薰燎门"所载有关品茗、焚香之事：

森伯：汤悦有《森伯颂》，盖茶也，方饮而森然严乎齿牙，既久四肢森然。二义一名，非熟夫汤瓯境界，谁能目之。

香燕：李璟保大七年，召大臣宗室赴内香燕，凡中国外夷所出，以至和合煎饮、佩带粉囊，共九十二种，江南素所无也。

伴月香：徐铉或遇月夜，露坐中庭，但爇佳香一炷，其所亲私别号"伴月香"。②

正是通过这样的记载，南唐在宋人记忆中成为一种文人趣味的典型，《清异录》也就集中体现了五代宋初文人对南唐文化生活的欣赏和企慕。

《清异录》中虽然关涉南唐的内容颇多，但主要目的在于记录典故琐闻，对学术和文学并没有特别的关注，直到根据杨亿口述记载的《杨文公谈苑》才较多记载了南唐学术和文学方面的情况。《杨文公谈苑》中"江东士人深于学问""陈恕赞义山徐铉诗文""江南书籍""雍熙以来文士诗""潘佑""徐锴""汤悦""刘吉论食鱼""白鹿洞藏书"等条对江南文士屡表服膺。在杨亿身上，对于南唐文化的倾慕已经不像《清异录》

---

① 《清异录》卷下，《全宋笔记》第一编（二），第88、89、90页。
② 同上书，第99、109、110页。

那样多限于文人雅事、词语掌故，而是转到学术、文学方面，这也正是宋人对南唐文化重要影响的自觉认识。这反映了杨亿原本对学问和文学的留心，另外也与他本来就受到南唐文化的直接影响有关。杨亿本贯建州浦城，其祖父文逸为南唐玉山令，其从祖即杨徽之，杨亿曾依其为学。杨徽之曾从江为、江文蔚学诗赋，又曾往南唐庐山国学学习。尽管杨亿出生于南唐灭国前一年，雍熙年间他年仅十余岁时，已被太宗召试、授官，[①] 但他仍然有机会从其祖父、从祖等家族长辈口中得知不少南唐逸事。宋代初年又正是南唐文化影响甚大的时期，杨亿出仕，适逢与南唐入宋的徐铉、杜镐、吴淑等文士同朝，对江南的学术和文学情况也多有见闻。杨亿作为宋代成长起来的第一代文士，南唐文化是其可继承的直接源头，正是这些渊源和条件使得杨亿能以亲切的态度去接受南唐文化，注意到并汲取其长处。

元丰年间释文莹撰《玉壶清话》十卷，据其自序，可能主要为从其所收集的文章著述中辑录而来，以成一家之书、存一代之事："……惜其散在众帙，世不能尽见，因取其未闻而有劝者，聚为一家之书。及纂《江南逸事》并为李先主昪特立传，厘为十卷。"今本《玉壶清话》末两卷分别为《李先主传》和《江南逸事》。其实成书于熙宁年间的《湘山野录》《续录》中已经多有关于南唐的传说、逸事，当然，最集中的是在《玉壶清话》的末两卷。尽管《野录》《清话》皆非严肃的史书，时常搜罗异闻，所记南唐诸事不无猎奇成分，但仍然反映了文莹对南唐国的一些重要观点，譬如《玉壶清话·李先主传》称"广陵杨氏……后授于李氏，方能渐举唐室宪章"，也就是认为南唐能够部分地恢复唐代典章制度之旧。这正是文莹在宋平南唐百余年之后仍对江南旧事念念不忘的重要原因，当然，文莹多记南唐逸闻的另一个原因可能在于，在其"自国初至熙宁间得文集二百余家、近数千卷"的书籍、文献中，原本就有较多出自江南，这更说明南唐文化的流风余响广被后代。

---

① 参见《宋史》卷305杨亿传、《杨文公谈苑》"雍熙以来文士"条以及《宋史》卷296杨徽之传。

第二节　南唐诗在宋初的影响

在南唐覆灭以后，南唐的文化包括它的文学并不就从此湮没无闻，这在词的传播和接受方面我们通过冯延巳、李璟、李煜诸人作品的命运看得十分清楚，但在狭义的诗歌方面，南唐的影响就要隐晦得多，这个影响却是在宋初三十多年里的一个诗学事实。我们要考察南唐诗在宋初的影响，不妨先从当时人的看法和评价出发，其中杨亿（974—1021？）的观点首先值得注意，这不仅由于他是后来西昆派的领军、一代文宗，也由于他曾有意对宋初诗坛的情况加以总结。

一　杨亿对宋初诗坛的总结

在我们直观印象中，五代不属于诗歌繁盛的时代，尤其中朝诗人诗作都很少，直到宋初，这一诗坛冷落凋零的状况还没有大的改变，连宋太宗对此也引以为憾。《古今诗话》载："太宗尝顾近侍曰：五代干戈之际，犹有诗人，今太平日久，岂无之也？中宫宋永图于僧寺园亭中得诗百篇以进。有丞相李文正公昉《宰相僧阁闲望》一联云：'水光先见月，露气早知秋。'"① 从宋太宗"五代干戈之际犹有诗人"的感叹，以及要到僧寺园亭去寻访诗作的情状，很可以见出当时诗坛的寂寥冷落之一斑。

到大中祥符年间，杨亿对宋初诗坛有过总结性的评论。《杨文公谈苑》中"雍熙以来文士诗"条云：

> 自雍熙初归朝，迄今三十年，所阅士大夫多矣，能诗者甚鲜，如侍读兵部宿擅其名，而徐铉、梁周翰、范杲、黄夷简皆前辈。郑文宝、薛映、王禹偁、吴淑、刘师道、李宗谔、李建中、李维、姚铉、陈尧佐，悉当时侪流。后来著声者，如路振、钱熙、丁谓、钱易、梅询、李拱、苏为、朱严、陈越、王曾、李堪、陈诂、吕夷简、

---

① 《诗话总龟》前集卷12引，第132页。

宋绶、邵焕、晏殊、江任、焦宗古。布衣有钱塘林逋、缙云周启明。钱氏诸子有封守惟济、供奉钱昭度。乡曲有今南郑殿丞兄故黎州家君，及高安簿觉宗人字牧之，并有佳句可以摘举，而钱惟演、刘筠特工于诗，其警策殆不可遽数。自兵部而下公之所尝举今略记之……凡公之所举者甚多，值公病心烦，不喜人申问，今聊托其十之一二耳。①

杨亿所说的"雍熙年间归朝"是指他在雍熙（985—987）初年被宋太宗召试授官一事，②后数三十年是真宗大中祥符（1008—1016）年间，也就是他发表这条意见的当时，宋朝立国已有五十多年，杨亿仍然认为当时的士大夫多不能诗，这是引起我们注意的第一点。其次，杨亿曾经选编当时人的诗作为《笔苑时文录》，③这里列举的诗人诗句很可能就是其中入选者。据《宋史》本传，杨亿大约在大中祥符五年（1012）告疾、七年（1014）病愈，这条记录既称"三十年"，又云当时杨亿在病中，则这段评论应当发生在这三年之间，正是《西昆酬唱集》结集之后不久。这表明，杨亿在找到新的诗学道路以后，曾试图对宋初诗坛进行有意识的总结。"雍熙以来文士诗"条中记录了他以摘句的形式一共标举了 41 位诗人及其诗作，这大致可以代表杨亿眼中宋初雍熙至大中祥符末年（985—1014）约三十年间诗坛的基本情况。位居 41 位诗人之首的侍读兵部即杨徽之，是杨亿的叔祖父，其诗名在当时颇盛，宋太宗曾选其诗十联写入屏风，④但杨亿只选了他四联，这表明杨亿并不将其作为宋初成就最高的诗人。杨亿所选诗句最多的是郑文宝，11 联；徐铉则以 6 联位居第三。这个数目虽然不能绝对说明他们的诗歌成就和地位，但已经可以代表杨亿对宋初这三十年间诗坛的基本看法：郑文宝在当时最杰出的诗人之列，尤其是在七言诗上，因为在所选的总共 110 联诗中计有七言 66

---

①　《杨文公谈苑》，《宋元笔记小说大观》（一），第 515—519 页。

②　《宋史》卷 305 杨亿传，第 10079 页。

③　《宋史》卷 305 杨亿传，第 10083 页；《杨文公谈苑》"近世释子诗"条（《宋元笔记小说大观》（一），第 523 页。

④　《玉壶清话》卷 5，《宋元笔记小说大观》（二），第 1485 页。

联，而其中郑文宝就占 9 联；所选诗歌联数中徐铉虽然不是最多，但他在宋初诗坛仍旧有不可取代的地位。以杨亿的这一评论作为线索，我们可以重新寻绎出宋初诗歌的脉络，以及原南唐诗人在其中所起到的作用和影响。

二　徐铉与宋初的白体诗风

1. 徐铉与宋初白体诗人

作为宋初白体诗风重要代表的李昉、李至，都与徐铉等人有唱和。太平兴国年间徐铉、李昉、王溥、汤悦等人在翰林院的酬唱之作编为《翰林酬唱集》。① 李至还曾拜徐铉为师，手写铉及其弟锴集，置于几案，又为徐铉、李昉、石熙载、王祐、李穆作《五君咏》。②

尽管徐铉被视为宋初白体诗风的典型代表，譬如程千帆《两宋文学史》就认为，徐铉、李昉等从五代十国入宋的官僚文人不仅是宋初振兴文教的骨干，也是把应酬诗风带到宋朝的始作俑者，形成了宋初以小碎篇章互相唱和的白体诗风。③ 但是，相对于整个白体诗风的浅显流易，徐铉诗很早就形成了清丽风格，如我们前文中引用过的"月下春塘水，风中牧竖歌。折花闲立久，对酒远情多"（《寒食宿陈公塘上》）、"绿野裴回月，晴天断续云"（《春分日》）、"积雨暗封青藓径，好风轻透白疏衣"（《和印先辈及第后献座主朱舍人郊居之作》）等诗句。清丽是整个南唐文学的传统，也是徐铉论诗一贯的主张，以丽句抒清轻淡远之情，这种诗风在宋初显得很突出，具有吸引力。

张泊也在宋初诗坛享有盛名，其诗今存很少，但从各种文献记载来看，显然他也是追慕清丽诗风的：张泊曾经搜罗张籍、项斯的诗并编辑成集，并在《项斯诗集序》中称张籍"为律格诗，尤工于匠物，字清意远，不涉俗体"，认为其后只有朱庆馀、任蕃、陈摽、章孝标、倪胜、司空图能够延续张籍的诗风，而项斯尤其与张籍接近，"词清妙而句美丽奇

---

① （宋）郑樵：《通志》卷 70 艺文八，商务印书馆 1935 年版，第 825 页。
② 《宋史》卷 266 李至传，第 9178 页。
③ 程千帆：《两宋文学史》，上海古籍出版社 1991 年版，第 3 页。

绝，盖得于意表，非常情所及"。① 其中正包含着对清丽诗风的自觉追溯和继承意识。张洎与徐铉友善，后虽相忤绝交，但仍手写徐铉文章，访求其笔札，藏箧笥，甚于珍玩。② 张洎对徐铉诗的推崇说明，在他的心目中，徐铉继承并典型地体现了张籍以来的清丽诗风。正是这种清丽诗风使得徐铉跟宋初一般的白体诗人相区别。

2. 徐铉诗学观的变化：缘情说与讽谏说

徐铉的清丽诗风与其诗学观是有关系的，前文中我们看到徐铉的诗学观在南唐中主时期已经很成熟，他强调诗歌缘情的本质，重视自然和质胜于文，但入宋以后徐铉的文学观发生了一些转变，这种转变对宋初诗风的转向也具有潜在影响。

尽管徐铉入宋以后诗歌成就不如其在南唐中主时期，但与李昉、李至等宋初其他重要白体诗人相比，徐铉诗的应酬习气较少，以小碎篇章互相唱和的作品也要少一些，这跟其仍然保持了缘情的诗学观分不开。徐铉《送李补阙知韶州》已作于入宋以后，其中有句称："诗景缘情远。"③ 可见尽管距离他南唐升元年间所作《成氏诗集序》已有四十余年，其诗缘情的诗学观一直没有根本改变。

关于当时的诗缘情说，罗根泽《中国文学批评史》、罗宗强《隋唐五代文学思想史》都认为五代皆主缘情的文学观，《隋唐五代文学思想史》并认为这种缘情观的创作实绩主要就体现在南唐的文学中，理论表达也主要体现在徐铉的文学思想里。④ "诗缘情"说是一种非功利主义的文学观，注重文学特征，与之相对立的是以"诗言志"说为核心的功利主义文学观，尽管"诗言志"说的"志"并不排除"情"的因素，但无疑更侧重在与政教伦理相关的方面。在中国古代文学思想发展史上，往往形成言志的文学观与抒情的文学观彼此交替的情形。"言志"之诗通常是外向的、指向社会事功的，它可以包含颂美，也可以包含讽喻；"缘情"之诗则往往是内向的、指向心灵世界的。在单个诗人身上，"言志"与"缘

---

① 《项斯诗集序》，《唐文拾遗》卷47，第10906页。
② 《十国春秋》卷28张洎传，第437—438页。
③ 《徐公文集》卷22。
④ 罗宗强：《隋唐五代文学思想史》，上海古籍出版社1986年版，第440—445页。

情"的文学观常可以并存，体现在作品中也是言志之作与缘情之作两者都有；但作为一个时代的文学潮流，则往往体现为某一种文学观占据上风，创作实践中也体现出相应的特点。唐末五代，虽然不乏功利主义的文学观，如薛能有诗"谁怜合负清朝力，独把风骚破郑声"①，郑谷有诗云"风骚如线不胜悲，国步多艰即此时"② 等，但多侧重在颂美一面，讽谕精神却普遍衰落坠失，或者仅停留在观念，少有创作实践。从唐末开始，真正占据主导地位的是"缘情"的文学，无论是咸通年间以韩偓为代表的香艳诗风，还是当时以"咸通十哲"为代表的抒发怀才不遇之情的寒素诗人群，以及司空图、郑谷为代表的主要抒发感伤闲适之情的隐逸诗人群都是如此。五代则普遍流行宗白诗风，③ 主要学习的是白居易的闲适诗及其平易的风格，对其讽喻诗则较少关注。这种普遍的文学风气跟分裂混乱的政局下士人很难有所作为、因而精神大多趋向内敛和低沉有密切关系，外在事功既很少可能，那么普遍转向内在心灵去寻求诗情的冲动就是自然的趋势。

但是，五代十国大多数诗人面临的问题往往是诗情的寡淡，因此诗作难免流于浮泛，也容易去大量写作浅碎的唱和诗，徐铉虽然也参与了一些唱和，却仍有不少艺术上较可取的作品，其重要原因在于他对"诗缘情"有相当自觉的体认，这不仅体现为他在诗文中对此观念的反复直接申说，也体现为他的创作态度：应制之外，较少主动参与唱和，更没有像李昉那样以"朝谒之暇，颇得自适，而篇章和答，仅无虚日"④ 自负，他的诗仍以有为而发居多。《徐公行状》称他"尤工吟咏情性"，并非虚誉。

另外，徐铉的诗学观也并非单一的缘情说，而是也有功利主义的一面。前文中所引徐铉《成氏诗集序》和《萧庶子诗序》，已经表述过陈诗观风的功能，认为当诗在这一方面的职能得不到实现的时候才转而去侧

---

① （唐）薛能：《春日使府寓怀》，《全唐诗》卷 559，第 6482 页。

② （唐）郑谷：《读前集二首》之二，《全唐诗》卷 675，第 7736 页。

③ 参见贺中复《论五代十国的宗白诗风》，《中国社会科学》1996 年第 5 期，第 140—152 页。

④ （宋）李昉编：《二李唱和集·序》，《宸翰楼丛书》本，1914 年重编刊本。

重它抒发个人情性的功能。入宋以后，徐铉对于"诗言志"的表述如：

> 古人云，诗者志之所之也。故君子有志于道，无位于时，不得
> 伸于事业，乃发而为诗咏。①

这是认为不得伸张的"志"发而为诗咏，与他在《成氏诗集序》和
《萧庶子诗序》中所说的观风之政不获实行转而吟咏情性相比，二者其实
同一机杼，对徐铉的诗论来说，他所谓的情可以包括个人之志，而观风
知政和吟咏情性是诗歌的两种功用，一属于指向社会的政治功能，是从
执政者出发而言；一属于指向心灵的心理功能，乃从诗人自身而言。两
者并不矛盾，且只有在诗人真正吟咏情性的前提下，才能据以察知人心
和风俗。②

徐铉《洪州新建尚书白公祠堂之记》一文，作于宋太平兴国八年
（983）拜右散骑常侍之后，③ 其中评价"乐天之文，主讽刺，垂教化，穷
理本，达物情，后之学者服膺研精，则去圣几何"④。可以说，五代宋初
很少有人关注白居易讽喻诗，徐铉是宋初重新发现白居易讽喻诗价值的
第一人。在徐铉的诗论中，讽谏功能正是诗歌在观风知政以外的另一重
要政治功能。观风知政的实现是由上而下的，讽谏则是由下而上。观风
知政的功能既然需要执政者由上而下地实现，对诗人来说，诗歌功能中
与己有关的就只有讽谏和吟咏情性两者了，但讽谏的实现同样需要具备
清明宽松的政治环境。如果政治局面混乱不堪，就不存在观风知政的可
能，"观风之政阙"，讽谏的功能也就无从实现，斯道不行，诗的功能也
就随之向内收缩，这与儒家所谓道的卷舒是一致的。徐铉之所以对诗缘
情的命题申说得更多，并且在创作实践中也以吟咏情性的作品居绝大多
数，是由于他认为五代并不具备实现诗歌政治功能的环境。徐铉对白居

① 徐铉：《邓生诗序》，《徐公文集》卷23。
② 两种功能的论述参见周裕锴《宋代诗学通论》诗道篇的相关论述，巴蜀书社1997年版，
第31页。
③ 《宋史》卷441徐铉传，第13045页。
④ 徐铉：《洪州新建尚书白公祠堂之记》，《徐公文集》卷28。

易讽喻诗的重新发现一定要等到宋朝开国以后、基本统一的太平时代来临以后，也就并不是偶然的，而是出于他对宋朝升平昌明的开国气象的敏锐感受和反映。在当时普遍师法白体闲适诗、唱和诗的风气中，徐铉对白居易讽喻诗的重视没有得到其他诗人的立即响应，徐铉自身也因为文化惯性的作用，未能马上改变自己的诗风，跳出单纯"吟咏情性"的局限，去实现诗歌讽谏和观风知政的政治功能。这正是张咏在《许昌诗集序》中抨击过的"后世作者，虽欲立言存教，直以业成无用，故留意者鲜有"①，但是，徐铉对诗歌政治功能的重视却"揭开了宋诗学重教化讽谏的序幕"②，并对宋初诗风的转向起到了先导作用。后来王禹偁起而学习白居易的讽喻诗，便是在一个比较理想的政治环境下，实现了徐铉曾经有意却无力实现的诗学主张。

三 郑文宝及其对杜诗的整理和取法

在杨亿所列举的宋初名诗人中，郑文宝是除了杨徽之、徐铉、梁周翰、范杲、黄夷简之外的第一人。当时被目为诗坛耆宿的杨徽之、徐铉等人入选的诗句数量都并不如他，在杨亿心目中，郑文宝才是钱惟演、刘筠等西昆派主力诗人登上诗坛之前宋初最杰出的诗人。

郑文宝（953—1013），字仲贤，本为福建人，南唐时曾任校书郎，曾经从徐铉学。③南唐国灭时，郑文宝正当青年。入宋以后，举太平兴国八年（983）进士，后官至工部员外郎。南唐国灭时，郑文宝还很年轻，入宋以后才是他创作成熟的时期。前引"雍熙以来文士诗"记载杨亿所列举郑文宝11联诗如下：

> 《郊居》：百草千花路，斜风细雨天。
> 《重经贬所》：过关已跃槥蒲马，误喘尤惊顾兔屏。

---

① （宋）张咏：《张乖崖集》，张其凡整理，中华书局2000年版，第88页。
② 《宋代诗学通论》，第33页。
③ 郑文宝生平参《宋史》卷277本传。郑文宝为徐铉门人之事，见欧阳修《集古录跋尾》卷1"秦峰山刻石"条："昔徐铉在江南以小篆驰名，郑文宝其门人也，尝受学于铉，亦见称一时。"虽言小篆之学，但于诗学亦当多有请益。

《洛城》：星沉会节歌钟早，天半上阳烟树微。

《赠张灵州》：越绝晓残蝴蝶梦，单于秋引画龙声。

《长安送别》：杜曲花光浓似酒，灞陵春色老于人。

《送人归湘中》：满帆西日催行客，一夜东风落楚梅。

《南行》：失意惯中迁客酒，多年不见侍臣花。

《栖灵隐寺》：旧井霜飘仙界橘，双溪时落海边鸥。

《送人知韶州》：人辞碧落春风晚，花落朱陵古渡头。

《永熙陵》：承露气清驹送日，舳棱人静鸟呼风。

《边上》：鬏间相似雪，峰外寂寥烟。

这些为杨亿所赏识的诗句，大致可以分为两类，一类具有南唐典型的清丽风格，如"百草千花路，斜风细雨天"，"杜曲花光浓似酒，灞陵春色老于人"，"满帆西日催行客，一夜东风落楚梅"，"人辞碧落春风晚，花落朱陵古渡头"等句；一类是以跌宕的句法取胜，如"过关已跃樗蒲马，误喘尤惊顾兔屏"，"星沉会节歌钟早，天半上阳烟树微"，"越绝晓残蝴蝶梦，单于秋引画龙声"，"失意惯中迁客酒，多年不见侍臣花"等。前一类诗句语词和意象美丽，跟当时流行的平白枯淡的风格完全不同，应该说，它们更有一种富含生机、敷腴润泽的升平气象，毫不枯槁。这是天时与人力的共同结果，它们也只能出现在一个较为富足和平的环境下，不是可以强求的，而这样的环境也正是只较郑文宝年轻二十岁的杨亿所成长起来的氛围，因此杨亿容易与之产生共鸣和同感。此外，这种清丽风格当然也是南唐诗歌的重要遗产，尤其郑文宝的老师徐铉曾经是这种诗风的代表，并且，在南唐时期，徐铉在诗歌理论上已经对此有过总结，① 李中、孟宾于等人对之也有深刻认识。② 南唐诗这种典型的清词丽句的特征也正是它们在宋初诗坛占有重要席位的原因，只是由于南唐代表诗人徐铉晚年诗作的渐趋颓易平庸使得这一特征有泯灭的危险，幸

---

① 徐铉早年的诗风就很讲求字面，作于升元二年（938）的《成氏诗集序》强调"嘉言丽句"；到中主时期，徐铉对其文质并重的诗学观有较为全面的表述，如《文献太子诗集序》，其中"唯奋藻而摘华，则缘情而致意"可以概括他对文词方面的重视。

② 孟宾于在《碧云集序》中以"缘情入妙，丽则可知"称赞李中的诗。

而郑文宝将这一点加以继承，并发扬得更为突出。

郑文宝的另一类诗句在句法上都较为特别，有跌宕顿挫的情韵，还往往跟典故的运用联系在一起。这一点与徐铉在中主时期居于泰州、舒州贬所的某些诗歌有一些相似，但郑文宝的诗句对诗歌技巧本身的讲求要超过徐铉，因而他可以就较为普通的经历和题材营造出跌宕顿挫的诗句，而不必像徐铉那样需要较多地借助于个人经历的曲折带来的思想情感的复杂。在诗歌技巧方面，徐铉不喜过分雕琢，常常对客挥毫、援笔立就，① 而郑文宝的这些讲究属对、跌宕顿挫的诗句则可能较难用这种方式迅捷成篇，需要更多构思、酝酿的时间，这种地方，我们相信他是受到了杜诗的影响。蔡启发现郑文宝诗跌宕警拔的句法来自杜甫："仲贤当前辈未贵杜诗时，独知爱尚，往往造语警拔。"② 尽管杨亿心仪于义山，不喜欢杜甫诗，讥讽杜甫诗为"村夫子"，③ 但是李商隐诗字面虽然要比杜诗更为丽密，句法结构却是完全胎息于杜甫的。和李商隐一样，郑文宝诗同样渊源于杜甫，杨亿却对之欣赏有加，正表明杜诗的博大、其影响也是后人难以绕开的。与西昆体相比，郑文宝诗并不以用典见长，但其敷腴丽密、顿挫跌宕的语言风格显然很符合杨亿的审美偏好。尽管直到西昆体的兴起，从杜甫、李商隐以来的影响才表现得淋漓尽致，但这种诗风中一些较为重要的构成因素显然是直接从南唐诗延续下来，并且在郑文宝身上已经体现得很明显，西昆领袖杨亿对郑文宝诗的欣赏正有逻辑上的必然。

开宋诗风气的欧阳修同样注意到了郑文宝这位诗人，《六一诗话》这样评价他：

> 西洛故都，荒台废沼，遗迹依然，见于诗者多矣。惟钱文僖公一联最为警绝，云："日上故陵烟漠漠，春归空苑水潺潺。"裴晋公绿野堂在午桥南，往时尝属张仆射齐贤家，仆射罢相归洛，日与宾

---

① 李昉：《大宋故静难军节度行军司马检校工部尚书东海徐公墓志铭》，《徐公文集》附。

② 《蔡宽夫诗话》，《宋诗话辑佚》，第 402 页。

③ （宋）刘颁：《中山诗话》，（清）何文焕辑《历代诗话》（上），中华书局 1980 年版，第 289 页。

客吟宴于其间，惟郑工部文宝一联最为警绝，云："水暖凫鹥行哺子，溪深桃李卧开花。"人谓不减王维杜甫也。钱诗好句尤多，而郑句不惟当时人莫及，虽其集中自及此者亦少。①

欧阳修《六一诗话》虽然开宋人诗话风气，但各则随时而作，前后并无一定连贯的体例，因此，尽管《六一诗话》作为诗话这种文体颇值得重视，但具体到这一则，对宋初诗坛的整体观照反不如杨亿全面。不过从这一则诗话中，我们仍然发现，欧阳修对郑文宝这一联诗虽然十分赞赏，但紧接着又评价说"虽其集中自及此者亦少"，表明欧阳修对其诗歌的整体评价并不高。与杨亿不同的是，欧阳修此处是将郑文宝与钱惟演对比来看的，而杨亿则是将西昆派之前另划为一个阶段，他对郑文宝的推许也划定在这个阶段内，所以杨亿《谈苑》中"钱惟演刘筠警句"单列一条："近年钱惟演、刘筠首变诗格，学者争慕之，得其标格者，蔚为嘉咏。二君丽句绝多……"② 随后举钱惟演诗句 25 联，刘筠更多于此数，显然并是将他们放在更高的层次。这样看来，欧阳修与杨亿的看法又是大体一致的，他们对郑文宝的肯定都是限定在宋初大中祥符以前约三十年中、西昆体出现之前。

随后司马光《温公续诗话》称："郑工部诗有'杜曲花光浓似酒，灞陵春色老于人'，亦为时人所传诵，诚难得之句也。"③《温公续诗话》是接续欧阳修《六一诗话》而发，意在对之加以补充说明，这一则也是为接续欧阳修对郑文宝诗的评论，司马光的潜台词可能是"杜曲"一联不弱于"水暖"一联。不过，这一联已经出现在杨亿曾标举出来的郑文宝11 联诗之中，看来司马光没有为郑文宝诗的评价添加新的内容。

此后释文莹《续湘山野录》对郑文宝的评价更高：

> 郑仲贤善诗，可参二杜之间，予收之最多。《归田录》所采者非

① （宋）欧阳修：《六一诗话》，《历代诗话》（上），第 270 页。
② 《杨文公谈苑》，《宋元笔记小说大观》（一），第 519—523 页。
③ （宋）司马光：《温公续诗话》，《历代诗话》（上），第 274 页。

警绝，盖欧公未全见也。①

文莹径直将郑文宝诗提高到与二杜相并列，可惜文莹当时所收集的郑文宝诗今天也已经见不到了。但是这样一个评价需要我们注意，尽管将郑文宝与二杜比并，文莹对他的推崇在一定程度上仍然是一个孤立的判断，他不像杨亿有鲜明的诗史意识、划出鲜明的时段并有具体的比较途径——摘句的方式，文莹的判断是笼统的、印象式的，带有某种个人意气。我们看到，文莹对郑文宝的偏好还不仅仅是诗学方面的，因为紧接着所引用的这两句对诗歌的判断之后，就是关于郑文宝妙擅小篆和古琴的记载，而在这一则记载之前是关于郑文宝富于吏干的逸事，可能尤其这一点深得文莹的赞叹。

郑文宝是在南唐中主和后主时代成长起来的文士，又在青年时代即入宋，可以说，他颇得南唐文化和宋文化两者之长，既汲取了南唐文化的精华，同时他身上也开始体现出宋代文士的某些精神气象，前者主要表现在诗歌、艺术等方面，后者则主要体现为他也同时富有吏能，以强干著称，这正是宋人所推崇的实际才干。郑文宝久在西边，参与兵计，有守土之功，也善于牧民，《续资治通鉴长编》载："以郑文宝为陕西转运使，许便宜从事，恣用库钱。会岁歉，文宝诱豪民出粟三万斛，活饥者八万六千余人。"② 尽管最后因反对开边而激怒真宗、被擿以他事而遭贬，但其精明强干则是难以抹杀的。总之，郑文宝较符合当时宋人正在形成中的、对新的士人人格的期待，即文才与吏干并重。虽然欧阳修、司马光皆为这种人格的典型，但他们论诗却基本是就诗论诗，并不推诗及人、去关注文才以外的方面。文莹本人的诗今仅存三首，难以从中窥见诗风全貌，但郑獬《文莹师诗集序》称文莹诗"语雄气逸，而致思深处往往似杜紫微，绝不类浮屠师之所为者"，又称其"今已老矣，其诗比旧愈遒愈健，穷之而不顿，使子美而在，则其叹服之又何如也"。③ 从中

① （宋）文莹：《续湘山野录》，《宋元笔记小说大观》（二），第 1433—1434 页。
② 《续资治通鉴长编》卷 32 淳化二年闰二月，第 712 页。
③ （宋）郑獬：《郧溪集》卷 14，台湾商务印书馆 1986 年影印文渊阁《四库全书》本。

可见文莹诗格与人格皆有雄壮健逸之致，容易对精明强干的郑文宝产生亲切之感，有意发为矫论、为其诗歌争一席之地。这也就是他持论中意气的成分，而不见得是在对诗史有过慎重考虑基础上的平情之论。因此，文莹的观点虽有助于增进我们对郑文宝整体人格的了解，但在对其诗歌的认识方面则增益有限。

从上述杨亿、欧阳修、司马光和文莹对郑文宝诗的评价可以看出，对郑文宝诗的评价，在杨亿对宋初雍熙至大中祥符末三十年间诗坛情形作出总结后已基本定型，其后诸人的意见基本没有超出这个框架和基调，这说明杨亿的评价尽管是摘句式的，但他对诗史的判断眼光十分敏锐，我们不妨就今日存留的作品来重新考量一下杨亿对郑文宝诗的评价。

除了前文中分析过的断句，今存郑文宝诗完整的有 16 首，以怀古类和咏史类的七律较有特点。

> 潺湲如燎岭云阴，玉石鱼龙换古今。只见开元无事久，不知贞观用功深。笼无解语衣无雪，堆有黄沙粟有金。惆怅群邪负恩泽，始知夷甫少经心。（《温泉》）

> 行人慵过景阳宫，宫畔离离禾黍风。庭玉有花空怨白，井莲无步莫愁红。吟诗功业才虽大，亡国君臣道最同。争忍暮年归故里，纶竿回避钓鱼翁。（《读江总传》）

《温泉》应为亲到历史现场的怀古诗，着眼点却并不在眼前风物，转而向咏史的深度开掘，颔联及末联的议论峭拔深刻，隐隐透露出他所身历的南唐末世情形，颇能警醒人心；《读江总传》本为咏史，但前两联却是对怀古场景的想象，跟怀古诗的常见模式呈现出趋同，相较之下，颈联"吟诗功业才虽大，亡国君臣道最同"的议论深度反不如怀古诗《温泉》"只见"一联。

通常认为，郑文宝的七绝最为出色，如绝句三首：

> 亭亭画舸系寒潭，直到行人酒半酣。不管烟波与风雨，载将离恨过江南。

一夜西风旅雁秋，背身调镞索征裘。关山落尽黄榆叶，驻马谁
家唱石州。

江云薄薄日斜晖，江馆萧条独掩扉。梁燕不知人事改，雨中犹
作一双飞。①

这些绝句大体流丽精粹、深婉不迫，其中又以第一首写离别的绝句
最为著名。全诗始终从舟着眼，首句摄入待发画舸的意象，但作为远行
的象征，画面中暂时停泊待发的船必将牵出次句的行人与别筵，这也正
是画舸待而不发的原因。"直到"二字将静止中潜在的催促、离别的必然
和不可逆转从容而又淋漓地道出，而从首句中的待发到此时的终于解缆
开船、由静至动的转变也在这二字中传达出来，离别的无奈与忧伤已在
这两句中缓缓地泅开。后两句则设为怨恨的口吻，似乎是无可奈何的行
人对这无情的离舟径直发出抱怨，也可视为旁人的叙写口吻，不论哪种
身份皆以离舟为中心——自然是"不管"，本就"不管"，但如此措辞，
似乎借由移情手法将离舟塑造成本应有情之物，格外突出了离人别情的
难堪。

尽管从现存作品来看，郑文宝的诗风主要还是轻倩流丽一路，但已
经超出流辈，显露出宋初诗不同于五代中朝平浅荒芜的新气象，因此无
论白体诗人李昉、西昆派诗人杨亿、晏殊，② 还是奠定宋诗平易基调的欧
阳修，都对他的诗称赞有加。赵齐平《宋诗臆说》评价道，宋初一批由
五代入宋的文人仍旧保持着晚唐五代诗风，多数柔靡纤弱，"郑文宝却属
于那样的以清新明媚见长，或者说承袭了白居易'风情'诗一类的格调。
说他'不减王维、杜甫'，终嫌比拟不伦，所谓'刘禹锡、杜牧之不足多
也'，倒有些接近事实"。又指出郑文宝的诗风与徐铉很相似，五代入宋

---

① 所引郑文宝诗并见《全宋诗》第 1 册卷 58，第 639—641 页。
② 李昉对郑文宝的欣赏见《宋史》卷 277 郑文宝传："后补广文馆生，深为李昉所知。"
（第 9425 页）；《苕溪渔隐丛话》前集卷 24 引《西清诗话》："缑氏，王子晋升仙之地，有祠在
焉，郑工部文宝题一绝云云。后晏元献守洛，过见之，取白乐天语书其后云，此诗在处，有神物
护持。"

的诗人大体如此。① 赵齐平的论断大体公允，但五代诗风并非都如徐铉、郑文宝，相反，其他五代入宋的诗人，作品大多平浅不耐读，徐铉、郑文宝等南唐诗人却保持着秀雅流丽的诗风。欧阳修称郑文宝的诗不减王维、杜甫固然是过誉，但他所盛赞的"水暖凫翳行哺子，溪深桃李卧开花"一联，的确有学杜的痕迹，这样的句子在郑文宝整个创作中也许并不多见，但直接反映了郑文宝诗的取法对象，宋初最早推崇并整理杜诗的正是郑文宝：

> 仲贤当前辈未贵杜诗时，独知爱尚，往往造语警拔，但体小弱，多一律，可恨耳。欧阳文忠公称其张仆射园中一联，以为集中少此。恐公未尝见其全编。大抵仲贤情致深婉，比当时辈流能不专使事，而尤长于绝句，如："一夜西风旅雁秋，背身调镞索征裘。关山落尽黄榆叶，驻马谁家唱石州。"又："江云薄薄日斜晖，江馆萧条独掩扉。梁燕不知人事改，雨中犹作一双飞。"若此等类，须在王摩诘伯仲之间，刘禹锡杜牧之不足多也。②

蔡居厚指出，郑文宝深得欧阳修赞赏的诗句背后，有着杜甫这位当时尚未受到足够重视的诗学典范的影响。关于这一点，我们已经从诗句风格上获得了直观感受，此外，还有文献证据表明郑文宝曾经整理编辑过杜甫的诗集。《唐音癸签》载："杜甫集编自唐人樊晃，其后五代孙光宪、宋初郑文宝、孙仅各有编，今无考。宝元初翰林王洙原叔始分古体近体二类，考其岁月以次之。"③ 这一行为与张洎花费多年时间搜辑张籍的诗歌一样，并非出自单纯保留文献的目的，而是有诗学上明确的取法意识。尽管郑文宝整理的杜集并未流传下来，但在当时诗坛，大家显然了解郑文宝与杜诗的渊源。这在宋初可以称得上是一个异数，因为宋初诗坛是普遍忽视杜甫的：杨亿曾明确表示不喜欢杜诗，讥其为"村夫

---

① 赵齐平：《宋诗臆说》，北京大学出版社 1993 年版，第 28 页。
② （宋）蔡启：《蔡宽夫诗话》，《宋诗话辑佚》，第 402 页。
③ （明）胡震亨：《唐音癸签》卷 32，上海古籍出版社 1981 年版，第 335 页。

子"；欧阳修也不甚喜欢杜诗；① 王禹偁虽然也尊崇杜诗，并有"本与乐天为后进，敢期子美是前身"② 的诗句，不过从中也可以见出他有意取则的还是白居易诗；即便他称颂"子美集开诗世界"，也并非指杜诗对诗歌境界的开辟，而只是表明王禹偁在贬官商於的闲居岁月里曾经以读杜诗为消遣。③ 因此，王禹偁对杜诗的推崇是有限的，也未能在当时产生大的影响。在这样的背景下，郑文宝对杜诗的推尊实为首开风气之举，显示了他在诗歌鉴赏方面的卓识和较开阔的诗学视野。

四 宋初诗风受诸南唐的其他影响

1. 对李商隐的追摹：杨亿与吴淑、陈恕

徐铉既与宋初宗白体的唱和诗风有相当联系，同时也在创作实践中奉行诗缘情的主张，保持了南唐文学一贯的真切自然、清丽绵缈的风格；尽管他对诗歌观风察政功能的认识基本停留在口头和观念层面，创作中也很少有讽喻诗的实绩，但这样的意识仍然是可贵的，为后来人突破当时宗白体的狭隘应酬诗风、闲适诗风提供了坐标。此外，徐铉等人与白体以外的宋初其他诗风尤其是西昆体诗风的兴起也有一定的渊源：

在李商隐诗进入杨亿等人的视野并继而成为其效法典范的过程中，可以看到南唐入宋的诗人带来的影响。《杨文公谈苑》"徐锴"条载：

> 徐锴仕江左，至中书舍人，尤嗜学该博……尝欲注商隐《樊南集》，悉知其用事所出。④

这条材料关涉徐锴欲注释李商隐集一事，仅见于杨亿的记载，应该

---

① 《中山诗话》，《历代诗话》（上），第289页。

② （宋）王禹偁：《前赋春居杂兴诗二首间半岁不复省视因长男嘉祐读杜工部集见语意颇有相类者咎于予且意予窃之也予喜而作诗聊以自贺》，见氏著《小畜集》卷9，《四部丛刊》本。

③ 赵齐平认为结合《日长简仲咸》全诗来看此句应作如此解释，纠正了钱锺书在《宋诗选注》中将此句作为"王禹偁用了在当时算得很创辟的语言来歌颂杜甫开辟了诗的领域"的看法。参见赵齐平《宋诗臆说》第35页。

④ 《宋元笔记小说大观》（一），第524—525页。

是杨亿从与徐锴亲近之人处听来，这个掌故的源头很可能就是吴淑。至道三年（995），奉真宗之命，钱若水、柴成务、李宗谔、宗度、杨亿及吴淑等人共同参修《太宗实录》，杨、吴二人在修书期间必定多有交流；而吴淑为徐铉之婿，对徐氏兄弟之事知之甚详，上引这条材料很可能就是杨亿录自吴淑的转述。另外，江少虞《宋朝事实类苑》有"玉溪生"条：

> 至道中，偶得玉溪生诗百余篇，意甚爱之，而未得其深趣。咸平、景德间，因演纶之暇，遍寻前代名公诗集，观富于才调，兼极雅丽，包蕴密致，演绎平畅，味无穷而炙愈出，钻弥坚而酌不竭，曲尽万态之变，精所难言之要，使学者少窥其一斑，略得其余光，若涤肠而浣骨矣。由是孜孜求访，凡得五七言长短韵歌行杂言共五百八十二首。唐末，浙右多得其本，故钱邓帅若水尝留意掇拾，才得四百余首。钱君举《贾谊》两句云："可怜夜半虚前席，不问苍生问鬼神。"钱云："其措意如此，后人何以企及？"余闻其所云，遂爱其诗弥笃，乃专辑缀。鹿门先生唐彦谦慕玉溪，得其清峭感伤，盖圣人之一体也。然警绝之句亦多，余数年类集，后求得薛廷圭所作序，凡得百八十二首。世俗见余爱慕二君诗什，夸传于书林文苑，浅拙之徒，相非者甚众。噫！大声不入于俚耳，岂足论哉！①

此条材料从涉及的人事、时间及其他旁证来看，应当出自《杨文公谈苑》，是杨亿自述对李商隐诗研读和搜辑过程最详尽的记载。两条材料结合起来，我们可以大致推断出杨亿与吴淑就李商隐诗文进行过较多交

---

① （宋）江少虞：《宋朝事实类苑》卷34，上海古籍出版社1981年版，第435页。此条未注所据何书，但《诗话总龟》后集卷11一条所引文字与此部分相重，作杨亿言；葛立方《韵语阳秋》卷2："杨文公在至道中得义山诗百余篇，至于爱慕而不能释手，公尝论义山诗，以谓包蕴密致，演绎平畅，味无穷而炙愈出，钻弥坚而酌不竭，使学者少窥其一斑，若涤肠而洗骨。是知文公之诗，有得于义山者多矣。又尝以钱惟演诗二十七联如……刘筠诗四十八联如……皆表而出之，纪之于《谈苑》，且曰二公之诗，学者争慕，得其格者，蔚为佳咏，可谓知所宗矣。"可证出自《杨文公谈苑》。今辑本《杨文公谈苑》多仅录其"义山诗包蕴密致，演绎平畅，味无穷而炙愈出，钻弥坚而酌不竭，使学者少窥其一斑，若涤肠而浣骨"数句。

流的具体时段。太宗至道（995—997）前后不足三年，杨亿所说至道中得到义山诗百余篇，应该就是在与吴淑相交、任《太宗实录》编修前不久，所以杨亿说当时尚未得其深趣；至道三年真宗即位后，杨亿等人奉诏参修《太宗实录》，他很可能在修书间隙就新得到的义山诗与吴淑等人探讨过心得。前引徐锴欲注樊南集一事，应该就是此时杨亿听吴淑所说。在这段时间里，通过与吴淑、钱若水等人的探讨，杨亿对义山诗从"未得其深趣"到有了更深刻的体会，以至到了咸平、景德间对义山诗多方搜罗、深钻精研，也在这一过程中使自己的诗歌取得了"涤肠浣骨"的成效。至于西昆体的成因，曾祥波《从唐音到宋调》一书曾专门探讨过吴淑与西昆体之间的渊源，尤其注重吴淑以赋体编写的类书《事类赋》对杨亿诗歌创作思路的影响，他将西昆体与《事类赋》题材相关的作品加以比较，发现西昆体中绝大多数事典、辞藻都能在《事类赋》中找到，并认为《事类赋》是类书编纂风气到西昆体之间的一个过渡环节。①

此外，杨亿还发现对于义山诗不无与己同好之人：

> 余知制诰日，与陈恕同考试。恕曰："凤昔师范徐骑省为文，骑省有《徐孺子亭记》，其警句云：'平湖千亩，凝碧乎其下；西山万叠，倒影乎其中。'他皆常语。近得舍人所作《涵虚阁记》，终篇皆奇语，自渡江来，未尝见此，信一代之雄文也。"其相推如此。因出义山诗共读，酷爱一绝云："珠箔轻明拂玉墀，披香新殿斗腰支。不须看尽鱼龙戏，终遣君王怒偃师。"击节称叹曰："古人措辞寓意，如此深妙，令人感慨不已。"②

---

① 参见曾祥波《从唐音到宋调——以北宋前期诗歌为中心》第四章《"西昆体"之重新探索与评价》，昆仑出版社 2006 年版，第 170—174 页。

② 《杨文公谈苑》，《宋元笔记小说大观》（一），第 493—494 页。按：此本《杨文公谈苑》所辑该条误陈恕为余恕，《唐诗纪事》卷 53、《诗话总龟》前集卷 4 皆作陈恕。《宋史》卷 267 有陈恕传："陈恕字仲言，洪州南昌人。少为县吏，折节读书。江南平，礼部侍郎王明知洪，恕以儒服见，明与语，大奇之，因资送令预计偕。太平兴国二年进士，解褐大理评事、通判洪州，恕以乡里辞。改澧州。……"且陈恕在咸平五年曾知贡举，与此条材料合。余恕则不见记载。故应以陈恕为是。今据改。

　　咸平中杨亿知制诰，也就是前引材料中杨亿自称"因演纶之暇，遍寻前代名公诗集"的时期。咸平五年（1002），杨亿与陈恕同掌贡举，二人的论文谈诗应当就是发生在此时。陈恕本洪州人，南唐时少为县吏，折节读书；入宋，第太平兴国二年（977）进士；自言曾向徐铉学习作文——虽然并不一定是真拜徐铉为师，但至少要有对徐铉之文的揣摩学习；《宋史》本传也称其"颇涉史传，多识典故"①，可见陈恕虽无诗歌流传，但也博学能文。正因陈恕十分欣赏杨亿的骈文，后者才将其引为知己，出义山诗共读。事实证明，博识典故、倾心骈文的陈恕果然十分喜爱义山诗，尤其对这一首以史托寓、令后人歧解纷出的《宫妓》颇为称赏。这番对义山诗的共读和探讨下距西昆酬唱开始的景德二年（1005）只有三年时间，这似乎提醒我们，杨亿在走向以义山为楷模的西昆体这一过程中，反复与相讨论的同好诸人中，来自原南唐的文人如吴淑、陈恕等人对他起到了提点和促进作用；而从以徐铉徐锴兄弟为代表的南唐诗人博学好文的风气、典雅秀丽的诗风，到西昆体之间好用典故、沉博繁缛的诗风，只隔着一个关键人物杨亿和一个新诗学典范李商隐，这两者都同南唐文化有割不断的联系。我们可以说，杨亿找到了一条以博学反对平浅诗风的道路，这其中有着来自原南唐文士给予他的熏陶和启发。

　　杨亿在诗学上受到吴淑、陈恕的影响，而这些人有南唐背景，又尤其与徐铉有师生之谊。这并非偶然，而是首先与南唐士人的博学多识有密切关系。杨亿谈到江东士人时，曾经感叹江东士人深于学问，徐铉、徐锴二人的博学在宋代更是名重一时，史称其能读异书，多识典故。② 作为徐氏兄弟后学的吴淑，"幼俊爽，属文敏速"，早年即得韩熙载、潘佑等人的赏识；入宋后预修《太平广记》《太平御览》《文苑英华》及《太宗实录》，又于端拱、淳化年间撰成《事类赋》进献太宗，随后又奉旨为之作注。③ 至于杨亿本人，十一岁就因为文学才能召试称旨，被授予秘书

①　《宋史》卷267 陈恕传，第9203页。

②　《十国春秋》卷28 徐铉传，第403页。

③　《宋史》卷441 吴淑传，第13040页。

省正字，留在秘阁读书，后来长期居馆阁清要之职。就杨亿的知识背景和身份经历来看，他很容易认同徐铉、吴淑等人的广博学识，这种对博学的嗜好也不难转化到他们的文学创作中去：单纯对于博学的爱好是第一步，如徐锴对《樊南文》所用典故的兴趣；然后可能向文学转化，如吴淑的《事类赋》已经介于类书和文学之间，虽然它还是一种半成品的文学作品，但更进一步就走到杨亿等人对义山诗的追摹了。因为义山诗既具有得益于博学背景的丽藻，又有深蕴的文学内涵，使得杨亿在其中看到了反对当时流行的浅易白体诗风的可能，从而将李商隐作为替代白居易的诗学典范。① 西昆体的成就得到了后来欧阳修等人的赞赏，② 原因之一在于宋人以学问为诗的特点在西昆体中已经初步体现，尤其是西昆体诗中大量的用典。只是这时候以学问为诗还处于比较稚拙的阶段，其用典主要体现为一种编事的方式，简单排比而成，不像后来的宋诗那样复杂多变。在宋调的开端上，杨亿等西昆体诗人迈出了重要的第一步，而这与来自南唐诗人的影响不无关系。

其实在这些宋初有文学影响力的原南唐文士名单上，我们还可以增添如下名字：汤悦、张洎、杜镐、陈彭年、舒雅、刁衎、张秉……③他们往往以博闻强记、多识典故著称，并大多长于诗文，后三人还是西昆酬唱的直接参与者，不过他们的光芒远不及杨亿、刘筠、钱惟演这几位主将而已。

2. 南唐的余响：以江西、安徽数个家族为例

尽管南唐王朝正式存在的时间不到四十年，但它的影响并不能用以这短短的四十年来估算。除去我们在前文中讨论过的若干文学艺术杰作、它为宋代提供的丰富精良的书籍、由南唐入宋的著名文士等遗产，南唐还以一种地域文化的方式播下了若干年后才发芽、开花、结实的种子，这其中最为著名的恐怕就是江西一地了，关于五代到宋江西地区的经济

---

① 参见张鸣《从"白体"到"西昆体"》，《国学研究》第 3 卷，第 215 页。

② 欧阳修《六一诗话》称："自西昆集出，时人争效之，诗体一变……盖其雄文博学，笔力有余，故无施而不可。"《历代诗话》（上），第 270 页。

③ 王仲荦认为《西昆酬唱集》中刘秉应为张秉之误。

文化发展已有任爽《南唐时期江西的经济与文化》①，杜文玉、罗勇《宋代江西文化的发展》②，刘锡涛《宋代江西文化地理研究》③ 等论著问世。作为南唐统治腹心地带的江西，在后来宋代文学中也占据了关键的席位，撇开我们熟知的词学方面晏殊、欧阳修等人所受南唐冯延巳的影响，就连宋代中叶以后几乎笼罩了诗坛半壁江山的江西诗派，其最初与南唐的历史文化遗产也不无关系。这里我们不妨以地域、家族的眼光初步探索几个著名家族与南唐的渊源。

从与南唐的文化渊源来说，有这样几个家族颇值得我们注意：刘氏家族、曾氏家族、梅氏家族、欧阳氏家族、黄氏家族等。

首先是袁州刘氏家族。南唐时袁州人刘式（950—998）为宋代著名学者刘敞、刘颁之祖，刘式"少有志操，好学问，不事生产，年十八九，辞家居庐山，假书以读，治左氏、公羊、谷梁、春秋，旁出入他经，积五六年不归，其业益精。是时天下大乱，江南虽偏霸，然文献独存，得唐遗风，礼部取士难其人甚，叔度以明经举第一，同时无预选者，由是江南文儒大臣，自张洎、徐铉皆称誉之，调庐陵尉。太祖平江南，叔度随众入朝，见于殿下……叔度尚名检，好宾客，所交游皆一时名人，徐铉、张佖、陈省华、杨亿之徒，虽年辈先后，待之各尽其意，亿与石中立为独拜床下，其见推如此。"④ 可以看出，求学庐山的经历对刘式十分重要，正是在这里他借读了春秋三传及其他大量经籍，并以明经中举，成为南唐文儒大臣中的一员。入宋以后，又以家学传世，后来其孙刘敞也以春秋学著名。

南丰人曾致尧（947—1012），为曾巩、曾布之祖，南唐时已知名于乡里，宋太平兴国八年（983）举进士。其性格刚正，敢于直言。喜好纂录，著有《仙凫羽翼》《广中台志》《清边前要》《西陲要纪》《为

① 任爽：《南唐时期江西的经济与文化》，《求是学刊》1987 年第 2 期，第 87—91 页。

② 杜文玉、罗勇：《宋代江西文化的发展》，《赣南师范学院学报》1990 年第 2 期，第 7—12 页。

③ 刘锡涛：《宋代江西文化地理研究》，博士学位论文，陕西师范大学，2001 年。

④ （宋）刘敞：《先祖磨勘府君家传》，刘敞《公是集》卷 51，台湾商务印书馆 1986 年影印文渊阁《四库全书》本。

臣要纪》《直言集》《四声韵》等书。① 曾致尧也富有文才，王安石称其"尤长于歌诗"②；《宋史·李虚己传》也载曾致尧曾与李虚己等人唱和：

> 李虚己字公受，五世祖盈，自光州从王潮徙闽，遂家建安。父寅，有清节，仕江南李氏，至诸司使……虚己亦中进士第，历沈丘县尉……虚己喜为诗，数与同年进士曾致尧及其婿晏殊唱和。初，致尧谓曰：子之词诗虽工，而音韵犹哑。虚己未悟，后得沈休文所谓"前有浮声，则后须切响"，遂精于格律。③

曾致尧不仅自己深得诗歌声韵之秘，还将其传授给李虚己，其婿晏殊经常参与他们唱和，同样得其真传。陆游曾将从南唐到宋的江西诗法传承线索梳理得更清晰：

> 李虚己侍郎字公受，少从江南先达学作诗，后与曾致尧唱酬，曾每曰：公受之诗虽工，恨哑耳。虚己初未悟，久乃造入。以其法授晏元献，元献以授二宋，自是遂不传，然江西诸人，每谓五言第三字、七言第五字要响，亦此意也。④

可见曾致尧的确对诗歌音韵颇有研究，并以此启发了李虚己，且间接地影响到晏殊及宋祁等人，此后江西诗人多有注重音韵响亮的特点。曾致尧等人讲究音韵这一点，未尝没有来自徐铉徐锴等人的影响。另外，不仅李虚己，曾致尧本人的诗风也有受自南唐的影响，他今存诗只有6

---

① （宋）欧阳修：《尚书户部郎中赠右谏议大夫曾公神道碑（一作墓志）铭并序》，《欧阳文忠公文集》卷21，《四部丛刊》本。《宋史》卷441，第13050—13051页。（宋）曾巩：《先大夫集后序》，《元丰类稿》卷12，《四部丛刊》本。

② （宋）王安石：《户部郎中赠谏议大夫曾公墓志铭》，《临川先生文集》卷92，《四部丛刊》本。

③ 《宋史》卷300李虚己传，第9975页。

④ （宋）陆游：《老学庵笔记》卷5，中华书局1979年版，第69页。

首，但大多清新，例如：

> 江南杨柳春，日暖地无尘。渡口惊新雨，夜来生白苹。晴沙鸣乳雁，芳草醉游人。向晚前山路，谁家赛水神。(《东林寺》)①

风格秀雅，近于南唐徐铉等人。曾氏后人虽然更多地以文章名世，但诗歌显然也是其家学传承的重要内容之一。

欧阳修极为推崇的诗人梅尧臣（1002—1060），同样诗学传家。梅尧臣的曾祖梅远，南唐时为宣城掾，也是一位诗人，陈尚君《全唐诗续拾》曾对其身世、作品详加勾辑：

> 梅远为北宋著名诗人梅尧臣的曾祖。《欧阳文忠公文集》卷三三《梅圣俞墓志铭》云："曾祖讳远，祖讳邈，皆不仕。"杨杰《无为集》卷十三《故朝奉郎守殿中丞梅君正臣墓志铭》云："南唐末，曾祖远为宣城掾。"正臣为尧臣弟。《宛雅三编》卷二引《梅氏诗谱》，谓远字维明，光化间由吴兴之宣城为掾。以宣之风土淳厚，遂筑居于州学之西，著有《迁居草》。今按：三书所记稍有出入。考《欧阳文忠公文集》卷三一《太子中舍梅君墓志铭》，尧臣父梅让卒于皇祐元年，年九十一，推其生年，为显德六年。以此推测，梅远约生于十世纪初，以仕南唐为是。《梅氏诗谱》有误，今不取光化年仕宣说。②

《全唐诗续拾》并辑出梅远诗2首：

> 昔居苕之南，今适宛之北。溪山故缭绕，往来等乡国。爱此太古风，不但占林樾。岚气敬亭浮，波光响潭接。虽在城市傍，而与喧嚣隔。息心谢纷烦，投闲遗一切。结构类茅茨，宁复事雕饰。草

---

① 《全宋诗》第 1 册，第 580 页。
② 陈尚君：《全唐诗补编·续拾》卷 44，第 1387 页。

堂亦易成，经营岂木石。喜见野人来，渐与尘迹绝。把我盈樽酒，妻儿同一啜。(《筑居》)

百里犹乡土，千年亦比邻。愿言培世德，未敢咏维新。(《迁居》)

这两首诗应该皆出自梅远已佚的诗集《迁居草》，是他由吴兴迁居到宣州时所作。

梅尧臣的叔父梅询(964—1041)，"好学有文，尤喜为诗"[1]，"少好学，有辞辩"。[2] 梅尧臣因屡试不第，仁宗天圣九年(1031)凭叔父之门荫入仕，所以这位叔父无论从诗学、从仕途来说都对梅尧臣深有影响。从现存资料看，梅询的父辈不以诗名，他的诗学很有可能是受益于其祖父梅远。梅询诗今存28首，多为题咏、赠答，风格平易处确类其祖父梅远。

至梅尧臣，其曾祖及叔父对他在诗歌上的影响也是明显可见的。欧阳修《梅尧臣墓志铭》曾追溯过梅尧臣家的诗学传统："自其家世颇能诗，而从父询以仕显，至圣俞遂以诗闻……其初喜为清丽、闲肆、平淡，久则涵演深远，间亦剥琢以出怪巧，然气完力余，益老以劲。"[3] 梅尧臣开出宋诗平淡深远的典型风格，但其平淡一面则是其来有自，从其家学而言，即有得自梅远的影响。他早年所谓"清丽、闲肆、平淡"的诗风，其实是受诸时代、地域及家族影响的自然体现，后来的深远、怪巧、苍劲，则是他在早年诗风基础上经过努力达成的自家面目。也不妨说，他正因为有这样先天的有利条件及后天的卓绝追求，才能"变尽昆体，独创生新"[4]，矫正西昆体流于极弊之后的浮靡习气。

还有一些宋代大诗人，未必能勾辑出他们各自家族清晰的文学传承渊源，但也可以从各方面看到他们的家族文教其实兴于南唐，譬如欧阳修。欧阳修"曾祖讳郴……孝悌之行乡里师服，南唐为武昌令"；"祖讳

---

① 欧阳修：《翰林侍读学士给事中梅公墓志铭》，《欧阳文忠公文集》卷27。

② 《宋史》卷301，第9984页。

③ 欧阳修：《梅圣俞墓志铭》，《欧阳文忠公文集》卷33。

④ (清)叶燮：《原诗·外篇》，《原诗》，人民文学出版社1979年版，第67页。

偓，强学善属文，南唐时献所为文十余万言，试补南京衙院判官"；①欧阳修的叔祖欧阳仪中南唐进士第，乡里荣之，特地改其乡里名儒林乡欧桂里，②可见欧阳仪乃吉水欧阳氏的第一个进士。由于祖上重视文教，所以至欧阳修的父亲这一辈，家族中进士的也就特别多，据欧阳修《欧阳氏谱图序》计有欧阳载、欧阳观、欧阳晔、欧阳颖四人，其中欧阳观即欧阳修之父，欧阳晔则是欧阳修的亲叔父。欧阳观在欧阳修四岁时即去世，欧阳修跟随母亲往依时任随州推官的叔父欧阳晔，直至二十一岁长成。据欧阳修自述，其幼年为学主要得力于其母郑氏，少年时代则主要依赖自学，应该也间接受到欧阳晔的影响。

黄庭坚也曾追溯家史至其六世祖黄瞻："黄氏自婺州来者讳瞻，以策干江南李氏不用，用为著作佐郎，知分宁县……遂将家居焉。""著作生元吉，豪杰士也，买田聚书，长雄一县，始宅于修溪之上而葬于马鞍山。马鞍君生中理，赠光禄卿。光禄始筑书馆于樱桃洞芝台，两馆游士来学者常数十百人，故诸子多以学问文章知名，黄氏于斯为盛。……光禄生茂宗，字昌裔，昌裔高材笃行，为书馆游士之师。子弟文学渊源皆出于昌裔。祥符中，国学试进士……礼部参知政事赵公安仁、翰林学士刘公筠，擢昌裔在十人中，授崇信军节度判官。"③从黄瞻定居分宁，到黄元吉买田聚书，再到黄中理始筑书馆，以及黄昌裔登进士第，这大概可以代表中国古代社会大家族走向兴盛的一般历程；而在黄氏成为分宁当地诗礼传家的大族这一过程中，移居南唐成为一个富有奠基意味的重要起点。

我们发现，这些江西籍或安徽籍的宋代学术名家或文学名家，其家族有不少是在南唐时迁入，或是南唐时家族中开始有人科举及第，前者得益于南唐在五代十国时期的相对平静富庶的环境，后者则与南唐注重文教、整体文化氛围浓厚有很大关系。以此为起点，这些家族的学术、文学以家学传承的方式相递不绝，并终于在宋世得以光大，结出显著的

---

① （宋）韩琦：《故观文殿学士太子少师致仕赠太子太师欧阳公墓志铭》，《欧阳文忠公文集》附录。

② 欧阳修：《欧阳氏谱图序》，《欧阳文忠公文集》卷71。

③ （宋）黄庭坚：《叔父和叔墓碣》，《豫章黄先生文集》卷24，《四部丛刊》本。

文化成果。这就是我们所说南唐的影响远不止于其四十年的统治时期，甚至不只是影响到宋真宗时期，它也遥遥地为北宋中期以后若干文学大家的崛起预做了准备。

结　语

　　在由唐至宋的文化转折过程中，南唐曾经在其间占据特殊的位置，本书希望探明的正是南唐在文学、特别是狭义的诗歌这一方面较为详细的状况，以便较客观地估计它对宋诗的影响，同时也期望能够在一定程度上恢复那个时代诗坛的原貌。但南唐之于宋代的影响尚不止于诗，也不止是词，而是几乎包括了文学、学术、艺术诸方面在内的整个文化。因此，本书在对南唐诗进行发掘钩沉的同时，也比较注重对相应文化背景的关注和探讨。

　　南唐诗坛要上溯到以李昪逐步掌权的杨吴时代，李昪任升州刺史期间就已经开始的延揽文士、汇聚图籍等措施，包括后来他开国以后设立庐山国学，对于金陵和庐山两个诗坛的形成起到了重要的作用。此时的金陵诗坛开始奠定初基，李建勋成为南唐早期诗人的代表，同时以成彦雄为代表的新一批诗人开始崭露头角。

　　进入中主李璟时代，由于李璟的文治政策，南唐的文化特质在此期初步形成，南唐诗在这一时期也最为繁荣。金陵诗坛走向壮大与成熟，李璟周围聚集起一个高层文官组成的文士圈子，经常进行唱和；而保大年间开科取士，诗赋是其中的重要内容，这也吸引了一批士子来到金陵；南唐在这一期间取得对闽楚战争的胜利，这两地的一些诗人也因此进入金陵。其次，诗歌的表现内容也扩大了，党争、贬谪、战乱等内容进入了这些诗人的视野，代表诗人徐铉也在此时达到其创作的高峰。另外，南唐好尚清奇的诗风此时已经形成。庐山诗坛此时也十分活跃，其成员主要是僧道、处士和士子三类人，他们彼此之间的交往酬唱构成了庐山诗坛的重要活动内容。李中是庐山诗坛中成就较高的诗人，他从庐山国学到踏上仕途的经历代表了庐山国学士子较普遍的道路。

后主李煜即位以后，有一个很重视儒学的时期，并且他本人就有儒学方面立言明道的著述，这引起了南唐文士普遍的著述之风以及博学的好尚。另外，南唐此时普遍的清贵趣味，成为南唐文化特质的一部分。此时李煜本人以及李中、孟宾于、潘佑、刘洞等人尚有较多诗作，不过后来李中、孟宾于皆流落于地方，而随着国力的衰弱，金陵对庐山诗人的吸引力在减弱，金陵诗坛和庐山诗坛都渐趋沉寂。当金陵失陷，南唐诗坛即宣告终结，但随后南唐诗歌在宋初的影响则是不可低估的。

由于五代时北方的文化长期落后于南方，以至于宋初统一以后，南方文化尤其是南唐文化成为宋初可以汲取的重要资源。宋廷对南唐文化的态度却是矛盾的，一面以军事胜利相骄，另一面又流露出对南唐文化的歆羡。但在宋代绝大多数文人心目中，南唐一直是以正价值的面目清晰地存在。无论是宋初郑文宝、刘吉等由南唐入宋的文士，还是像马令那样与南唐有着某种渊源的文士，乃至南宋陆游那样与南唐并无渊源的文士，在他们的笔下，南唐学术和文学都具有崇高的地位。具体到诗歌方面，对于宋初诗坛，来自南唐的诗人具有举足轻重的地位，徐铉、郑文宝等人不仅以创作实绩居于宋初三十年中影响最大的诗人之列，而且他们对白居易、杜甫、李商隐等诗学典范的认识和取法也影响到当时诗坛，王禹偁、杨亿等人对当时诗风的扭转也都有得自于他们的影响，对白居易讽喻诗的重新重视以及西昆体精严典丽的诗风都可以追溯到原南唐诗人。

本书就上起杨吴、下迄宋初约八九十年间南唐诗的发展变化情况及其影响做出了历时性的考察，但是，在研究过程中也发现，单单局限于这段诗史本身还是很不够的，譬如说南唐诗歌和文化方面对宋代的影响可能是远超出于宋初三十年这个时限的，像江西作为南唐的腹地，由于移民的加入与官学、私学的兴起等原因，其文化在南唐时期得到了很大的发展，使得江西到宋代成为文士的渊薮，尤其是江西诗派的重要发源地。另外，研究过程中牵涉一些相关的文化问题，虽然超出于纯文学的范围，但与文学的关系却是很密切的，譬如南唐时期那种多艺能、尚清贵的文士形象的塑造，对宋代文士有着直接的影响，本书曾试图寻绎这些问题的脉络，却终究还只能是窥豹一斑。谨以此就正于方家。

附 录 一

唐末及五代初期九华地区
诗人群体考察

文化的创造总抹不去地域的烙印，尤其是在自给自足的自然经济占主导地位、交通和信息传播不发达的古代，特定地域对人的影响和限制就更为明显。谭其骧在《中国文化的时代差异和地区差异》一文中曾经指出，即使在统一的时期中国各地域的发展也是不平衡的，各地的文化皆有其独特性。[①] 文学同样受到地域的影响和限制，地域的角度应当作为观照文化尤其是古代文学的角度之一。金克木《文艺的地域学研究设想》一文中曾设想将文艺研究中常见的历史的线性探索扩大到以面为主的研究、立体研究，以至于时空合一内外兼顾的多维研究，并建议首先就扩大到地域性研究。[②] 在唐诗的发展进程中，尤其是中唐以后，诗歌的地域性特点开始逐渐分明起来，晚唐、唐末到五代，与这一时期的地方割据有关，诗歌创作上也形成了若干以地域划分的圈子，譬如西蜀、南唐、福建等地的诗歌各有特点，从而奠定了宋代诗坛最初的格局。唐诗研究近年以来对地域性的关注逐渐增多，如陈正祥《中国文化地理》中专门制作了《唐代的诗人》等地图，[③] 论文与专著则有陈尚君《唐诗人占籍

---

① 谭其骧：《中国文化的时代差异和地区差异》，载《复旦学报》1986 年第 2 期；又收入氏著《长水粹编》，河北教育出版社 2000 年版。
② 金克木：《文艺的地域学研究设想》，《读书》1986 年第 4 期。
③ 陈正祥：《中国文化地理》，生活·读书·新知三联书店 1983 年版。

考》①、陈铁民《唐代的诗坛中心与诗人的地位及影响》②、贾晋华《唐代集会总集与诗人群研究》③，李浩《唐代三大地域文学士族研究》④ 等。其他相关论著还有史念海《〈两唐书〉列传人物本贯的地理分布》⑤、曾大兴《中国历代文学家之地理分布》⑥ 等。

这些关于唐诗地域性的研究论著，大多侧重在宏观论述，但一些小范围地域的诗歌创作也不容忽视，并且，诗人的分布越是集中在小地域内，越容易引人注目，他们的姓名之前也越可能被冠以特定地域的名称。有唐一代，以地域命名的诗人群体共有五个，分别是"北京四杰""吴中四士""竹溪六逸""庐山四友"和"九华四俊"。⑦ 这说明，当时人已经注意到这些较小地域范围内的诗歌创作。当代的唐诗研究也对这类现象有了更多关注，譬如大历至贞元间吴中地区的皎然、顾况等人的诗歌创作对中唐韩孟、元白两派的开启之功，唐末及五代庐山地区的诗歌创作对南唐乃至宋初诗歌的哺育之功等问题都有专文发表。⑧

在考察南唐诗歌创作的过程中，笔者发现，从唐末到五代初，安徽青阳九华山附近地区活动着一批诗人：张乔、许棠、周繇、张蠙、李昭象、顾云、殷文圭、杜荀鹤等，其中前四人又被称为"九华四俊"。这些诗人在身世出处、诗歌风格上有许多联系，地域上，或籍贯属九华及附近地区，或曾在此生活、隐居过。这些诗人当时享有一定诗名，又主要往来于江淮，因此对后来杨吴和南唐的诗风产生过影响，因此本文将其

---

① 陈尚君：《唐诗人占籍考》，见《唐代文学丛考》，中国社会科学出版社1997年版。

② 陈铁民：《唐代的诗坛中心与诗人的地位及影响》，见《唐代文学研究》第8辑，广西师范大学出版社2000年版。

③ 贾晋华：《唐代集会总集与诗人群研究》，北京大学出版社2001年版。

④ 李浩：《唐代三大地域文学士族研究》，中华书局2002年版。

⑤ 史念海：《〈两唐书〉列传人物本贯的地理分布》，见《纪念顾颉刚学术论文集》，巴蜀书店1990年版。

⑥ 曾大兴：《中国历代文学家之地理分布》，湖北教育出版社1995年版。

⑦ 见周勋初主编《唐诗大辞典》"诗体诗派"部分，江苏古籍出版社1990年版。

⑧ 参见赵昌平《"吴中诗派"与中唐诗歌》（原载《中国社会科学》1984年第4期，又收入《赵昌平自选集》，广西师范大学出版社1997年版）和贾晋华《唐末五代庐山诗人群考论》（见《唐代集会总集与诗人群研究》）。

作为一个群体来考察，称为"九华诗人群"。①

就这一诗人群体涉及的地域范围而言：本书所谓九华地区包括唐代池州郡秋浦、青阳、至德、石埭四县，以及宣州郡泾县和南陵二县，共六县。这样划分，虽然部分地打破了传统的行政区划，却遵从了自然地理的形势——这六个县正好以九华山为圆心分布。九华山在青阳县境，青阳是唐代池州所辖四县之一。唐代池州又名池阳郡，本自宣州析出，《旧唐书·地理志·江南西道》："武德四年，置池州，领秋浦、南陵二县。贞观元年，废池州，以秋浦属宣州。永泰元年，江西观察使李勉，以秋浦去洪州九百里，请复置池州，仍请割青阳、至德二县隶之，又析置石埭县，并从之。"②《新唐书·地理志·江南道》："池州，武德四年以宣州之秋浦、南陵二县置，贞观元年州废，县还隶宣州。永泰元年复析宣州之秋浦、青阳，饶州之至德置。……县四：秋浦、青阳、至德、石埭。"③ 以九华山为中心，秋浦、青阳、至德、石埭、泾县、南陵六县正好围绕九华山分布，其中前四县本来就是池州属地，而南陵不仅地理位置临近九华，且在历史上或划归临近的宣州，或直接划归池州。泾县虽然一直属宣州地区，但与九华紧邻，且《池州府志》也曾将泾县人许棠纳入"九华四俊"之列（详后），可见当地人也并不严格遵守行政区域的划分，而是按自然地理形势视泾县为九华地区的一部分，故本文也将其一并归入九华地区。从自然地理形势看，这六县围绕九华山分布，地理环境、风土人情上也都很相似。

从时段上说，下文所要考察的"九华诗人群"主要活动在唐末懿宗、

---

① 尽管《嘉靖池州府志》中有"九华四俊"的提法，但前人唐诗论著中很少关注这一诗人群体。刘宁《唐宋之际诗歌演变研究》第三章《唐末五代诗人群体》提及唐末五代九华地区集结着一批诗人，但将其划入干谒诗人群，且仅指顾云、殷文圭、杜荀鹤，而张乔、许棠、张蠙、周繇不在其中，他们四人被另外作为"咸通十哲"的成员划入寒素诗人群。可能该书动机在于从出处志趣对当时的诗人群体作一归类和划分，较少从地域文化的角度考虑这一地区的诗人及其创作本身。我们此处主要目的则在于从较微观的角度考察当地当时的诗歌创作情况，因此采用了前人未用过的"九华诗人群"的提法，将包括"九华四俊"在内、当时这一地区的诗人都包括在内。

② （后晋）刘昫：《旧唐书》卷40，中华书局点校本1975年版，第1603页。

③ （宋）欧阳修、宋祁：《新唐书》卷41，中华书局点校本1975年版，第1067页。《唐才子传校笺》卷9罗隐条对这段隐居经历有考证。

僖宗、昭宗三朝（860—907），个别诗人的活动年限下至五代，如殷文圭曾入仕杨吴。

一　九华地区诗人群的形成

唐末直至五代初年活动在九华地区的这批诗人包括：张乔、许棠、张蠙、周繇、李昭象、顾云、殷文圭、杜荀鹤、武瓘、汪遵和康骈，共十一人，今存诗总数近900首。前八人是这个诗人群体的核心成员，存诗较多，彼此间的交往唱和也较频繁，而武瓘、汪遵和康骈则与其他九华诗人的交往很少，见于记载的只有杜荀鹤《寄益阳武瓘明府》以及汪遵早年与许棠相善的传说，因此只将他们三人作为九华地区的诗人群的外围成员。此外，罗隐曾于广明（880—881）、中和（881—885）年间隐居池州梅根浦六七年，① 并与顾云、杜荀鹤有唱酬赠答诗。

九华诗人群中最早得名的是"九华四俊"②，这一得名与"咸通十哲"有密切关系。"咸通十哲"是对活跃在咸通诗坛的一批诗人的通称，现存最早的记载见于《唐摭言》"海叙不遇"条：

> 张乔，池州九华人也，诗句清雅，夐无与伦。咸通末，京兆府解，李建州时为京兆参军主试，同时有许棠与（张）乔，及俞坦之、剧燕、任涛、吴罕、张蠙、周繇、郑谷、李栖远、温宪、李昌符，谓之十哲。其年府试《月中桂》诗，乔擅场。……其年（李）频以许棠在场屋多年，以为首荐。③

所谓咸通十哲，实际上有十二人，分别是许棠、张乔、俞坦之、剧燕、吴罕、任涛、周繇、张蠙、郑谷、李栖远、温宪、李昌符等。除了

---

① （宋）计有功撰，王仲镛校笺：《唐诗纪事校笺》卷69，巴蜀书社1989年版，第1851页。

② （清）徐松：《登科记考》卷23咸通十二年下："《永乐大典》引《池州府志》：张乔字伯迁。时李频以参军主试，乔及许棠、张蠙、周繇皆为华人，时号'九华四俊'。"（《登科记考补正》，孟二冬补正，北京燕山出版社2003年版，第961页。）

③ （唐）王定保：《唐摭言》卷10，中华书局上海编辑所1959年版，第114页。

李昌符、郑谷外，其余十人皆为咸通十一年（870）李频主持的京兆府试所解送的前十名。咸通四年（863）及第的李昌符和咸通十三年（872）才开始应举的郑谷二人也被列入"十哲"中，可能由于他们与张乔、许棠等人时有唱和、应试时间又与张乔等人前后相差不远，被误记入"咸通十哲"中。误记的另一个原因则是这十二人在当时都有能诗之名，后人遂逐渐将其最初与京兆府试的关系忘却，而更多将其作为当时诗坛上一个派别看待。①

"咸通十哲"中，许棠为宣州泾县（今安徽泾县）人，张乔、周繇、张蠙，皆为池州（今安徽贵池）人。② 由于他们四人都参加了咸通十一年的京兆府试，都有能诗之名，又皆来自九华地区，因此被当时人合称为"九华四俊"，其中：

张乔"诗句清雅，复无与伦"，咸通十一年京兆府试，以《月中桂》一诗擅场；《唐才子传》称其"以韵律驰声"③；

许棠同样有诗名，并且是咸通十一年京兆府的首荐；《北梦琐言》载："许棠有《洞庭》诗，尤工，诗人谓之'许洞庭'。"④《唐才子传》也谓其"苦于诗文"⑤；

周繇"家贫，生理索寞，只苦篇韵，俯有思，仰有咏，深造阃域，时号为'诗禅'。警联如……（中略）等句甚多，读之使人竦，

---

① 《唐诗纪事》卷 70 张乔、任涛条也有记载，但皆仅称"十哲"而未言"咸通十哲"。《唐才子传》卷 10 张乔传也称十哲，但同书卷 9 郑谷传却又将其与"芳林十哲"混淆，至胡震亨《唐音癸签》卷 28 始称"咸通十哲"。对于咸通十哲的称呼来源及成员构成，周勋初《"芳林十哲"考》（见《唐代文学研究》，广西师范大学出版社 1990 年版，第 213—224 页）、吴在庆《咸通十哲三论》（载《中州学刊》1992 年第 6 期，第 98—103 页）以及臧清《论咸通十哲》（硕士学位论文，北京大学，1990 年）等文章已有详细考证。

② 其中张蠙在陈尚君《唐诗人占籍考》中被列为江南诗人，具体州郡不详；周祖譔主编《中国文学家大辞典·唐五代卷》张蠙条也仅注其郡望为清河、家居江南，但根据徐松《登科记考》卷 23，《永乐大典》引《池州府志》称张蠙为"九华四俊"之一，张蠙当为池州人。《唐才子传校笺·张蠙传》也持这种看法。另，李昭象为池州刺史李方玄（景业）子。李方玄本为江陵（今湖北江陵）人，与杜牧为好友，是杜牧前任池州刺史。方玄卒后，昭象遂家居池州。因此也将其视为九华诗人群的成员。

③ 《唐才子传》卷 10 张乔传，见《唐才子传校笺》第 4 册，第 302 页。

④ （五代）孙光宪：《北梦琐言》卷 2，中华书局 2002 年版，第 37 页。

⑤ 《唐才子传》卷 9 许棠传，《唐才子传校笺》第 4 册，第 17 页。

诚好手也"。"观于时以'诗禅'许周繇，为不入于邪见，能致思于妙品"。①

张蠙则生而秀颖，幼而能诗，早年就以"白日地中出，黄河天上来"（《登单于台》）一联知名，后来避乱入蜀，又以"墙头细雨垂纤草，水面风回聚落花"（《夏日题老将林亭》）为前蜀王建所知，其诗被辛文房评价为"各有意度，过人远矣"②。

除了当时声名较突出的"九华四俊"外，李昭象、顾云、殷文圭也都能诗：李昭象诗今存《全唐诗》卷 689 中，共 8 首，《唐诗纪事》卷 67 载他与张乔、顾云辈为方外友，他与顾云、杜荀鹤又有不少赠答诗；顾云则被当时新罗诗人崔致远称为"学派则鲸喷海涛，词锋则剑倚云汉"③；殷文圭与顾云、杜荀鹤少时就有文名，辛文房称唐末诗作多气格卑下，而殷文圭诗则"稍入风度，间见奇崛"④。

九华诗人群中存诗最多、声名也最盛的诗人是杜荀鹤，《全唐诗》存其诗 3 卷、326 首。顾云为其诗集所作序称，杜荀鹤及第时的主考官裴贽甚至以中兴诗宗相期许。⑤ 严羽《沧浪诗话·诗体》"以人而论"则，从李陵、苏武到杨诚斋共列三十六诗体，其中唐人二十四体，杜荀鹤体包括在其中，是所列入的晚唐三体之一（其他二体为李商隐体和杜牧之体）⑥。

其他三位诗人中武瓘与康骈今存诗甚少，汪遵"工为绝句诗"⑦，存有咏史绝句 60 首。

中晚唐尤其咸通以后九华地区能在诗坛占据一席之地，原因之一是此前当地就曾有较好的诗歌创作传统：

天宝年间，李白游历江南，曾在宣州南陵居住数年，在秋浦也客居

---

① 《唐才子传》卷 8 周繇传，《唐才子传校笺》第 3 册，第 537、539 页。

② 《唐才子传》卷 10 张蠙传，《唐才子传校笺》第 4 册，第 344—347 页。

③ （唐）崔致远：《桂苑笔耕集》卷 17，《四部丛刊》本。

④ 《唐才子传》卷 10 殷文圭传，《唐才子传校笺》第 4 册，第 369 页。

⑤ 五代顾云：《唐风集序》，见《全唐文》卷 815，中华书局 1983 年版，第 8585 页。

⑥ （宋）严羽：《沧浪诗话》，见《历代诗话》（下），中华书局 1981 年版，第 689—690 页。

⑦ 《唐才子传》卷 8 汪遵传，《唐才子传校笺》第 3 册，第 465 页。

过三年，留下了《南陵别儿童入京》《秋浦寄内》等诗；并曾由秋浦往游九华，将其原名九子山改为现名九华山，在青阳留下了与高霁、韦权舆等人的《改九子山为九华山联句》及《望九华赠青阳韦仲堪》等诗。

元和长庆年间，还有一位诗人费冠卿曾隐于九华山：《唐摭言》卷8、《唐诗纪事》卷60载青阳人费冠卿登元和二年（807）进士，闻母病便辞归，后隐于九华山；长庆年间，朝廷征拜右拾遗，不就，隐居以终。费冠卿作为进士、隐士，其隐逸行为对当地文人有不小的召唤作用，张乔、张蠙、李昭象、杜荀鹤皆有凭吊的诗作。

太和会昌年间，杜牧曾经在宣州、歙州、池州一带长期为官，此地就成为他与当时一些诗人间来往唱酬的一个据点——太和年间，当杜牧在宣歙观察使沈传师幕中时，与赵嘏有来往唱酬；开成四年（839），曾与在宣州涂县做县令的许浑有诗相酬答；会昌四年（844）至会昌六年（846），杜牧任池州刺史期间，曾经贡举池州当地秀才卢嗣立，今《全唐诗》卷557存卢嗣立诗1首；在此期间，居住在丹阳的张祜也曾到池州拜访杜牧，二人有不少相互酬答及同赋之诗：杜牧《酬张祜处士见寄长句四韵》《登池州九峰楼寄张祜》《九日齐山登高》，张祜有《江上旅泊呈杜员外》《读池州杜员外杜秋娘诗》《和杜牧之齐山登高》等诗。[①] 本书所要考察的九华诗人大多正是出生在太和、会昌年间，当杜牧在池州及其附近地区为官时，他们正度过少年时代，稍年长的如许棠（822—?）则在这段时间内度过他的青年时代，都处于求学的最佳时期，也正是奠定其诗歌创作基础的时期。他们对杜牧等人的逸事和名作，应该是较为熟悉的。本非当地人、但与九华诗人群有密切交往的诗人郑谷，还曾写下"张生故国三千里，知者惟应杜紫薇"（《高蟾先辈以诗笔相示抒成寄酬》）的诗句，缅怀当年杜牧与张祜的知音之赏。可见作品与逸事相伴随，曾在当地及更大的地域内广泛传播，酝酿出诗歌与际遇、友情相交织的氛围。另外，杜牧在当地的影响从杜荀鹤为其微子的传说中也可见一斑，[②] 传说之言虽然无稽，却变相呈现出了人们对两位名诗人前后与同

---

① 参看缪钺《杜牧年谱》，人民文学出版社1980年版。
② 《唐才子传》卷9杜荀鹤传，见《唐才子传校笺》第4册，第262页。

一地域相联系这一事实的深刻印象。杜荀鹤及当地其他诗人，其诗风的确也曾受到过杜牧潜移默化的影响。

　　此外，九华山附近地区的地理及经济环境又使得它在乱世成为一个理想的避乱之所，吸引诗人纷纷退居于此。杜佑《通典·州郡》古扬州下云："扬州人性轻扬，而尚鬼好祀，每王纲解纽，宇内分崩，江淮濒海，地非形势，得之与失，未必轻重，故不暇先争。然长淮大江，皆可拒守。"① 九华山附近的池州、宣州等地位于皖南山区，属于古扬州分野，正是杜佑所说的江淮濒海之地，并非兵家首争之地，加之北有淮南作为屏障，又有长江天堑作为防护，具有苟安自保的地理条件。从经济条件而言，正如司马迁《史记·货殖列传》所说："楚越之地，地广人稀，饭稻羹鱼，或火耕而水耨，果隋蠃蛤，不待贾而足，地势饶食，无饥馑之患，以故呰窳偷生，无积聚而多贫。是故江淮以南，无冻饿之人，亦无千金之家。"② 九华地区山多地少，人口较密，自然条件较好，人民大体不难温饱自足。就像杜荀鹤《乱后归山》一诗所描述的那样："乱世归山谷，征鼙喜不闻。诗书犹满架，弟侄未为军。山犬眠红叶，樵童唱白云。此心非此志，终拟致明君。"③ 一旦中原地区动荡、饥馑，这里是一个比较太平的避乱之地。从唐末之乱，直到朱温代唐，不断有士子从长安返回这一地区，张乔、许棠、周繇等人便是如此，而许棠等人的诗集中频频出现送人返于此地的诗作，这也说明，归隐九华一带，尤其对原籍就是此地的读书人来说，是比较普遍和现实的选择。罗隐本为钱塘人，但也曾经在九华梅根浦隐居避乱六七年，这更说明退隐九华的虽然以当地士子为多，却并不限于当地文人，九华地区的地理环境和经济条件也吸引了外来的避乱者。吴松弟《唐后期五代江南地区的北方移民》一文根据唐宋文献的人物传、墓志铭和神道碑中所存的 743 名北方移民的迁移资料，对唐后期及五代迁入江南的北方移民做了统计，其中池州、宣州、歙州也有不少的移民迁入。④

---

① （唐）杜佑：《通典》卷182，中华书局点校本1988年版。
② （汉）司马迁：《史记》，中华书局点校本1959年版，第3270页。
③ 《全唐诗》卷691。
④ 吴松弟：《唐后期五代江南地区的北方移民》，《中国历史地理论丛》1996年第3期。

当时诗人尤其是返回当地的诗人们，更是辐辏九华山，除了以上所言整个九华地区大的地理和经济环境外，也与九华山的小环境有关：九华山风景优美，李白、刘禹锡等诗人都曾品题赞美，对于以避乱和隐居读书为重要动机的文人来说，自然有很大吸引力。另外，九华虽不当要冲，可作避乱之所，但又并非僻远卑陋之地，这对于并非刻意要弃绝人世、只是暂时避乱的人来说，无疑是合适而方便的选择。清人周天度在实地观览以后对九华特多隐逸的原因有这样的认识："歙之黄山、浙之台雁、五泄、四明，俱控胜东南，而名流栖止不若此山之最，则径太荒、山太寂故也。"①

二　九华诗人群的诗歌创作

九华诗人群在诗歌创作上表现了唐末诗风的若干共同特点，即绝大多数偏擅近体，尤其五七言律诗及七绝；总体来看诗风比较平浅，较少用事，善于描写即目所见之景。其诗风大致可以分为三类：清雅一路，奇崛一路和浅俗一路。清雅风格以张乔、许棠为代表，浅俗以杜荀鹤为代表，奇崛以周繇、殷文圭、顾云为代表。

1. 张乔、许棠及其清雅诗风

作为清雅一派代表的张乔之诗，被《唐摭言》评价为"诗句清雅，复无与伦"。张乔的诗名主要由律诗而得，康骈《剧谈录》称："自大中、咸通之后，每岁试春官者千余人。其间有名声，如……贾岛、平曾、李陶、刘得仁、喻坦之、张乔、剧燕、许琳、陈觉，以律诗流传。"② 现存张乔诗中数量最多的正是近体律绝，《全唐诗》及其补编共收张乔诗172首，其中五律为119首，七律10首，五七言绝句共34首。其中，五律是张乔写作最多、流传最广的诗型，也最典型地体现了其偏于淡美清雅的诗风。

就题材言，张乔的五律，常写旅途江景、僧侣以及隐居环境，讲求

---

① （清）周天度：《九华日录》，《丛书集成续编》本，台北新文丰出版公司1988年影印。

② （唐）康骈：《剧谈录》卷下，萧逸校点《唐五代笔记小说大观》下册，上海古籍出版社2000年版，第1497页。

韵致，注重意象营造。往往有名句为人称许，又往往是描摹景物之句，例如：

> 城侵潮影白，峤截鸟行青。（《江行至沙浦》）
> 夜火山头市，春江树杪船。（《送友人进士许棠》）
> 数派分潮去，千樯聚月来。（《宿江叟岛居》）
> 潮平低戍火，木落远山钟。（《江村》）
> 远岫明寒火，危楼听夜涛。（《甘露寺僧房》）
> 水近沙连帐，程遥马入天。（《送河西从事》）
> 山藏明月浦，树绕白云城。（《送友人归袁州》）
> 路绕山光晓，帆通海气清。（《送友人及第归江南》）①

这些写景的对句省净清雅，接续王维、孟浩然等人五律的写景之法，又近于大历诸人诗风，长于删繁就简，使造境更加鲜明，大多是全篇精华所在。不过，诗境显得较为单一，因其表现对象常给人相似之感。所谓"清雅"，对张乔诗来说，"清"与其表现对象多为清寂之境有关；"雅"则是五律的传统风格，"五言律诗，贵乎沉雄温丽，雅正清远"②。张乔通过巧思与锤炼，将清寂之景描绘得淡远雅正。

张乔现存七律较少，且成就远不如其五律，可能说明张乔并不太擅长这种诗型。七律与五律这两种诗型原本在表现感觉、句型节奏上差异都较大，③ 不容易兼擅。"五言律，字少句短，难于省缩，不能灵动，才小者或可饰其寒俭。至于七言律，字添句长，难于运用，不能精实，即

---

① 所引张乔诗并见《全唐诗》卷638。

② （明）顾璘：《批点唐音各体叙目》，转引自陈伯海主编《唐诗汇评》，浙江教育出版社1995年版，第3313—3314页。

③ 参看 [日] 松浦友久《中国诗歌原理》（孙昌武、郑天刚译，辽宁教育出版社1990年版）中第七篇《诗与诗型》中律诗部分。松浦氏认为五律、七律的主要差异，一为表现感觉上古典传统庄重还是当代壮丽畅达，二为各自的节奏拍数分别为三拍和四拍，四拍的偶数结构使七律句子内部也形成上下各二拍的形式上的对称，因而作为律诗性基础的对偶性在七律中得到更完整的贯彻。

才大者亦莫掩其瑕疵。"① 张乔在五律中惯用的清省雅正诗风并不容易移植到七律中。他的七律句法大多较为单调，但其表现内容和所使用的句法则与五言近似，同样的内容如果用五律写出来能够不失清雅，但作为七言就会觉得寒俭甚至卑俗，与盛中唐以后七律渐渐确立的高华丽密的经典风格相去较远。例如：

> 高楼怀古动悲歌，鹳雀今无野燕过。树隔五陵秋色早，水连三晋夕阳多。渔人遗火成寒烧，牧笛吹风起夜波。十载重来值摇落，天涯归计欲如何。（《题河中鹳雀楼》，《全唐诗》卷 639）

"水连三晋夕阳多"这样的句子显得较为滑易流俗，而"渔人"一联几乎复制了其五律的意境和句型。整首诗在题材和句法上都未能脱离其五律的模式，或者说，这一题材以张乔惯用的五律来呈现，应该能获得更好的表达效果。

对张乔而言，七绝反而容易比七律精彩，大概七绝"以语近情遥、含吐不露为贵。只眼前景，口头语，而有弦外音，使人神远"②，这种诗型以才情为主，少用故实，讲求风神，语贵含蓄，某种程度上与五律的传统风格不乏相通之处。加之字数少，较容易运用。故而以五律著名的张乔在七言绝句方面也多有人称道，"张乔多有好绝句……亦籍、牧之亚"③。如"高下寻花春景迟，汾阳台榭白云诗。看山怀古翻惆怅，未胜遥传不到时。"（《春日有怀》）写对风光见面不如闻名的一点惆怅，颇有意趣。但张乔七绝也只是相对较胜，句法意境时有陈旧之感。总之，七律与七绝的数量较少、语言和意境多显草率，缺少锤炼和开拓，这也从反面说明张乔将较多的精力注入了五律的写作，这也是当时文人一般的倾向，其原因我们在下文中还会谈到。

许棠的诗风总体与张乔接近。《全唐诗》存许棠诗 156 首，其中五律

---

① （清）徐增：《说唐诗》卷 16，中州古籍出版社 1990 年版，第 367 页。
② （清）沈德潜：《唐诗别裁集》卷 20，中华书局 1975 年版，第 265 页。
③ （宋）范晞文：《对床夜雨》卷 5，《历代诗话续编》本。

130 首，七律 16 首①。同样是以五律占据了诗作的绝大部分。由于有过从事边庭军幕的经历，因此许棠的诗歌题材比张乔稍广阔，边塞诗不少，既能入实，又气象阔大沉雄，如以下诗句：

> 暴雨声同瀑，奔沙势异尘。（《出塞门》）
> 河光深荡塞，碛色迥连天。残日沉雕外，惊蓬到马前。（《塞外书事》）
> 马行高碛上，日堕迥沙中。逼晓人移帐，当川树列风。（《边城晚望》）
> 星河愁立夜，雷电独行朝。碛迥人防寇，天空雁避雕。（《五原书事》）

此外，即使同样表现江行旅途的情景，许棠笔下的境界也往往要较张乔显得阔大，例如：

> 云增中岳大，树隐上阳遥。堑黑初沉月，河明欲认潮。（《早发洛中》）
> 几层高鸟外，万仞一楼中。（《汝州郡楼望嵩山》）
> 晓郭云藏市，春山鸟护林。（《寄睦州陆郎中（一作寄陆睦州）》）
> 雨涨巴来浪，云增楚际山。（《云归次采石江》）
> 戍影临孤浦，潮痕在半山。（《江上行》）
> 地出浮云上，星摇积浪中。（《宿灵山兰若》）

许棠诗的整体风格仍与张乔相似，都属清雅一类。就七律来说，许棠通常也不脱五律的窠臼，这使得他的七律格局多是通篇描摹景物，缺少因意思与情感的贯注而形成的深厚风格，往往失之于流易单薄。由于对七律的技巧掌握也不如五律，同一联的上下句表现的意思相近、两句叠

---

① 七律《洞庭湖》一首重出为张泌作，见《全唐诗》卷742。

加而非对照，虽然还不至于成为合掌，但毕竟使上下句之间落差太小，因此容易失去七律的体式本应给人的跌宕开阔之感，显得较为单调，例如：

> 陇山高共鸟行齐，瞰险盘空甚蹑梯。云势崩腾时向背，水声呜咽若东西。风兼雨气吹人面，石带冰棱碍马蹄。此去秦川无别路，隔崖穷谷却难迷。（《过分水岭》）

> 荒碛连天堡戍稀，日忧蕃寇却忘机。江山不到处皆到，陇雁已归时未归。行李亦须携战器，趋迎当便着戎衣。并州去路殊迢递，风雨何当达近畿。（《献独孤尚书》，《全唐诗》卷604）

由于诗中情意两浅，表现出浅切通俗的趋向，而与他在五律中表现出的清雅诗风相去较远。另外，七言较五言字数增加，近于口语，便于叙事，许棠的以诗代简、以诗作为"讲德陈情"的工具，也往往是由七律来实现的。如《讲德陈情上淮南李仆射八首》①就是用连章七律颂扬对方的政绩，陈述自己的怀抱未逞的心态。与之将五律作为举业而苦吟、锤炼相比，许棠的七律数量少，成就也不高。这是许棠与张乔的相近之处，也是唐末寒素诗人的共同倾向。

2. 顾云、殷文圭及其奇崛诗风

晚唐诗常常被后代诗论家目为浅切稳顺又衰飒卑弱，②如果就整体诗风论，这种评价有一定概括性，但也不能一概而论。对九华诗人群来说，除了有张乔许棠为代表的清雅诗风、后文还要谈到的杜荀鹤为代表的浅俗诗风外，还有一类奇崛诗风在九华诗人群中也颇引人注目。这种奇崛诗风又主要体现在七言作品中，这里的七言既包括近体，也包括古体。

奇崛诗风易于体现在古体中，与古体诗本身的体性特点有关：古体较少受声律束缚，没有篇幅的限制，讲求气势，不重刻削，容易体现出

---

① 《全唐诗》卷604。

② 如（宋）蔡居厚《诗史》云："晚唐诗句尚切对，然气韵甚卑。"（《宋诗话辑佚》本）（宋）吴可《藏海诗话》云："老杜句语稳顺而奇特，至唐末人，虽稳顺，而奇特处甚少，盖有衰陋之气。"（《历代诗话续编》本）（清）叶燮《原诗》外篇下："论者谓晚唐之诗，其音衰飒。"（《清诗话》本）

拗怒纵恣的风格。我们这里说的古体是将歌行体包含在内的。古体纵恣，七言近俗，以七言为主的歌行则兼有二者之长，并别具流利之美。顾云现存 10 首诗中有 7 首为七言歌行，处处体现着他的"好奇学古"（顾云《苏君厅观韩干马障歌》诗中语）。他以"风吹四面旌旗动，火焰相烧满天赤"（《筑城篇》）形容红旗，以"鼋潭鳞粉解不去，鸦岭蕊花浇不醒。肺枯似着炉鞴煽，脑热如遭锤凿钉"形容醉酒，以"文锋幹破造化窟，心刃掘出兴亡根。经疾史恙万片恨，墨炙笔针如有神"（《池阳醉歌赠匡庐处士姚岩杰》）形容警策之文。《苔歌》则充满奇异的想象和比喻，又以排比连贯直下，将司空见惯的苔藓分别比作孔雀尾、玉女之发和仙宫之丝，动人视听：

> 槛前溪夺秋空色，百丈潭心数砂砾。松筠条条长碧苔，苔色碧
> 于溪水碧。波回梳开孔雀尾，根细贴着盘陀石。拨浪轻拈出少时，
> 一髻浓烟三四尺。山光日华乱相射，静缕蓝馨匀褾积。试把临流抖
> 擞看，琉璃珠子泪双滴。如看玉女洗头处，解破云鬟收未得。即是
> 仙宫欲制六铢衣，染丝未倩鲛人织。采之不敢盈筐箧，苦怕龙神河
> 伯惜。琼苏玉盐烂漫煮，咽入丹田续灵液。会待功成插翅飞，蓬莱
> 顶上寻仙客。（《全唐诗》卷 637）

这种想象力在当时也可说是独树一帜的。① 《新唐书·艺文志》《直

---

① 顾云诗在唐末五代及宋时的影响很大。唐冯翊子《桂苑丛谈》"客饮甘露亭"条记载一个有鬼夜半聊天、吟诗的故事，其中一鬼所吟为："握里龙蛇纸上鸾，逡巡千幅不将难。顾云已往罗浮耄，更有何人逞笔端。"（《唐五代笔记小说大观》下）顾、罗二人在当时文学声名甚高，于此可见一斑。此诗为唐末时人假托高骈口吻所写。顾云曾为高骈幕僚，罗隐也曾干谒过高骈，并有《后土庙》《淮南高骈所造迎仙楼》《广陵妖乱志》等讥嘲高骈的诗文。又南宋周必大《〈文苑英华〉序》云："……惟《文苑英华》士大夫家绝无而仅有，盖所集止唐文章，如南北朝间存一二。是时印本绝少，虽韩柳元白之文尚未甚传，其他如陈子昂、张说、九龄、李翱等诸名士文集，世尤罕见，修书官于宗元、居易、权德舆、李商隐、顾云、罗隐辈，或全卷收入。"（《文苑英华·始事》引）宋初，因唐人文籍并不易得，《文苑英华》的修撰者往往将柳、白、李商隐、顾云、罗隐等人的文集全卷收入。当时顾云显然是被作为唐末与罗隐齐名的诗人来看待的，尽管他们还不能与柳宗元、白居易等人并列。顾云在当时的这种声名，与其不同一般诗人、时见奇崛的诗风应该是有关的。

斋书录解题》《宋史·艺文志》均载顾云著述甚富，但大多亡佚，只能从今存的诗歌中窥见其奇崛诗风的一斑了。

古体以外，九华诗人部分近体诗作中也不乏奇崛之风。殷文圭诗今存30首，其中七律24首，风格不同于唐末五代较普遍的浅俗，而是与杜牧、许浑接近，追步盛中唐。就技巧而言，与张乔、许棠长于五言不同，殷文圭对七律的掌握很纯熟：立意较高，情感饱满，用语力避浅熟。尽管多赠答之作，仍然不时从中体现出高华与壮采，如"华岳影寒清露掌，海门风急白潮头"（《八月十五夜》），"大鹏出海翎犹湿，骏马辞天气正豪"（《寄贺杜荀鹤及第》），"雷劈老松疑虎怒，雨冲阴洞觉龙腥。万畦香稻蓬葱绿，九朵奇峰扑亚青"（《九华贺雨吟》），"阵面奔星破犀象，笔头飞电跃龙蛇"（《赠池州张太守》）等句。此处的奇崛也来自于较多地采用了如天马、海鳌、龙蛇等非常见的或是仅存在于幻想中的宏壮意象，没有想象力的丰富与开阔是办不到的，殷文圭与顾云一样恰在这方面表现出偏嗜与特长。殷文圭称赞陆龟蒙"吟去星辰笔下动，醉来嵩华眼中无。峭如谢桧虬蟠活，清似猴山凤路孤"（《览陆龟蒙旧集》），也正表现出他自己对雄奇诗风的欣赏。不过，相对于七律，殷文圭的五言近体就少得多，仅存《春草碧色》一首：

> 细草含愁碧，芊绵南浦滨。萋萋如恨别，苒苒共伤春。疏雨烟华润，斜阳细彩匀。花粘繁斗锦，人藉软胜茵。浅映宫池水，轻遮辇路尘。杜回如可结，誓作报恩身。（《全唐诗》卷707）

这是乾宁五年（898）的进士试题，殷文圭此诗较质实，又有伤于细巧之嫌。同时其他人的同题之作大多不存，但与今存的王毂诗相较，殷作也不见特别出色。① 殷文圭当年以此诗进士及第，可能更多地与得到了朱温的推荐有关（详后文）。与其对七律的纯熟掌握相比，殷文圭对五言

---

① 见《登科记考补正》卷24，第1032—1035页。王毂诗："习习东风扇，萋萋草色新。浅深千里碧，高下一时春。嫩叶舒烟际，微香动水滨。金塘明夕照，辇路惹芳尘。造化功何广，阳和力自均。今当发生日，沥恳祝良辰。"（《全唐诗》卷694）

近体不能说很擅长，至少是没有特别偏爱这种诗型。这可能是与才性有关：殷文圭较富文采与想象力，偏好华丽或蹈空的意象，细致的观察力与字句的锤炼苦吟似乎非其所长，因此与传统上注重意境营造、较多体现清雅风格的五律比较疏离。总体而言，前引辛文房对殷文圭诗"稍入风度，渐见奇崛"的评价是中其肯綮之言，在唐末诗坛，殷文圭诗大体典雅高华，也时见奇崛峥嵘。

3. 浅俗诗风在杜荀鹤等人近体诗中的呈现

浅俗是九华诗人群的另一种典型诗风，在他们各自作品中皆有体现，而以杜荀鹤为最突出代表。

杜荀鹤诗在《全唐诗》及其补编中共存有326首，全为近体。其中五律127首，七律140首，五七言绝句共56首。杜荀鹤的五律基本不再以刻画景物、塑造情境为目的，而是往往以之发议论，直接抒情达意，不讲求意外之旨，不追求含蓄。与之相应，其五律语言也就呈现出极尽浅显通俗的特点，如："不虑有今日，争教无破时"（《经废宅》），"惟知偷拭泪，不忍更回头"（《别舍弟》），"若待雪消去，自然春到来"（《雪中别诗友》），"道了亦未了，言闲今且闲"（《送僧》），"干人不得已，非我欲为之"（《江上与从弟话别》）等，无所修饰，直与口语接近。

较之五律，杜荀鹤的七律体现出的浅俗风格更为显著，可以说他几乎完全打破了以往七律多隶事、语言典丽的传统风格。杜荀鹤的诗集中充斥着如"古寺拆为修寨木，荒坟开作甃城砖"（《旅泊遇郡中叛乱示同志》），"举世尽从愁里老，谁人肯向死前闲"（《秋宿临江驿》），"家贫无计早离家，离得家来蹇滞多"（《将入关安陆遇兵寇》），"半雨半风三月内，多愁多病百年中"（《中山临上人院观牡丹》），"虎狼遇猎难藏迹，松柏因风易举头"（《山中对雪有作》）一类的句子。七绝中同样如此："百年身后一丘土，贫富高低争几多"（《自遣》），"啼得血流无用处，不如缄口过残春"（《闻子规》）。

在杜荀鹤手中，无论五律、七律还是七绝，都同时体现出浅俗风格。各诗体在数百年间由大量前文本累积起来的典范性的体式特性几乎都被杜荀鹤一齐抛弃，且在他笔下各诗体间在相当程度上呈现出趋同，也就是说不论何种诗歌体式，在他的笔下，彼此之间的风格并没有更大的差异。当然相比较而言，杜荀鹤七律的浅俗程度要比五律更深，这可能与七言本身更近流俗有关，且七言容量更大，作者在反映世情的时候，更容易选择七言，这从七律在杜荀鹤诗歌总数中所占比例最大也可以看出来。

当时的浅俗诗风自有它不可摆脱的各种成因，何况它并非没有长处。至少我们看到当时的这种浅近通俗风格使得各类近体诗能更容易地对世情作出即时再现，这是从前白居易等人在《新乐府》中尝试过、但在近体诗歌中还并不多见的新变。试看杜荀鹤的以下诗歌：

> 夫因兵死守蓬茅，麻苎衣衫鬓发焦。桑柘废来犹纳税，田园荒后尚征苗。时挑野菜和根煮，旋斫生柴带叶烧。任是深山更深处，也应无计避征徭。（《山中寡妇》，《全唐诗》卷692）

> 无子无孙一病翁，将何筋力事耕农。官家不管蓬蒿地，须勒王租出此中。（《伤硖石县病叟》，《全唐诗》卷693）

杜荀鹤集中还有大量类似反映民生的五律、七律和七绝。尽管杜荀鹤对诗体变革以后，更容易以之反映世情俗态，但由于过分浅俗，芜音累句也在在皆是："从来有泪非无泪，未似今朝泪满缨"（《送韦书记归京》），"我自与人无旧分，非干人与我无情"（《旅中卧病》），"今日偶题题似着，不知题后更谁题"（《题瓦官寺真上人院矮松》）……相形之下，被人讥讽如同谚语的那些诗句还并非不可忍受："吟发不长黑，世交无久情"（《秋晨有感》），"易落好花三个月，难留浮世百年身"（《晚春寄同年张曙先辈》）。

这种浅俗在增强诗歌对现实的即时反映能力的同时，毕竟也付出了诗味淡薄，甚至毫无诗味可言的代价。这是杜荀鹤大幅抛弃各诗体的规定性、几乎完全背离经典风格的结果，也因此引起了后世的种种责难，四库馆臣对杜荀鹤《唐风集》的批评是："诗多俗调，不称其名。"①

以上将九华诗人群作了一个大体风格的分判，但并非这个诗人群体中所有诗人都绝对地被某种风格统领，有的诗人显然在某种主导风格之

---

① 《四库全书总目》卷151，第1305页。

外，也还不时会有别的风格闪现，譬如周繇和张蠙。

周繇现存诗 18 首，[①] 其中五律 10 首，七律 5 首。主体风格可归入清雅一类，名作如：

> 苍茫空泛日，四顾绝人烟。半浸中华岸，旁通异域船。岛间应有国，波外恐无天。欲作乘槎客，翻愁去来年。（《望海》）
>
> 盘江上几层，峭壁半垂藤。殿锁南朝像，龛禅外国僧。海涛舂砌槛，山雨洒窗灯。日暮疏钟起，声声彻广陵。（《登甘露寺》，《全唐诗》卷 635）

周繇诗为人称赏的警联全部出自五律，如"公庭飞白鸟，官俸请丹砂"（《送人尉黔中》），"岛间应有国，波外恐无天"（《望海》），"殿锁南朝像，龛禅外国僧"（《登甘露寺》），"山从平地有，水到远天无"（《甘露寺东轩》），"白云连晋阁，碧树尽芜城"（《甘露寺北轩》）等。这些诗句的风格与许棠接近，气象较开阔，清雅之外，用语则较许棠稍显出奇。此外，周繇还有如"爪抬山脉断，掌托石心拗"（《题东林寺虎掊泉》）、"山村象踏桄榔叶，海外人收翡翠毛"（《送杨环校书归广南》）、"崖蹙盘涡翻蜃窟，滩吹白石上渔矶"（《白石潭秋霁作》）等一类诗句，意象翻新，不乏奇崛之态。尽管由于现存诗作数量很有限，很难从中判定周繇主导诗风是否如此，但从《唐才子传》"深造阃域，时号为'诗禅'。警联如……甚多，读之使人竦"的评价来看，周繇的诗虽然奇崛不如同属九华诗人群中的殷文圭、顾云之甚，但可以看出时有新奇之风。

张蠙的五律总体近于清雅一路，《全唐诗》中今存张蠙的诗歌共 102 首，其中五律 53 首，七律 26 首，七绝 20 首。他的五律清雅近于张乔、许棠，又不乏壮丽，也多有边塞之作；张蠙的七律在九华诗人群中最为成熟，风格也较近于清丽一路；从七绝来看，多怀古、言怀之作，风格

---

① 《全唐诗》卷 635 收周繇诗 23 首，但据今人陶敏《晚唐诗人周繇及其作品考辨》（《唐代文学研究》第 5 辑，1994），《唐诗纪事》误将此周繇与稍前之元繇相混，《全唐诗》也误将二人作品混为一谈，除去所混入的元繇的作品，周繇的作品只有 18 首。

较全面。相对来看，在九华诗人群中张蠙的诗歌属于风貌较为多样的，且各体诗歌风格上也相对均衡。这种诗歌风貌的形成与张蠙的经历不无关系：他虽然在咸通年间就已经号称"九华四俊"之一，却直到乾宁二年（895）始中进士，期间长达二十多年绝大部分时间都在京城应考中度过，他自己的诗中对这一段困顿场屋的经历也多有表现；而朱温代唐后，张蠙又避乱入蜀，卒于金堂令任上。张蠙虽称高寿，实际上自中年以后就已经客居他乡，诗歌中与九华地区相连的特定地域性并不如别的诗人强烈。这也部分解释了为何他与当地其他诗人在诗风上的若即若离。

三 三种诗风的成因

九华诗人群的三种主要诗风，自然有晚唐五代总体诗风的影响，但诗人为何受某种特定诗风的影响，却主要受制于创作主体的精神，因此，对其精神气质的考察将显示出易代之际士风与诗风的紧密联系。

九华诗人的主体精神有相似之处，又有相当的差异。大致而言，他们早年的人生设计大多相似，都希望通过科举入仕，但由于晚唐举场的黑暗，请托公行，甚至"定高卑于下第之初，决可否于差官之日，曾非考覆，尽继经营"①，许多出身低微的举子干谒无门，往往久困科场，九华诗人也大多如此：除去周繇登第时年岁不详外，张乔终身不得一第，许棠五十岁方中进士，张蠙辗转科场二十多年方得一第，其他诗人也都屡屡下第。面对这种困境，加上又面临唐末大乱，中央王朝崩溃，他们早年的人生设计和梦想都不可能再由他们所熟悉的传统方式实现，九华诗人在这种局面下不得不作出自己的抉择：未得第的张乔在黄巢之乱的时候就选择了隐居九华，并不再复出；黄巢乱时，许棠则由江宁丞任上返回泾县陵阳别业；周繇在短暂地回乡隐居避乱之后，再度出仕；张蠙则避乱入蜀，做了前蜀的官；李昭象则早在干谒不成后就返回了九华，时在咸通十四年（873），而当时其他九华诗人还在科场挣扎。顾云、殷文圭、杜荀鹤则都多方干谒，并都由干谒得第。不同的主体精神带来了不同的人生选择，也给诗风投下了明显的影响。追溯九华诗人群的三种

---

① （唐）裴庭裕：《东官奏记》卷中，《丛书集成初编》本，商务印书馆1936年版。

主要诗风，会寻找到他们各自主体精神的三个不同源头：

1. 清雅诗风与残留的理性主义气质①

张乔虽有诗名，并在咸通十一年的京兆府试中以《试月中桂》一诗擅场，但他终身未能博得一第。他曾经在写给许棠的诗中慨叹"雅调一生吟，谁为晚达心"（《送许棠及第归宣州》），这很大程度是他自身的比况。不过张乔没有执着地去等待"晚达"，而是在黄巢之乱的时候放弃了科举，彻底归隐九华。这种归隐中的确有失意，但他仍然吟出了"亲安诚可喜，道在亦何嗟"（《送友人归江南》）这样带有自我开解与期许意味的诗句。《嘉靖池州府志》卷 7 载："黄巢乱，乔曰：'尚可以行道乎！见机亦作，此其时矣。'遂与伍乔之徒栖老九华。"② 从中可以看出，张乔保有纯正的儒家信念，世治则兼济，世乱则独善，归隐的选择正是卷道自守的坚持。《试月中桂》诗最好地表现了他的理想气质及清雅诗风：

> 与月转洪蒙，扶疏万古同。根非生下土，叶不坠秋风。每以圆时足，还随缺处空。影高群木外，香满一轮中。未种丹霄日，应虚玉兔宫。何当因羽化，细得问玄功。（《全唐诗》卷 638）

此诗即使放在唐代全部应试诗中也属于优异之作。张乔精心描述了月中桂树的亘古如斯：既非凡俗品类，也就不会在季节的改换中经历凋零与生长的轮回，在永恒的时间宇宙中它不会有任何本性的改变。它托身于高洁的月宫，只随着月亮的阴晴圆缺改变。月亮承载着它，使它迥异于下界的凡木，而它也让月宫满溢芳香。月亮与桂树都因其高洁的品质而互相期待，甚至彼此依存，若一个不存在，另一个就将虚位以待。这个诗题本身是有隐喻意义的，"蟾宫折桂"正是科举及第的象征说法，所以诗的末尾张乔也委婉地表达了自己希望得中的意愿，这也几乎是唐

---

① 刘宁：《唐宋之际诗歌演变研究》第二章谈到杜牧、许浑等人时，认为他们身上保持了理想主义气质，并体现为在近体诗中表现美丽的意境和工丽的辞藻，在一定程度上对生活做自觉的诗意提升。本书借用了"理想主义"这一表述。

② （明）王崇纂：《嘉靖池州府志》，《天一阁藏明代方志选刊》本，上海古籍书店 1962 年影印。

代应试诗的惯例，难得的是此诗结得自然天成。

再如《兴善寺贝多树》一诗：

> 还应毫末长，始见拂丹霄。得子从西国，成阴见昔朝。势随双
> 刹直，寒出四墙遥。带月啼春鸟，连空噪暝蜩。远根穿古井，高顶
> 起凉飙。影动悬灯夜，声繁过雨朝。静迟松桂老，坚任雪霜凋。永
> 共终南在，应随劫火烧。（《全唐诗》卷639）

末四句仍然是对坚贞品质的表现与赞美。这两首诗中，张乔都是在借咏物反复致意，将自身守道不移的理想主义气质完美地寄托在诗中。郑谷曾云"乔诗苦道贞"①，"道贞"就是对其理想主义主体精神的概括。这种精神投射到诗歌形式中，就成为典雅清丽诗风。正是由于具有理想主义气质，因此力求提炼出生活中的美而不是以浅俗的形式直接去表现生活的原态。但张乔等人的理想主义气质与晚唐名诗人杜牧、许浑相比，表现出若干差异，譬如更多地表现出内敛而不是狂狷，此外还有主体精神强弱程度的差异。如果说张乔等人还有理想主义气质，那也只是一部分的残留，诗歌中的典雅清丽也就相应显得较为稀薄，而更大面积的是一种清苦与平浅风貌。

除了最后进士及第且一度做过地方小官以外，许棠的主要人生经历与张乔大致相同，诗风也以清雅见长。但许棠对功名更为执着：他始终认为进身的价值高于隐逸："垂老登云路，犹胜守钓矶。"（《寄江上弟妹》）及第以后，许棠表达了自己近乎狂喜的感受："自得一第，稍觉筋骨轻健，愈于少年。则知一名乃孤进之还丹也。"② 当及第后没有及时被授官，许棠再度发出悲切的哀叹："三纪吟诗望一名，丹霄待得白头成。已期到老还沾禄，无复偷闲却养生。当宴每垂听乐泪，望云长起忆山情。朱门旧是登龙客，初脱鱼鳞胆尚惊。"（《讲德陈情上淮南李仆射八首》之

---

① 见郑谷《故少师从翁隐岩别墅乱后榛芜感旧怆怀遂有记》一诗自注，见《全唐诗》卷675。

② 《唐才子传校笺》第4册，第22—23页。

五）许棠对隐逸的向往主要是在科场偃蹇、仕途不顺时对渔樵生活的想象，但当他真正归隐后，诗中却很少表现出对隐逸的惬意。许棠的执着主要是系心功名，而不是在内心对道的坚守，就理想主义气质而言，许棠不及张乔纯粹，相应地，许棠诗中叹老嗟卑的作品要较张乔多，并且不乏沾染浅俗之气的作品。

其他诗风恬淡的如李昭象等人，在唐末乱世中，也曾或主动或被动地退隐，这同样是守道不移的表现，也说明理想主义气质与其清雅恬淡诗风之间，确然是有联系的。

2. 奇崛诗风与强烈的进取心

张乔、李昭象、许棠基本属于较谦退的一类，人生选择比较接近，而顾云、殷文圭、周繇则属于功名心、进取心十分突出的类型。

《唐诗纪事》记载："顾云……与杜荀鹤、殷文圭友善，同隶业九华。"① 这三人的确有某些相近的气质，功名心都较强烈，其中尤以顾云与殷文圭的精神气质更为接近。《唐语林》载："罗给事隐、顾博士云俱受知于相国令狐公。顾虽鹾商子，而风韵详整。罗，钱塘人，乡音乖剌。相国子弟每有宴会，顾独预之，丰韵谈谐，不辨寒素之子也。顾赋为时所称，而切于成名，尝有启事，陈于所知，只望丙科尽处，竟列名于尾科之前也。"② 顾云努力利用自己"风韵详整"的优势跻身贵游子弟间，获取认同，沽取声誉，同时积极干谒权贵，他的登第与其一贯的积极干谒分不开。这种切于成名的个性，甚至到他晚年已经做了史官以后也没有改变。③ 顾云的躁进，不仅表现为多方干谒，也体现在他任淮南幕僚时为高骈所作章奏的激烈言辞中。中和二年（882）五月，高骈因在平定黄巢之时逡巡不进、意欲拥兵自重、割据一方，被僖宗削夺兵权，因而大

---

① 《唐诗纪事校笺》卷67，第1819页。
② （宋）王谠撰：《唐语林校证》卷7，周勋初校正，中华书局1987年版，第679页。
③ "云大顺中制同羊昭业等十人修史，云至江淮，遇高逢休谏议，时刘子长为仆射，其弟崇望，复在中书，云叩逢休，希致先容。逢休许之。久矣，云临岐请书，授之一函甚草创。云微有惑，潜启阅之，凡一幅，并不言云，但曰：羊昭业等拟将一尺三寸汗脚，踏他烧残龙尾道，懿宗皇帝虽薄德，不任被前件人罗织，执大政者，亦太悠悠。云叹而已。"（《唐诗纪事校笺》卷67，第1819页。）

怒，命顾云作《上僖宗书》，诋毁朝臣，直斥僖宗为"亡国之君"。① 顾云既肯如此措辞，皆因谄事高骈，而对大权旁落、早已奄奄一息的唐王朝不再有丝毫尊敬。尽管他后来又曾出仕唐王朝，却是出于进取的需要。对顾云而言，"切于成名"这一行事特点贯穿始终，他不像张乔、许棠等人身上还残留着理想主义气质，而是目的明确，可以随时变化立场，为了眼前功利，并不介意将儒士的操守彻底抛弃。

单从这些事迹也可以推想，不甘谦退的顾云，他的诗歌也很可能不会是平易清雅的。顾云赞赏画家韩干的"好奇学古"（《苏君厅观韩干马障歌》），表明他自己对"古"与"奇"也是倾慕的。时人对顾云的评价与他的自我评价相近，顾云在高骈幕中曾献长启一首、短歌十篇，被同在高幕的崔致远赞为"学派则鲸喷海涛，词锋则剑倚云汉"②。顾云的诗有意追求奇崛，偏爱采用拘束较少的古体、并挑选奇特的意象，正处处体现出一种极为迫切、不受任何既有成规束缚的进取心。除了个人气质与古体的不拘一格相适宜外，顾云偏好古体还有另一个原因，即出于干谒行卷的功利目的。唐末诗人多作律绝，顾云切于成名、急于用世，在干谒之作中弃用常人所习见的平熟的近体，而选用古体，正是希望出奇制胜。从风格来说，晚唐诗坛又对奇崛的诗风欣赏有加，吴融为《禅月集》所作序中曾提到当时风气："至于李长吉以降，皆以刻削峭拔、飞动文采为第一流，有下笔不在洞房蛾眉、神仙鬼怪之间，则掷之不顾。迩来相效，学者弥漫浸淫，困不知变。"③ 如果说在晚唐李商隐等人手中，"飞动文采""洞房蛾眉"已发挥近乎得淋漓尽致；那么剩下的只有所谓"刻削峭拔""神仙鬼怪"，前者是风格，后者则是意象、是手段，这正是自李贺以后就颇引人关注的奇崛风格。而总体平庸的唐末诗坛，在一片平浅、通俗诗风笼罩下，此时若重回中唐韩愈、李贺等人领起的奇崛诗风就较易引人注目。顾云可能正是在这样的考量下，策略性地选择了自

---

① （宋）司马光：《资治通鉴》卷255，中华书局1956年版。

② （唐）崔致远：《桂苑笔耕集》卷17，《四部丛刊》本。此启所作时地参阎琦《新罗诗人崔致远》一文的考证，见《唐代文学研究》第5辑。

③ （唐）吴融：《禅月集序》，见（宋）李昉等《文苑英华》卷714，中华书局1966年版，第3688页。

己干谒之作的独特体式与风格。

殷文圭的进取心不输顾云，他同样目的明确，并采用非常手段及第。《唐摭言·表荐及第》条记载：

> 乾宁中，驾幸三峰。殷文圭者，携梁王表荐及第，仍列于牓内。时杨令公镇维扬，奄有宣浙，扬汴榛梗久矣。文圭家池州之青阳，辞亲间道至行在。无何，随牓为吏部侍郎裴枢宣谕判官。至大梁，以身事叩梁王，王乃上表荐之。文圭复拟饰非，遍投启事于公卿间，略曰：於菟猎食，非求尺璧之珍；鹪鹩避风，不望洪钟之乐。既擢第，由宋汴驰过，俄为多言者所发，梁王大怒，亟遣追捕，已不及矣。然自是屡言措大率皆负心，常以文圭为证。白马之诛靡不由此也。①

殷文圭直接干谒当时握有最大实权的朱温，并利用朱温的表荐博得一第，一旦目的达到、而朱温又有碍他在清流中的声誉时，他又曲说饰非，将自己与朱温的关系尽数推脱。在整个关系的建立与处理中，殷文圭始终掌握着主动权，而朱温可以说是被愚弄的一方。殷文圭的这种行事方式透露出他不仅有极强烈的功名进取心，也不乏一些纵横家式的奇气。晚唐科场由权豪把持，请托、贿赂公行，若无门第、朋党可恃，无显宦、有司提携，寒素士人很难有出头之时，因而大多长年屈抑科场，仕路断绝。如顾云、殷文圭这样的寒士为登一第计出非常，确有情势所迫的原因。不过，与顾云不同，殷文圭利用朱温举荐登第后，并未就此投靠于朱。我们不应忘记，之前昭宗避乱华州时，殷文圭间道达至行在，投奔失势的皇帝，也说明他是心向唐王朝的。即便作为出身寒素、投效无门的士人，不得已采用了非常手段登第，但殷文圭并非无所顾忌之人，面对摇摇欲坠的中央王朝，依然保有忠诚。如果人的作品与个性不可能截然分开，那么这样的一个诗人笔下必定也有一些特别之处。可以看出，较之顾云，殷文圭的诗歌平实稳健得多，但并不靡弱寒苦；他较少追求

---

① 《唐摭言》卷9，第99页。

耸人视听的效果，但在整体高华典雅的情调下，也不时一展奇崛与峥嵘。殷文圭偏好七律，为了在这种容易流于平妥稳顺的诗体中造成醒目和不俗的印象，他往往在一、两联中采用不经见的意象，让全诗也随之获得"刻削峭拔"的效果。殷文圭诗中这种偶一展露的奇崛不能说与他的个性没有联系，奇崛诗风与其非同寻常的登第策略有着内在的一致性。

诗人周繇也属于进取心强烈、不甘平庸的一类。周繇在咸通十三年（872）进士及第后，先后任秘书省校书郎、福昌县尉，黄巢之乱曾短暂隐居故乡，但乱后不久他随即出山投文，仆射王徽奏授其为至德令。① 作为早年共同隐居苦读的同窗，杜荀鹤对于周繇不甘陆沉、默以待时的个性与心情深有了解，在送周繇短暂归隐故乡时杜荀鹤就有"知君未作终焉计，要著文章待太平"② 这样的诗句，这很恰切地描述了周繇隐居待时的心理。周繇的诗风大体秀淡清雅，但也偶露峥嵘，与其行事风格一致。另外，周繇及第较早，对现实的期望比张乔、许棠等人乐观，这也使得他的诗呈现出比较积极的心态，并有意追求新奇的诗风，与殷文圭、顾云等人的奇崛接近。

3. 浅俗诗风与卑屈逢迎的人格

杜荀鹤是九华诗人中浅俗一派的代表，他的诗大体通俗浅切。浅切诗风不可避免地与时世和境遇有关：部分诗人科场淹蹇，又值唐末大乱，仅存的一些理想气质也被磨光了；另外，由于出身低微，为博一第四处干谒，而乱世无学，被干谒之人的欣赏水准也较以前大大衰落，导致杜荀鹤得到权贵好评的常常是浅俗之作。

杜荀鹤早有诗名，但屡试不第，不得不常常投诗干谒权贵。"杜荀鹤老而未第，求知己甚切，《投裴侍郎》云：'只望至公将卷读，不求朝士致书论。'《投李给事》云：'相知不相荐，何以自谋身。'《投所知》云：'知己虽然切，春官未必私。宁教读书眼，不有看花期。'《投崔尚书》云：'闭户十年专笔砚，仰天无处认梯媒。'如此等句，近于哀鸣矣。"③

---

① 《唐诗纪事校笺》卷 54，第 1478 页。
② （唐）杜荀鹤：《送福昌周繇少府归宁兼谋隐》，《全唐诗》卷 692，第 7953 页。
③ （宋）葛立方：《韵语阳秋》卷 18，上海古籍出版社影印宋刻本 1984 年版，第 245 页。

最终因干谒过朱温，得到朱的表荐而及第。① 连败于文场、老而落魄，使得杜荀鹤的干谒诗哀苦悲切，也让他的请求显得格外卑屈可怜。张齐贤《洛阳搢绅旧闻记·梁太祖优待文士》记载了杜荀鹤干谒一事本末，其被动和卑屈令人悲悯：

> 梁祖之初兼四镇也，英威刚狠，视之若乳虎。左右小忤其旨，立杀之。梁之职吏每日先与家人辞诀而入，归必相贺。宾客对之不寒而栗。进士杜荀鹤以所业投之，且乞一见。掌客以事闻于梁祖，梁祖默无所报，荀鹤住大梁数月。先是凡有求谒梁祖，如已通姓名而未得见者，虽踰年困踬于逆旅中，寒饿殊甚，主者留之，不令私去，不尔，即公人辈及祸矣。荀鹤逐日诣客次。一旦梁祖在便厅谓左右曰："杜荀鹤何在？"左右以见在客次为对。未见间有驰骑至者，梁祖见之，至巳午间方退，梁祖遽起归宅。荀鹤谓掌客者曰："某饥甚，告欲归。"公人辈为设食，且曰："乞命。若大王出，要见秀才，言已归馆舍，即某等求死不暇。"至申未间，梁祖果出，复坐于便厅，令取骰子来。既至，梁祖掷，意似有所卜，掷且久，终不惬旨，怒甚，屡顾左右，左右怖惧，缩颈重足，若蹈汤火。须臾，梁祖取骰子在手，大呼曰："杜荀鹤！"掷之，六只俱赤，乃连声命屈秀才。荀鹤为主客者引入，令趋，骤至阶陛下。梁祖言曰："秀才不合趋阶。"荀鹤声喏，恐惧流汗，再拜叙谢讫，命坐。荀鹤惨悴战栗，神不主体。梁祖徐曰："知秀才久矣。"荀鹤欲降陛拜谢，梁祖曰："不可。"于是再拜复坐。梁祖顾视陛下，谓左右曰："似有雨点下。"令视之，实雨也，然仰首视之，天无片云，雨点甚大，沾陛檐有声。梁祖自起熟视之，复坐，谓杜曰："秀才曾见无云雨否？"荀鹤答言："未曾见。"梁祖笑曰："此所谓无云而雨谓之天泣，不知是何祥也？"又大笑，命左右将纸笔来，请杜秀才题一篇《无云雨诗》。杜始对梁祖坐，身如在燃炭之上，忧悸殊甚。复令赋《无云雨诗》，杜不敢

---

① 《诗话总龟》卷5投献门引《洞微志》："杜荀鹤字彦之，遇知于朱梁高祖，送名春宫，于裴贽侍郎下第八人登科……"（第48页）。

辞，即令坐上赋诗，杜立成一绝献之。梁祖览之大喜，立召宾席共
饮，极欢而散，且曰："来日特为杜秀才开一筵。"复拜谢而退。杜
绝句云：同是乾坤事不同，雨丝飞洒日轮中。若教阴朗都相似，争
表梁王造化功。由是大获见知。杜既归，惊惧成疾，水泻数十度，
气貌羸绝，几不能起。客司守之，供侍汤药，若事慈父母。明晨再
有主客者督之，且曰："大王欲见秀才，请速上马。"杜不获已，巾
栉上马。比至，凡促召者五七辈。杜困顿无力，忧趋进迟缓。梁祖
自起大声曰："杜秀才！'争表梁王造化功！'"杜顿忘其病，趋步如
飞，连拜叙谢数四。自是梁祖特帐设宾馆，赐之衣服钱物，待之
甚厚。①

　　虽然杜荀鹤最后终于得到朱温的优待和表荐，但以他在与朱的周旋
过程中恐惧之深，可以想见及第后必定不敢像殷文圭一样，不顾性命之
虞而去撇清自己与朱温的关系。理想主义已经失去，又缺少胆识与奇气，
杜荀鹤对现实有太多委曲求全，他的诗中就既没有张乔、许棠等人诗中
的清雅，也没有顾云、殷文圭诗中的奇崛，而更多的是浅俗之气。

　　孙光宪《北梦琐言》"杜荀鹤入翰林"条记载："唐杜荀鹤尝游梁，
献太祖诗三十章，皆易晓也，因厚遇之。"② 这表明，杜荀鹤的浅俗诗风
不仅是学力上的局限所致，也由于考虑到干谒对象的文学水平和偏好的
实际需要。这与顾云以奇崛古风干谒当时的贵游子弟在策略上是一致的。
人格上的软弱正好解释了杜荀鹤诗歌的平浅、卑俗之风，并且杜荀鹤为
了功名前途牺牲的还不仅仅是诗歌风格，还有其诗学立场以及个人清誉。
何光远《鉴诫录》"削古风"条记载：

　　　　梁朝杜舍人荀鹤为诗愁苦，悉干教化，每于吟讽得其至理……
　　杜在梁朝献朱太祖《时世行》十首，欲令太祖省徭役薄赋敛。是时
　　方当征伐，不洽上意，遂不见遇。旅寄寺中，敬相公翔谓杜曰，希

① （宋）张齐贤：《洛阳搢绅旧闻记》卷1，《知不足斋丛书》本。
② （五代）孙光宪：《北梦琐言》卷6，第144页。

先辈稍削古风，即可进身，不然者虚老矣。杜遂课《颂德诗》三十
章以悦太祖。议者以杜虽有玉堂之拜，顿移教化之词，壮志清名，
中道而废。①

以颂美诗取代讽谏诗作为干谒之具，并且这种所谓的"颂德"并非
是出自衷心，而只能是一种阿谀逢迎。杜荀鹤曾经主张诗以济物、要含
教化，他的诗学观见于文字者如"诗旨未能忘救物"（《自叙》），"共有
人间事，须怀济物心"（《与友人对酒吟》），"言论关时务，篇章见国风"
（《秋日山中寄李处士》）等，强调诗须有用于世，关乎时务，体现兼济之
志。相应地，诗风也强调古朴。《读友人诗》云："君诗通大雅，吟觉古
风生。外却浮华景，中含教化情。名应高日月，道可润公卿。莫以孤寒
耻，孤寒达更荣。"即反对浮华雕琢，以接续教化的传统。《唐才子传》
也记载他"颇恃势侮慢搢绅，为文多主箴刺"。但是，一旦这种主张与握
实权者相违背、将阻碍自己的功名之途时，他就立刻放弃了自己的主张，
转而去迎合当权者的心思。以其诗风原来的浅俗，再放弃对世情中民生
疾苦一面的反映，就在很大程度上失去了其诗歌的独特价值。现存的
《唐风集》因为编订于杜荀鹤及第之初（见顾云《唐风集序》），其中还
保存有相当数量的这类讽喻作品；设如杜荀鹤入朱温幕下之后再编诗集，
讽谕诗未必能够收录其中。

至于张蠙，人生经历前半段与其他九华诗人相似：咸通十一年
（870）已在京应举，乾宁二年（895）始登进士，前后应考二十余年。此
后，张蠙曾任校书郎、栎阳尉、犀浦令等职。由于年寿较别的九华诗人
高，一直活到易代之后，因此就面临着在朱温篡唐以后的选择问题。张
蠙没有回到故乡隐居，也没有跟随朱温，而是选择了入蜀，并且后来在
蜀为官。这种选择正是当时不少士人心态的体现：既对唐王朝有惋惜之
心、对朱温的篡唐不能认同，又必须承认现实，作出新的选择。张蠙的
诗风在九华诗人群中也呈现出最复杂的面貌，既有部分的清雅之作，也

---

① （五代）何光远：《鉴诫录》卷9，《知不足斋丛书》本。按，杜荀鹤卒于904年，未入
梁，"梁朝"、"朱太祖"当系按照后来的称呼。

有一些开阔豪壮之作，又有部分浅俗之作，与他的这种心态也应有联系。

如上所述，九华诗人群不同的主体精神投射到其诗歌中，形成了不同的诗风。在经历和人生选择上接近的，诗风也比较接近：残留有一些理想主义气质的，面对与自身理想背道而驰的现实便采取了遁世的姿态，他们的诗歌中就相应地较多清雅之风，譬如张乔、李昭象、许棠；特别现实、勇于进取，对正统意识毫无执着黏滞的，诗风就较少严整雅致而多奇崛之态，如顾云、殷文圭；一味去认同现实、几乎被磨去全部棱角的，诗风也就多入浅俗，如杜荀鹤。

四 与其他诗人的交往及对杨吴、南唐诗坛的影响

九华诗人群的诗风所受的影响，首先来自薛能和李频。薛能和李频二人正是寒素诗人的奖掖者，而包括张乔、许棠、周繇、张蠙等人在内的"咸通十哲"正是受到他们奖掖的寒素诗人的代表。薛能和李频不仅直接奖掖了张乔等人，也与他们有相当多的交往唱酬见于记载，他们与部分九华诗人不仅是奖掖者与被奖掖者的关系，在诗风上也是同道。受其影响较多的主要是"九华四俊"，顾云、殷文圭、杜荀鹤则较少受到他们的影响，这与他们不由科举正途有关。

薛能（? —880）对当时诗坛上贵胄诗人的香艳诗风不满，提倡追步风骚："谁怜合负清朝力，独把风骚破郑声"（《春日使府寓怀二首》）。诗歌创作上，薛能"五律数量不多，题材范围比较狭窄，其中大量作品是与僧人的酬赠之作，写景之句也基本是对幽寂之景的刻画。这种题材范围的萎缩也成为寒素诗人五律比较普遍的缺陷"。薛能的七律，则同时受到了"元和体"以及晚唐许浑等人的影响，受"元和体"的影响表现在反思现实、感悟人生的内容特点、表现方式上的入实趣味，受许浑的影响则表现在部分七律绵邈的意境和工丽的语言。薛能诗的这些特点也正是张乔、许棠、张蠙等人诗风的特点。李频的诗歌则多受到姚合、方干的影响，表现日常生活，五律追求平淡有味，七律则讲求意境的塑造。正是"在薛能和李频的影响下，唐末寒素诗人的七律呈现出'元和体'

与'晚唐体'的共同影响"①。

另一位与九华诗人有密切交往的是郑谷。郑谷（851？—？）被包含在咸通十一年李频所主持京兆府试解送的"咸通十哲"之内，是一个误记，实际上他在咸通十三年（872）才开始应举。"咸通十哲"误将郑谷也包括在内，一方面是因为郑谷应试时间与十哲前后相差不远，另一方面也说明郑谷与薛能、李频有着较密切的关系。查考郑谷诗中有《哭建州李员外频》《献大京兆薛常侍能》《读故许昌薛尚书诗集》等诗，可证实这一点。郑谷又与部分九华诗人有频繁的酬答往来，有《久不得张乔消息》《送许棠先辈之官泾县》《同志顾云下第出京偶有寄勉》等诗。

郑谷的诗学主张与薛能、李频相近，也强调诗骚传统，同时又标举盛唐诗的风骨兴象。他的诗歌受到姚合以及白体的影响，形成清婉明白的诗风。赵昌平《从郑谷及其周围诗人看唐末至宋初诗风动向》一文认为，郑谷的诗风正是通过与之相过从的"咸通十哲"以及在郑谷归隐宜春后从之学诗的孙鲂、齐己、黄损，还有郑谷的同乡杨夔、虚中等人得到传播，并影响到杨吴、南唐的诗风，又下达宋初，成为宋初影响巨大的诗人。赵昌平文中所举与郑谷交往的诗人——张乔、杜荀鹤、殷文圭正属于九华诗人群，但笼统地说郑谷的诗风直接影响了他们，恐怕不太确切，因为郑谷与他们时代相同，其诗名显扬的时间还要略晚于张乔、许棠。此外，杜荀鹤的诗风偏浅俗，殷文圭的诗风奇崛雄阔，都与郑谷有差别。张乔在此数人中诗风与郑谷最接近，都有"清"的特点，但张乔更偏向清雅一面，郑谷诗中则有不少受到江南俗体诗的影响，更浅切一些。但是，不可否认的，这些九华诗人与郑谷之间的确存在着诗风的相互影响，共同构成唐末诗坛"轻清细微"一派，影响了五代十国尤其是杨吴和南唐的诗风。

由于创作主体精神气质的差异，顾云、殷文圭、杜荀鹤则较少受到薛能、郑谷等人的影响。当时与顾云等人交往更多、气质更接近的诗人是罗隐。

罗隐（833—910），曾于广明、中和年间隐居于池州梅根浦六七年，

---

① 《唐宋之际诗歌演变研究》，第158—163页。

梅根浦位于九华山麓①，当时也正是九华诗人群纷纷归隐九华之时。罗隐有不少诗提及这段隐居生活，如《广陵春日忆池阳有寄》《别池阳所居》《初秋寄友人》《送顾云下第》《忆九华》等，并与顾云、杜荀鹤等人有酬答之诗。罗隐个性褊躁狷介，恃才傲物，因为十数举不第，深怨唐室，后来走上干谒藩镇、传食诸侯之路，也正是他正统观念较少的缘故，这一点正与顾云、殷文圭、杜荀鹤等人相近。罗隐诗好发议论，多直白，由于愤激怨望，故常常尖刻露骨，入于叫嚣。有时语言过于浅俗，近于谚语，也与杜荀鹤相似。罗隐与顾云、杜荀鹤在人生选择、个性气质上有近似之处，因此诗风也有某些相近。

值得注意的是，九华诗人群对后来五代十国的诗歌创作产生了一定的影响，尤其是后梁诗坛和杨吴、南唐诗坛所受影响较大，其影响也主要分从三种诗风来看：

首先是以杜荀鹤为代表的浅俗一派。严羽《沧浪诗话·诗体》将杜荀鹤体与李商隐体、杜牧之体并列为晚唐三体，这不一定是从诗歌成就而言，主要还是从流行范围、影响程度来说的。虽然杜荀鹤诗的浅俗也为后人所不满，但其诗广布于人口，频见记载，正可见这种浅俗之体在当时的流行。五代十国时期中朝诗坛浅俗之风弥漫，如为人称道的冯道、杨凝之、李昉等人莫不如此。严羽特意拈出"杜荀鹤体"，正是追本溯源。杜荀鹤浅俗诗风的影响，虽然并不局限于中朝，却无疑以中朝为剧，这与当时各地方政权林立、士人纷纷另寻出路、中朝缺乏优异的诗歌人才有关，也与南方已开始形成较好的诗歌创作的师法与传承有关。

九华诗人的奇崛一派诗风在杨吴、南唐则不乏嗣音，如沈彬、宋齐丘等人。沈彬今所存诗28首全为七言律绝，辞藻富丽，"句法精切"②，想象力丰富，有的不乏奇崛壮丽之态，如："压低吴楚殷涵水，约破云霞独倚天。一面峭来无鸟径，数峰狂欲趁渔船"（《望庐山》），"万古色嫌明月薄，千寻勇学白云飞"（《瀑布》）。南唐宋齐丘亦能诗，今存仅3首，

---

① （清）查慎行：《敬业堂诗集》卷14《荷叶洲对雪》诗注云"唐罗隐曾卜居九华山下梅根浦"。（《四部丛刊》本）

② 陆游：《南唐书》卷7。

其中最可观的是《凤凰台》一诗。马令《南唐书》云："烈祖时为升州刺史，延四方之士，齐邱依焉，因以《凤皇台》诗见志曰……烈祖奇其才，以国士待之。"① 这首获得李昪赏识的五言古诗，正是典型的奇崛诗风，想象奇特，好用奇字，甚至不避丑怪意象，如其中"山蹙龙虎健，水黑螭蜃作。白虹欲吞人，赤骥相转烁。画栋泥金碧，石路盘硗确。倒挂哭月猿，危立思天鹤。凿池养蛟龙，栽松栖鸶鹭。梁间燕教雏，石罅虵悬壳"以及"我欲烹长鲸，四海为鼎镬。我欲取大鹏，天地为矰缴。安得生羽翰，雄飞上寥廓"数语便是如此。马令评价："齐邱为文有天才而寡学，不经师友议论，词尚诡诞，多违戾先王之旨，自以古今独步。"此诗正是"词尚诡诞"的体现，这与顾云、殷文圭等当初九华诗人群的奇崛一路十分近似，其急于进取、切于成名的个性也与顾云、殷文圭相似。

　　清雅诗风则成为杨吴、南唐尤其是南唐的主要诗风。当时在南唐享有盛名的诗人如李建勋、徐铉、孟宾于、李中等人的诗皆以清雅见长，这种诗风正与九华诗人群中的张乔、许棠一派近似。也由于这种风格的相近，才使得直至宋初，由南唐入宋的徐铉、肄业于南唐庐山国学的杨徽之等人在编选《文苑英华》诗歌部分时，大量选录了郑谷等人的作品。② 尽管赵昌平据此认为郑谷在当时诗坛享有很高的地位，但郑谷入选诗多除了因时代接近存诗数量多以外，显然也与清雅诗风整体较受推崇分不开。清雅诗风在当时的主流地位，从张乔的诗歌同样被《文苑英华》大量收录这一点上也体现出来。此外，南唐人又以自身地域文化的优势自负，③ 作为此前其境域内颇著名的九华地区诗人群的创作，应该引起过他们的注意。

---

　　① 马令：《南唐书》卷17。

　　② 据赵昌平《从郑谷及其周围诗人看唐末至宋初诗风动向》一文的统计，《文苑英华》共录李白诗217题，为今存诗总数的22%；杜甫213题，为今存诗之14%；高适51题；岑参58题；韦应物90题；韩愈40题；杜牧81题；李商隐47题；皮日休19题；陆龟蒙17题；而录郑谷诗高达147题，约占其现存诗总数的40%；另外，张乔入选108题，约占其现存诗歌总数的65%。（载《文学遗产》1987年第3期；又收入《赵昌平自选集》。）

　　③ 李璟曾说："自古及今，江北文人不及江南才子之多。"（见郑文宝《江表志》）这一判断不能说正确，江南文化地位的迅速上升是中唐以后才开始的，但李璟此言表明南唐人文之盛，也体现了作为一个地方政权，南唐对自身地域文化的强调。

附 录 二

隋唐曲《杨柳枝》源流再探索

本书要讨论的对象是隋唐曲《杨柳枝》，但因古乐府中另有《折杨柳》，且不乏有人将隋唐曲的《杨柳枝》与之相混，实际二者并不相关，这里不妨稍作辨析。依据《乐府诗集》，名为"折杨柳"者有以下数种：

（1）汉代横吹旧曲《折杨柳》，本为李延年所造二十八解，曲传至魏晋，但到梁代是否还能演唱则未可知；古辞不存，现存最早的辞为梁萧绎、萧纲的作品。

（2）梁鼓角横吹另有《折杨柳》，原本可能起源自西晋太康末年京洛地区，古辞为有关兵革苦辛、擒获斩截之事，但至梁已不存，曲则在北方胡人中流传，大约在北魏时期有了汉语歌辞，即"上马不捉鞭"等《折杨柳歌辞》《折杨柳枝歌》等，曲辞传至南方，梁代以之入鼓角横吹。

（3）相和瑟调大曲有《折杨柳行》，存有古辞"默默施行违"及曹丕"西山一何高"，据南朝陈释智匠《古今乐录》，此曲至刘宋中叶尚可歌。

（4）清商曲辞西曲歌有《月节折杨柳歌》，按《古今乐录》，它既非倚歌，也非舞曲，当为徒歌。其写定时间当在南朝宋至梁。

以上《折杨柳》以外，隋也有《柳枝》曲，其辞不存，中唐以后别有流行的《杨柳枝》，也名《柳枝》，郭茂倩《乐府诗集》将后者归入近代曲辞。从音乐上说，隋唐曲与上述任何一种《折杨柳》乐府都不相关，隋曲《柳枝》与唐曲子《杨柳枝》也是不相同的。任半塘《唐声诗》将有关隋唐曲《柳枝》与《杨柳枝》的相关资料囊括殆尽，其基本结论是：起于隋代的《柳枝》、中唐白居易所另创的《杨柳枝》新声，二者并非同一曲调。① 这个结论我们基本同意，但白居易的影响主要在歌辞体式而非曲调的翻新。对《杨柳枝》辞来说，他以文人惯用的写作方式改写了民间曲子的杂言体形式，这种影响甚至一直下达五代以词的写作著称的西蜀与南唐。

一　中晚唐七绝体《杨柳枝》新声

关于隋代旧曲《柳枝》，现存最早材料是托名韩偓的《炀帝开河记》：

> 炀帝……游木兰庭，命袁宝儿歌柳枝诗。②

盛唐时教坊曲有《杨柳枝》，为崔令钦《教坊记》所著录，可能即从隋曲《柳枝》而来，玄宗曾以笛倚其声，张祜《折杨柳枝》诗云："莫折宫前杨柳枝，玄宗曾向笛中吹。"③ 白居易《杨柳枝二十韵》"取来歌里唱，胜向笛中吹"④，也可证明中唐以前《杨柳枝》曲主要为笛曲。贺知章《咏柳》诗（碧玉妆成一树高），《才调集》题为"柳枝词"。⑤《才调集》所录当据范摅《云溪友议》而来，《云溪友议》"温裴黜"条记载了晚唐时名歌伎周德华善歌《杨柳枝》，"所唱者七八篇，乃近日名流之咏也"，其中就包括贺知章此曲；而温庭筠、裴诚作《新添声杨柳枝》词语浮艳，为周德华所不取。⑥ 这里有两种可能：一是贺知章所作原本就是

---

① 任半塘：《唐声诗》（下），上海古籍出版社 2006 年版，第 366 页。

② （明）陶宗仪纂：《说郛》卷 44，中国书店 1986 年版，第 12 页。

③ 《全唐诗》卷 511，第 5841 页。

④ 《全唐诗》卷 455，第 5156 页。

⑤ （后蜀）韦縠：《才调集》卷 9，《四部丛刊》本。

⑥ 《云溪友议》卷下，第 66 页。

《柳枝》词，是为盛唐教坊曲暨隋代旧曲所作歌诗，任半塘即持此种看法。另一种可能则是贺知章原诗只是咏柳七绝，但在晚唐五代时经常被采入《杨柳枝》曲演唱，而这种做法在晚唐五代很普遍。何光远《鉴诫录》"亡国音"条：

> 王后主咸康年，……内臣严凝月等竞唱《后庭花》《思越人》及搜求名公艳丽绝句隐（一本无隐字）为《柳枝》词。君臣同座，悉去朝衣，以昼连宵，弦管喉舌相应，酒酣则嫔御执巵，后妃填（一本作掇）辞，合（一本作令）手相招，醉眼相盼，以至履舄交错，狼籍杯盘。是时淫风大行，遂亡其国。《后庭花》者，亡陈之曲……《思越人》者，亡吴之曲……《柳枝》者，亡隋之曲。炀帝将幸江都，开汴河种柳，至今号曰隋堤，有是曲也。胡曾《咏史》诗曰："万里长江一旦开，岸边杨柳几千栽。锦帆未落干戈起，惆怅龙舟更不回。"又韩舍人《咏柳》诗曰："梁苑隋堤事已空，万条犹舞旧春风。那堪更想千年后，谁见杨花入汉宫。"又贺秘监、罗给事咏柳，轻巧风艳，无以加焉，贺君诗曰："碧玉妆成一树高，万条垂下绿丝绦。不知细叶谁裁出，二月春风似剪刀。"又诗曰："袅袅和烟映玉楼，半垂桥上半垂流。今年条（当作渐）见枝条密，恼乱春风卒未休。"又李博士有《题锦浦垂柳》曰："锦池江口柳垂桥，风引蝉声送寂寥。不必如丝千万树，只禁离恨两三条。"①

创自隋炀帝时的《柳枝》，直到前蜀咸康（925）间曲调尚存，王衍"搜求名公艳丽绝句隐为《柳枝》词"，是另外将前人七绝填入其中以应歌。这与《云溪友议》所载晚唐歌妓乐工以名流之咏歌入此调相似，说明在晚唐五代以诗歌采入既有曲调演唱很常见。但晚唐周德华所唱、前蜀宫廷所歌《柳枝》已经不是隋至盛唐时流行的旧曲，而是中唐以后风行的《杨柳枝》新声。

---

① 《鉴诫录》卷7。

在唐代诗人中，白居易与《杨柳枝》新声的关系尤为特殊，他晚年在洛阳，诗中屡屡及之，其《杨柳枝二十韵》题注云："杨柳枝，洛下新声也。洛之小妓，有善歌之者，词章音韵，听可动人，故赋之。"① 这表明《杨柳枝》新声并非创自白居易，而是他到洛阳以后才听到的。白居易的侍妾樊素且因擅长唱《杨柳枝》名闻洛下，甚至被人以"柳枝"或"杨柳枝"相称。② 不仅白居易本人屡次形诸诗咏，其友人李绅并专从浙江为之寄来特制的杨柳枝舞衫。③ 此调在当时的风行，也可见一斑。另外，白居易、刘禹锡皆有数首《杨柳枝》辞，且多是成组地出现，两人又都在各自两组《杨柳枝》首篇提到了"新翻"。白居易诗："六幺水调家家唱，白雪梅花处处吹。古歌旧曲君休听，听取新翻杨柳枝。"刘禹锡诗："塞北梅花羌笛吹，淮南桂树小山词。请君莫奏前朝曲，听唱新翻杨柳枝。"④ 对于"新翻"、"新声"，或主张只是新制歌辞，曲调则还是隋代以来的《柳枝》旧曲；或认为所谓"新翻"就是新制曲，与隋代至盛唐时的旧曲并非同一曲调。我们认为，白居易并未新创曲调，只是为之写作新的七绝连章体歌辞；《杨柳枝》新声则是中唐时期或稍前产生于洛阳一地。王灼的看法也是如此：

> 杨柳枝，《鉴戒录》：《柳枝歌》，亡隋之曲也……张祜《折杨柳枝》云：莫折宫前杨柳枝，当时曾向笛中吹。则知隋有此曲，传至开元。《乐府杂录》云：白傅作《杨柳枝》。予考乐天晚年，与刘梦得唱和此曲词，白云："古歌旧曲君休听，听取新翻杨柳枝。"又作《杨柳枝》二十韵云："乐童翻怨调，才子与妍词。"注云："洛下新

---

① 《全唐诗》卷455，第5156页。

② （唐）白居易：《不能忘情吟》题注，谢思炜撰《白居易诗集校注》卷37，中华书局2006年版，第2850—2851页。另，白居易的这位以唱《杨柳枝》著名的侍妾樊素，当即这位善歌《杨柳枝》的"洛之小妓"，正因为歌曲动人，终为白收为侍妾。案之以白居易相关诗作及年谱，其时间前后也正相合。

③ （唐）白居易：《刘苏州寄酿酒糯米李浙东寄杨柳枝舞衫偶因尝酒试衫辄成长句寄谢之》，见谢思炜《白居易诗集校注》卷32，第2478页。

④ 《全唐诗》卷28，第397、398页。

声也。"刘梦得亦云:"请君莫奏前朝曲,听唱新翻杨柳枝。"盖后来始变新声,而所谓乐天作杨柳枝者,称其别创词也。[①]

同样认为中唐流行于洛阳民间的《杨柳枝》曲并非隋代旧曲。究竟新声是何种面目,我们还会在后文中谈到。

尽管白居易并非《杨柳枝》新声的创调者,但他以七言绝句体式写作《杨柳枝》辞,这对文人具有垂范作用,不仅同时代如刘禹锡等人的唱和、后人的拟作都采用七绝的体制,且七绝体此后长期成为中晚唐《杨柳枝》新声歌辞的定式。此外,依调填辞以及一调多辞的形成也与白居易等人开创的风气有关,后来不少作者都有成组的《杨柳枝》。唐五代燕乐歌辞中,单单《杨柳枝》调下的歌辞存至今天的便有91首。[②] 正是在作者作品众多的前提下,才出现了专以演唱《杨柳枝》著名的歌伎,如前文提到的樊素、周德华即为其中最知名者;[③] 又有与曲词相配的舞蹈。[④] 当然,歌唱的形式也影响了诗人的创作方式,成组出现的《杨柳枝》,与曲子联歌的方式也有很大关系。[⑤]

在新声《杨柳枝》的风格情调方面,也是白居易的影响最大。白居易在刚接触到《杨柳枝》时,或说"莫唱杨柳枝,无肠与君断"(《山行示小妓》),或说"乐童翻怨调"(《杨柳枝二十韵》),可见起自民间的《杨柳枝》新声情词悲伤;但在他自作《杨柳枝辞》八首、刘禹锡又作《杨柳枝辞》九首后,此曲词的情调已经颇为华丽艳冶。此后当他们再提

---

① (宋)王灼:《碧鸡漫志》卷5,(唐)南卓等著《羯鼓录　乐府杂录　碧鸡漫志》,第93—94页。

② 王昆吾:《隋唐五代燕乐歌辞研究》,中华书局1996年版,第80—81页。

③ 《全唐诗》卷461白居易《不能忘情吟》序云:"妓有樊素者,年二十余,绰绰有歌舞态,善唱杨枝,人多以曲名名之,由是名闻洛下。"(第5250页)《云溪友议》卷下:"湖州崔郎中刍言,初为越副戎,宴席中有周德华。德华者,乃刘采春女也,虽《啰唝》之歌,不及其母,而《杨柳枝》词,采春难及。崔副车宠爱之异。将至京洛。后豪门女弟子从其学者众矣。"(第66页。)

④ 除前文中提到白居易的朋友李绅特制杨柳枝舞衣以相赠,还有晚唐薛能《柳枝词五首》序云:"乾符五年,许州刺史薛能于郡阁与幕中谈宾醑饮醄酐,因令部妓少女作《杨柳枝》健舞,复歌其词,无可听者,自以五绝为杨柳新声。"(《全唐诗》卷561,第6519页。)

⑤ 《隋唐五代燕乐歌辞研究》,第82页。

到"新翻杨柳枝"时，都是指这些新填的歌辞。白居易的《醉吟先生传》称自己："……若兴发，命家僮调法部丝竹，合奏《霓裳羽衣》一曲，若欢甚，又命小妓歌《杨柳枝》新词十数章，放情自娱，酩酊而后已。"①可见其情调已变为欢快，显然不再是原本令人断肠的曲词了。也正因为曲词皆有了较大变化，《杨柳枝》才会在此后的近百年中风行不衰。无论晚唐的歌伎周德华，还是五代王衍的宫廷中，都会特地挑选或优美或艳丽的七绝填入此一曲调中歌唱。当然，他们此时所选取来作为歌词的基本都是咏柳的七绝，这与曲子词初起时大多不脱咏题的情形是相符合的。晚唐大量写作此调的有薛能，有三组共十九首《杨柳枝》辞，但薛能并未带来更多的新风格或是新因素。值得注意的是，司空图有一组《杨柳枝寿杯词》，共十八首，中间十六首皆咏柳，首末二篇表达为皇帝上寿之意，整组歌辞华丽雍容。其中第一首：

> 乐府翻来占太平，风光无处不含情。千门万户喧歌吹，富贵人间只此声。②

既然是"太平富贵"之声，可见其情调已彻底改观，既非中唐始流行于洛阳时的悲怨之音，也非如稍前时候的温庭筠、裴诚所为艳冶之词，而是端丽婉谐，可以作为进御上寿之词。虽然是出于情境规定，但这样一种风格，仍然是沿着白居易、刘禹锡等人所开创的道路而来。另外，司空图这一组《杨柳枝》咏题与非咏题之作在同一组作品中并存，恰体现了声诗与词的共存与过渡状态。

司空图这组《杨柳枝》约作于唐懿宗或唐僖宗朝，而晚唐宫廷中普遍喜爱《杨柳枝》曲，唐宣宗曾将其吹入芦管：

> 唐宣宗善吹芦管，自制《杨柳枝》、新《倾杯》二曲。③

---

① 《全唐文》卷680，第6955页。
② 《全唐诗》卷634，第7279页。
③ （元）马端临：《文献通考》卷138，中华书局1986年版，第1226页。

唐昭宗也曾制《杨柳枝词》五首以赐朱温。[1] 推测起来，宫廷中所爱好的文辞风格也应当是艳丽雍容的，也即从白居易到司空图一直沿袭的风格。

根据中晚唐《杨柳枝》新声的风行，我们认为，直到五代前蜀王衍所迷恋的《柳枝》曲，从曲词风格、演唱方式来看，都是延续中唐以来风行的《杨柳枝》新声，与隋代旧曲无关。中唐以后的《杨柳枝》曲调虽为新翻，对歌辞的制约却很少，或是全按七绝的体式要求来写，或是直接选取前人七绝诗入乐，内容大多与杨柳有关，但也有并非咏题之作。

二 晚唐齐、杂言《杨柳枝》歌辞

在齐言歌辞以外，敦煌曲子词中还保留了一首《杨柳枝》：

> 春来春去春复春。寒暑来频。月生月尽月还新。又被老催人。
> 只见庭前千岁月，长在常存。不见堂上百年人。尽总化为尘。[2]

这是一首杂言歌辞，而且看起来并非咏题之作。任半塘认为是从初盛唐时期的《十无常》发展而来。[3] 从出现时间来说，杂言体的敦煌词《杨柳枝》未必就晚于齐言体《杨柳枝》，相反，甚至有可能是杂言体的出现在先。进一步推测，这首敦煌曲《杨柳枝》有没有可能就是中唐时白居易等人接触到的"洛下新声"呢？因为它表现的正是人生无常的悲伤，所以白居易称其是"断肠声"，但因爱其曲调，特地为其另制新辞。这与刘禹锡为《竹枝》改写新辞颇相似。至于此词所写内容为人生无常，似乎不符合词体初起时不脱咏题的惯例，但因杨柳本与丧葬关联密切，[4]

---

① 《旧唐书》卷20天复三年（903）二月条，第776页。

② 原出伯希和2809卷，此处转引自曾昭岷等编《全唐五代词》，第893页。

③ 任半塘：《敦煌歌辞总编》，上海古籍出版社2006年版，第1082页。

④ 《史记·季布栾布列传》："髡钳季布，衣褐衣，置广柳车中。"司马贞《史记索隐》："丧车称柳。"《白虎通》论坟墓称"庶人无坟，树以杨柳。"《岁时广记》卷15："岁时杂记：今人寒食节家家折柳插门上，唯江淮之间尤盛，无一家不插者。"可见送葬、坟墓、祭奠无一不与杨柳有关，而古人所说之杨，也是柳。《尔雅》："杨，蒲柳也。"

此词写人生无常也就并未离题，而仍可视为咏题之作。它的出现可能在中唐甚至更早。白居易等人开始用齐言体写作新辞，并成为此后文人写作《杨柳枝》辞的主流。这也说明唐代诗人大多对诗的兴趣超过对来自民间的新兴曲子词的关注，对他们来说，齐言声诗的写作要比杂言歌辞更占优势。

至五代《花间集》中存留的《杨柳枝》，既有齐言体，也有杂言体。杂言体《杨柳枝》是以七言为主体，在每句七言下又有三言句，通常认为这些三言句是和声：

> 秋夜香闺思寂寥，漏迢迢。鸳帏罗幌麝烟销，烛光摇。正忆玉郎游荡去，无寻处。更闻帘外雨潇潇，滴芭蕉。(顾夐《杨柳枝》)①
> 腻粉琼妆透碧纱，雪休夸。金凤搔头坠鬓斜，发交加。倚着云屏新睡觉，思梦笑。红腮隐出枕函花，有些些。(张泌《柳枝》)②

在形式上当是承唐代杂言歌辞《杨柳枝》而来。前引敦煌曲《杨柳枝》每句七言后所接四言或五言句，同样是和声，只是当时字数并不固定。因为在实际演唱中歌人增减一两字可以并不影响和改变曲调，因此字数反而比较灵活，而当文人单纯按谱填来、失去了实际演唱的灵活性，反而在形式上拘守更严格，因而从前并不整齐一律的和声部分才固定成为整齐的三言。顾夐、张泌这两首《杨柳枝》就属于这种和声格式的被固定化。

《花间集》中齐言体《杨柳枝》仍为七言绝句形式，与中晚唐情形相同。部分文人接续的是典雅的声诗传统，如牛峤"解冻风来末上青"等五首与孙光宪"阊门风暖落花干"等四首《杨柳枝》歌辞皆为咏柳七绝，风格婉丽，仍是标准的齐言声诗。但并非此时所有的《杨柳枝》都是咏题，如和凝的三首《柳枝》：

---

① 《花间集校》卷7，第129页。
② 《花间集校》卷4，第76页。

软碧摇烟似送人，映花时把翠眉攒。青青自是风流主，漫飏金丝待洛神。

瑟瑟罗裙金缕腰，黛眉偎破未重描。醉来咬损新花子，拽住仙郎尽放娇。

鹊桥初就咽银河，今夜仙郎自姓和。不是昔年攀桂树，岂能月里索嫦娥。①

后二首已经与题中杨柳无关，直接描写艳情，可以说是背离了典雅温丽的文人声诗传统，接续的是民间俗词传统，这也是晚唐温庭筠、裴诚当时尝试过、却没有走通的道路，我们不妨回头仔细地考察一下温、裴二人的《杨柳枝》词：

裴郎中诚，晋国公次弟子也，足情调，善谈谐。与举子温歧为友，好作歌曲，迄今饮席多是其词焉。裴君既入台，而为三院所谑曰：能为淫艳之歌，有异清洁之士也……二人又为《新添声杨柳枝词》，饮筵竞唱其词而打令也。词云：思量大是恶因缘，只得相看不得怜。愿作琵琶槽那畔，美人长抱在胸前。又曰：独房莲子没人看，偷折莲时命也拚。若有所由来借问，但道偷莲是下官。温歧曰：一尺深红朦曲尘，旧物天生如此新。合欢桃核终堪恨，里许元来别有人。又曰：井底点灯深烛伊，共郎长行莫围棋。玲珑骰子安红豆，入骨相思知不知。湖州崔郎中刍言，初为越副戎，宴席中有周德华。德华者，乃刘采春女也，虽《罗唝》之歌，不及其母，而《杨柳枝》词采春难及。崔副车宠爱之异，将至京洛，后豪门女弟子从其学者众矣。温裴所称歌曲，请德华一陈音韵，以为浮艳之美。德华终不取焉。二君深有愧色。所唱者七八篇，乃近日名流之咏也。滕迈郎中一首：三条陌上拂金羁，万里桥边映酒旗。此日令人肠欲断，不堪将入笛中吹。贺知章秘监一首：碧玉装成一树高，万条垂下绿丝绦。不知细叶谁裁出，二月春风是剪刀。杨巨源员外一首：江边杨

_____

① 《花间集校》卷6，第112页。

柳曲尘丝，立马凭君折一枝。唯有春风最相惜，殷勤更向手中吹。
刘禹锡尚书一首：春江一曲柳千条，二十年前旧板桥。曾与美人桥
上别，恨无消息至今朝。韩琮舍人二首：枝斗芳腰叶斗眉，春来无
处不如丝。灞陵原上多离别，少有长条拂地垂。又曰：梁苑隋堤事
已空，万条犹舞旧春风。那堪更想千年后，谁见杨花入汉宫。①

这里可注意的有两点，一是裴、温二人所作皆七绝体，而名为《新
添声杨柳枝》，"新"可能是因其对中唐《杨柳枝》曲有所翻新，但歌辞
仍为齐言；二是两人所作四首《杨柳枝》皆非咏题，而是用谐音俚语作
的艳歌，这种体式本来出自民间，因此裴、温二人所制词在饮筵歌席间
也大受欢迎。但这种俚俗歌辞并不为正统文人所接受，裴、温因而被目
为"能为淫艳之歌，有异清洁之士"，而自重身份的歌伎如周德华也不肯
唱其词。但温庭筠本人另有一组《杨柳枝》词，共八首，下面是第一首：

　　宜春苑外最长条，闲袅春风伴舞腰。正是玉人肠断处，一渠春
水赤栏桥。②

其他七首的风格与此相同，也都是典雅端丽的文人声诗一路。这说
明，晚唐时期文人典雅的声诗与民间俗体的杂言歌辞是并存的，同一曲
调也可以既有齐言又有杂言歌词。如果文人越过界限，掺入民间的俚俗
风格，如裴、温二人，仍然是难以被文人群体所认可的。这一情形至五
代既有延续也有改观：和凝的两首《柳枝》与裴、温二人所作俗体《新
添声杨柳枝》风格颇为相似，不同于晚唐的是，五代对文人向民间俗词
风格的靠拢有更大的接受空间。

三　南唐与宋代《杨柳枝》辞体式分析

南唐诗人保留了四位诗人共 37 首《杨柳枝》齐言歌辞，另有 11 首

---

① 《云溪友议》卷下"温裴黜"条，第 65、66 页。
② 《全唐诗》卷 28，第 399 页。

不能肯定是歌辞还是徒诗。见下表：

作者	《杨柳枝》或《柳枝》歌辞	咏柳七绝徒诗	备注
孙鲂	5 首	《柳》10 首*	*《柳》是否为《杨柳枝》歌辞？
徐铉	两组，共 22 首，一组 12 首，另一组 10 首		
成彦雄	10 首		
李煜	1 首**		**此首《柳枝》本无题，究属歌辞抑或徒诗不能肯定

孙鲂属于南唐最早的一辈诗人，他与唐末诗人郑谷有过交游，约卒于南唐先主李昪在位时期。[①] 孙鲂的《杨柳枝》五首收入《乐府诗集·近代曲辞》：

> 灵和风暖太昌春，舞线摇丝向昔人。何似晓来江雨后，一行如画隔遥津。
> 彭泽初栽五树时，只应闲看一枝枝。不知天意风流处，要与佳人学画眉。
> 暖傍离亭静拂桥，入流穿槛绿摇摇。不知落日谁相送，魂断千条与万条。
> 春来绿树遍天涯，未见垂杨未可夸。晴日万株烟一阵，闲坊兼是莫愁家。
> 十首当年有旧词，唱青歌翠几无遗。未曾得向行人道，不为离情莫折伊。[②]

从"九衢春霁湿云凝"、"千树阴阴盖御沟"等用语来看，应该作于其在金陵期间。末首云"十首当年有旧词"，指的是他有一组十首的七绝

[①] 马令：《南唐书》卷 13 孙鲂传。

[②] （宋）郭茂倩编：《乐府诗集》卷 81，中华书局 1979 年版，第 1146—1147 页。

《柳》诗：

　　数树新栽在画桥，春来犹自长长条。东风多事刚牵引，已解纤纤学舞腰。

　　金堤堤上一林烟，况近清明二月天。别有数枝遥望见，画桥南面拂秋千。

　　春物牵情不奈何，就中杨柳态难过。也知是处无花去，争奈看时未觉多。

　　小眉初展绿条稠，露压烟濛不自由。莫是折来偏属意，依稀相似是风流。

　　九衢春霁湿云凝，着地毵毵碍马行。拟折无端抛又恋，乱穿来去羡黄莺。

　　千树阴阴盖御沟，雪花金穗思悠悠。先朝事后应无也，惟是荒根逐碧流。

　　摇荡和风恃赖春，蘸流遮路逐年新。颠狂絮落还堪恨，分外欺凌寂寞人。

　　暖催春促吐芳芽，伴雨从风处处斜。莫道玄功无定配，不然争得见桃花。

　　小池前后碧江滨，窣翠抛青烂熳春。不是和风为抬举，可能开眼向行人。

　　深绿依依配浅黄，两般颜色一般香。到头袅娜成何事，只解年年断客肠。①

　　虽然这组诗的风格与其《杨柳枝》五首相近，但既以诗名，且《乐府诗集》不收，显然，这组《柳》诗通常被视为徒诗而非歌辞。但孙鲂本人既然称"十首当年有旧词，唱青歌翠几无遗"，则在他看来，《柳》诗也是歌辞。前文中我们已经说明，从晚唐五代以来，《杨柳枝》歌屡屡采前人绝句入曲演唱，因此，孙鲂这组《柳》诗也不能排除被采入歌唱

---

　　① 《全唐诗》卷886，第10018页。

的可能，但《柳》诗仍然不是像《杨柳枝》那样典型的歌辞。仔细比较起来，孙鲂较早时候作的《柳》诗十首其中还不乏有咏史和抒发个人不得志的成分，如第六、七、九、十首，而在《杨柳枝》歌辞五首中则基本是对杨柳姿态的描绘，即使其中涉及离情，但也只是对杨柳与离情之间联系的描绘，只是普泛抒情而非个人当下的情感表现。从语言风格上看，歌辞《杨柳枝》也更华丽轻巧，应歌的动机较为显明。这也说明，在五代杨吴至南唐早期——大致为吴天祐九年（912）李昇任升州刺史开始，至南唐升元六年（942）李昇去世，也即后蜀《花间集》结集前后，在杨吴、南唐先后所辖的江淮地区，文人长短句词的写作此时并不流行。

徐铉的文集中，也有两组《杨柳枝》歌辞，一组名《柳枝辞》，共十二首，大约作于南唐中主保大四年（946）他在重回阔别十年的扬州之时。① 这组《柳枝辞》第一首云：

> 把酒凭君唱柳枝，也从丝管递相随。逢春只合朝朝醉，记取秋风落叶时。②

明白的标志了它们的歌辞性质。第十一首"仙乐春来按舞腰，清声偏似傍娇饶"及第十二首"凤笙临槛不能吹，舞袖当筵亦自疑"等句，也说明了此组《柳枝辞》的纯粹歌辞性质。

徐铉另有一组《柳枝词十首》，题下自注"座中应制"：

> 金马词臣赋小诗，梨园弟子唱新词。君恩还似东风意，先入灵和蜀柳枝。
>
> 百草千花共待春，绿杨颜色最惊人。天边雨露年年在，上苑芳华岁岁新。
>
> 长爱龙池二月时，氄氄金线弄春姿。假饶叶落枝空后，更有梨园笛里吹。

---

① 《唐五代文学编年·五代卷》保大四年徐铉条，第384页。
② 《徐公文集》卷2。

　　绿水成文柳带摇，东风初到不鸣条。龙舟欲过偏留恋，万缕轻丝拂御桥。

　　百尺长条婉麴尘，诗题不尽画难真。凭君折向人间种，还似君恩处处春。

　　风暖云开晚照明，翠条深映凤皇城。人间欲识灵和态，听取新词玉管声。

　　醉折垂杨唱柳枝，金城三月走金羁。年年为爱新条好，不觉苍华也似丝。

　　新春花柳竞芳姿，偏爱垂杨拂地枝。天子遍教词客赋，宫中要唱洞箫词。

　　凝碧池头蘸翠涟，凤皇楼畔簇晴烟。新词欲咏知难咏，说与双成入管弦。

　　侍从甘泉与未央，移舟偏要近垂杨。樱桃未绽梅先老，折得柔条百尺长。①

　　从题注及内容可以确认，这是一组作于宋开宝二年（969）后主李煜在位时的应制歌辞。② 较之前作，这组《柳枝词》风格更为华丽，但内容显得较狭隘和空洞。前一组中偶尔还可见个人情怀的流露，此时却也不再有，这应该是由于其作为歌辞尤其是宫廷应制之作的性质导致的。

　　在南唐所有《杨柳枝》歌辞中，《全唐诗》所收成彦雄的一组《柳枝辞》风格颇特出：

　　轻笼小径近谁家，玉马追风翠影斜。爱把长条恼公子，惹他头上海棠花。

　　鹅黄剪出小花钿，缀上芳枝色转鲜。饮散无人收拾得，月明阶下伴秋千。

----

① 《徐公文集》卷5。
② 《唐五代文学编年·五代卷》开宝二年徐铉条，第588页。

东君爱惜与先春，草泽无人处也新。委嘱露华并细雨，莫教迟日惹风尘。

句践初迎西子年，琉璃为帚扫溪烟。至今不改当时色，留与王孙系酒船。

绿杨移傍小亭栽，便拥秾烟拨不开。谁把金刀为删掠，放教明月入窗来。

远接关河高接云，雨馀洗出半天津。牡丹不用相轻薄，自有清阴覆得人。

掩映莺花媚有馀，风流才调比应无。朝朝奉御临池上，不羡青松拜大夫。

王孙宴罢曲江池，折取春光伴醉归。怪得美人争斗乞，要他秾翠染罗衣。

残照林梢袅数枝，能招醉客上金堤。马娇如练缨如火，瑟瑟阴中步步嘶。①

成彦雄，字文干，籍贯本为河北上谷，后迁江南，具体生卒年里不详。②《崇文总目》著录"成文干《梅岭集》五卷"。③《郡斋读书志》则著录为："成彦雄《梅顶集》一卷，右伪唐成彦雄，江南进士，有徐铉序。"④ 说明成彦雄的文集到南宋初年已大部分亡佚，或至少晁公武当时已难见全本。徐铉的文集中保留了《成氏诗集序》，这是我们今天所能得知的关于成彦雄最主要的资料：

---

① 《全唐诗》卷759，第8628—8629页。

② 关于成彦雄的生平，参看《唐五代文学编年·五代卷》后晋高祖天福三年（938）徐铉条（第307页）、后周太祖广顺二年（952）成彦雄条（第451页）等处。但该书将成彦雄中进士系在保大十年（952）以后，恐不确。因南唐虽自保大十年方正式开设贡举，但在先主升元初、升元中、升元末以及中主保大初皆有中举的记载，可见当时是有科举的，只不过没有形成常设的制度，因此成彦雄中进士不一定迟至保大末年。关于南唐贡举开科情况，参赵荣蔚《南唐登科记》，《盐城师范学院学报》（人文社会科学版）2003年5月，第91—97页。

③ 《崇文总目附补遗》卷5，《丛书集成新编》第1册，第601页。

④ 《郡斋读书志校证》卷18，第948页。其中"梅顶"当为"梅岭"之误。

诗之旨远矣，诗之用大矣。先王所以通政教，察风俗，故有采诗之官，陈诗之职。物情上达，王泽下流。及斯道之不行也，犹足以吟咏性情，黼藻其身，非苟而已矣。若夫嘉言丽句，音韵天成，非徒积学所能，盖有神助者也。罗君章、谢康乐、江文通、邱希范，皆有影响发于梦寐。今上谷成君亦有之，不然者，何其朝舍鹰犬，夕味风雅，虽世儒积年之勤，曾不能及其门者耶？逮予之知，已盈数百篇矣。睹其诗如所闻，接其人知其诗。既赏其能，又贵其异。故为冠篇之作，以示好事者云。戊戌岁正月日序。①

从此序我们可以推断出成彦雄这组《柳枝辞》的大致写作时间。戊戌为南唐升元二年（938），徐铉时二十二岁，从该序的口吻看，成彦雄年辈应与徐铉大致相当。按照序文中"朝舍鹰犬，夕味风雅"的说法，成彦雄本为豪家子，一旦舍弃呼鹰走马的生活，折节读书，作诗颇有天分。徐铉为之作序时，成彦雄已经有诗数百篇，但其诗集已亡佚，仅在《全唐诗》卷759中留存了二十七首，《全唐诗补编·续补遗》又据《尊前集》补入《杨柳枝》一首，则成彦雄现存诗共计二十八首。这一组《柳枝辞》应当作于升元二年（938）徐铉作序以前，按成彦雄的年龄以及徐铉序中的说法，成彦雄的诗结集时间不会太早，上限大致可以断在928年前后，而这与孙鲂活跃在南唐诗坛的时间也是相当的。因此，成彦雄的《柳枝辞》与孙鲂《杨柳枝》写作时间大致相当，下距保大四年（946）徐铉写作第一组《柳枝辞》的时间也并不远。

从风格来说，成彦雄这一组《柳枝辞》可以代表他艳丽的诗风。作为早年活跃于金陵的豪家子，大约由于生活环境使然，从现存作品看，一方面成彦雄较多接受了唐末艳情诗人的影响，多写风格艳丽的女性题材。加之他的语言天分较高，徐铉称其"嘉言丽句，音韵天成"不为无本，因此成彦雄的《柳枝辞》完全没有孙鲂诗中的生硬、笨拙，更适宜于作为酒筵歌席之间付唱的歌辞。另一方面，他也不时跳出柳枝辞中习见的歌筵、冶游场所，别具清新气。如"远接关河高接云，雨余洗出半

① 《徐公文集》卷18。

天津"二句颇觉清新高朗，一扫脂粉香泽之气；"谁把金刀为删掠，放教明月入窗来"二句似乎受到杜甫《一百五日夜对月》"斫却月中桂，清光应更多"的影响，能将自己的胸怀托寓其间，体现了对光明豁达境界的向往，在柳枝辞系列中这种反其道而行之的写法也是颇新颖的；"自有清阴覆得人"也是托柳寓怀。这些都表明，成彦雄的这组《柳枝辞》也有咏物诗中多见的托物寓怀的痕迹，可见它们在应歌之外，同时兼顾了文人诗的传统，这应该也是较早时候文人在写作《杨柳枝》辞时的常见情形：偏好齐言体，因其形式接近于近体诗；风格婉丽优美，因为是付唱的歌辞；通常不涉及个人化的情感抒发，但偶尔还可见如托物寓怀等来自文人诗影响的痕迹。

成彦雄的《柳枝辞》还有一首为《全唐诗》所未收：

> 欲趁寒梅趁得么，雪中偷眼望阳和。阳和若不先留意，这个柔条争奈何。①

这是明刻《尊前集》所收成彦雄十首《杨柳枝》较《全唐诗》多出的一首，风格颇俚俗，与其他九首全不相似，似乎有其特定写作场合，也可能是酒筵打令之作。这与温庭筠同时有两种风格的《杨柳枝》当属同一种情形，即当筵打令时，通常风格趋俗，往往还带有双关等言外之意；若为个人精心结撰之作，又以文人为预期读者，那么风格就偏向精美华丽。《尊前集》将成彦雄同调的两种风格作品都收录其中，当是因为它们都曾付之演唱，各有其适宜的场合，这也可证明《尊前集》所录皆为歌辞及其作为唱本的性质。这两种风格的《柳枝》皆为齐言，不能不说成彦雄乃至多数南唐文人，对于诗歌体式雅郑的分判还要严过单纯语言风格雅郑的分判，也正是这一点制约了更多的文人从事词的创作。

有关《杨柳枝》的作品中，还存有界限模糊、不能肯定其必然为歌辞的作品，譬如姚宽《西溪丛语》记载了李煜曾有一首佚诗：

---

① 《全唐诗补编·续补遗》卷11，第471页。

毕景儒有李重光黄罗扇，李自写诗一首云：风情渐老见春羞，到处销魂感旧游。多谢长条似相识，强垂烟态拂人头。后细字书云："赐庆奴"。庆奴似是宫人小字，诗似柳诗。①

扇上所题诗并无题目，姚宽也仅云其似为柳诗，但此诗后来或被认为是诗，如《全唐诗》录其为诗，题为《赐宫人庆奴》；② 或被人认作是《柳枝》词。③ 这种争议仍旧源于《杨柳枝》的体式，由于形式上与咏柳七绝无异，如果没有关于其入乐与否的背景材料，很难单纯根据文本判定它究竟是徒诗还是歌辞。但是，我们可以联系其他背景作出判断：除此首有疑问的《柳枝》外，今天李煜流传下来的词皆为杂言，尽管文献多阙，我们不敢说他全部的词作都是如此，但它至少可以部分说明李煜在作词的时候是以乐曲为本的。依曲作词，参差杂言的形式通常更易与音乐曲调相切合，所以他有更多的杂言作品。譬如同样是《浪淘沙》曲，李煜所写为杂言体，而不再是中唐刘禹锡、白居易等人所用的同于近体七绝的齐言形式。我们有理由猜测，如果是为应歌而作，在同调异体并存的情况下，李煜可能更倾向于采用杂言体的《杨柳枝》。那么这首"风情渐老见春羞"更大的可能是一首赠人的徒诗而非歌辞。前文中我们所论述过的无论孙鲂、徐铉、还是成彦雄皆不以词名，却都有数组齐言《杨柳枝》辞，正好可以从反面说明：一般而言，不以精通音乐著称的文人如果要写作歌辞，通常更倾向于齐言而非杂言。

另外，从地域来说，前文中所列南唐《杨柳枝》辞的作者基本都是活跃在金陵的诗人，而同时其他南唐诗人、譬如以庐山诗人群为代表的隐逸、在野的诗人，则基本没有《杨柳枝》辞流传，这主要是与其生活和写作环境有关。《杨柳枝》辞不同于传统言志抒情的文人咏柳徒诗，它

① （宋）姚宽撰，孔凡礼点校：《西溪丛语》卷下，中华书局1993年版，第88页。

② 《全唐诗》卷8，第74页。

③ （明）沈雄：《古今词话·词话》上卷引《客座赘语》，以之为柳枝词。（唐圭璋编：《词话丛编》本，中华书局1986年版，第755页。）其他各版本《南唐二主词》对此为诗为词的判定，参看曾昭岷等《全唐五代词·副编》卷一考辨，中华书局1999年版，第1080页。

属于歌辞，需要歌舞宴集的娱乐环境来催生，因此它先天地就属于城市，我们往往是在那些活跃于都会的文人笔下看到这类歌辞。当然，地域也并不能完全规定作者，即便同为金陵诗人群，如李建勋、李中等人也没有《柳枝辞》一类的歌辞，至少从其现存作品看是如此。其原因大概就要追溯到他们各自的诗歌观了，过于以雅为尚的诗人通常不会写作这类歌辞。通常只有那些既流连于酒筵歌席之间、诗歌观念又并不特别正统的诗人才会成为《杨柳枝》这类歌辞的作者。当然，这两个特点并非《杨柳枝》辞独有，一切的歌辞都是如此，《杨柳枝》的特别在于，它虽是歌辞，在体式上却完全同于七言绝句，在内容上不脱咏柳，正可以兼为歌辞与近体七绝，十分便于对杂言歌辞的创制尚不熟稔的诗人们写作。尽管杂言体《杨柳枝》可能起源更早，但从唐到五代，文人所写作的杂言体仅有《花间集》所收的顾夐、张泌两首，齐言的《杨柳枝》却大量成组出现，正是因为齐言体更合于当时大多数文人的写作习惯，他们对齐言体的运用更为得心应手。相比较而言，单从《杨柳枝》一调来看，似乎可以说《花间集》所反映的蜀地文人的歌辞写作较少受到正统诗学观念的影响，更贴近于歌唱的实际需要及民间流行的样式，因而成为后世长短句词的椎轮大辂。南唐文人则较多拘守尚雅的传统诗学观，这固然一方面让他们的诗歌秀雅清丽，在五代独不堕于浅俗，但这种执着于诗的态度其实也在一定程度上妨碍了长短句词的写作在南唐更广泛地流行。尽管李璟、李煜、冯延巳作为词人个体的成就可以说超出西蜀词人之上，但文人较普遍的保守文学观终究妨碍了词在南唐成为一种沟通雅俗、广泛流行的文学体式，在这一点上南唐终究逊于西蜀。

到宋词中，题为《杨柳枝》的作品皆为杂言体，即《花间集》中顾夐、张泌所采用的以四句七言为主体、每七言句后又添加三字句的体式，这说明长短句形式已成为宋词的主导，而这正是承曲子词在民间初起时候的形态而来。这种四句七言下各添加一个三言句的杂言体从此成为《杨柳枝》辞新的形式规范。

概括地说，《杨柳枝》辞的发展脉络大致如下：现存敦煌曲《杨柳枝》表明它在唐代初起时是以七言为主、夹以四言或五言和声的杂言体——中唐白居易将之整齐化为与七绝相同的形式，在中晚唐一直风行——五代西蜀顾敻等人再次尝试写作杂言体《杨柳枝》，但将其固定化为每句七言下加一个三字句的格式；同时也仍有文人继续写作齐言体，齐、杂言体《杨柳枝》在西蜀是并行的，但在稍后的南唐文人中齐言体仍占绝对优势——宋词中以四个七言句下各加一个三言句的杂言体为正体，另名《添声杨柳枝》或《太平时》，① 文人基本不再写作齐言体的《杨柳枝》辞了。从最初的杂言到齐言再到杂言，表面上似乎是对民间曲子词形态的回归，但最初流行于唐代民间的《杨柳枝》句式其实灵活得多，从五代顾敻到宋人将其完全固定为四个七言加三言的句式，反而成为了另一种格律诗，也成了另一种刻板。源头灵动多变的活水最后成为固定河道里平稳规矩的水流，再少见"新翻"所带来的变式了。

———————————

① 《钦定词谱》将四句七言为主体、每句七言后添加三字句的词调定为《添声杨柳枝》，与《太平时》《贺圣朝影》同调异名。但它将产生时间可能更早的杂言体名为"添声"，可以说是倒前为后。

主要参考文献

（后晋）刘昫：《旧唐书》，中华书局点校本 1975 年版。

（宋）欧阳修、宋祁：《新唐书》，中华书局点校本 1975 年版。

（宋）薛居正等：《旧五代史》，中华书局点校本 1976 年版。

（宋）欧阳修：《新五代史》，中华书局点校本 1974 年版。

（元）脱脱：《宋史》，中华书局点校本 1977 年版。

（宋）司马光：《资治通鉴》，中华书局点校本 1956 年版。

（宋）李焘：《续资治通鉴长编》，中华书局点校本 1979—1995 年版。

（唐）杜佑：《通典》，中华书局点校本 1988 年版。

（宋）王溥：《五代会要》，中华书局 1998 年版。

（宋）郑樵：《通志》，商务印书馆 1935 年版。

（元）马端临：《文献通考》，中华书局 1986 年版。

（宋）陶岳：《五代史补》，傅璇琮、徐海荣、徐吉军主编《五代史书汇编》，杭州出版社 2004 年版。

（元）辛文房：《唐才子传校笺》，傅璇琮主编，中华书局 1987—1995 年。

（清）吴任臣：《十国春秋》，中华书局点校本 1983 年版。

（宋）周应合：《景定建康志》，台北：成文出版社有限公司 1983 年影印清嘉庆六年（1801）刻本。

（清）尹继善等修：《江南通志》，江南通志局乾隆元年（1736）刻本。

（清）于成龙等修：《江西通志》，清康熙二十二年（1683）刻本。

（宋）陈舜俞：《庐山记》，《殷礼在斯堂丛书》重刊元禄十年本，东方学会 1928 年版。

（宋）晁公武：《郡斋读书志校证》，孙猛校证，上海古籍出版社 2005
　　年版。

（宋）陈振孙：《直斋书录解题》，徐小蛮、顾美华点校，上海古籍出版社
　　1987 年版。

（宋）王尧臣等：《崇文总目附补遗》，《丛书集成初编》本，上海商务印
　　书馆 1937 年版。

（清）永瑢等：《四库全书总目》，中华书局 1965 年影印本。

（清）叶德辉考证：《宋秘书省续编到四库阙书目》，《观古堂所著书》
　　本，清光绪二十九年（1903）刻。

（宋）郭若虚：《图画见闻志》，《四部丛刊》本。

（宋）佚名撰：《宣和画谱》，于安澜主编《画史丛书》第 2 册，上海人
　　民美术出版社 1963 年版。

（清）孙岳颁等：《佩文斋书画谱》，台湾商务印书馆 1986 年影印文渊阁
　　《四库全书》本。

（北齐）颜之推：《颜氏家训集解》（增补本），王利器集解，中华书局
　　1993 年版。

（宋）王应麟：《玉海》，江苏古籍出版社、上海书店 1987 年影印清光绪
　　九年（1883）浙江书局本。

（唐）南卓等著：《羯鼓录　乐府杂录　碧鸡漫志》，上海古籍出版社
　　1958 年版。

（唐）范摅：《云溪友议》，古典文学出版社 1958 年版。

（南唐）刘崇远：《金华子杂编》，《丛书集成初编》本，商务印书馆 1936
　　年版。

（五代）孙光宪：《北梦琐言》，贾二强点校，中华书局 2002 年版。

（宋）史□：《钓矶立谈》，虞云国、吴爱芬整理，朱易安、傅璇琮等主编
　　《全宋笔记》第一编（四），大象出版社 2003 年版。

（宋）陶谷：《清异录》，郑村声、俞钢整理，朱易安、傅璇琮等主编：
　　《全宋笔记》第一编（二），大象出版社 2003 年版。

（宋）郑文宝：《江表志》，张剑光、孙励整理，朱易安、傅璇琮等主编：
　　《全宋笔记》第一编（二），大象出版社 2003 年版。

（宋）郑文宝：《南唐近事》，张剑光整理，朱易安、傅璇琮等主编《全宋笔记》第一编（二），大象出版社 2003 年版。

（宋）陈彭年：《江南别录》，常易安、陈尚君整理，朱易安、傅璇琮等主编：《全宋笔记》第一编（四），大象出版社 2003 年版。

（宋）佚名：《五国故事》，张剑光、孙励整理，朱易安、傅璇琮等主编《全宋笔记》第一编（三），大象出版社 2003 年版。

（宋）龙衮：《江南野史》，张剑光整理，朱易安、傅璇琮等主编《全宋笔记》第一编（三），大象出版社 2003 年版。

（宋）佚名：《江南余载》，张剑光、孙励整理，朱易安、傅璇琮等主编：《全宋笔记》第一编（二），大象出版社 2003 年版。

（宋）马令：《南唐书》，《四部丛刊》本。

（宋）陆游：《南唐书》，《四部丛刊》本。

（清）周在浚：《南唐书注》，中华民国四年（1915）吴兴刘氏《嘉业堂丛书》本。

（宋）杨亿：《杨文公谈苑》，李裕民辑校，上海古籍出版社编《宋元笔记小说大观》（一），上海古籍出版社 2001 年版。

（宋）文莹：《湘山野录》《续录》，黄益元点校，上海古籍出版社编《宋元笔记小说大观》（二），上海古籍出版社 2001 年版。

（宋）文莹：《玉壶清话》，黄益元点校，上海古籍出版社编《宋元笔记小说大观》（二），上海古籍出版社 2001 年版。

（宋）陈师道：《后山诗话》，（清）何文焕辑《历代诗话》（上），中华书局 1980 年版。

（宋）叶梦得：《避暑录话》，徐时仪点校，上海古籍出版社编《宋元笔记小说大观》（三），上海古籍出版社 2001 年版。

（宋）叶梦得：《石林燕语》，穆公点校，上海古籍出版社编《宋元笔记小说大观》（三），上海古籍出版社 2001 年版。

（宋）江少虞：《宋朝事实类苑》，上海古籍出版社 1981 年版。

（宋）邵博：《邵氏闻见后录》，上海古籍出版社编《宋元笔记小说大观》（二），上海古籍出版社 2001 年版。

（宋）陆游：《老学庵笔记》，中华书局 1979 年版。

（宋）洪迈：《容斋随笔》，上海古籍出版社 1978 年版。

（宋）赵彦卫：《云麓漫钞》，傅根清点校，中华书局 1986 年版。

（后蜀）赵崇祚辑：《花间集校》，李一氓校，人民文学出版社 1958 年版。

（宋）李昉等：《文苑英华》，中华书局 1966 年影印本。

（宋）李昉编：《二李唱和集》，《宸翰楼丛书》本，上虞罗氏 1914 年重
　　编刊本。

（宋）杨亿等著：《西昆酬唱集注》，王仲荦注，中华书局 2001 年版。

（清）彭定求等编：《全唐诗》，中华书局排印本 1960 年版。

陈尚君辑校：《全唐诗补编》，中华书局 1992 年版。

（清）董诰等编：《全唐文》，中华书局 1983 年版。

（清）李调元：《全五代诗》，巴蜀书社 1988 年版。

傅璇琮等编：《全宋诗》，北京大学出版社 1991 年版。

曹昭岷、曹济平等编：《全唐五代词》，中华书局 1999 年版。

詹安泰校注：《李璟李煜词》，人民文学出版社 1998 年版。

（南唐）李中：《碧云集》，《四部丛刊》本。

（宋）徐铉：《徐公文集》，《四部丛刊》本。

（宋）吴淑撰：《事类赋注》，冀勤、王秀梅、马蓉点校，中华书局 1989
　　年版。

（宋）王禹偁：《小畜集》，《四部丛刊》本。

（宋）杨亿：《武夷新集》，《蒲城遗书》本，清嘉庆十六年（1811）祝氏
　　留香室刻。

（宋）柳开：《河东先生集》，《四部丛刊》本。

（宋）张咏：《张乖崖集》，张其凡整理，中华书局 2000 年版。

（宋）范仲淹：《范文正公集》，《四部丛刊》本。

（宋）欧阳修：《欧阳文忠公文集》，《四部丛刊》本。

（梁）钟嵘撰：《诗品注》，陈延杰注，人民文学出版社 1961 年版。

（梁）刘勰撰：《文心雕龙注》，范文澜注，人民文学出版社 1958 年版。

（唐）司空图：《二十四诗品》，（清）何文焕辑《历代诗话》本，中华书
　　局 1981 年版。

（唐）张为：《诗人主客图》，丁福保辑《历代诗话续编》本，中华书局

1983 年版。

（宋）欧阳修：《六一诗话》，（清）何文焕辑《历代诗话》本，中华书局
　　1981 年版。

（宋）阮阅编：《诗话总龟》，周本淳点校，人民文学出版社 1998 年版。

（宋）蔡启：《蔡宽夫诗话》，《宋诗话辑佚》本，中华书局 1980 年版。

（宋）计有功撰：《唐诗纪事校笺》，王仲镛校笺，巴蜀书社 1989 年版。

（明）胡震亨：《唐音癸签》，上海古籍出版社 1981 年版。

（清）王士禛编：《五代诗话》，戴鸿森点校，人民文学出版社 1989 年版。

（今人著述依作者姓名拼音音序、西文字母排列）

［美］包弼德：《斯文：唐宋思想的转型》，刘宁译，江苏古籍出版社
　　2001 年版。

Chang，Kang-I Sun & Owen，Stephen. *The Cambridge History of Chinese Liter-*
　　ature，Volume 1，New York：Cambridge University Press，2010.

［英］崔瑞德编：《剑桥中国隋唐史》，中国社会科学院历史研究所西方汉
　　学研究课题组译，中国社会科学出版社 1990 年版。

陈葆真：《南唐三主与佛教信仰》，《李后主和他的时代——南唐艺术与历
　　史论文集》，台北：石头出版公司 2007 年版。

陈金凤、段少京：《隋炀帝与江南》，《海南师范学院学报》（社会科学
　　版）2004 年第 1 期。

陈乐素：《〈宋史·艺文志〉考证》，广东人民出版社 2002 年版。

陈尚君：《〈钓矶立谈〉作者考》，《文史》1998 年第 44 辑。

陈尚君：《唐诗人占籍考》，载氏著《唐代文学丛考》，中国社会科学出版
　　社 1997 年版。

陈铁民：《唐代的诗坛中心与诗人的地位及影响》，见《唐代文学研究》
　　第 8 辑，广西师范大学出版社 2000 年版。

陈正祥：《中国文化地理》，三联书店 1983 年版。

陈植锷：《试论王禹偁与宋初诗风》，《中国社会科学》1982 年第 2 期。

陈植锷：《宋初诗风续论》，《中国社会科学》1983 年第 1 期。

程千帆、吴新雷：《两宋文学史》，上海古籍出版社 1991 年版。

戴伟华：《唐代使府与文学研究》，广西师范大学出版社 1998 年版。

邓小南：《北宋苏州的士人家族交游圈——以朱长文之交游为核心的考察》，《国学研究》第 3 卷，北京大学出版社 1995 年版。

杜文玉：《南唐党争评述——与任爽同志商榷》，《渭南师专学报》（综合版）1991 年第 1—2 期。

杜晓勤：《试论隋炀帝在南北文化融合过程中的作用》，《北京大学学报》（哲学社会科学版）1999 年第 4 期。

杜晓勤：《地域文化的整合和盛唐诗歌的艺术精神》，《文学评论》1999 年第 4 期。

杜晓勤：《20 世纪中国文学研究·隋唐五代文学研究》，北京出版社 2001 年版。

方建新：《花间词人张泌与南唐张佖、张泌事迹作品考辨》，《文史》2000 年第 50 辑。

傅璇琮编：《唐人选唐诗新编》，陕西人民教育出版社 1996 年版。

傅璇琮主编：《唐五代文学编年史》，辽海出版社 1998 年版。

傅璇琮、徐海荣、徐吉军主编：《五代史书汇编》，杭州出版社 2004 年版。

［美］高友工、梅祖麟著：《唐诗三论》，李世跃译，商务印书馆 2013 年版。

葛晓音：《江左文学传统在初盛唐的沿革》《从"方外十友"看道教对初唐山水诗的影响》，载氏著《诗国高潮与盛唐文化》，北京大学出版社 1998 年版。

顾吉辰：《宋初庐山白鹿洞书院生徒考》，《江西社会科学》1991 年第 1 期。

郭绍虞主编：《中国历代文论选》，上海古籍出版社 1979 年版。

郭绍虞：《宋诗话辑佚》，中华书局 1980 年版。

何婵娟：《南唐文学及其文化思考》，硕士学位论文，湖南师范大学，2004 年。

何德章：《江淮地域与隋炀帝的政治生命》，《武汉大学学报》（哲学社会科学版）1994 年第 1 期。

何剑明：《南唐崇儒之风与江南社会的文化变迁》，《历史教学》2003 年第 10 期。

贺中复：《五代十国诗坛概说》，《北京社会科学》1996 年第 4 期。

贺中复：《论五代十国的宗白诗风》，《中国社会科学》1996 年第 5 期。

贺中复：《五代十国的温李、贾姚诗风》，《阴山学刊》（社会科学版）1996 年第 1 期。

胡青：《唐与南唐时期江西教育概论》，《江西广播电视大学学报》2000 年第 2 期。

胡适：《〈词选〉小传》，载氏著《胡适文集》（5），人民文学出版社 1998 年版。

贾晋华：《唐代集会总集与诗人群体研究》，北京大学出版社 2001 年版。

蒋寅：《大历诗风》，上海古籍出版社 1992 年版。

金传道：《论徐铉的文学观》，《江苏广播电视大学学报》第 15 卷 2004 年第 1 期。

李浩：《论唐代文学士族的迁徙流动》，《文学评论》2005 年第 2 期。

李全德：《庐山国学师生考》，《文献》2003 年第 2 期。

李廷先：《唐代扬州史考》，江苏古籍出版社 2002 年版。

刘宁：《唐宋之际诗歌演变研究——以元白之元和体的创作影响为中心》，北京师范大学出版社 2002 年版。

刘维崇：《李后主评传》，台北：黎明文化事业股份有限公司 1978 年版。

罗宗强：《隋唐五代文学思想史》，中华书局 1999 年版。

牟发松：《略论唐代的南朝化倾向》，《中国史研究》1996 年第 2 期。

钱志熙：《魏晋诗歌艺术原论》，北京大学出版社 2005 年版。

任爽：《南唐史》，东北师范大学出版社 1995 年版。

任爽：《南唐时期江西的经济与文化》，《求是学刊》1987 年第 2 期。

史念海：《两〈唐书〉列传人物本贯的地理分布》，《唐代历史地理研究》，中国社会科学出版社 1998 年版。

施沁：《李煜与南唐文献》，《杭州师范学院学报》1992 年第 5 期。

施蛰存：《说杨柳枝、贺圣朝、太平时》，《词学》第四辑，华东师范大学出版社 1986 年版。

［日］松浦友久：《中国诗歌原理》，孙昌武、郑天刚译，辽宁教育出版社1990年版。

［日］松浦友久：《唐诗语汇意象论》，陈植锷、王晓平译，中华书局1992年版。

唐圭璋：《南唐艺文志》，《中华文史论丛》1979年第三辑，总第十一辑，上海古籍出版社1979年版。

王国维：《静安文集》，辽宁教育出版社1997年版。

王昆吾：《隋唐五代燕乐歌辞研究》，中华书局1996年版。

王水照主编：《宋代文学通论》，河南大学出版社1997年版。

王增清：《论中国古代的书院藏书》，《湖州师专学报》1992年第1期。

闻一多：《唐诗杂论》，上海古籍出版社1998年版。

［美］巫鸿著：《重屏：中国绘画中的媒材与再现》，文丹译，上海世纪出版集团2009年版。

吴松弟：《唐后期五代江南地区的北方移民》，《中国历史地理论丛》1996年第3期。

吴小如：《西昆体平议》，《文学评论》1990年第5期。

夏承焘：《冯正中年谱》《南唐二主年谱》，载氏著《夏承焘全集》第一册，浙江古籍出版社、浙江教育出版社1998年版。

谢思炜：《白居易集综论》，中国社会科学出版社1997年版。

徐规：《王禹偁著作事迹编年》，中国社会科学出版社1982年版。

严耕望：《唐人习业山林寺院之风尚》，载氏著《严耕望史学论文选集》，台北：联经出版事业公司1991年版。

杨荫深：《五代文学》，商务印书馆1935年版。

曾祥波：《从唐音到宋调——以北宋前期诗歌为中心》，昆仑出版社2006年版。

曾昭燏、张彬：《南京牛首山南唐二陵发掘记》，《科学通报》（第2卷）1951年第5期。

张鸣：《从"白体"到"昆体"》，《国学研究》第3卷，北京大学出版社1995年版。

张其凡：《宋初政治探研》，暨南大学出版社1994年版。

张兴武：《五代作家的人格与诗格》，人民文学出版社 2000 年版。

张兴武：《南唐诗人李中和他的〈碧云集〉》，《漳州师范学院学报》1998 年第 2 期。

赵昌平：《从郑谷及其周围诗人看唐末宋初的诗歌走向》，《文学遗产》1987 年第 3 期。

赵齐平：《宋诗臆说》，北京大学出版社 1993 年版。

郑学檬：《五代十国史研究》，上海人民出版社 1991 年版。

郑学檬：《中国古代经济中心南移和唐宋江南经济研究》，岳麓书社 1996 年版。

郑振铎：《五代文学》，《小说月报》第 20 卷第 5 号，1929 年 4 月。

张正藩：《中国书院制度考略》，江苏教育出版社 1985 年版。

赵荣蔚：《南唐登科记》，《盐城师范学院学报》（人文社会科学版）2003 年第 2 期。

郑振铎：《插图本中国文学史》，上海人民出版社 2005 年版。

钟祥：《南唐诗研究述评》，《周口师范学院学报》第 22 卷第 6 期，2005 年 11 月。

周腊生：《南唐贡举考略（修订稿)》，《孝感职业技术学院学报》2000 年第 3 期。

周勋初主编：《唐诗大辞典》，江苏古籍出版社 1990 年版。

周裕锴：《宋代诗学通论》，巴蜀书社 1997 年版。

朱玉龙：《南唐张原泌、张泌、张佖实为一人考》，《安徽史学》2001 年第 1 期。

邹劲风：《南唐国史》，南京大学出版社 2000 年版。

后　　记

　　本书几年前由台湾花木兰文化出版社出版过，如今其实是再版，但当初并未在大陆发行，所以在大陆仍旧可以说是初版。时光荏苒，愈发加添了业不增旧的惶恐，幸好时光中还有什么留了下来，权作凭证与慰藉。

　　本书的出版获得了中南民族大学中央高校后期资助项目及本人所在文传学院的支持，特此致谢。陕西师范大学国学院曹胜高教授和中国社会科学出版社张林编辑当初慨然允诺将本书放在这一丛书系列中，也令我十分感动。总之，前行中并没有什么是可以孤立成就的，每一点称得上成果的东西都曾获得过无数人的帮助与扶持，谨此一并致以谢忱。

孙华娟

2018 年 11 月于武昌